MATTHIAS KEIDTEL

Das Leben geht weiter

Buch

Nachdem Holms Ausflug ins Berufsleben und seine bislang einzige Beziehung zu einer Frau gescheitert sind, kehrt er zurück zu seinen Eltern. Zu Hause am Berliner Stadtrand wohnt Holm wieder in seinem Kinderzimmer und hört tagaus, tagein Reinhard-Mey-Schallplatten.
Lange kann es so natürlich nicht weitergehen, und tatsächlich hat Holm schließlich eine zündende Geschäftsidee. Eigentlich sollte ihn diese nach Frankreich führen, stattdessen endet seine Reise aufgrund unglücklicher Umstände im Ostteil Berlins.
Was ihn zunächst völlig aus dem Konzept bringt, erweist sich jedoch als Wink des Schicksals. Holm lernt den Lebenskünstler Elie Glick kennen, und plötzlich geschieht etwas Außergewöhnliches: Holm entspannt sich, sieht Dinge, die ihn vor kurzem noch in Panik versetzten, lockerer. Er findet sogar einen Job, und er verliebt sich: in die Mitarbeiterin eines Stripteaseclubs. Kann das gutgehen?

Autor

Matthias Keidtel, geboren 1967 in Itzehoe, Schleswig-Holstein, wuchs unter anderem in Persien und Japan auf. 1989 kehrte er nach Deutschland zurück und studierte in Berlin Geschichte und Germanistik. »Ein Mann wie Holm«, der erste Teil seiner »Trilogie des modernen Mannes«, erhielt hymnische Kritiken und avancierte zum Kultbuch. Es folgten »Das Leben geht weiter« und »Geht doch!«, der Abschluss der Trilogie. Nach Beendigung seiner Holm-Reihe schreibt er gegenwärtig an einem neuen Roman. Mehr Informationen zum Autor und seinen Büchern unter www.keidtel.de

Von Matthias Keidtel außerdem lieferbar:

Ein Mann wie Holm. Roman (54258)
Geht doch! Ein Holm-Roman (Manhattan, geb., 54663)

2

Matthias Keidtel

Das Leben geht weiter

Ein Holm-Roman

GOLDMANN
MANHATTAN

FSC
Mix
Produktgruppe aus vorbildlich bewirtschafteten Wäldern und anderen kontrollierten Herkünften

Zert.-Nr. SGS-COC-001940
www.fsc.org

Verlagsgruppe Random House FSC-DEU-0100
Das FSC-zertifizierte Papier *München Super* für dieses Buch liefert Holmen Paper, Hallstavik, Schweden.

1. Auflage
Taschenbuchausgabe Juni 2010

Umschlaggestaltung: UNO Werbeagentur München
Umschlagfoto: Getty Images/Robb und Getty Images/Oppo
BH · Herstellung: Str.
Druck und Bindung: GGP Media GmbH, Pößneck
Printed in Germany
ISBN: 978-3-442-54281-9

www.goldmann-verlag.de

Für meine Frau Stefanie

TEIL EINS

1.

Holm lag im Bett und starrte in das Gesicht von Reinhard Mey. Er war wieder in seinem Kinderzimmer unter dem Dach des Elternhauses im Rudower Klettenweg.

Seit gut zehn Jahren sah Reinhard Mey nun unverändert von der Dachschräge seines Zimmers herab. Sein leicht tadelnder Gesichtsausdruck erinnerte Holm unmissverständlich daran, dass sein Projekt, sich auf der Welt einzuleben, gescheitert war.

Der Zigarrenladen war pleitegegangen, seine Freundin Ulrike hatte ihn wegen *schwerwiegender Differenzen* aus der Wohnung geworfen, ob hier die dreckigen Unterhosen eine Rolle gespielt hatten, konnte Holm bis zum heutigen Tag nicht sicher beantworten, und seine Tante hatte sich beleidigt geweigert, ihn wieder bei sich aufzunehmen. Das hätte er sich vorher überlegen müssen, erklärte sie mit schnarrender Stimme durch die Gegensprechanlage, als Holm eines Tages mit zwei Koffern in der Fritz-Erler-Allee klingelte und um Einlass bat.

Zu bester »Tagesschau«-Zeit, im Schatten der Weltnachrichten, war Holm in das Haus seiner Eltern zurückgekehrt. Mit achtunddreißig Jahren war er wieder dort angekommen, von wo aus er vor nicht einmal einem Jahr in die Welt aufgebrochen war. Das Projekt Frau war gescheitert, und eine neue Aufgabe, die ihm das Leben ein wenig näherbrachte, weit und breit nicht in Sicht.

Es war fast Mittag, und Holm lag reglos im Bett und wartete darauf, dass ihn Mutter zum Essen rief. Dabei hatte er an diesem Morgen noch nicht viel getan. Jedenfalls nichts, was eine körperliche Erschöpfung erklärte. Holm wunderte sich, wie man schon nach drei Stunden vollkommen erschöpft sein konnte. Punkt halb neun war er aufgestanden, hatte sich, nachdem er minutenlang entsetzt aus dem Fenster in den neuerlich wolkenlosen, blauen Himmel geschaut hatte, seit Tagen herrschte nun schon das Hoch »Hannelore« über der Stadt, als wollte es sein Scheitern auch noch verhöhnen, er hatte sich also gewaschen und angezogen, kurz gefrühstückt und sich dann mit dem »Tagesspiegel« in sein so genanntes Arbeitszimmer gesetzt, das sich seit zwanzig Jahren nur unwesentlich verändert hatte. Naturholzmöbel der Marke Flötotto, die von den Kämpfen seiner Jugend stark gezeichnet waren. Die Schrammen auf dem Schreibtisch glichen den Jahresringen eines Baumes mit dem einen, aber entscheidenden Unterschied: Holm fühlte sich dieser Zeit nicht wirklich entwachsen.

Während er die Hauptnachrichten studierte, *Mindestens dreitausend Tote bei Erdbeben in Pakistan*, sang Reinhard Mey über den Hauptbahnhof Hamm: »Am Abend wenn der Wartesaal im Hauptbahnhof zur Piazza wird …« Nach der Zeitungslektüre, die er durch mehrmaliges Lesen interessanter Artikel bis kurz vor die Mittagpause strecken konnte, fing er an, zwischen Arbeits- und Schlafzimmer hin- und herzupendeln. Holm ging mit energischen Schritten geschäftig auf und ab, um seinen Eltern deutlich zu machen, dass ihr Sohn keineswegs tatenlos zuhause herumsaß und auf das Mittagessen wartete, sondern sich schlicht nicht in der Lage sah, auch nur die Hälfte der zahllosen Arbeiten *vor* dem Mittagstisch zu erledigen. *Unser Sohn ist schwer beschäftigt, wie soll er da noch einen Beruf ausüben.*

In Wahrheit war Holms größtes Problem die Langeweile. Holm langweilte sich, kaum dass er aus dem Bett gestiegen war. Er hatte einfach nichts zu tun. Wenn seine Füße den kalten Boden berührten, spürte er wieder das unbarmherzige Leben, das ihn jeden Morgen aufs Neue aufforderte, etwas aus sich zu machen. Tu was, Holm, sagte das Leben, vertreten durch den kalten Fußboden, nutze deine Zeit und lies nicht nur den »Tagesspiegel«.

Dabei ging es ihm gut. Holm hatte im Prinzip keine Sorgen. Er hatte ein Dach über dem Kopf, und es gab täglich ein warmes Mittagessen, kurz, er lebte das Leben eines achtzehnjährigen Gymnasiasten ein Jahr vor Abschluss der Schule. Doch während die meisten Gymnasiasten ein Jahr vor ihrem Abschluss eine Menge Pläne hatten und weitgesteckte Ziele verfolgten, hatte sich Holm von seiner Zukunft im Grunde verabschiedet. Das heißt, je länger er darüber nachdachte, desto überzeugter war er schließlich, dass sich die Zukunft irgendwann von Holm verabschiedet hatte. Jedenfalls konnte er sich nicht daran erinnern, seiner Zukunft zu einem bestimmten Zeitpunkt bewusst Lebewohl gesagt zu haben.

Dieser Umstand beunruhigte Holm. Seit Jahren saß er deshalb ängstlich herum und wartete nur darauf, dass sich noch andere Bereiche des Lebens einfach, womöglich ebenfalls grußlos, von ihm verabschiedeten. Ich verschwinde langsam, dachte er, und ich habe nicht die geringsten Einflussmöglichkeiten. Dass ihm nicht klar war, was sich wann von ihm löste und auf Nimmerwiedersehen verschwand, ob sich also etwa die Hoffnung auf ein glückliches Leben zu zweit vor oder nach dem Wunsch, eine steile Karriere zu machen, verlor, machte ihn zu einem vor Angst beinahe bewegungsunfähigen Menschen, der sich immer tiefer in seine Welt strenger Rituale vergrub.

Holm konnte der Welt einfach nicht mehr locker begegnen, weil er ständig Sorge hatte, es würde ihm in einem unaufmerksamen Moment etwas verlorengehen. Wahrscheinlich, dachte Holm, ist das alles klar geregelt, wenn man schließlich nichts mehr hat, sagt man sich erschöpft, okay, meinen Atem können Sie haben, den brauch ich jetzt auch nicht mehr. Das Problem war: Holms Atem reichte noch für gut vierzig Jahre, aber seine Zukunft war schon jetzt restlos aufgebraucht.

Während er so vollständig angekleidet auf dem Bett lag und Reinhard Mey betrachtete, dessen Blick, wie ihm schien, von Minute zu Minute tadelnder wurde, erinnerte er sich wieder an seinen früheren Wunsch. Holm hatte immer den Wunsch gehabt, ein Reinhard-Mey-Konzert zu besuchen, ihn aber aus Sorge, sich bei seinen Mitschülern lächerlich zu machen, nie umgesetzt.

Seit gut zwanzig Jahren war Holm Reinhard-Mey-Fan und nannte alle jemals erschienen Reinhard-Mey-Platten sein Eigen. Er besaß sowohl sämtliche Schallplattentitel, die er auf einem ausschließlich für Mey-Lieder reservierten Schallplattengerät abspielte, als auch die gesamte CD-Kollektion, rechnete aber Jahr für Jahr mit der Einführung einer neuen Technik, die ihn wiederum zur Anschaffung des Mey-Gesamtwerkes zwingen würde. Denn Holm wollte gewappnet sein, eigentlich erwartete er täglich, dass die CDs wegen Materialermüdung ihren Geist aufgeben würden und die Lieder für immer hinter der spiegelnden Fläche verschwunden blieben. Genau genommen verehrte er Reinhard Mey seit einundzwanzig Jahren. Mit siebzehn hatte er das Lied »Zeugnistag« zufällig im Radio gehört und war Meys Stimme und der Art des Vortrags seither bedingungslos verfallen. Reinhard Mey gab ihm das Gefühl, auf der Welt nicht allein zu sein. Das Leben, gab ihm Reinhard Mey durch seine Lieder zu verstehen, war eigentlich nicht so schwer und konnte durch Gesang spielend entschärft werden.

Holm hatte sich jedoch nie getraut, seine Bewunderung für Reinhard Mey öffentlich zu zeigen. Während seine Klassenkameraden die neuesten Entwicklungen auf dem Popmarkt diskutierten und sich für Bands begeisterten, von deren Existenz

Holm noch nicht mal etwas gehört hatte, verschwieg er seine Leidenschaft für den Mann mit der Nickelbrille und dem Dreitagebart aus Furcht, er könnte sich zum Gespött machen. Ein Mann, der sich über Jahrzehnte sowohl äußerlich wie musikalisch treu geblieben war, galt nicht viel in einer Welt ständig wechselnder Moden. Ein Sänger, der auf der Bühne keine Gitarren zertrümmerte, nicht wild fuchtelnd auf und ab lief und seine Fans beschimpfte, der Hotelzimmer unbeschädigt wieder verließ und nicht durch Drogenexzesse mit Minderjährigen aufgefallen war, ein Mann, der Berlin nie für längere Zeit verlassen hatte und seit vielen Jahren glücklich mit einer einzigen Frau zusammenlebte und zwar in einem Haus, das in Sichtweite seines Geburtshauses im Stadtteil Reinickendorf stand, zu so einem Menschen konnte man sich nicht öffentlich bekennen, ohne in der gesamten Schule zum belächelten Außenseiter zu werden. Aus diesem Grund, weil er fürchtete, den Eltern seiner Mitschüler zu begegnen, womöglich sogar Lehrern, die ihn am nächsten Tag sofort nach seinen Eindrücken befragen würden, und zwar vor der versammelten Klasse, die daraufhin in höhnisches Gejohle ausbrechen und ihn in der Pause demonstrativ meiden würde, hatte Holm auch nie ein Konzert seines Idols besucht. Bis heute, obwohl sein Abitur nunmehr siebzehn Jahre zurücklag und jeglicher Kontakt zu seinen Klassenkameraden seither abgebrochen war.

Holm dachte, während ihn Reinhard Mey vorwurfsvoll von oben herab anstarrte, dass es ihm peinlich war, weil er sich selbst peinlich war. Er führte ein Leben im Verborgenen, und insgeheim hoffte er, eines Tages unerkannt wieder von der Bildfläche zu verschwinden.

Mutter rief zum Essen. Es war wie in all den Jahren zuvor, Holm war zwanzig, hatte gerade sein Abitur geschafft und lebte ratlos in seiner Dachwohnung vor sich hin.

Im Wohnzimmer dampften die Teller auf dem Tisch. Seine Eltern bewohnten drei Zimmer im Erdgeschoss, Schlafzimmer, Wohnzimmer und Arbeitszimmer, das allerdings nur von seinem Vater betreten werden durfte. Seit er pensioniert war und die Büromöbelfirma (»Hier sitzen Sie richtig«) an einen Geschäftspartner verkauft hatte, ging er in seinem Arbeitszimmer Tätigkeiten nach, von denen selbst Mutter nur andeutungsweise etwas wusste. Oft schloss sich Vater gleich nach dem Frühstück im Arbeitszimmer ein und kam nur zu den Mahlzeiten wieder heraus. Womöglich versuchte er, das neue Leben durch Aufrechterhaltung alter Gewohnheiten langsam an sich zu gewöhnen. Vielleicht sah er sich aber auch nur in aller Ruhe Schmutzseiten im Internet an. Mutter schien jedenfalls froh, dass er den normalen Betrieb nicht weiter störte, und erhob keinerlei Einwände gegen dieses Verhalten.

Holms Vater hatte seinen Sohn als ernstzunehmenden Stammhalter spätestens zu dem Zeitpunkt aufgegeben, als ihn die Bundeswehr nicht einmal zur Musterung heranzog. Obwohl sich Holm für eine militärische Einschätzung seiner Person durchaus interessierte, bis heute fragte er sich beispielsweise, ob er als Panzerfahrer oder doch eher für eine Aufgabe in weniger offensiven Bereichen, etwa in der Kantine, wo er keinen größeren Schaden für die Bundesrepublik Deutschland anrichten konnte, geeignet gewesen wäre, hatte man ihn aus irgendeinem Grund leider vergessen. Die Tatsache, dass Deutschland Walter Holms einzigen Sohn einfach übersehen hatte, nagte bis zum heutigen Tag heftig am Selbstbewusstsein des Vaters. Seither betrachtete er seinen Sohn als nutzlosen Mitesser, *der Mann, der unterm Dach wohnt.* Holm hätte es nicht gewundert, wenn sein Vater ihn plötzlich siezte. Warum essen Sie eigentlich jeden Tag bei uns zu Mittag?

Seine Mutter hatte ihren Sohn dagegen noch nicht völlig aufgegeben, Holm sei eben ein Spätzünder, wie sie bei jeder passenden und unpassenden Gelegenheit betonte, um ihren Mann gnädiger zu stimmen, was dieser jedoch regelmäßig mit den Worten »bei der Bundeswehr nennt man so was Rohrkrepierer« konterte.

Holm war immer korrekt gekleidet, auch beim Mittagessen trug er die Anzughose und ein frisches weißes Hemd. Vielleicht wollte er auf diese Weise gegen die seit Jahren feststehende Meinung seines Vaters, er wäre ein durch und durch verkommenes Subjekt, demonstrieren und ihm so zu verstehen geben, dass er praktisch stündlich mit einem Bewerbungsgespräch in einer international agierenden Firma rechnete und sich nur noch rasch die Krawatte umzubinden brauchte. Dabei hatte er sich in seinem ganzen Leben noch nie irgendwo beworben. Was hätte er schon schreiben können? »Lebe nach kurzer Unterbrechung wieder bei meinen Eltern und beschäftige mich vorwiegend mit Reinhard Mey und der Zeitungslektüre.« Nicht einmal die Berliner Stadtreinigung hätte ihn eingeladen.

Hast du gut gearbeitet?, fragte Mutter, die noch allein am Tisch saß, als sich Holm an seinen gewohnten Platz setzte, an dem er schon vor zwanzig Jahren gesessen hatte, sozusagen groß geworden war, und sich die Serviette um den Hals band. Holm nickte und murmelte etwas auch für ihn selbst vollkommen Unverständliches, als wollte er sich ebenfalls im Unklaren darüber lassen, ob er etwas gearbeitet hatte. Das amüsierte ihn so, dass er am liebsten laut gelacht hätte. Allerdings hatte er schon seit Jahren nicht mehr öffentlich gelacht, und ob dies nun der richtige Zeitpunkt war, seine Zurückhaltung aufzugeben, schien ihm jedenfalls zweifelhaft.

Möchtest du noch Salz auf die Kartoffeln?, fragte Mutter, obwohl weder seine Mutter noch Holm angefangen hatten zu essen und folglich auch nicht wissen konnten, ob die Kartoffeln nachgesalzen werden mussten oder nicht.

Nein, sagte Holm unwirsch, worauf seine Mutter den Salzstreuer mehrmals heftig über ihren Kartoffeln schüttelte, als wäre das Essen noch vollkommen ungesalzen und müsste erst in einen halbwegs genießbaren Zustand versetzt werden, was Holm jedes Mal in Rage brachte. Trotz wiederholter Hinweise, inzwischen mussten sie in die Tausende gehen, sie möge zunächst einmal kosten, bevor der Salzstreuer zum Einsatz kam, kippte sie das Salz in einem Ausmaß über ihr Essen, als sollte es für eine mehrmonatige Schiffspassage eingepökelt werden.

Warum tust du das bloß?, sagte Holm verärgert und sah seine Mutter böse an. Er war plötzlich in der Stimmung, seine Mutter zu beleidigen, was ihn nach den Strapazen mit seiner Freundin Ulrike, bei der er sich täglich hatte zusammenreißen müssen, angenehm entspannte. Dass man seine Eltern ohne Konsequenzen beleidigen konnte, war etwas, das er später einmal vermissen würde.

Warum tue ich was?, fragte seine Mutter erstaunt, als wüsste sie nicht im Entferntesten, was gemeint war. So war es immer, und Holm freute sich insgeheim über die Wiederaufnahme alter Gesprächsinszenierungen.

Du salzst dein Essen, als wäre Krieg!

Das ist doch überhaupt nicht wahr, antwortete seine Mutter empört, du übertreibst.

Ich übertreibe gar nicht, das ist die volle Wahrheit, sagte Holm, du benimmst dich, als gäbe es morgen einen Salzengpass.

Wenn ich glaube, dass nachgesalzen werden muss, dann salze ich eben nach, was hat das denn mit dem Krieg zu tun?

Aber du hast doch noch gar nicht probiert!, sagte Holm nun schon deutlich lauter.

Seine Mutter überlegte einen Moment, wie sie auf diesen Vorwurf reagieren sollte, was Holm zum Anlass nahm, ihr den Rest zu geben.

Kannst du nicht einmal *erst* essen und dann salzen, polterte er, nur ein einziges Mal?!

Ich kann ja wohl tun und lassen, was ich will, sagte seine Mutter, ich muss mir von dir nicht vorschreiben lassen, wie und wann ich mein Essen salzen darf. So weit kommt es noch!

Daraufhin begann sie beleidigt zu essen und salzte noch mit vollem Mund nach, als wollte sie Holm damit klarmachen, dass sie wie immer recht gehabt hatte.

In diesem Augenblick kam sein Vater zur Tür herein. Er trug seine schmutzigen Gartenjeans, die er nur zum Rasenmähen anzog. Sein Vater mähte im Sommer alle zwei Tage den Rasen. Offenbar befürchtete er, der Garten könnte sich innerhalb kürzester Zeit in einen Urwald verwandeln. Um für alle Notfälle gerüstet zu sein, hatte er sich einen Aufsitzmäher gekauft. Dabei umfasste der Garten nicht mehr als siebzig Quadratmeter, von denen lediglich zwei Drittel reine Rasenfläche waren. Vater mähte nicht einfach mit einem normalen Rasenmäher, es musste schon ein Vort Lawn Boss Rasentraktor mit Sechs-Gang-Getriebe sein. Ein bulliges Arbeitstier für alle Mäh-, Räum- und Kehrarbeiten. Sollten sich einmal unangemeldete Demonstrationen in dieses ruhige Einfamilienhaus-Viertel verirren, könnte man auch einen Wasserwerfer darauf installieren. Vater Holm pflügte mit seinem Lawn Boss durch die Menge aufgebrachter Demonstranten.

Wir essen schon, sagte Mutter ohne ihren Mann anzusehen.

Was gibt es denn heute Schönes?, fragte Vater die Hände reibend, obwohl die Rouladen mit Kartoffeln und Soße kaum größere Interpretationsmöglichkeiten zuließen.

Rouladen, sagte Mutter tonlos.

Jetzt habe ich aber wirklich Hunger, sagte Holms Vater und setzte sich an die Stirnseite des Tisches.

Willst du noch Salz?, fragte Mutter, die in diesem Moment aus ihrem Beleidigtsein wieder herausfand.

Nein, sagte sein Vater, unwirsch den Kopf schüttelnd. Holm bemerkte erstaunt, dass sein Vater ebenso ungehalten reagierte wie er selber. Die Tatsache, dass sie beim Nachsalzen etwas gemeinsam hatten, schockierte ihn kurz. Für wenige Sekunden waren sie auf derselben Seite, einen flüchtigen Augenblick lang Verbündete im Kampf gegen die tägliche Versalzung des Mittagessens.

Sie aßen stumm.

Und, sagte sein Vater, nachdem er fertig gegessen hatte, nur eine Kartoffel lag wie üblich unberührt auf dem Teller, was hat unser Sohn heute wieder für Großtaten geleistet?

Willst du die letzte Kartoffel nicht aufessen?, fragte Holms Mutter besorgt.

Vater schüttelte den Kopf. Ich bin satt! Die übrig gelassene Kartoffel war für seinen Vater das Zeichen, dass er es im Leben zu etwas gebracht hatte. Dass seine Frau dieses Zeichen niemals begriff, musste für ihn Anlass dauernder Verärgerung sein. Doch offenbar genoss er dieses nur für ihn verständliche Ritual. Vielleicht gab es ihm einen Rest Souveränität, die er in der langjährigen Ehe mit seiner Frau größtenteils eingebüßt hatte.

Er hat gearbeitet, sagte seine Mutter und warf Holm einen komplizenhaften Blick zu. Holm ahnte in diesem Moment, dass seine Mutter Bescheid wusste. Sie wusste um seine Langeweile, seine Ratlosigkeit gegenüber dem Leben, und trotzdem stand sie ihm bei. Aus Dankbarkeit hätte er am liebsten Vaters Kartoffel gegessen.

Ja, sagte Holm.

Ach?, sagte sein Vater.

Ja, sagte Holm, es gibt immer was zu tun.

Soso, sagte sein Vater.

Jaja, sagte Holm.

Und sonst?, fragte sein Vater, gibt es sonst irgendetwas Interessantes zu berichten?

Holm dachte nach. Sein Vater blickte geradeaus, als wäre er in Gedanken bereits woanders. Auf seinem Vort Lawn Boss mit Sechs-Gang-Getriebe. Holm dachte angestrengt nach, ob es irgendein Thema gab, das seinen Vater für einen Moment fesseln konnte. Er erkannte jedoch, dass sie immer nur über Themen gesprochen hatten, die sie beide nicht sonderlich berührten, als versuchten sie ängstlich, mögliche Gemeinsamkeiten und damit emotionale Verwicklungen zu vermeiden. Für einen Augenblick kam ihm der Gedanke, sich als Reinhard-Mey-Fan zu offenbaren, eine Leidenschaft, von der bislang nur seine Mutter etwas wusste. Doch am Ende würde sich auch sein Vater zu Reinhard Mey bekennen, und die überraschende Nähe hätte all die mühsam eingeübten Regeln untereinander mit einem Mal unbrauchbar gemacht.

Nein, sagte Holm, eigentlich nichts.

Na dann, sagte sein Vater und stand, erleichtert, wie Holm schien, vom Tisch auf und zog die Hose unter seinen ballonförmigen Bauch.

Weißt du was, Hella?, wandte sich sein Vater plötzlich mit triumphierendem Blick zu seiner Frau. Zufällig hieß Holms Mutter genauso wie die Frau von Reinhard Mey, eine Tatsache, die Holm noch immer nicht fassen konnte. Er blickte irritiert zu seinem Vater.

Ich habe immer noch die gleiche Hosengröße wie damals, als wir uns kennenlernten. Ist doch toll, oder?

Hella sah ihn entgeistert an, schüttelte seufzend den Kopf und murmelte leise jaja, während sie aufstand und das Geschirr in die Küche trug.

2.

Nachmittags fuhren Mutter und Holm in die Stadt. Er war froh, unter Menschen zu kommen, die ihren Weg ganz offensichtlich gefunden hatten. Auch wenn ihr Weg nur ins nächste Kaufhaus führte, ging diesem Ziel doch eine klare Entscheidung voraus. Womöglich genügte es schon, sich jeden Tag ein anderes Kaufhaus vorzunehmen, um abends zufrieden ins Bett zu steigen.

Mit seiner Mutter in die Stadt zu fahren bedeutete für Holm eine kurzzeitige Entbindung von der lebenslangen Verpflichtung, seinem Körper eine halbwegs überzeugende Aufgabe zu verschaffen. Denn während sich seine Fantasie ununterbrochen zu beschäftigen wusste, in seinem Kopf herrschte seit Jahren praktisch Vollbeschäftigung, befand er sich rein körperlich gesehen immer noch in der Krabbelphase. Jeden Tag probierte Holm seinen Körper aus wie ein Kleinkind ein neues Spielzeug. Meist begann er sich aber schon nach wenigen Stunden zu langweilen und suchte angestrengt nach neuen Herausforderungen. Was ihn an seinem Körper in erster Linie langweilte, war der Umstand, die Verantwortung für etwas erhalten zu haben, dass er eigentlich nicht brauchte. Wozu benötigte er beispielsweise seine Beine, wenn er genauso gut in Gedanken vom Klettenweg nach Alt-Rudow zur Bäckerei Wulff laufen konnte? Wie in einem Dokumentarfilm in Breitbandformat lief Holm in seiner Vorstellung von seinem Elternhaus Richtung Krokusstraße, öffnete in einer für ihn selbst beeindruckend realistischen Weise die Tür zum Bäckerladen und kaufte bei der attraktiven jungen Bäckerstochter sechs Schrippen und drei Buttercroissants. Mitunter ließ er die Bäckerstochter in Strapsen und heißen Höschen auftreten, um dem Film etwas mehr Spannung zu geben. Wenn ihm besonders langweilig war, stellte er sich zusätzlich vor, wie er das unschuldige Mädchen mit dem blonden Pferdeschwanz von hinten nahm. Er schob seinen Penis zwischen die einer monströsen Riesenschrippe stark ähnelnden Gesäßhälften, und besorgte es ihr neben Kuchen und Teegebäck.

Leider wurde man von diesen gedanklichen Ausflügen nicht satt. Es genügte eben nicht, sich den Schrippenkauf nur vorzustellen, man musste auch seinen Körper in die Bäckerei verfrachten.

Holm wollte immer mehr, als sein Körper in der Lage war, ihm zu geben. Darüber ärgerte er sich so, dass er seinen Körper oft wütend im Bett liegen ließ, was seinen Körper wiederum dermaßen in Rage versetzte, dass er Holm aus Rache das Gefühl völliger Nutzlosigkeit vermittelte. So lagen beide im dauernden Streit miteinander, und eine baldige Aussöhnung erschien ähnlich aussichtslos wie die zwischen Juden und Palästinensern.

Deshalb war der Einkaufstrip mit seiner Mutter für Holm jedes Mal eine Erlösung. Seit er denken konnte, war der Mittwochnachmittag für Einkäufe in der Stadt reserviert. Schon am Montag freute er sich auf Mittwoch, den unbestrittenen Höhepunkt der Woche. Dabei hatte Holm selbst nie etwas einzukaufen. Sosehr er auch darüber nachdachte, ihm wollte nie ein brauchbarer Gegenstand einfallen. In einer Welt, in der ständig irgendetwas gebraucht wurde, war dies natürlich ein erhebliches Manko. Einmal hatte er sich einen ganzen Vormittag überlegt, ob es etwas gab, was er dringend benötigte. Holm guckte sogar in Schränke und Schubladen, in der Hoffnung, dass ihm Dinge einfielen, die ihm fehlten. Kurz vor dem Mittagessen kam er jedoch zu dem deprimierenden Ergebnis, dass er schon alles besaß.

Sie fuhren mit dem Bus in die Wilmersdorfer Straße nach Charlottenburg. Für seine Mutter war »die Stadt« gleichbedeutend mit der Wilmersdorfer Straße und dort speziell die Fußgängerzone zwischen Kant- und Goethestraße. Die Nachkriegsgebäude und zahllosen Billigketten übten auf seine Mutter einen unwiderstehlichen Charme aus. Vielleicht fühlte sie sich an die fünfziger Jahren erinnert und kehrte so für einige Stunden in ihre Jugend zurück.

Holm fuhr nur sehr ungern Bus, er mochte die stickige Enge nicht. Meist saßen Mutter und er auch noch an verschiedenen Plätzen, sodass Holm eine gute halbe Stunde neben ihm gänzlich unbekannten Personen verbrachte. Direkt neben Menschen sitzen zu müssen, die ein womöglich vollkommen anderes Weltbild hatten als Holm, war eine beinahe unerträgliche Belastung. Er konnte sich schlecht entspannen, wenn er nicht wusste, ob die Frau mit der Einkaufstüte auf ihrem Schoß und der ungepflegten Frisur neben ihm am Fenster heimlich trank, weil ihr Mann, ein Kleinkrimineller aus dem früheren Jugoslawien, wieder einmal in Untersuchungshaft saß. Vielleicht verwahrlosten zuhause gerade ihre vier Kinder, zwei davon aus erster Ehe mit dem Bruder des Kleinkriminellen, während ihre Mutter nichts Besseres zu tun hatte, als mit dem Bus kreuz und quer durch die Stadt zu fahren. Verdiente sie sich am Ende ein kleines Zubrot als Prostituierte? Befanden sich Schürze und Gummihandschuhe in der Tüte für die Kundschaft mit dem speziellen Geschmack? Als besondere Delikatesse gab es dazu den herben Geruch von Schweiß, der ihren ungelüfteten Kleidern entströmte.

Holm bemerkte einen leichten, aber beständigen Druck ihrer Schenkel. Anscheinend bemühte sie sich bereits auf dem Weg zu ihrem Hauptarbeitsplatz um erste Kunden. Und alleinstehende beziehungsweise -sitzende Herren in den besten Jahren und mit einer seriösen Ausstrahlung gehörten zu ihrer bevorzugten Zielgruppe. Diese Herren waren nämlich meist sehr spendabel, weil sie ihr schlechtes Gewissen durch großzügige Trinkgelder zu verdrängen suchten. Dass Holm jedoch weder Geld hatte noch Lust verspürte, sich von einer Frau mit Schürze und Gummihandschuhen befriedigen zu lassen, war ihr offensichtlich egal, denn der Druck ihrer Schenkel wurde von Minute zu Minute stärker und fordernder. Holm saß starr auf seinem Platz und blickte ungerührt geradeaus. Bloß nichts tun, was die Frau irgendwie ermuntern könnte, dachte er. Ein freundlicher Blick, und ihre Hand wäre in seiner Hose verschwunden. Leider saß seine Mutter drei Reihen vor ihm, sie hätte dieser Person sonst eins mit der Handtasche überbraten können. Mein Sohn tut so was nicht. Holm versuchte angestrengt, sich auf etwas anderes zu konzentrieren, in seiner Verzweiflung begann er, die Köpfe im Bus zu zählen, kam aber nur bis zwölf, denn in diesem Augenblick stieß seine Nachbarin derart unsanft mit dem Ellenbogen in seine Seite, dass er kurzzeitig überlegte, sie auf gleiche Art zurückzustoßen, sah dann aber angesichts der deutlichen Überzahl weiblicher Mitfahrer im letzten Moment davon ab.

Stattdessen weigerte sich Holm ganz einfach, ihren Ellenbogenstoß überhaupt zur Kenntnis zu nehmen, was die Stimmung der Frau allerdings noch mehr anheizte. Sie gestikulierte wild mit den Armen, drückte ihn mit Armen und Schenkeln beinahe vom Sitz. Auf diese Weise bekommt sie mich jedenfalls nicht, dachte Holm störrisch, dem die Tatsache, dass die Frau trotz ihrer heißblütigen Art kein Wort redete, langsam ein wenig merkwürdig vorkam. Vielleicht konnte sie gar nicht sprechen, weil sie taubstumm war, durchschoss es Holm in einer plötzlichen Eingebung. Er blickte vorsichtig nach rechts, sah der Frau direkt ins Gesicht, auf dem sich Wut und Verzweiflung abzeichneten. Womöglich erlitt sie gerade einen Herzinfarkt und wollte Holm noch rasch mitteilen, wo sie das Diebesgut ihres Mannes versteckt hatte, das andernfalls für immer verloren wäre. Leider war Holm der Taubstummensprache nicht mächtig, sodass das Diebesgut schon jetzt als verloren gelten musste. Was sollte er außerdem mit dem Schmuck älterer Damen? Sich Perlenketten um den Hals hängen?

In diesem Moment stoppte der Bus an einer Haltestelle. Holm erkannte jetzt, dass die Frau gar nicht starb, sondern lediglich aussteigen wollte. Während er, noch etwas betäubt von der Aufregung, zur Seite wich, stürzte sie an ihm vorbei zum Ausgang, verlor aber kurz vorm Ziel den Kampf gegen einen starrsinnigen alten Mann mit Hut, der sich strikt weigerte, seinen zentralen Stehplatz wegen einer unhöflich drängelnden Person so ohne weiteres aufzugeben. Als sich die Türen vor der Nase der Frau schlossen und der Bus wieder anfuhr, dachte Holm, dass er im Grunde auch schon ein starrsinniger alter Mann war, der allen im Wege stand und seinen einmal eingenommenen Platz nur ungern verließ. Ihm fehlte nur noch der Hut.

Die Wilmersdorfer Straße war voller hektischer Menschen, die in Geschäfte rannten, als wären sie gerade vor einer herannahenden Giftgaswolke gewarnt worden. Auf Bänken in der Mitte der Fußgängerzone saßen mehrere ältere Trinker, denen die drohende Giftgaswolke offensichtlich egal war. Sie tranken mechanisch Bier aus Halbliterdosen, ihre Bewegungen waren schwer vom Alkohol. Holm hörte einen der Männer mit einem dichten Vollbart sagen: Mann, meine Kehle ist vielleicht trocken, ich glaub, ich krieg das Zeug nicht mehr so runter. Er kramte in seiner Jackentasche, zog ein Fläschchen Jägermeister heraus und kippte den Inhalt in seine Bierdose. Insgeheim bewunderte Holm das Selbstbewusstsein dieser Trinker. Es störte sie nicht im Geringsten, dass sie von den Passanten verachtet, bestenfalls übersehen wurden.

Holm musste aufpassen, dass er seine Mutter nicht verlor. Von dem Augenblick an, wo sie den Bus verlassen hatte, rannte sie wie aufgezogen durch die Gegend. Er war immer wieder erstaunt, mit welcher Überzeugung sie selbst gesteckten Zielen nachging. Dabei handelte es sich keineswegs um weltbewegende Dinge. Seine Mutter plante nicht die Eroberung fremder Galaxien, sie wollte nicht in unbekannte Dimensionen vorstoßen oder ihr Erscheinungsbild einer grundsätzlichen Revision unterziehen. Es ging nur um Alltägliches, den Kauf einer neuen Haarbürste oder eines Kochtopfes, den sie in einer Anzeige entdeckt hatte. Doch den Erwerb dieser banalen Gegenstände verfolgte sie mit einem Fanatismus, der Holm fassungslos machte. In ihren Augen war derselbe fanatische Blick, wie man ihn von islamistischen Terroristen her kennt, und das befremdete ihn irgendwie.

Holm ging drei Schritte hinter seiner Mutter her. Als Kind hatte er oft fantasiert, seine Mutter wäre eine bedeutende Persönlichkeit des öffentlichen Lebens und werde von einem Leibwächter namens Holm auf Schritt und Tritt bewacht. Dass er dasselbe heute immer noch dachte, frustrierte ihn etwas.

Dabei lief er eigentlich gerne hinterher. Holm genoss die Teilnahme am Fortschritt, wollte aber selbst nicht voranschreiten. Während er seiner ehemaligen Freundin Ulrike dauernd das Gefühl hatte vermitteln müssen, genau zu wissen, wohin er wollte, konnte er sich bei seiner Mutter beruhigt der eigenen Ratlosigkeit überlassen. Holm trieb einfach in ihrem Fahrwasser und war gespannt, wohin es sie heute verschlug.

Sie gingen in ein Kaufhaus. Holm mochte Kaufhäuser, sie überwältigten ihn mit einer Fülle von Angeboten und lenkten ihn eine Zeitlang von seinem kärglichen Innenleben ab. In der Schmuckabteilung sah er eine Frau mit zwei kleinen Kindern an den Händen. Die Kinder langweilten sich offenbar stark und zogen ihre Mutter immer wieder quengelnd von den Schmuckvitrinen fort. Die Frau war kaum in der Lage, länger als eine Minute am Stück in die Vitrinen zu schauen. Bald wurde es ihr zu viel, und sie gab dem lautstarken Drängen ihrer Sprösslinge erschöpft nach. Doch sie wirkte weder beleidigt noch genervt, stattdessen bemerkte Holm ein nachsichtiges Lächeln auf ihrem Gesicht. Es schien, als wäre sie froh, dass die Kinder sie vor ihren unerfüllbaren Wünschen gerade noch rechtzeitig in Sicherheit gebracht hatten.

Holms Mutter steuerte direkt auf die Strumpfhosen-Abteilung zu. Verwundert sah er, welchen Umfang diese Abteilung hatte. Hier gab es nicht nur drei oder vier verschiedene Strumpfhosen zur Auswahl, nein, das Angebot erstreckte sich gleich über ein halbes Dutzend brusthoher Stellwände. Es reichte von Damenstrumpfhosen über Strümpfe, Feinkniestrümpfe und Damenfeinsöckchen und endete bei Kinderkniestrümpfen und Kindersöckchen. Die Herrensocken dagegen, lieblos auf zwei Tischen gestapelt, fristeten neben einer Backstube eine kümmerliche Randexistenz. Vielleicht wurden sie demnächst von der Backstube mitverkauft.

Während seine Mutter das Angebot sichtete, *sich einen Überblick verschaffte*, wie sie sagte, betrachtete Holm die Damenstrumpfhosen etwas genauer. Es war schon erstaunlich, was einem da alles geboten wurde. Strumpfhosen mit Leopardenmotiv, in Bicolour oder Strapsoptik, Cette Chicago Mode, »attraktive Pop-Art-Strumpfhose mit Kreismotiven«, Kunert Satin Look mit Aloe-Vera-Ausrüstung für beruhigte und glatte Beine, eine Kunert Caprihose. Ob man die wohl auch gefahrlos auf Mallorca tragen konnte?

Neben ihm, in der Damen-Feinsöckchen-Abteilung, stand eine ältere Frau mit gewellter, am Hinterkopf stark eingedrückter Frisur. Offenbar kam sie direkt aus dem Bett und hatte sich zu dieser späten Nachmittagsstunde das Kämmen auf der Rückseite einfach geschenkt. Sie sah immer wieder missbilligend zu ihm auf, als wäre es ihr unmöglich, sich in Gegenwart eines Mannes auf die Feinsöckchen zu konzentrieren. Als langjährige »Aktenzeichen XY ungelöst«- Zuschauerin vermutete sie wohl, hier suche sich ein zukünftiger Bankräuber die geeignete Strumpfmaske aus. »Wer erkennt diese Kunert Caprihose und weiß, wo und von wem sie gekauft wurde? Sachdienliche Hinweise bitte an das Polizeirevier Cottbus.« Dass unter Bankräubern längst Helmut-Kohl- oder Schweinemasken in Mode waren, hatte sie anscheinend vergessen. Holms Blick fiel auf eine OROBLU Shock-up-light-Strumpfhose. Ob sie ihm vielleicht sagen könne, meinte er mit der Verpackung in der Hand scheinbar hilfesuchend zu der sichtlich entsetzten Frau gewandt, ob es die OROBLU auch als Shock-up-heavy-Variante gebe, worauf sie sich kopfschüttelnd wegdrehte und zügig in der Schmuckabteilung verschwand.

Seine Mutter schwankte derweil nur noch zwischen zwei Farben. Soll ich die in Schlamm- oder lieber in Hautfarbe nehmen?, fragte sie Holm, der für eine solch schwerwiegende Entscheidung aber nicht verantwortlich sein wollte. Auf der Verpackung stand: Durch ätherische Öle aus der Zitrone, Grapefruit, Menthol und Thymian werden die Beine fit und vital. Seine Mutter hatte sich für mediterranes Obst auf ihren Beinen entschieden.

Gibt es die auch in Strapsoptik?, sagte Holm. Strapsoptik?, fragte seine Mutter erstaunt, als habe sie derlei noch nie gehört.

Ja, sagte Holm, dann käme auch die Grapefruit besser zur Geltung.

Das ist Vater bestimmt nicht recht, antwortete seine Mutter.

Da wär ich mir nicht so sicher, sagte Holm.

Später fuhren sie mit dem Bus zum Mövenpick ins Europa-Center. Das Mövenpick im Europa-Center war der traditionelle Abschluss ihrer Mittwochnachmittags-Tour. Holm musste sogar zugeben, dass er seine Mutter in erster Linie wegen des Besuchs im Mövenpick begleitete. Er mochte es, einige Stunden hinter seiner Mutter her zu trödeln, weil er genau wusste, dass diese Bummelei durch das Mövenpick stets ein klar definiertes Ende fand. Ohne dieses Hintergrundwissen wäre Holm längst unruhig geworden.

Während sie den Breitscheidplatz überquerten und auf das Europa-Center zusteuerten, überlegte sich Holm bereits die genaue Abfolge seiner Bestellungen. Zuerst Kaffee und Kuchen, wenn möglich Käsekuchen, obwohl er Käsekuchen gar nicht so gerne aß, lediglich aus Solidarität mit seiner Mutter hatte er den Käsekuchen stets mitgegessen. Notfalls käme auch Mohnkuchen in Frage, wenn Käsekuchen aus war, fand sich meist noch ein letztes Stückchen Mohnkuchen. Umgekehrt galt diese Regel allerdings nicht, ohne Mohnkuchen war auch kein Käsekuchen mehr zu haben, eine Tatsache, die ihm zu denken gab. Später folgte nach einer kurzen Verdauungsphase das Abendessen. In dieser Phase gab es regelmäßig eine kurze Umschau der wichtigsten Ereignisse der vergangenen Woche. Seine Mutter berichtete das Neueste über ihre Freundinnen Hanni und Mathilde, häufig in einem erregten Tonfall, wenn etwa Mathilde sie wieder einmal versetzt hatte, was Mutters Verdauung allerdings jedes Mal erheblich beschleunigte, sodass bei ihr hinterher oft Geschnetzeltes auf dem Speiseplan stand. Für Holm gab es wie üblich Hühnchensalat und ein Glas Rotwein, gleichgültig, in welcher Stimmung er sich gerade befand. Hühnchensalat und Rotwein waren die festen Konstanten, die Holm für einen runden Mittwochnachmittag einfach benötigte. Das Abendessen so kurz nach Kaffee und Kuchen einzunehmen, bedeutete für ihn ohnehin schon eine erhebliche Belastung, da konnte er die Speisen nicht auch noch dauernd variieren.

Als sie den Aufgang zum Mövenpick betraten, überkamen Holm jedoch böse Vorahnungen, dass dieser Nachmittag anders enden würde als gewohnt. An schwarz glänzende Stufen und rote Wände konnte er sich nämlich nicht erinnern. Beim Anblick eines eleganten Blumengebindes neben einem hochsitzartigen Empfangspult wusste er, dass er die Sache nicht mehr unter Kontrolle hatte. Herzlich willkommen, sagte die in ein adrettes blaues Kostüm gekleidete junge Empfangsdame freundlich lächelnd und trat mit zwei Menükarten schwungvoll hinter dem Kinderhochsitz hervor. Gleich wird sie Kunststücke vorführen und Geld dafür verlangen, dachte Holm, dem dieser überschwängliche Empfang nicht behagte. Man kannte sich schließlich überhaupt nicht. Ob sie reserviert hätten, fragte die Frau, ungeachtet ihrer sichtlich übel gelaunten Gäste, weiterhin freundlich. Dass sie sich um ihre Laune offenbar nicht scherte, beeindruckte Holm. Nein, sagte er, der lediglich stumm seinen Stammplatz ansteuern und ansonsten in Ruhe gelassen werden wollte. Wir würden gerne wieder vorne rechts am Fenster sitzen, erklärte seine Mutter höflich, aber bestimmt. Da sitzen wir seit zwanzig Jahren, fügte Holm vorsichtshalber noch hinzu, falls die junge und auch etwas unbedarfte Frau Mutters dezentes, aber gut platziertes »Wieder« überhört haben sollte. Es musste deutlich werden, dass sie hier keine Erstbesucher waren, die man überall hinsetzen konnte. Das wird schwierig, sagte sie, die auf so etwas Altertümliches wie Stammgäste offenbar nicht vorbereitet war. Vermutlich kennt sie diesen Begriff gar nicht mehr, dachte Holm. Er fühlte sich plötzlich steinalt.

Ich werde sehen, was ich tun kann, sagte sie und schwenkte mit den Menükarten zum Restaurant. Holm und seine Mutter blickten sich skeptisch an, während sie Mühe hatten, der forsch vorangehenden Frau zu folgen.

Die bösen Vorahnungen im Treppenaufgang bewahrheiteten

sich im Restaurant. Das gesamte Lokal war vollständig umgestaltet worden. Klare Linien und Designerlampen statt vertrauter Gemütlichkeit. Es war nichts mehr wiederzuerkennen. Die Einrichtung aus den siebziger Jahren war einem Konzept aus dem Computer gewichen. Wahrscheinlich saß der Verantwortliche in Peking und starrte auf goldverzierte Pagoden. In ein China-Lokal würden sie jedenfalls nicht mehr gehen. Womöglich konnte die Einrichtung per Mausklick täglich verändert werden, sodass eventuelle Stammgäste ihren Platz schon nach zwei Tagen nicht mehr wiederfanden. Die ganze rechte Fensterfront war von Menschen besetzt, die Holm hier an einem Mittwochnachmittag noch nie gesehen hatte. Man kehrte neuerdings wahllos ein und kümmerte sich nicht mehr um Traditionen. Die alte Besetzung hatte angesichts dieses wild durcheinandergewürfelten Publikums längst das Weite gesucht.

Rechts ist leider alles belegt, sagte die junge Frau bedauernd, als wäre sie von dieser Tatsache persönlich betroffen. Holm hätte den Laden am liebsten sofort verlassen. Man kann die Frau jetzt aber auch nicht einfach hier stehen lassen, dachte er und ärgerte sich im selben Moment über sein Mitgefühl. Schließlich wollte sie sich ja nicht hier hinsetzen. Ganz links wär noch was frei, meinte sie und deutete auf den letzten Platz vor einer grauen Gardine, die den Cafébereich anscheinend vom Abendlokal trennte. Ein Abendessen diesseits der Gardine war nach dem Pekinger Konzept vermutlich nicht vorgesehen. Wenn es nicht anders geht, sagte Holms Mutter beleidigt und warf der Frau einen vernichtenden Blick zu. Nachher bestellt sie sicherlich ein Hacksteak, dachte Holm. Der Tisch wird Ihnen bestimmt gefallen, sagte die Frau fröhlich und ging beschwingt voraus. Ob sie wohl auch schon mal dort gesessen habe, meinte seine Mutter giftig zu Holm. Glücklicherweise war die Frau da schon längst außer Hörweite.

Holm und seine Mutter starrten stumm auf die Menükarten. Es war kaum etwas wiederzufinden. Mit der Umgestaltung des Lokals war auch der Hühnchensalat verschwunden. Stattdessen gab es gebratene Hühnerbrust auf Bambussprossen. Wahrscheinlich war auch der Koch Chinese. Und Kuchen *auf Anfrage*. Ob der vor oder hinter der Gardine einzunehmen war, blieb leider offen.

Hast du schon was gefunden?, fragte seine Mutter verzweifelt, die sich auch nur langsam von diesem Schlag erholte. Kuchen auf Anfrage, sagte Holm, und dazu eine Tasse Kaffee. Er war kurz davor, sich eine Schwarzwälder Kirschtorte zu bestellen. Wenn sie die nicht hatten, würde er deutlich werden.

Ich hätte Lust auf was Herzhaftes, sagte seine Mutter. Gekochte Hühnerfüße auf Schlangenherzen, sagte Holm. Geschnetzeltes mit Rösti, sagte seine Mutter, die Holm scheinbar überhört hatte. Offenkundiger Unsinn wurde von ihr automatisch weggefiltert, übrig blieb ein Mensch, den sie als ihren Sohn gerade noch akzeptieren konnte. Erstaunt musste er feststellen, dass seine Mutter sofort mit dem Abendessen begann. Das neue Design hatte seine Mutter sichtlich verwirrt. Wenn du dir die Gardine vor den Kopf hängst, sagte Holm, bekommst du bestimmt auch was Herzhaftes. Als die Bedienung kam, orderte er fast widerwillig Käsekuchen und eine Tasse Kaffee. Ob es eigentlich auch Mohnkuchen gebe, fragte er interessehalber nach. Mohnkuchen sei aus, meinte die Bedienung knapp, was Holm schon nicht mehr überraschte. Seine Mutter blieb beim Geschnetzelten.

Die unterschiedlichen Bestellungen ließen den gewohnten Gesprächsablauf nicht mehr zu. Genau genommen kam überhaupt kein Gespräch mehr zustande, als würden die alten Geschichten um Mathilde und Hanni nicht mehr so recht in die neue Zeit passen. Direkt neben ihnen wurde ein Ehepaar platziert, das ebenfalls ratlos auf die Menükarten starrte. Offenbar waren sie vom gleichen Schicksal betroffen.

Holm spürte mit einem Mal, dass sein Käsekuchen und Mutters Geschnetzeltes nur der Ausdruck einer viel tiefer liegenden Veränderung waren, die ihn von seinem früheren Leben trennte. Ein nicht mehr zu überbrückender Graben, der sich zwischen Käsekuchen und Geschnetzeltem aufgetan hatte und Holm zum ersten Mal deutlich machte, dass er erwachsen geworden war. Solange er jedoch kein selbstständiges Leben führte, war er nicht wirklich erwachsen. Holm suchte zwar nach einem eigenen Weg, kam aber immer wieder auf Käsekuchen zurück.

Sie aßen.

Bist du eigentlich glücklich?, fragte ihn seine Mutter plötzlich mit einer Portion Rösti im Mund. Holm wusste zunächst nicht, was ihn mehr überraschte, die Frage oder die Tatsache, dass seine Mutter mit vollem Mund redete. Hatte sie ihm nicht immer gepredigt, mit vollem Mund nicht zu sprechen? Dass sie nun selber dagegen verstieß, schockierte ihn. Vielleicht hatte sie ihm diese Frage schon längst einmal stellen wollen, angesichts der veränderten Rahmenbedingungen im Lokal, die so manches durcheinanderbrachten, war ihr die Frage eben irrtümlich zwischen die Rösti gerutscht. Seine Mutter wirkte auch selber ein wenig irritiert, als wäre ihr die Frage in diesem Zusammenhang peinlich.

Meinst du das auf den heutigen Tag bezogen oder grundsätzlich?, fragte Holm vorsichtshalber noch einmal nach. Nicht dass er gleich alles verneinte.

Mit deinem Leben, meine ich, fügte seine Mutter, nachdem sie die Rösti runtergeschluckt hatte, hinzu, ob du mit deinem Leben glücklich bist?

Es war sehr schwierig, auf diese Frage eine korrekte Antwort zu geben. Denn kein Mensch war jeden Tag mit seinem gesamten Leben zufrieden. Es gab Zeiten, wo er glücklich war, meist kurz nach dem Aufstehen, wenn ihn die Langeweile noch nicht gepackt hatte. Teilweise verflüchtigte sich diese Zufriedenheit, wenn es auf Mittag zuging, abends war er dann oft mit großen Teilen seines Lebens unzufrieden, konnte aber gleichzeitig einen glücklichen Tag verbracht haben. Mit anderen Worten, es war praktisch unmöglich, wahrheitsgemäß darauf zu antworten.

Holm hatte auf einmal den Verdacht, seine Mutter habe eigentlich etwas ganz anderes fragen wollen, beziehungsweise die Frage nicht vollständig durchformuliert. Die ganze Frage lautete: Bist du eigentlich mit deinem Leben bei deinen Eltern glücklich? Damit bekam die Sache gleich einen ganz anderen Charakter. Nicht ein grundsätzliches Interesse an Holms gegenwärtigem Seelenzustand war der noble Anlass dieser Frage, sondern Zweifel und Skepsis, ob ein arbeitsloser Mann mit fast vierzig Jahren im Kinderzimmer seines Elternhauses überhaupt in der Lage war, ein erfülltes Leben zu führen. Und obwohl er sich diese Frage schon selber einige Male im Stillen gestellt hatte, klang sie aus dem Mund jener Frau, die ihn vor achtunddreißig Jahren in die Welt gesetzt hatte, wie ein Vorwurf. Ihn bei Kaffee und Kuchen derart bloßzustellen und ihm so brutal den Spiegel vorzuhalten war mehr, als Holm in seiner jetzigen Lage verkraften konnte. Überhaupt war es ja nicht seine Idee gewesen, auf die Welt zu kommen. Außerdem kam die Frage nach beinahe vierzig Jahren für seinen Geschmack ein wenig zu spät. So etwas hätte sie mal früher fragen sollen. Zum Beispiel nach seinem Abitur, da wäre noch so einiges möglich gewesen. Der Autohändler fragte seinen Kunden ja auch nicht erst nach zwanzig Jahren, wenn der Wagen bereits schrottreif war, ob er mit der Fahrleistung zufrieden sei.

Eigentlich schon, sagte Holm und zermatschte den Käsekuchen mit der Gabel derart, dass er als Kuchen nicht mehr wiederzuerkennen war.

Ob die hier auch Mohnkuchen hätten, fragte der Mann des am Nachbartisch sitzenden Ehepaars plötzlich zu ihnen gewandt.

Mohnkuchen ist aus!, riefen Holm und seine Mutter im Chor.

3.

Am nächsten Morgen kam Holm schon um zehn Uhr im Anzug aus seinem Zimmer, stürzte die Treppe hinunter und verließ grußlos das Haus. Sein vorläufiges Ziel hieß Alt-Rudow, die Entscheidung, was er dort genau machen wollte, würde er später nachliefern. Während er zügig den Klettenweg entlangging und der warme Wind durch seine Haare wehte, stellte er sich das Gesicht seiner Mutter vor, wie sie ihm erstaunt durch das Küchenfenster nachsah. Wo will denn nur der Junge um diese Uhrzeit hin? Er hat wohl was Wichtiges vor!

Holm passierte den *Mandarin Garten*, ein China-Lokal, das in einem barackenartigen Flachbau untergebracht war. Er war oft mit seinen Eltern dorthin gegangen, wenn seine Mutter keine Lust gehabt hatte zu kochen. An der *Casa Montella*, einem besseren Italiener gegenüber der Bäckerei Wulff, erlahmte sein Schritt. Er blieb an der Ecke stehen und überlegte, in welche Richtung er weitergehen sollte. In Wahrheit wollte er nämlich nirgends hin und hatte auch nichts Wichtiges vor. Holm wollte seinen Eltern nur zeigen, dass er auch ohne Absprache mit ihnen zu einer selbstständigen Lebensführung in der Lage war. Leider wusste er nicht einmal, ob seine Mutter sein Fehlen überhaupt bemerkt hatte.

Von rechts sah er plötzlich Mathilde, eine von Mutters zahllosen Freundinnen, mit zwei Einkaufstüten auf ihn zuschwanken. Für eine Flucht war es zu spät, denn sie hatte ihn bereits erkannt.

Felix, mein Guter, rief sie schon von weitem, dass es die ganze Straße hören konnte. Holm sah teilnahmslos geradeaus. Sie stellte schnaufend die Tüte vor seine Füße. Deine Mutter hat mir schon erzählt, dass du wieder da bist, fuhr sie in derselben Lautstärke fort. Offenbar hat sie einen Hörschaden, dachte Holm. Vielleicht sollte er sie auch mal anschreien. Ist doch schön, dass die Eltern ihr Söhnchen endlich wiederhaben, nicht wahr?

Holm fragte sich, ob auch andere Söhne irgendwann wieder zu ihren Eltern zurückkehrten. Man hatte sich im Leben kurz umgeschaut und war zu dem Ergebnis gekommen, dass es zuhause doch am besten war.

Ja, gab sich Holm denkbar knapp. Jetzt wussten alle, dass er wieder im Klettenweg wohnte. Wenigstens brauchte er nun nicht mehr jeden einzeln darüber zu informieren.

Und was machst du jetzt so?, fragte Mathilde. Ich meine, mit dem Zigarrenladen hat es ja nicht hingehauen, oder?

Holm war froh, dass seine Mutter sofort ihren gesamten Freundeskreis benachrichtigt hatte. Die Topmeldung aus dem Hause Holm lautete: Holm, Felix ist in der Zigarrenbranche gescheitert. Welchen Weg wird er nun einschlagen: den nach Alt-Rudow oder den in den Teltow-Kanal?

Mach dir nichts draus, Junge, das war sowieso nicht das Richtige für dich. Allein dieser ganze Qualm! Sie schüttelte angewidert den Kopf, als hätte sie bereits einschlägige Erfahrungen in der Zigarrenbranche gesammelt. Holm wartete gespannt, ob ihm Mathilde gleich den ihrer Meinung nach richtigen Berufsweg mitteilen würde. Es kam aber nichts. Stattdessen griff sie abrupt nach den Tüten. Anscheinend war ihr selber gerade klar geworden, dass sie zu diesem Thema nichts Nachhaltiges beitragen konnte. Na ja, meinte sie noch, während sie sich eilig abwendete, du wirst schon deinen Weg machen. Und grüß bitte Mama von mir, ich ruf bald mal wieder an! Und damit verschwand sie schnell hinter der nächsten Ecke.

Holm ging langsam an den Geschäften vorbei. Es hatte sich kaum etwas verändert. Selbst die Angebote waren dieselben wie früher. Das grüne Kleid bei *Susi's Moden*, hatte es nicht schon vor einem Jahr dort gehangen? Dieser Stillstand ärgerte ihn auf einmal. Was ihm früher wie ein angenehmer Rahmen für seine Lebensgewohnheiten vorgekommen war, deprimierte ihn plötzlich. Die Geschäfte schienen sein Scheitern noch zu verhöhnen. Mit ihren durchschnittlichen Auslagen machten sie ihm unmissverständlich klar, dass er auch selber nur durchschnittlich war und sich seither im Grunde nicht verändert hatte. Hinzu kam, dass Holm überall sofort erkannt und gegrüßt wurde, als wäre er gar nicht fort gewesen. Allerdings konnte er sich nicht erinnern, früher so oft und vor allen Dingen so herzlich gegrüßt worden zu sein, für Holm ein weiterer Beweis, dass ganz Rudow heimlich über ihn lachte.

Holm bemerkte einen Hund mit einer zusammengerollten Zeitung im Maul. Er trottete fröhlich wedelnd an ihm vorbei. Offensichtlich war er zufrieden mit seiner Aufgabe. Holm beneidete den Hund. Ob er sich auch mal eine Zeitung zwischen die Zähne klemmen sollte?

Im Schaufenster eines Elektronikfachhandels entdeckte er eine CD von Frédérik Mey, dem französischsprachigen Alter Ego von Reinhard Mey, die er noch nicht kannte. Er betrat den Laden und sah sich die CD etwas genauer an. **Douce France, Vol. 7.** »13 seiner schönsten deutschen Lieder hat er nun auf Französisch eingesungen«, hieß es auf der Rückseite. Kein einziges Lied kam ihm bekannt vor, was Holm sofort in leichte Panik versetzte. Ein Reinhard-Mey-Fan, der dreizehn seiner schönsten deutschen Lieder nicht kannte. Wo gab es denn so was?

Super Aufnahmen, sagte ein kleiner bärtiger Mann, der in diesem Moment hinter einem Standventilator hervortrat. Zum Glück kannte er Holm nicht.

Wenn Sie Reinhard Mey mögen, sagte der Mann, anscheinend ein Zwerg, er hielt Holm auf Abstand, um den Eindruck des Zwergenhaften nicht noch zu provozieren, mögen Sie sicher auch seine französischen Lieder. Dass es sich in Wirklichkeit um deutsche Lieder handelte, die lediglich auf Französisch eingesungen worden waren, behielt Holm lieber für sich. Manchmal ist es sogar ganz schön, fuhr der Mann fort, wenn man nicht so genau weiß, worüber er singt, dann kann man sich an der Stimme umso mehr erfreuen.

Holm konnte sich jedoch nicht an der Stimme erfreuen, wenn er nicht genau wusste, was gerade gesungen wurde. Im Grunde, dachte er, ist es völliger Unsinn, wenn ich mir die Lieder auf Französisch anhöre. Da würde er sich nur schwarzärgern.

In Deutschland, sagte der Zwerg, der langsam Vertrauen fasste und näher kam, was Holm aber nicht guthieß, wer weiß, was noch alles passierte, in Deutschland wissen ja nur die wenigsten, wie populär Reinhard Mey in Frankreich und Holland ist. In Frankreich haben sie sogar eine Rose nach »Frédérik Mey« benannt, stellen Sie sich das mal vor! Die hat in Orléans mal den ersten Preis gewonnen.

Holm versuchte sich diese Rose vorzustellen. Womöglich hatte man ihr einen Stoppelbart hineingezüchtet.

Und in Holland haben sie einen Fanclub.

Ob es den auch in Frankreich gebe, fragte Holm, obwohl es ihn eigentlich nicht interessierte. Der Mann musste gedanklich beschäftigt werden, ehe er sich noch weiter vorwagte. Holm hatte plötzlich eine ganz andere Idee. Er wollte nach Frankreich reisen und sich diese Mey-Rose einmal genauer ansehen. Man könnte einige Sprösslinge davon nach Berlin holen und hier als Reinhard-Mey-Rose an Fans verkaufen. Holm stünde dann vor Konzerten immer am Eingang und böte einen Strauß Rosen an, den Bund für zehn Euro. Ganze Sträucher könnte man sogar in Vorgärten pflanzen. »Die Mey-Rose verschönert jeden Garten! Auch für den Balkon geeignet.«

Davon wisse er zwar nichts, meinte der Mann auf einmal merkwürdig aufgekratzt, aber er werde sich sofort darum kümmern.

Holm zahlte rasch die CD und verabschiedete sich, bevor es zu vertraulich wurde. Am Ende saß man noch bei Rotwein und Käse und hörte französische Chansons, die niemand verstand.

Um nicht dauernd erkannt und gegrüßt zu werden, beschloss Holm, in einen Laden zu gehen und sich einen Hut zu kaufen.

Woran hatten Sie denn gedacht? fragte ihn die stark parfümierte Frau, die ihren biederen Arbeitsplatz offenbar nur noch mit Hilfe eines teuren Parfüms einigermaßen ertrug.

Er brauchte eine Weile, um sich an den Geruch zu gewöhnen und die Angebote wahrzunehmen.

Jedenfalls nichts Modisches, sagte Holm, der gerade fasziniert die Reihe mit den so genannten Sonntagsfahrerhüten betrachtete. Das waren zeitlos hässliche Hüte, vorwiegend kariert, meist von alten, verbitterten Männern in unauffälligen Kleinwagen getragen, die sonntags in Schrittgeschwindigkeit durch die Gegend fuhren und den Verkehr blockierten.

Wie wär's mit etwas Klassischem?, fragte die Frau, bereits Schlimmes ahnend, und versuchte ihn auf die andere Seite des Ladens zu locken. Einen Borsalino, der würde Ihnen sicher gut stehen. Dieses Modell hat schon James Cagney in einer Gangster-Rolle getragen. Sie präsentierte ihm stolz einen grauen Hut mit schwarzer Seidenbinde.

Er kenne den Herrn nicht, sagte Holm, und wolle sich auf der Straße keinen Ärger einhandeln. Vielleicht hatte sie im Hinterzimmer noch Maschinengewehre im Angebot.

Oder einen Panama, sie klang verzweifelt, den hier tragen sie immer in Wimbledon. Ist aus echten Palmblättern geflochten.

Holm fragte sich, ob er nun auch nach Wimbledon fahren musste, wenn er diesen Hut aufsetzen wollte. Er trage nur ungern Palmenblätter auf dem Kopf, gab sich Holm unbeirrt und starrte weiterhin auf die Altherrenhüte. Da konnte er sich ja gleich noch ein Hawaiihemd dazukaufen. Er nahm einen olivgrünen Hut mit rotweißen Karos aus dem Regal und setzte ihn auf.

Steht Ihnen auch gut, meinte die Frau sichtlich bemüht, ihre Enttäuschung hinter einer professionellen Verkäuferhaltung zu verbergen. Ihren Job hatte sie sich wohl etwas anders vorgestellt. Panamas und Borsalinos für den Mann von Welt, und dann wurden immer nur hässliche Sonntagsfahrerhüte verlangt.

Als Holm in den Spiegel sah, war sein erster Gedanke: Erich Honecker. Er sah um mindestens zehn Jahre gealtert aus. Er wirkte jetzt so alt, wie er sich immer empfunden hatte: Anfang fünfzig. Bald könnte er sich einen Stock zulegen und seinen Lebensabend gemütlich im Fernsehsessel verdämmern. Die Frage, was er mit sich und seinem Leben eigentlich anfangen sollte, brauchte er dann endlich auch nicht mehr zu beantworten.

Holm bezahlte, den Hut hatte er nicht wieder abgenommen, und trat gut gelaunt auf die Straße. Sein Gang war ein wenig schleppender geworden. Sein Körper versuchte sich an das Bild eines rund fünfzigjährigen Mannes anzupassen, was Holm durchaus nicht unangenehm war. Er hätte ruhig noch zehn Jahre älter sein können, dann hätten sich auch die sexuellen Bedürfnisse erledigt.

Er ging langsam die Einkaufsstraße entlang. Erich Honecker beim Bummel durch Alt-Rudow. Verblüfft erkannte er, dass ihn niemand mehr grüßte. Und noch etwas fiel ihm auf: andere Männer mit ähnlichen Hüten. Männer, die er hier zuvor nie wahrgenommen hatte. Gab es Menschen, die nur von Gleichgesinnten erkannt wurden? Womöglich sah man noch ganz andere Leute, wenn man sich eine Damenhandtasche um die Schulter hängte.

Die Männer mit den Honecker-Hüten schienen ebenfalls ziellos durch die Gegend zu laufen und wurden von niemandem gegrüßt. Das allen gemeinsame Kennzeichen dieser Männer war nämlich ihr ratloses Herumirren in belebten Einkaufszentren an gewöhnlichen Werktagen. Sonntags rächten sie sich dann an der ignoranten berufstätigen Bevölkerung, indem sie mit ihren Kleinwagen in Schrittgeschwindigkeit bekannte Ausflugsrouten abfuhren.

In diesem Augenblick kam Holm Jürgen Höpke, ein Skatbruder seines Vaters, entgegen. Genauso wie sein Vater war auch Jürgen Höpke seit kurzem pensioniert, arbeitete jedoch als Handwerker weiterhin für Bekannte. Seit er keine Rechnungen mehr schrieb, zählte halb Rudow zu seinem Bekanntenkreis. Ständig mussten irgendwelche Klospülungen repariert werden. Hätte er früher so viele Aufträge erhalten, wäre sein Betrieb wahrscheinlich nicht pleitegegangen. Jürgen Höpke wollte an Holm gerade grußlos vorbeigehen, als Holm seinen Hut lüpfte und ihm einen schönen Tag wünschte. Für einen Moment sah Jürgen Höpke irritiert auf und grüßte dann nach kurzem Zögern verunsichert zurück.

Zufrieden über diese Wirkung, sie schien Holm auf merkwürdige Art vom Druck der eigenen Lebensplanung zu befreien, trat er an das Schaufenster eines anscheinend neu eröffneten Geschäfts. *Außergewöhnliches ist für uns normal* stand dort in weithin sichtbaren Buchstaben. Eine große deutsche Lebensversicherung warb für *Erfolg & Power für das 21. Jahrhundert.* Holm sah sich die Sache genauer an. *Gestalten Sie gemeinsam mit uns Ihre Zukunft neu.* So was interessierte ihn, wer mit ihm seine Zukunft gestalten wollte, würde er auch gerne mal wissen. Er las weiter: *Lust auf Erfolg?* Holm nickte. Sein ganzer Körper bewegte sich dabei vor und zurück. Er spürte plötzlich die Kraft des 21. Jahrhunderts, mehr als fünf Jahre nach dem Jahrtausendwechsel machte sie sich endlich auch bei ihm bemerkbar. *Sie sind stark in der Akquisition? Mitmenschen von etwas zu überzeugen, dass auch Sie überzeugt hat, liegt Ihnen im Blut?* Holms Blut pochte hörbar in seinen Schläfen. Er wollte ja gerne von etwas überzeugt werden, hatte aber bislang noch nichts Passendes gefunden. Hier kündigte sich auf einmal eine Kehrtwende in seinem Leben an. Holm war bereits von einer Sache überzeugt, von der er noch nicht mal wusste, um was es sich überhaupt handelte. *Analysieren Sie Ihre aktuelle berufliche Situation*, darunter zehn Fragen, die mit Ja oder Nein beantwortet werden mussten. *Wenn Sie mindestens dreimal mit Nein geantwortet haben – hier ist Ihre Chance!* Zitternd las er die ersten drei Fragen: *Können Sie Ihre Persönlichkeit voll entfalten? – Werden Ihre Fähigkeiten erkannt und gefördert? – Bestimmen Sie Ihre Karriereschritte selbst?* Erleichtert beantwortete er die Fragen mit Nein. Ohne sich die restlichen sieben Fragen anzusehen, betrat Holm sofort den Laden.

In der Mitte des weitgehend leeren Raumes stand ein ausladender Tisch, an dem ein leicht untersetzter Mann in dunklem Zweireiher stumm über Formulare gebeugt saß und Kreuze machte. Eine Weile passierte gar nichts, der Mann kreuzte einfach unbeirrt weiter an, vermutlich sind das die entscheidenden Kreuze, dachte Holm, bis ihm der Gedanke kam, seinen Hut abzunehmen. In diesem Moment blickte der Mann auf und lächelte ihn freundlich an. Ob er ihm helfen könne, fragte er und schob die Formulare beiseite. Er interessiere sich für außergewöhnliche Aufgaben, sagte Holm, und wolle sich über die gemeinsame Zukunft informieren. Der Mann musterte ihn skeptisch. Sind Sie berufstätig?, wollte er wissen, ein Herr Wuschke, wie Holm auf einem auf dem Schreibtisch stehenden Namensschild las. Holm verneinte, was Herrn Wuschke sofort in frohe Erregung versetzte. Sehr gut, sagte er und sprang auf, nehmen Sie doch bitte Platz. Es war etwas ungewohnt, wie sich jemand für Holms klägliches Leben derart begeistern konnte.

Möchten Sie einen Kaffee? Holm nickte, nun schon zum zweiten Mal innerhalb weniger Minuten. Wenn er so weitermachte, war seine grundsätzliche Zustimmung zum eigenen Leben nur noch eine Frage der Zeit.

Wissen Sie eigentlich, sagte Herr Wuschke, während er die Tasse Kaffee mit einem Stück Schokolade, das augenblicklich zu schmelzen begann, vor ihm abstellte und sich schwungvoll wieder hinsetzte, dass immer weniger Kinder geboren werden? Holm blickte ihn überrascht an. Das habe ich so nicht gewusst, antwortete er. Jaa!, rief Herr Wuschke, von dieser Tatsache vollkommen hingerissen. Er stützte seine Hände, die Arme seitlich gespreizt, auf den Schreibtisch. Wie ein beißwütiger Hund, dachte Holm. Wahrscheinlich hechtet er gleich über den Tisch. Und wissen Sie, was das heißt? Er sah Holm groß an. Holm fühlte sich plötzlich sehr klein. Am besten man sagte überhaupt nichts mehr. Er zuckte die Schultern. Es heißt, sagte der Mann lauernd, sein Körper schien mit Adrenalin vollgepumpt, dass immer weniger Versicherte in die gesetzliche Rentenversicherung einzahlen! Herr Wuschke sank erschöpft in den Sessel zurück und strich sich die Haare nach hinten.

Holm nippte vorsichtig am Kaffee, jetzt keine schnelle Bewegung machen, dachte er, um den Mann nicht zu reizen. Wie man hier seine Persönlichkeit entfalten sollte, war ihm rätselhaft.

Das Schokoladenstück bewegte sich derweil langsam in die Mitte der Untertasse, die für die Kaffeetasse damit verloren war. Holm bemühte sich um möglichst kleine Schlucke und hoffte, dass alle wesentlichen Gesprächspunkte bald abgehandelt wären. Herr Wuschke war von seinen eigenen Worten allerdings derart begeistert, dass er nun selber einen Kaffee benötigte. Ohne Untertasse, das Stück Schokolade hatte er schon vor Ort verspeist, balancierte er mit der bis zum Rand gefüllten Tasse zurück an seinen Platz. Bis zu dem Augenblick, als er seinen Hintern in Zeitlupe auf den Sessel hinunterbewegte in einer auch für Holm fast unerträglichen Langsamkeit, es war unmöglich, irgendetwas anderes wahrzunehmen als das Gesäß von Herrn Wuschke, und sich schließlich mit einem kurzen Ruck setzte, hatte er ein Verschütten des Heißgetränks erfolgreich verhindern können, dann aber schwappte es auch für Herrn Wuschke völlig überraschend über den Tassenrand hinweg, eine hellbraune Welle Kaffee landete so unglücklich auf dem Stoß Formulare, dass zwei Drittel sofort durchnässt waren. Diese Gelegenheit nutzend, stellte Holm seine Tasse auf die von der geschmolzenen Schokolade bereits total versaute Untertasse und sagte zur Ablenkung laut: Na so was!, dabei blickte er entsetzt auf die sich bräunlich verfärbenden Formulare.

Verdammter Mist!, rief da Herr Wuschke mindestens genauso laut und versuchte zu retten, was noch zu retten war. Fast nichts, wie sich rasch herausstellte. Der größte Teil landete umgehend im Papiermüll. Die ganze Arbeit umsonst!, sagte er verärgert, besann sich aber in diesem Augenblick auf sein Gegenüber und setzte, sich stark zurücknehmend, hinzu: Wo war ich noch stehengeblieben? Noch ehe Holm wusste, wo sie stehengeblieben waren, beantwortete Herr Wuschke die Frage gleich selber. Bei der Rentenversicherung! Gut, und was heißt das nun für uns?

Holm dachte nach. Ihm war nicht ganz klar, ob das jetzt nur sie beide allein betraf oder das deutsche Volk insgesamt. Um keinen Fehler zu machen, er wollte sich ihre gemeinsame Zukunft auf keinen Fall verscherzen, hob er lediglich die Brauen und sah Herrn Wuschke neutral, aber grundsätzlich offen in die Augen. Das bedeutet nichts anderes, sagte Herr Wuschke, der langsam wieder in Fahrt kam und das Unglück beinahe vergessen hatte, dass immer mehr Rentner Leistungsträger der gesetzlichen Rentenversicherung sind, weil die Lebenserwartung steigt. Im Jahr 2040 wird es in Deutschland nur noch rund achtundsechzig Millionen Menschen geben, da können Sie sich ausrechnen, dass die private Absicherung zwingend erforderlich ist, damit wir unseren Lebensstandard halten können. Im Jahr 2040, dachte Holm, bin ich fast achtzig, da bin ich froh, wenn ich noch aufrecht sitzen kann.

Und Sie wollen also bei uns einsteigen, sagte Herr Wuschke nach einer kurzen Pause, damit sich sein Horrorszenario auch angemessen entfalten konnte. Ja, sagte Holm ohne zu zögern. Am liebsten wäre er sofort irgendwo eingestiegen. Ich schlage vor, sagte Herr Wuschke ernst und holte ein frisches Formular aus der Schublade, Sie besuchen erstmal unseren Grundkurs und sehen dann, ob Ihnen die Aufgabe überhaupt gefällt. Er schob Holm das Papier unter die Nase und tippte mit dem Finger darauf. Ich glaube, wir haben am Wochenende noch einen Platz frei. Der Kurs dauert zwei Tage, wenn Sie mir gleich fünfundsiebzig Euro geben, kann ich Sie fest buchen. Im Preis enthalten sind übrigens auch zwei Mittagessen, fügte er jovial lächelnd hinzu, als habe er sich die Hauptinformation bis zum Schluss aufgespart.

Holm füllte das Formular aus und gab ihm das Geld. Ich

wünsche Ihnen viel Erfolg, sagte Herr Wuschke noch, als er die Tür öffnete und mit nach draußen trat. Man sieht sich! Er winkte Holm hinterher, der aber schon tief in Gedanken versunken war und sich sein neues Leben als Versicherungsvertreter ausmalte.

Die Veranstaltung fand im Hotel Sylter Hof in der Kurfürstenstraße statt. Holm erschien pünktlich am Samstagmorgen um zehn in einem hellgrauen Anzug. Seine Eltern hatte er am Abend zuvor informiert, aber nicht die erwartete Reaktion bei ihnen hervorgerufen, worauf er sich weitere Erklärungen ersparte.

Im kleinen Foyer standen bereits mehrere Aspiranten vor Stehtischen und tranken Kaffee aus weißen Plastikbechern. Während die weiblichen Teilnehmer durchgehend gut gekleidet waren, in unauffällige Röcke oder Kostüme, die ein ernstes, aber nicht verbissenes Interesse am Seminar offenbarten, zeigten sich bei den Männern deutliche Unterschiede. Die einen wiesen mit dunklen Anzügen und polierten Schuhen auf ihren kurz bevorstehenden Karriereneustart hin, die anderen deuteten durch Jeans und Turnschuhe lediglich an, dass sie den Weiterbildungsmaßnahmen der Agentur für Arbeit nicht grundsätzlich ablehnend gegenüberstanden, sich davon aber nicht das Geringste versprachen. Man stand bereits an verschiedenen Tischen, die Anzugträger, die Frauen und die Verlierer blieben jeweils lieber unter sich.

Ob er auch am Seminar teilnehme, wollte eine junge Frau mit einer Liste in der Hand von Holm wissen. Er bejahte und nannte seinen Namen, worauf die Frau, eine Gabriele Wohlfahrt, wie Holm auf ihrem Namensschild las, ein Häkchen machte und ihn bat, sich doch einen Kaffee *zu ziehen* und sich einer Gruppe anzuschließen, um sich *ein wenig näher kennenzulernen.*

Holm ging zu einer gewaltigen Kaffeemaschine, er hatte sie zunächst für eine mobile Heizung gehalten, was ihm angesichts der Temperaturen doch etwas merkwürdig erschien, daneben Teller mit Gebäck, und wollte sich einen Kaffee *ziehen*, drückte jedoch versehentlich den Knopf mit *heißer Schokolade*. Dass eine Kaffeemaschine auch heiße Schokolade produzieren konnte, war ihm neu, er betrachtete es jedoch als vorübergehende Verirrung einiger vermeintlich progressiver Gerätehersteller, die sicher bald wieder zur klaren Tasse Kaffee zurückfänden. Damit Gabriele Wohlfahrt aber nicht auf den Gedanken kam, er habe von der Weiterentwicklung der klassischen Kaffeemaschine, wie er sie aus den Haushalten seiner Mutter und Tante Hede kannte, nichts gewusst, ließ Holm sich nicht das Geringste anmerken. Mit dem Plastikbecher heißer Schokolade in der Hand machte er auf dem Weg zu den Stehtischen sogar noch einen Bogen an Gabriele Wohlfahrt vorbei und schwenkte den Becher mit dem Ausruf: Hier gibt es ja Schokolade! hocherfreut vor ihren Augen, quasi unmittelbar an ihrem Gesicht entlang, man musste fast von einem gewagten Manöver sprechen, das Holm hier im Vorbeigehen absolvierte. Ein Fehler, wie er in diesem Moment bemerkte, denn erstens war Frau Wohlfahrt gerade mit Neuzugängen beschäftigt und hatte für derlei Mitteilungen weder Zeit noch Interesse, und zweitens war die Schokolade wirklich so heiß, dass seine Finger anfingen zu brennen. Wenn er in fünf bis sechs Sekunden nicht einen der Stehtische erreichte, würde ihm der Becher automatisch aus der Hand fallen. Er konnte seiner Hand nicht mal sagen, halte noch zwei Sekunden länger durch, damit ich es noch am Verlierertisch vorbeischaffe. Nein, seine Hand würde sich einfach öffnen, ohne Rücksicht auf mögliche Langzeitfolgen, die auch seine rechte Hand mittragen müsste.

Langsam balancierte er am Verlierertisch vorbei, konzentrierte sich ganz auf den Becher. Und dann passierte es. Seine

Finger wollten sich gerade lösen, als Holm den Becher praktisch in der letzten Sekunde zwischen die Jeansträgertruppe bugsierte und auf den Tisch stellte.

Noch mal Glück gehabt!, sagte ein kleiner Mann mit Weste und Holzfällerhemd in einer weiblich hohen Stimme. Er hatte sich vorsichtshalber einen Schnurrbart wachsen lassen, um keine Missverständnisse zu provozieren.

Glück muss der Mensch haben, sonst nützt alles nichts, sagte ein zweiter; er trug ein zerknautschtes Sakko, darunter ein T-Shirt mit der Aufschrift »Morgenstund hat Gold im Mund«; offenbar wusste er Bescheid.

Schokolade is besser als Kaffee, meinte der Mann neben Holm, ohne dies allerdings näher zu begründen. Er war unrasiert und sprach mit Akzent. Vermutlich ein Ausländer, dachte Holm, womöglich sogar ein Türke. Holm hatte nichts gegen Türken, fragte sich jedoch, was er mit Menschen, die Schafen den Hals aufschlitzten und kopfüber im Vorgarten ausbluten ließen, gemeinsam haben könnte. Er glaubte eine leichte Alkoholfahne zu riechen.

Der Dritte in ihrer Runde, ein veritabler Bär in abgewetzter Lederjacke, sagte nichts zu dem Thema und blickte nur starr geradeaus. Anscheinend konnte er der Diskussion nicht folgen.

Die Karrieristen sahen derweil ein wenig erstaunt zu Holm. Man verstand wohl nicht recht, wie dieser Mann mit Krawatte und Anzug in so einer Gruppe landen konnte. Dass sich Holm an der heißen Schokolade beinahe die Finger verbrannt hätte, war über diese Entfernung leider nicht vermittelbar.

Holm merkte, wie der Makel des Verlierers langsam auch an ihm zu haften begann. Selbst wenn er sich sofort an den Nebentisch gestellt hätte, wäre er aus der Sache nicht wieder herausgekommen. Zumal der Nebentisch ein reiner Frauentisch war.

Ich weiß ja nicht, was ihr hier wollt, sagte der kleine Mann mit der hohen Stimme und blickte ernst in die Runde, aber ich hab richtig Lust auf den Job. Holm sah ihn ratlos an. Ob er den anderen schon mal klarmachen sollte, dass er diese Veranstaltung trotz seiner lockeren Aufmachung nicht als bloßen Zeitvertreib betrachtete?

Lust oder nicht, sagte der Türke, Hauptsache man verdient. Sein Akzent war durch die schwergängige Zunge fast verschwunden. Wenn er sich noch ein paar Gläschen genehmigte, würde er bald hochdeutsch reden.

Seien wir mal ehrlich, sagte der Besitzer von »Morgenstund hat Gold im Mund«, er machte ein Gesicht, als würden gleich letzte Wahrheiten verkündet, eigentlich sind wir doch alle nur hier, um Geld zu verdienen, oder?

Viele Geld, radebrechte der Türke, anscheinend wurde er langsam nüchtern.

Ja, Geld!, rief plötzlich der Bär und sah lächelnd auf. Das Wort hatte er wohl verstanden.

Gut, okay, sagte der kleine Mann erregt, seine Stimme klang immer höher, vielleicht sollte er sich einen Vollbart zulegen, dachte Holm, damit auch wirklich nichts schiefging, ich will ja auch Geld verdienen, aber der Job muss einem ja auch Spaß machen. Ich hab jedenfalls keine Lust, Brötchen zu verkaufen!

Isch hab mal in Bäckerei gearbeitet, sagte der Türke in Verkennung der ernsten Lage, offenbar sah er jetzt die Chance, endlich einige Anekdoten aus seinem früheren Leben loszuwerden. Hat viel Spaß gemacht, und ganz einfach, du brauchst nur Teig in Maschine stecken, Knopf drücken und kommt unten Schrippe raus. Dabei blickte er Holm an, als hätte der ihn nach seinen Bäckereierlebnissen gefragt. Was passierte, wenn man den falschen Knopf drückte, hätte Holm gerne gewusst. Ob dann Schwarzwälder Kirschtorte unten rauskäme?

Am liebsten esse ich Amerikaner, sagte der Bär strahlend, diese Art von Diskussion schien ihm zu liegen. Aber die mit weißem Zuckerguss, fügte er rasch hinzu.

Der kleine Mann wirkte beleidigt und zündete sich nervös eine Zigarette an. Man nahm ihn einfach nicht ernst.

Ich finde das ziemlich zum Kotzen, was du sagst, sagte der Sprücheklopfer plötzlich zum Schnauzbart, der ihn erschrocken ansah und sein Beleidigtsein augenblicklich vergaß. Was heißt hier denn Spaß? Er blickte in eine Runde betroffener Gesichter. Wenn ihr euch so ne Einstellung leisten könnt, meinetwegen, ich muss ne Frau und ein kleines Kind ernähren, da ist es mir ehrlich gesagt ziemlich egal, ob ich Spaß an dem Job habe. Das ist meine Meinung!

Schnauzbart zog an seiner Zigarette, als wollte er sie mit einem Zug in Asche verwandeln. Mit so einer Bemerkung hatte er nicht gerechnet. Er brauchte eine Weile, um sich neu zu positionieren, dann sagte er: Versteh ich vollkommen, aber ohne Spaß kannst du keine Leistung bringen, und die brauchst du, wenn du viel Geld verdienen willst.

Und woher willst du wissen, dass dir der Job Spaß macht?, hakte der Sprücheklopfer nach.

Schnauzbart überlegte kurz. Das hab ich einfach im Gefühl!

Isch auch gutes Gefühl, meinte der Türke und sah wieder lächelnd zu Holm. Holm hatte kein gutes Gefühl, er hatte überhaupt kein gutes Gefühl. Im Grunde wollte er keinen dieser Männer näher kennenlernen, bemerkte aber beunruhigt, dass sich das Kennenlernen anscheinend automatisch vollzog. Er befand sich plötzlich in einer Schicksalsgemeinschaft von Menschen, die er sonst nicht mal in einem Hausflur gegrüßt hätte. Der Türke war kurz davor, Freundschaft mit ihm zu schließen. Danach lud er ihn womöglich zu Tee und Hammelfleisch in seine Kreuzberger Hinterhofwohnung ein. Man saß auf Sitzkissen und rauchte Opiumpfeifen, aus Lautsprechern murmelten orientalische Gebete. Vielleicht rief man später zum Krieg gegen den Westen auf.

Ehe es noch gemütlicher wurde, bat Frau Wohlfahrt die Teilnehmer in den Veranstaltungssaal. Man nahm an langen Tischen wie in der Schule Platz, die Frauen und die Karrieristen vorne, die Jeanstruppe in den hinteren Reihen. Auf einer großen Leinwand leuchtete das projizierte Logo des Versicherungsunternehmens: »Ihr Partner auf dem Weg zum Erfolg«. Holm saß zwischen dem Türken und dem Bären, die sich von seinem stillen Wesen offensichtlich stark angezogen fühlten. Für jeden Teilnehmer lagen Schreibblock und Bleistifte bereit.

Kurz darauf erlosch das Licht, und laute Musik wummerte durch den Saal. Im selben Moment ging ein Scheinwerfer an. Geil, rief der Bär und nickte begeistert mit dem Kopf. Auch der Türke wirkte recht angetan von der Inszenierung, beschränkte sich aber auf schlichtes Bleistiftklopfen.

Holm kam der Gedanke zu fliehen, solange es dunkel war. Die ganze Sache ist ein riesiges Missverständnis, dachte er, der sich vorsichtshalber nicht rührte, um kein Einverständnis zu signalisieren. Vielleicht wurde man ja gefilmt. »Sie fanden die Musik doch auch toll, das haben wir genau gesehen!« Andererseits hatte er zwei Mittagessen bezahlt, und die wollte er noch gerne in Anspruch nehmen.

Im hellen Kreis des Scheinwerfers kam jetzt ein Mann im Trainingsanzug und mit einem Rucksack in den Saal. Er trug eine tief ins Gesicht gezogene Mütze und blickte sich immer wieder nervös um, während er durch die Reihen nach vorn zur Leinwand lief. Gleich wird er eine Pumpgun aus dem Rucksack ziehen und die Teilnehmer niedermähen, dachte Holm. »Blutbad im Hotel – Der Mützenmann hat wieder zugeschlagen!« Anscheinend war er aber der Einzige, der sich Sorgen machte. Seine Nachbarn hätten es wohl begrüßt, wenn hier scharf geschossen worden wäre.

Als der Mützenmann die Leinwand erreicht hatte, stoppte die Musik, und das Deckenlicht ging wieder an. Begeistertes Johlen und Klatschen aus den Reihen der Teilnehmer. Die Inszenierung traf offenbar ihren Geschmack. Holm klatschte nicht, so was wollte er nicht auch noch unterstützen. Zu seiner Überraschung begann sich der Mützenmann auszuziehen. Er warf Rucksack, Anorak und Mütze auf den Boden und schälte sich aus dem Trainingsanzug. Heraus kam ein seriös gekleideter junger Mann mit modischem Kurzhaarschnitt. Würden Sie so einem Typen eine Versicherung abkaufen?, rief er in den Saal und deutete auf die abgelegten Kleider. Reihum schüttelnde Köpfe. Der Bär machte ein betretenes Gesicht, als wäre ihm seine anfängliche Begeisterung auf einmal peinlich. Holm blieb weiterhin ungerührt. Er würde auch diesem seriösen Herrn keine Versicherung abkaufen. Einer Firma, die ihre zukünftigen Vertreter mit ohrenbetäubender Bumsmusik empfing, würde er nämlich gar keine Versicherung abkaufen. Vielleicht reiste man bei Betriebsausflügen zu Heavy-Metal-Konzerten. Das Entscheidende sei immer der erste Eindruck, sagte der Dozent, der die Verwandlung vom Mützenmann zum Veranstaltungsleiter auch durch seine staatsmännische Körperhaltung beglaubigte. Alles andere komme später und dafür säßen sie hier im Grundseminar, zu dem er alle noch einmal herzlich begrüßen wolle.

Was noch alles kam, erfuhren sie mittels plastisch dargestellter Schaubilder, auf denen die Strukturen der Firma und die Aufgaben ihrer Mitarbeiter erklärt wurden. Es ging um die Akquisition neuer Kunden und Firmenmitarbeiter, den Auf- und Ausbau eigener Vertriebsstrukturen, das Training neuer Partner und um selbstständiges Handeln, Denken und Lenken. Jedes Schaubild wurde von einem passenden Foto illustriert, damit auch der Letzte begriff, worum es hier eigentlich ging. So sah man neben einer schematisch dargestellten Karriereleiter, die vom Posten eines Vermittlers bis zum Geschäftsstellenleiter führte, eine Holzleiter und die Beine eines Mannes, der gerade seinen Fuß auf die erste Sprosse setzte. Holm skizzierte die Karriereleiter als aufsteigenden Blitz und schrieb die jeweiligen Positionen daneben. Als er auf den Schreibblock des Bären blickte, sah er zu seinem Erstaunen, wie er anstatt die Begriffe zu notieren, versuchte das Foto abzuzeichnen. Auf seiner Zeichnung schienen sich die Beine des Mannes jedoch an der Leiter festzuklammern, als drohte er jeden Moment abzustürzen. Holm sah das Gesicht des Bären, er war vollkommen ernst bei der Sache. Insgeheim bewunderte er ihn für seine Ernsthaftigkeit, ohne genau sagen zu können, warum.

Etwas später, man war inzwischen beim Erfolgskreislauf angelangt, leuchtete auf der Leinwand ein gelber Kreis mit Pfeilen gegen den Uhrzeigersinn. Im Hintergrund das Foto einer riesigen Welle, die einem Prospekt über die Hawaii-Inseln entnommen schien. In der Zeichnung des Bären sah es so aus, als würde die Welle alles unter sich begraben, die Terminvereinbarung, das Verkaufsgespräch, den Mitarbeiteranbau und den Erfolg.

Die Mittagspause fand im ersten Stock des Hotels statt. Es gab ein Büfett, mehrere große Metallwannen, davor Teller mit Löffeln. Auf den Tischen standen kleine Kunststoffmülleimer. Vasen mit Strohblumen sollten eine heitere Atmosphäre schaffen. An den Wänden Aquarelle mit landwirtschaftlichen Motiven: »Heuernte im Fichtelgebirge« von Gerlinde Renger. Ein verblichenes Preisschild zeigte an, dass man das Werk auch käuflich erwerben konnte, für hundertfünfundzwanzig DM. Vermutlich war die Frau längst gestorben.

Ohne sich einen Platz zu reservieren, strebte Holm gleich

ans Büfett, ehe die Löffel von unappetitlichen Essensresten verklebt waren. Der Bär und der Türke folgten ihm, man durfte sich jetzt bloß nicht verlieren, am Ende musste man zwischen den Karrieristen sitzen. Als Holm sich den Teller mit Reis und Hähnchenbrüsten vollud, dass es hier sein Lieblingsgericht gab, nahm ihn für das Hotel sofort ein, obwohl er sich natürlich fragte, woher man seine Vorlieben kannte, hörte er hinter sich plötzlich eine bekannte Stimme. Ob ihm der Vormittag gefallen habe, fragte die Stimme, die, wie Holm erstaunt feststellte, Herrn Wuschke aus dem Laden gehörte. Er musste Holms verdutztes Gesicht bemerkt haben, denn er setzte gleich erklärend hinzu, dass er als sein Betreuer verpflichtet sei, ihm mit Rat und Tat zur Seite zu stehen. Herr Wuschke stand Holm tatsächlich zur Seite, und zwar so nah, dass Holm die Farbe seiner Nasenhaare bestimmen konnte: schwarz mit einer leichten Grauschattierung. So genau wollte es Holm aber gar nicht wissen. Er fragte sich besorgt, ob Herr Wuschke nun ständig an seiner Seite blieb. Vielleicht begleitete er ihn am Abend nach Hause und holte ihn morgens wieder ab. Ein zielloses Herumbummeln wäre an der Seite von Herrn Wuschke kaum mehr möglich. Schließlich säße man gemeinsam im Kinderzimmer und hörte Reinhard Mey. Wer denn immer dieser Mann sei, würde ihn seine Mutter fragen. Das musste verhindert werden.

Wenn Sie Fragen haben, sagte Herr Wuschke und füllte sich Reis mit Hähnchenbrüsten auf seinen Teller, was Holm allerdings gar nicht recht war, tun Sie sich keinen Zwang an. Dafür bin ich ja da! Ob er auch allgemeine Lebensfragen beantwortete?

Sie setzten sich. Der Bär und der Türke nahmen ebenfalls an ihrem Tisch Platz. Ein Betreuer stand ihnen nicht zur Seite. Aussichtslosen Fällen blieb dieser Service offenbar verwehrt. Holm beneidete sie, wie sie stumm, aber anscheinend zufrieden mit sich das Essen in sich hineinschaufelten. Sie hatten alle Hoffnung längst aufgegeben, und niemand glaubte mehr an sie. Holm dagegen hatte sich immer ein Stück Hoffnung bewahrt, obwohl er keine Ahnung hatte, was er damit anfangen sollte. Und immer wieder gab es Menschen, die an ihn glaubten. Leider war er über hoffnungsvolle Anfänge nie hinausgelangt, und das belastete ihn. Er wäre lieber vollständig gescheitert, dann könnte er jetzt in Ruhe seine Hähnchenbrüste verspeisen.

Am besten ist es, sagte Herr Wuschke, der bereits sein zweites Glas Bier trank, was den Türken schließlich nach längerem Kampf überzeugte, auch ein Bier zu bestellen, Sie notieren sich alles, was Sie nicht verstehen, dann können wir heute Abend noch mal in Ruhe darüber sprechen.

Ja, antwortete der Bär auf einmal leutselig, ohne jemanden anzusehen, offenbar musste er seiner Begeisterung über das Essen irgendwie Ausdruck verleihen, und zog zufrieden brummend einen Hähnchenschenkel durch seine Zähne. Das Fleisch glitt wie ein Strumpf vom Knochen, ein Anblick, der Holm fassungslos machte.

Da kann er gleisch alles notieren, rief der Türke und lachte.

Wie meinst du das?, fragte der Bär, nachdem er eine Weile darüber nachgedacht hatte.

Weil du nix kapierst, Mensch!

Ich hoffe, es schmeckt Ihnen, sagte Herr Wuschke.

Super Essen, grunzte der Bär, gibt's das morgen auch? Er nahm seinen Teller und schob die Knochenreste mit dem Handrücken in den Tischmülleimer. So was muss ich mir auch kaufen, meinte er und wischte sich die Hand an der Tischkante ab. Alle sahen betreten auf die Strohblumen.

Nachmittags wurde das Seminar in einem kleineren Raum auf derselben Etage fortgesetzt. Weil die Tische als ein nach vorne offenes Rechteck angeordnet waren, saßen sich die meisten Teilnehmer gegenüber. Dass die Karrieristen nun aber ständig auf die Verliererseite blicken mussten, schien ihnen gar nicht recht zu sein.

Der neue Dozent, ein Mann mit gegelten Haaren und lässigen Bewegungen, stellte sich als Geschäftsstellenleiter vor. Das könnten Sie auch alles erreichen, erklärte er großspurig mit einer Hand in der Hosentasche. Es war nicht sofort klar, ob er die lockere Art meinte oder seine Position in der Firma. Nach seiner Erfahrung würden jedoch die meisten von ihnen nach diesem Grundkurs aufgeben, dabei ließ er seinen Blick über die Runde schweifen, vermied aber, irgendjemanden direkt anzusehen. Die Karrieristen wirkten zum ersten Mal bedrückt, es sah so aus, als wollten sie sich unter dem schweifenden Blick des Geschäftsstellenleiters hinwegducken. Nur der Bär wirkte unbekümmert, er zeichnete an einem Tischmülleimer.

Holm war kaum in der Lage, sich auf die Ausführungen des Dozenten zu konzentrieren. Die ganze Zeit dachte er krampfhaft darüber nach, ob ihm irgendwelche Fragen einfielen, die er später mit Herrn Wuschke besprechen konnte. Wenn er keine Fragen hatte, hieß das automatisch, dass er die Thematik begriffen hatte, letztlich würde es sogar sein völliges Einverständnis mit den Zielen der Firma bedeuten. Das Schlimme war, Holm wusste nicht mal genau, warum er überhaupt Versicherungen verkaufen sollte. Mit so einer Frage brauchte man Herrn Wuschke aber gar nicht erst zu kommen. Holm erinnerte sich an die Schulzeit. Sein Mathelehrer, Hans-Peter Jürgensen, hatte auch stets gefordert, sofort nachzufragen, wenn etwas nicht verstanden wurde. Da Holm aber praktisch von der ersten Mathestunde an nichts verstand, entfernte sich das Thema rasch immer weiter, bis ihm einfach keine angemessene Frage mehr an Herrn Jürgensen einfallen wollte. Wer nicht von Anfang an mitdenkt, dachte Holm, kann später keine sinnvollen Fragen mehr stellen. Ein Problem, das ihn auch beim Leben beschäftigte. So hätte sich Holm gerne schon als Baby einige grundsätzliche Fragen gestellt, was mangels Worten natürlich nicht möglich war. Jetzt, mit achtunddreißig Jahren, wollten ihm geeignete Fragen kaum noch einfallen.

Der Bär hatte derweil eine kleine Tischmülleimerkollektion fertig gezeichnet und sah gelangweilt zum Dozenten, der auf einem Flipchart Diagramme mit Zahlen versah.

Geil, sagte der Bär plötzlich, nachdem er sich die Ausführungen geraume Zeit konzentriert angehört hatte, bald laufen wir auch so cool rum und verdienen einen Haufen Schotter, was sagst du dazu, Alter?

Wenig später musste Holm auf die Toilette. Weil er auf dieser Etage keine fand, lief er runter zur Rezeption. Als er die kleine Lobby erreichte und den Ausgang sah, wurde ihm plötzlich klar, dass er hier nichts verloren hatte. Holm war kein Vertreter, er konnte ja nicht mal seine eigene Meinung vertreten. Wie sollte er da Versicherungen an fremde Menschen verkaufen? Einige Sekunden stand er da, verstört von der Erkenntnis, die er an dieser Stelle zweifellos nicht erwartet hatte, und starrte ratlos auf den Gummibaum in seiner künstlichen Hydrokulturtopfexistenz. Und dann tat er etwas Erstaunliches: Ohne eine Sekunde nachzudenken, ging Holm durchs Foyer, rechts saß Herr Wuschke, den Kopf leicht nach hinten gekippt, auf einer Sitzgruppe und schlief, grüßte mit einem etwas zu lauten, dafür aber ehrlich gemeinten Hallo! die überrascht blickende Frau Wohlfahrt und verließ in aller Seelenruhe das Hotel, als wäre es das Selbstverständlichste auf der Welt.

4.

Beflügelt von dieser spontanen Aktion, die im Nachhinein immer mehr den Charakter des Abenteuerlichen annahm, davon könnte man später noch seinen Enkeln erzählen, beschloss Holm, gleich am nächsten Morgen in den Zoo zu gehen, um sich beim Anblick der ziellos glücklichen Tiere ein wenig zu erholen.

Er mochte Sonntage im Zoo, alle Bevölkerungsschichten, vom Generaldirektor bis zum einfachen Handwerker, waren vertreten, und sie gingen nur deshalb dorthin, weil sie im Grunde nichts Besseres vorhatten und lediglich auf eine halbwegs seriöse Weise ihre Zeit totschlagen wollten. In Gegenwart dieser allgemeinen Sonntagsratlosigkeit blühte Holm jedes Mal auf, er hatte das Gefühl, dass seine persönliche Ratlosigkeit durch ihre tägliche Wiederkehr der anderen weit überlegen war.

Am Bahnhof Zoo stieg er aus und eilte sofort zum Eingang Löwentor. Mit seinem Hut wirkte er wie ein Mann, der sich von der normalen Gesellschaft längst verabschiedet hatte. Der Hut war das Symbol seiner Emanzipation von allen Erwartungen und Ansprüchen.

Man ignorierte ihn. Schon an der Kasse wurde Holm so vollständig ignoriert, dass er unmittelbarer Zeuge eines kleinen Familienstreits wurde. Papa, sagte ein etwa sechsjähriges Mädchen mit Pippi-Langstrumpf-Zöpfen, ich will zu den Pinguinen. Erst sehen wir uns die Elefanten an, sagte der Vater, ein schmächtiger Mann mit blasser Hautfarbe, dem schon jetzt der Überdruss ins Gesicht geschrieben stand. Ich will aber zuerst die Pinguine sehen, beharrte das Mädchen und stampfte mit dem Fuß auf. Wir gehen der Reihe nach vor, sagte der Vater streng, erst die Elefanten, dann die Giraffen und später können wir zu den Pinguinen. Vielleicht, dachte Holm, der direkt neben dem Vater stand, arbeitet er in einer Behörde und versucht den Dienstweg seit Jahren ergebnislos auch in sein Privatleben einzuführen.

Ich mag aber keine Elefanten sehen, rief das Mädchen verärgert und schüttelte energisch den Kopf. Wie man in diesem Alter bereits derart wütend sein konnte, war Holm ein Rätsel. Er selbst fühlte sich erst seit kurzem zu einem tief empfundenen Wutausbruch in der Lage.

Warum können wir uns eigentlich nicht zuerst die Pinguine ansehen, wenn Marie-Luise das so will?, schaltete sich die Mutter, eine hagere Frau, die ihren Mann um Haupteslänge überragte, giftig ein. Weil die Pinguine ganz woanders sind, erklärte der Mann, wir können ja nicht dauernd hin und her laufen! Ich will aber zu den Pinguinen, quengelte Marie-Luise, der Doppelname verlieh ihr offenbar auch zweifaches Stimmrecht. Und warum können wir nicht hin und her laufen, fragte die Mutter, wir haben doch den ganzen Tag Zeit! Der Mann machte ein bedrücktes Gesicht, er sah plötzlich noch kleiner und schmächtiger aus.

Gut gelaunt ging Holm zu den Elefanten, seinen unbestrittenen Lieblingstieren. Seit Jahrtausenden hatten sie sich äußerlich kaum verändert, waren sich über mehrere Eiszeiten und Klimaerwärmungen hinweg treu geblieben. Die Moden der Evolution berührten sie nicht, bei ihnen waren immer lange Rüssel und große Ohren angesagt. Dagegen schien der Mensch ständig wechselnden Veränderungszwängen unterworfen zu sein. Saß man eben noch zufrieden auf Bäumen und verspeiste in aller Ruhe die Früchte des Waldes, rannte man nun hilflos über den Kurfürstendamm und wusste vor lauter Angeboten nicht, wohin. Holm fragte sich, wie lange sich das der Mensch noch gefallen lassen würde, womöglich machte die Evolution demnächst einen Ruck, und man saß wieder auf Bäumen.

Neben ihm stand ein junges, frisch verliebtes Paar, was Holm sofort an der Art erkannte, wie sie sich an den Händen hielten, ein wenig starr und verkrampft, als wären ihre Körper von dieser ungewohnten Berührung noch immer überrascht.

Kuck mal, der lange Rüssel, sagte die Frau, als hätte sie eben erst entdeckt, dass Elefanten lange Rüssel besaßen. Wahnsinn, sagte der Mann, er erkannte den Rüssel jetzt auch. Offenbar hatten sie Elefanten zuvor noch nie gesehen. Weshalb brauchen die eigentlich solche Rüssel?, fragte die Frau und blickte hilflos zu ihrem Freund. Der Mann betrachtete die Rüssel eine Weile sehr ernst, so eine Frage hätte er sich allein wohl nie gestellt. Holm sah deutlich, wie bemüht er war, eine überzeugende Antwort zu finden. In dieser frühen Phase ihrer Beziehung hätte ein ratloses Schulterzucken noch unabsehbare Folgen gehabt.

Ich denke, sagte er, sie holen damit die Blätter von den Bäumen. Aha, machte die Frau beeindruckt. Ja, fuhr der Mann, durch ihre Reaktion zu weiteren Erklärungen ermuntert, fort, Elefanten leben in den Steppen Afrikas, und da brauchen sie eben lange Rüssel, weil die Bäume dort ziemlich hoch sind, sonst würden sie wahrscheinlich verhungern. Das wusste ich gar nicht, sagte die Frau erstaunt. Ob sie die Bäume meinte oder die Tatsache, dass Elefanten in Afrika lebten, blieb ungeklärt. Jetzt weiß ich auch, warum Giraffen so lange Hälse haben. Richtig, erklärte der Freund zufrieden über ihre rasche Auffassungsgabe, die Tiere passen sich eben ihrer Umgebung an. Was passiert wäre, wenn Elefanten zu ihren langen Rüsseln versehentlich auch noch lange Hälse bekommen hätten, wollte sich Holm lieber nicht vorstellen.

Er floh zu den Hühnern, wo keine Liebespaare zu erwarten waren. Die hektisch hin und her nickenden Tiere spotteten jeder kontemplativen Betrachtung. Holm fragte sich, ob man sie noch als Hühner wiedererkennen könnte, wenn sie langsam dahinschreiten würden. Vielleicht könnten sie dann auch nicht mehr gackern.

Auf seinem Weg durch den Zoo sah Holm hauptsächlich Paare und Familien. Die Familienväter gingen meist etwas abseits von ihren Frauen und Kindern, als hätten sie keinen inneren Bezug zur Freizeitgestaltung, die in erster Linie in den Händen der Frauen lag. Sie befanden sich auf Kurzurlaub in einem Land, dessen Bräuche ihnen vollkommen fremd waren.

Holm erreichte das großzügig gestaltete Eisbärengehege. Kuck mal die Eisbären, sagte ein Vater zu seinem Sohn, der in einem Kinderwagen saß und etwas abwesend durch die Panoramascheibe auf eine leicht gestufte Gebirgslandschaft mit mehreren Bären sah, die wie schmelzende Schneehaufen in der Sonne dösten. Wo da die Eisbären waren, konnte das Kind offensichtlich nicht erkennen, denn immer wieder blickte es irritiert zur Mutter auf.

Dahinten, sagte der Vater und ging in die Hocke, während er mit seiner Hand in Augenhöhe des Kindes zu den Schneehaufen zeigte. Wenn die mal aufstehen, sagte er, bemüht, vor seinem weiterhin ungläubig dreinblickenden Sohn nicht als Lügner dazustehen, sind sie doppelt so groß wie die Mama. Daraufhin fing das Kind laut an zu weinen und streckte hilfesuchend die Arme in die Luft.

Wir gehen jetzt zu den Schafen, sagte die Mutter und drehte den Kinderwagen im selben Moment in die andere Richtung. Der Vater sah beleidigt auf die still daliegenden Schneehaufen und atmete einmal tief durch.

Nach den Elefanten waren die Affen der Höhepunkt von Holms Zoobesuchen. Insbesondere den Gorillas galt von jeher sein ganzes Interesse. Vor einigen Wochen war außerdem ein neues Männchen zu der ausschließlich aus Weibchen bestehenden Sippe gestoßen, Ivo, ein nach Aussage des Affenpflegers *gut aussehender und freundlicher Junggorilla*, wie Holm der Lokalpresse entnommen hatte. Ivos einzige Aufgabe bestand darin, für Nachwuchs zu sorgen. Eine Aufgabe, die selbst einen gutaussehenden Junggorilla zunächst überforderte, denn wochenlang geschah praktisch nichts. Fast täglich gab es Kurzmeldungen über die sexuellen Fortschritte, ob er sich denn nun endlich ein Weibchen zur Paarung ausgesucht habe, ob er womöglich unfruchtbar oder gar homosexuell veranlagt sei. Holm konnte gut verstehen, dass Ivo unter diesen Voraussetzungen keinerlei Lust verspürte, seine Aufgabe zu erfüllen. Als dann noch durchsickerte, dass seine Lieblingsspeisen Brote mit verschiedenen Aufstrichen waren, fühlte sich Holm dem Gorilla persönlich verbunden.

Im Affenhaus herrschte reger Publikumsverkehr. Anscheinend wollten alle einmal erleben, wie Ivo seinen männlichen Pflichten nachkam. Vielleicht lernte man noch was dazu. Dass Kinder im Raum waren, schien hier jedoch niemanden sonderlich aufzuregen.

Holm stand ein wenig abseits, am Rand einer abschüssigen Fläche, von dort oben hatte er eine gute Sicht auf die durch Panzerglas gesicherten Gehege, die in ihrem grünen Kacheldesign wie Schwimmbecken mit Klettergerüsten aussahen. Die meisten Gorillas saßen auf Hochsitzen oder lagen lustlos herum und warteten darauf, dass irgendetwas passierte. Einer schob unentwegt Stroh gegen die Wand, offenbar machte er sich ein Bett. Als es hoch genug war, ließ sich plötzlich ein Junggorilla, der die Arbeit von einer Sitzstange aus zuerst gleichgültig, dann aber immer interessierter beobachtet hatte, in das gemachte Bett fallen, was den Strohschieber derart erboste, dass er den unverschämten Junggorilla wild mit den Armen fuchtelnd davonjagte. Die anderen verfolgten den Aufruhr missmutig, eine leicht angegraute Gorilladame gab dem

Flüchtenden eine herbe Kopfnuss, wandte sich aber rasch ab, als wäre ihr der Schlag auf einmal peinlich.

Holm bemerkte eine gespannte Gereiztheit unter den Affen, die sich schon bei kleinsten Verfehlungen in lautem Gezeter entlud. Wenn nichts geschah, und es geschah meist sehr lange nichts, was zu Flüchen oder Verfolgungsjagden Anlass gab, verwandelte sich die Gereiztheit in eine lethargische Traurigkeit, die Holm umso trauriger vorkam, weil sie vollkommen grundlos war. Hatten denn die Affen nicht alles, was sie zum Überleben brauchten, ein festes Revier, jeden Tag pünktliches Mittagessen und Pfleger, die ihren Dreck wegkehrten? Sogar für Ausgang ins Grüne war gesorgt. Trotzdem lag eine unergründliche Traurigkeit auf ihren Gesichtern, als würden sie sich an ihre Heimat, die tropischen Urwälder, erinnern. Vielleicht gibt es eine Art Ur-Erinnerung, dachte Holm, der seinen Platz verlassen hatte und an die Scheibe getreten war, einen genetisch nicht löschbaren Speicher, in dem die Urwälder, deren Geräusche und Gerüche, aufbewahrt wurden. Ob sie in sich hineinlauschten, wenn sie so dalagen, und was sie wohl hörten, dumpfes Gebrüll oder prasselnden Regen auf dem Blätterdach?

Dicht hinter der Scheibe stand Ivo und forschte mit seinem gekrümmten Finger nach winzigen Kernen unter dem Stroh. Geduldig wischte er das Stroh beiseite, überflog mit Kennerblick die frei geräumte Stelle, prüfte mit Daumen und Zeigefinger fragwürdige Objekte und setzte die Arbeit dann fort. Zentimeter um Zentimeter suchte er so den Fußboden nach Essbarem ab. Zwischendurch sah er immer wieder auf und blickte ratlos in die neugierigen Gesichter der Zuschauer, als wüsste er selber nicht so genau, warum er das überhaupt tat. Und plötzlich verstand Holm, was seine Mutter mit ihrer Frage, ob er eigentlich glücklich sei, gemeint hatte. Auch Holm saß im Grunde in einem gut ausgestatteten Käfig mit regelmäßiger Verpflegung, hatte ein sicheres Dach über dem Kopf, ein eigenes Zimmer und brauchte sich um nichts Sorgen zu machen und zu kümmern. Der einzige, aber entscheidende Unterschied zu Ivo war: Er konnte jederzeit fliehen.

Überstürzt verließ Holm daraufhin das Affenhaus und strebte zum Ausgang Elefantentor. Auf der Budapester Straße atmete er erleichtert auf und ging langsam zurück zum Bahnhof Zoo. In der Geschäftszeile am Bikini-Haus sah er einen Laden, der ausschließlich Gipsfiguren verkaufte. Friedrich der Große, Bach und Napoleon auf der einen, Bulldoggen, antike Säulen und Frösche auf der anderen Seite. Leider war nicht mal ansatzweise der Wunsch zu erkennen, dem Original möglichst nahe zu kommen, was unter anderem zur Folge hatte, dass Bach mit etwas gutem Willen auch als Mozart durchgehen konnte, der wiederum bei längerer Betrachtung gewisse Ähnlichkeiten mit Beethoven aufwies. Vermutlich wurden die Gipsfiguren in einem chinesischen Dorf produziert, und dort kannte man weder Bach noch Beethoven.

Holm ging in den Laden. Die schlechten Imitationen berührten etwas in ihm, was ihm nicht sofort klar wurde. Aus der Nähe betrachtet sah Friedrich der Große auf einmal aus wie Rudi Carrell. Dass sich jemand Rudi Carrell mit einem Dreispitzhut in den Wohnzimmerschrank stellen wollte, konnte er sich kaum vorstellen. Der Verkäufer nahm Holm nur beiläufig zur Kenntnis, er wirkte vollkommen unbeteiligt, als versuchte er dadurch, die Distanz zu dem ihn umgebenden Kitsch zu wahren. Wie man davon leben konnte, war Holm unbegreiflich. Doch der Laden warf anscheinend genug ab, um nicht nur die Miete, sondern auch noch das Gehalt eines Mitarbeiters zu bezahlen.

Holm tat, als interessiere er sich für die Frösche. Ihre Gesichter hatten etwas Chinesisches. Grinsende chinesische Gipsfrösche. Man konnte von Glück sprechen, dass Friedrich der Große einem europäischen Showmaster glich. Ob es auch ernsthafte Frösche zu kaufen gab, fragte sich Holm, dem das dauernde Grinsen schnell auf die Nerven ging. Nachdenkliche Frösche mit Sorgenfalten wären eher nach seinem Geschmack gewesen. In diesem Augenblick kam ein weiterer Kunde in den Laden. Der Mann trug eine Kamera um den Hals und schien nach etwas Bestimmtem zu suchen. Womöglich war er ein amerikanischer Tourist, der nach einem berlintypischen Souvenir Ausschau hielt. Das könnte man später dann seinen Verwandten in Texas zeigen. Altdeutsches Gipshandwerk from Berlin. Konzentriert durchstreifte er den Laden, ließ seinen Blick prüfend sowohl über die historischen wie über die Tierfiguren schweifen. Offenbar hatte er bereits eine Stelle in seinem Wohnzimmer im Kopf, wo er das Souvenir angemessen präsentieren konnte. Ein grinsender Frosch mit chinesischen Gesichtszügen käme da zweifellos nicht in Frage. Es durfte schon gerne etwas auffälliger sein. Vielleicht eine antike Säule mit einer Ente darauf. Was die texanische Verwandtschaft wohl dazu sagen würde?

Eine Weile verharrte er vor der Napoleonbüste, was Holm aber gar nicht recht war, immerhin hatte Napoleon Berlin erobert und die Quadriga vom Brandenburger Tor nach Paris entführt. So einen konnte man sich unmöglich ins Wohnzimmer stellen. Die Verwandten aus Texas würden einen völlig falschen Eindruck von der deutschen Hauptstadt bekommen. Der Mann schwankte schließlich zwischen Napoleon und einer Bulldogge, die erwartungsvoll, allerdings auch ein wenig stumpfsinnig in die Luft starrte. Wer sich ernsthaft überlegte, dachte Holm auf einmal, ob er lieber den Kaiser der Franzosen oder eine Leberwurst in Hundegestalt an prominenter Stelle in seinem Wohnzimmer platzieren sollte, der würde sich auch grundsätzlich für Reinhard-Mey-Rosen interessieren.

Holm hatte plötzlich eine glänzende Idee. Eine Idee, die

alle Zukunftsfragen mit einem Schlag beantwortete: Holm würde sich selbstständig machen und einen Laden eröffnen, in dem er ausschließlich Reinhard-Mey-Rosen verkaufte. Einzelne Rosen und ganze Rosensträucher. Der Kundschaft aus Übersee könnte man getrocknete Rosen anbieten, vielleicht sogar gepresste Rosenblätter im Bilderrahmen, als Hintergrund ein Foto des Liedermachers. Wer für mehr als zwanzig Euro einkaufte, bekam eine Reinhard-Mey-CD und eine Packung Mey-Rosensamen gratis dazu. Die könnte man dann in Texas aussäen, zwischen Kakteen und Stechpalmen. Blühende Grüße aus der Stadt Reinhard Meys!

Von dieser Idee elektrisiert, endlich hatte er wieder ein Projekt, das ihm Halt gab im Leben und vielleicht sogar zu einer gewissen Selbstständigkeit führte, fuhr Holm umgehend nach Hause, ging hoch in sein Zimmer und legte sich sofort aufs Bett.

Zunächst müsste ich nach Frankreich fahren, dachte er mit heißen Wangen, während Reinhard Mey aufmunternd auf ihn herabblickte. Und zwar nach Orléans, wo die Frédérik-Mey-Rose den ersten Preis gewonnen hatte. Er müsste den Züchter der Rose ausfindig machen, ihm einige Setzlinge oder besser noch Rosensamen abkaufen und zurück nach Berlin bringen. Für die Aufzucht der Rosen hatte er auch schon einen geeigneten Ort gefunden: den Garten seines Elternhauses. Er würde ihn in eine Rosenschule verwandeln, in das zukünftige Epizentrum des weltweiten Reinhard-Mey-Rosenhandels. Was Vater dazu sagen würde, wenn er den Rasen nicht mehr mähen könnte, war zu diesem Zeitpunkt noch nicht abschätzbar. Holm hoffte jedoch, dass er der Geschäftsidee seines Sohnes, die zweifellos auch die Haushaltskasse der Eltern erheblich aufbessern würde, nicht gänzlich ablehnend gegenüberstünde. Möglicherweise könnte sein Vater ja in die Nachbarschaft ausweichen, wo man nicht über einen Vort Lawn Boss verfügte. Holms Vorstellung über seine Rolle in der Welt stand ihm mit einem Mal glasklar vor Augen: Er würde ein erfolgreicher Geschäftsmann werden und seiner Heimatstadt neben dem Brandenburger Tor und dem Braunbären ein weiteres starkes Symbol schenken: die Reinhard-Mey-Rose.

Später kam seine Mutter ins Zimmer. Ob er Lust habe, mit den Wolters zu grillen, fragte sie, ohne sich im Geringsten darüber zu wundern, dass ihr Sohn am helllichten Sonntagnachmittag im Bett lag und gegen die Dachschräge starrte. Holm hasste grillen. Das spritzende Fett und die schwitzenden Würste, man musste ständig aufpassen, dass nichts verbrannte, und trotzdem schmeckte hinterher alles nach Holzkohle. Die Wolters konnte er ebenfalls nicht leiden, sie behandelten ihn immer noch wie ein kleines Kind, ob er denn schon eine Freundin habe und was er einmal werden wolle. Als wäre man in Gegenwart seiner Eltern keine eigenständige Persönlichkeit. Außerdem war er sauer, dass ihn seine Mutter nicht fragte, weshalb er an diesem schönen Tag in seinem Zimmer lag, anstatt wie die anderen draußen die Sonnenstrahlen zu genießen. Offenbar hatte sie nichts anderes von ihm erwartet.

Nein, antwortete Holm selbst für ihn ungewohnt eindeutig, er habe noch etwas Wichtiges zu tun, worauf seine Mutter beleidigt die Schultern zuckte. Na, dann eben nicht! Was er genau zu tun gedachte, war ihr anscheinend gleichgültig.

Am Montagmorgen ging er ins Tui-Reisebüro nach Alt-Rudow und kaufte sich eine Bahnfahrkarte nach Orléans. Das Geld, das er sich von seinem Job im Zigarrenladen aufgespart hatte, nicht viel, aber immerhin genug, um fürs Erste über die Runden zu kommen, würde er in sein selbstständiges Leben als Geschäftsmann investieren.

Wann er vorhabe zurückzukommen, fragte die Frau am

Computer, sie hatte einen so großen Busen, dass er auf der Tischplatte wie abgelegt wirkte. Holm fragte sich, ob die Frau das irgendwie persönlich gemeint hatte. Womöglich interessierte sie sich für ihn und plante für seine Rückkehr bereits ein intimes Abendessen zu zweit. Nudelauflauf und Gurkensalat. Wo sie dann später ihren Busen aufbahrte, stellte er sich lieber nicht vor.

Er könne es noch nicht hundertprozentig sagen, meinte er ausweichend und lächelte freundlich, er wollte es sich zu diesem Zeitpunkt nicht mit ihr verscherzen, am Ende suchte sie die teuerste Verbindung heraus, wenn sie mitbekam, dass er für ein intimes Abendessen nicht zur Verfügung stand. Die Frau machte jedoch lediglich ach so und blickte gleichgültig auf den Bildschirm, was Holm nun doch ein wenig beleidigend fand. Ob er *sie* vielleicht zum Essen einladen sollte? Der Zug gehe um 9:57 Uhr vom Hauptbahnhof ab, sagte sie kühl, er müsse zweimal umsteigen, in Köln und Paris, gegen 20:55 Uhr erreiche er dann Orléans. Das sind elf Stunden Zugfahrt, dachte Holm schockiert, da könnte man gleich nach Südamerika fliegen. Ob es keinen direkteren Weg gebe, fragte er, er würde auch einen Aufschlag bezahlen. In Köln *und* Paris umzusteigen, kam ihm doch etwas übertrieben vor. Was da alles dazwischenkommen konnte! Die Frau schüttelte bedauernd den Kopf. Orléans liege nun mal sehr weit im Westen, sagte sie, er könne froh sein, nicht dreimal umsteigen zu müssen. Holm ärgerte sich plötzlich, dass die Mey-Rose nicht in Deutschland gezüchtet worden war, zum Beispiel in Magdeburg, da hätte er den Regionalexpress nehmen können und wäre am selben Abend wieder zuhause gewesen.

Sein Zug ging übermorgen, bis dahin war noch eine Menge zu tun. Ein Hotel musste gebucht werden, vor allem aber benötigte er eine entsprechende Ausrüstung. Nach Frankreich konnte man schließlich nicht mit der KaDeWe-Tüte fahren.

Holm fühlte sich wie ein Mann, der plötzlich die Reiselust in sich entdeckte, und das war viel mehr, als er zu diesem Zeitpunkt verkraften konnte. Bis auf Österreich war Holm noch nie ins Ausland gereist. Und Österreich war harmlos gegen das, was ihn im Land der Franzosen erwartete. Froschschenkel und gallisches Temperament. Marodierende Marokkaner, die Autos in Brand steckten, und wütende Landwirte, die ihre Kartoffelernte vor Rathäusern entsorgten. Womöglich stand auch noch die deutsch-französische Erbfeindschaft im Raum, Orléans, so war im Lexikon zu lesen, sei im Zweiten Weltkrieg stark beschädigt worden. Man musste also auf einiges gefasst sein.

Anderntags fuhr Holm deshalb zum Steglitzer Kreisel, wo sich das größte Outdoorfachgeschäft der Stadt befinden sollte. Als er den Laden betrat, stockte ihm kurz der Atem. Das Angebot war derart überwältigend, dass Holm eine Weile am Eingang stehenbleiben und den Raum auf sich wirken lassen musste, um nicht ins Taumeln zu geraten. Offenbar war der Wunsch, das Land zu verlassen, so übermächtig, dass man gleich das gesamte Erdgeschoss für Reiseutensilien reserviert hatte. Wie er die letzten achtunddreißig Jahre hier hatte leben können, ohne auch nur ansatzweise das Bedürfnis zu haben fortzureisen, war ihm plötzlich unbegreiflich.

In den hallengroßen Verkaufsräumen verliefen sich hauptsächlich jüngere Kunden, ob auch welche darunter waren, die nach Frankreich reisen wollten, war auf den ersten Blick nicht zu erkennen. Während Holm halb betäubt durch die Regalreihen ging, überlegte er, welche Gegenstände für seine Reise unbedingt erforderlich waren. Zwar wollte er nicht auswandern, aber auf eine Wanderung liefe es allemal hinaus.

Er begutachtete zunächst das Zubehör. Ein Erste-Hilfe-Set war in jedem Fall zu kaufen, schon wegen der Bauern, falls man von denen was über die Rübe bekam. Holm schwankte zwischen dem *First Aid Care Plus*-Paket mit Wickeln, Alkoholtüchern, Sicherheitsnadeln und einer Verbandsschere und dem medizinischen Spritzen- und Nadelset für *sterile Sicherheit in fragwürdigen Krankenhäusern.* Von französischen Krankenhäusern hatte er nämlich nichts Gutes gehört. Sauberkeit war dort jedenfalls ein Fremdwort. Lieber in freier Natur selbst seine Wunden nähen, als sich in französischen Krankenhäusern den Tod zu holen. Er entschied sich für das Letztere und legte es in den Einkaufskorb. Auch ein Insektenschutzmittel war ratsam, das Care Plus mit *satten 50% DEET für zuverlässigen Schutz in stark mückenverseuchten Gebieten* landete ebenfalls im Korb. Ein Moskitonetz erschien ihm dagegen überflüssig, schließlich wohnte er im Hotel. Spirituskocher und Brennstoffbehälter waren ebenfalls nicht dringend erforderlich, dafür nahm er einen Pocket Keramikfilter gegen gefährliche Bakterien und Protozoen ins Programm, wenn er nachts mal Durst hatte und aus dem Wasserhahn trinken musste. Unverzichtbar war eine Taschenlampe. Am besten gleich einen Streamlight Stinger, der stufenlos von Spot- auf Flutlicht fokussierbar war. Im Flutlicht die marodierenden Marokkaner zur Aufgabe zwingen!

Je länger Holm durch die Zubehörabteilung ging, desto größer wurde seine Furcht, Alt-Rudow überhaupt zu verlassen. Wozu etwa die vielen Messer benötigt wurden, beispielsweise das Herbertz Rescue, *die letzte Instanz, schneidet nicht nur im Notfall schnell und unkompliziert,* wurde Holm mit einem Mal klar. Obwohl es nirgends ausdrücklich erwähnt wurde, zweifellos eine Vorsichtsmaßnahme, um die Kunden nicht zu erschrecken, musste mit gewalttätigen Auseinandersetzungen und Entführungen gerechnet werden. Holm stellte sich vor, wie er von einem südländisch aussehenden Mann gekidnappt und in einem Abbruchhaus am Stadtrand von Orléans festgehalten wurde. Zum Glück hatte er seinen Herbertz Rescue dabei, um sich aus der Gefangenschaft rechtzeitig zu befreien.

Holm beruhigte sich jedoch ein wenig mit dem Gedanken, dass das Zubehör nicht ausschließlich für Frankreich-Reisende vorgesehen war.

Gegenüber bemerkte er eine mittelalte Frau mit strohigen Haaren und einem knochigen, pockennarbigen Gesicht. Sie betrachtete sehnsüchtig lächelnd das Regal mit den Abwehrsprays, als handelte es sich um die neueste Kollektion Sommerkleider. Vielleicht träumte sie sich in ein fernes Land, in dem sie das Abwehrspray gegen allzu aufdringliche Männer einsetzen konnte.

Holm wechselte in die nächste Abteilung. Die Frage nach angemessenem Schuhwerk war noch offen. Sollte ihn die Suche nach der Frédérik-Mey-Rose auch in unwirtliche Bergregionen führen, wäre ein robuster Wanderschuh unabdingbar. Er ging das Regal mit den Meindl-Schuhen durch. Meindl Island, Meindl Tibet, Meindl Borneo. Ein Meindl Frankreich war nicht dabei. Ob es auch Schuhe für angrenzende Länder gebe, fragte er einen Verkäufer, der gerade die Sportschuhe neu ordnete. Den Meindl Kopenhagen GTX, kam es wie aus der Pistole geschossen, wahrscheinlich las er zuhause nur Schuhkataloge. Er habe eher an Orléans gedacht, sagte Holm, dem es nicht ratsam erschien, mit einem dänischen Schuh durch Frankreich zu laufen. Der Verkäufer blickte erschrocken auf. Hatte er den Meindl Orléans womöglich übersehen? In diesem Fall würde er zu einem Meindl Perfekt raten, antwortete er, nachdem er sich wieder gefasst hatte, ein Klassiker für jeden Tag. Er reichte Holm ein Exemplar aus dem Regal. Es wirkte recht klobig, ob man mit dem auch schlendern könne, fragte Holm, schließlich wollte er sich nicht nur in den Bergen aufhalten müssen. Der Verkäufer dachte kurz nach, offensichtlich war ihm eine solche Frage in Bezug auf den Meindl Perfekt bislang noch nie gestellt worden. Er glaube schon, sagte er, jedenfalls habe er nichts Gegenteiliges gehört.

Um nicht dauernd einen Koffer mit sich herumzuschleppen, brauchte Holm einen geeigneten Rucksack. Auch hier gab man sich nicht mit ein, zwei Modellen zufrieden. Sämtliche nur denkbare Größen und Farben standen zur Auswahl. Vom Hochgebirgsrucksack mit zahllosen Riemen und Fächern, was man da alles hineinstecken sollte, war ihm rätselhaft, bis zum leichten Ausflugsmodell, in dem lediglich einige Stullen Platz fanden, war praktisch alles vertreten. Ein Mensch mit mangelnder Entschlussfähigkeit würde spätestens an dieser Stelle einen Weinkrampf bekommen oder sich mit einem Edelried Globetrotterseil aus der angrenzenden Alpinistenabteilung strangulieren. »Mehrere Kunden erhängten sich heute wieder zwischen den Rucksäcken.« MENSCHEN MIT SCHWACHEN NERVEN SOLLTEN DIESEN BEREICH MEIDEN!

Holms Blick fiel in diesem Moment auf das Schild »Anziehen statt Tragen«, darunter ein Rucksack der Marke Gregory Chaos, er passe sich, so war dort weiter zu lesen, automatisch und individuell an, was Holm sofort überzeugte. Ein Modell, das sich auch mitten im Chaos – und damit waren vermutlich Reisen jeglicher Art gemeint – an Holm anpasste, war der geeignete Begleiter. Mit diesem Rucksack konnte man beruhigt nach Frankreich reisen.

Zuhause stellte er den Rucksack samt Zubehör demonstrativ in die Mitte des Zimmers. Sollte seine Mutter wieder einmal spontan hereinkommen, würde sie gleich sehen, was die Stunde geschlagen hatte. Ihr Sohn plante nach achtunddreißig Jahren endlich den entscheidenden Schritt in die weite Welt!

Den ganzen Nachmittag bis scharf in die Abendstunden hinein wartete Holm nur darauf, dass seine Mutter ohne anzuklopfen ins Zimmer gerannt kam, um sich wieder einmal nach irgendetwas zu erkundigen, das sie Holm genauso gut zwei

Stunden, zwei Tage oder zwei Wochen später hätte fragen können. Als sie jedoch um kurz vor sechs immer noch nicht erschienen war – ausgerechnet an diesem wichtigen Tag kommt sie nicht, dachte er wütend –, begann er seine Wäsche einzupacken, sieben Unterhosen, drei Unterhemden, sechs Paar Socken, eine Hose zum Wechseln und drei blaue Oberhemden. In einer Woche, so schätzte er, würde er den Mey-Rosenzüchter sicher gefunden haben.

Dann ging er runter zum Abendbrot.

Es war halb sieben, als er das Wohnzimmer betrat. Sein Vater platzierte gerade die erste Gewürzgurkenhälfte auf seinem Mettwurstbrot, ein Vorgang, der Holm zum ersten Mal schockierte. Fassungslos sah er mit an, wie sein Vater die andere Gurkenhälfte in einem genau bemessenen Abstand daneben legte und mit dem Zeigefinger leicht andrückte, so wie er es seit Jahrzehnten immer um diese Uhrzeit getan hatte und bis zu seinem Tod weiterhin tun würde. Danach halbierte er das Brot mit einem ordentlichen Schnitt, indem er das Messer kurz ansetzte und die Scheibe mit zwei raschen Hebelbewegungen durchtrennte, nahm die von ihm aus rechte Hälfte und führte sie mit einem Gesichtsausdruck, der weder Wohlbehagen noch Abneigung signalisierte, vielmehr seine völlige Gleichgültigkeit nicht nur gegenüber dem Mettwurstbrot, sondern auch gegen seine Familie, ja sein eigenes Leben erkennen ließ, zum Mund und biss einen sauber gezirkelten Halbkreis davon ab. Holm sah sich in diesem Augenblick selber dort sitzen. Er sah, wie er nach dem Tod seiner Eltern den Platz des Vaters einnahm, sein Mettwurstbrot ebenfalls mit Gurkenhälften belegte, die Scheibe mit zwei raschen Hebelbewegungen durchtrennte und einen sauber gezirkelten Halbkreis abbiss. Und irgendwann würde er bei der Tagesschau einschlafen und nie wieder aufwachen. »Die Leiche wurde im Zustand fortgeschrittener Verwesung von einem Postboten entdeckt.«

Ob er etwas sagen wolle, meinte sein Vater plötzlich mit vollem Mund und blickte Holm, der immer noch wie angewurzelt im Türrahmen stand, vorwurfsvoll an. Holm, auf diese Frage zum jetzigen Zeitpunkt nicht vorbereitet, erklärte, während er sich ein wenig überstürzt auf seinen Platz setzte und dabei fast das Tischtuch herunterriss, Mutters Arme schnellten abrupt nach vorne zur Tischmitte, dass er morgen für einige Tage nach Orléans fahren werde, um eine wichtige Sache zu erledigen, worauf ihn seine Mutter, das Tischtuch zurückziehend, sofort mit sorgenvoller Miene anwies, nur ja genügend Socken einzupacken, falls mal welche nass würden, sonst hole er sich rasch eine Erkältung. Welche Sache er dort zu erledigen hatte, interessierte sie offenbar nicht.

Ob er nicht schon genug Urlaub gemacht habe, sagte sein Vater, der sich unterdessen auf die zweite Hälfte seines Mettwurstbrotes vorbereitete, in dem er einen großen Schluck Bier trank und laut gurgelte, als wollte er seine Mundhöhle erst vom alten Mettwurstgeschmack befreien, um die ursprünglichen Startbedingungen wiederherzustellen und das Gefühl einer lauen Wiederholung zu vermeiden. Er plane nicht, seinen Urlaub in Orléans zu verbringen, erklärte Holm aufbrausend und langte energisch nach einem Stück Schwarzbrot, sondern verfolge eine bestimmte Idee, deren erfolgreiche Umsetzung ihn möglicherweise schon in naher Zukunft von allen Existenzängsten befreien werde, was im Übrigen auch für seine Eltern nicht ohne Interesse sein dürfte, da er sich an der Haushaltsführung selbstverständlich finanziell beteiligen werde. Lass ihn sich doch erholen, meinte seine Mutter daraufhin zornig zu ihrem Mann gewandt, du siehst doch wie angespannt er die ganze Zeit ist. Ihr Mann kaute derweil stumm an der zweiten Hälfte seines Brotes und schüttelte unentwegt den Kopf. Holm, von dieser offensichtlichen, vielleicht sogar gewollten Missachtung seiner Zukunftspläne empört, ja außer sich, griff nun selber zur Mettwurst und beschmierte damit schwungvoll das Schwarzbrot. Er könne sich seinetwegen so lange erholen wie er wolle, sagte sein Vater und hob, noch kauend, das Bierglas, schließlich sei er inzwischen alt genug, um ein eigenständiges Leben zu führen. Als er den Rest Bier mit einem Schluck ausgetrunken hatte, musterte er seinen Sohn streng, als wollte er die ordnungsgemäße Belegung des Mettwurstbrotes überprüfen. In diesem Moment klappte Holm das Brot mit der Hand einfach zusammen, schob es vor den missbilligenden Blicken seines Vaters ganz in den Mund und fing laut und genüsslich an zu schmatzen.

5.

Am folgenden Morgen schulterte Holm den Rucksack und verließ mit den gut gemeinten, aber wie immer völlig nutzlosen Wünschen seiner Mutter das Elternhaus. Kurz bevor er außer Sichtweite war, hatte er plötzlich das Bedürfnis, dramatisch zurückzuwinken, unterließ es dann aber doch.

Er fuhr Richtung Hauptbahnhof. Dort war er noch nie gewesen. Seit der Bahnhof Zoo trotz Protesten und Unterschriftenaktionen – auch Holm hatte man wie üblich gefragt, er war gerade gedankenversunken über den Hardenbergplatz gelaufen, als ein älterer Herr mit Hertha-BSC-Kappe überfallartig, ja beinahe schon aggressiv versuchte, ihm einen Block samt Kugelschreiber in die Hand zu drücken, mit der Zerstörung unseres alten Westens müsse nun endlich Schluss sein!, den Holm aber wohlweislich, nachdem ihm überhaupt erst einmal klar geworden war, worum es eigentlich ging, zurückwies, nicht dass er bei einem späteren Regimewechsel dafür haftbar gemacht werden konnte, *wie wir wissen, haben Sie damals für den Bahnhof Zoo votiert, können Sie uns das mal erklären* –, seitdem der Bahnhof Zoo also trotz Protesten und Unterschriftenaktionen vor wenigen Wochen vom Fernverkehr abgekoppelt worden war, hieß das neue Ziel Spreebogen schräg gegenüber vom Bundeskanzleramt.

Holm nahm die U 7 und wechselte am Mehringdamm in die U 6 nach Friedrichstraße. Am U-Bahnhof Kochstraße stiegen zwei unscheinbare Männer in zerschlissener Kleidung hinzu und riefen, nachdem die Türen zugeschnappt waren, laut FAHRSCHEINKONTROLLE, was Holm sofort in leichte Erregung versetzte. Seit Jahren fuhr er nun schon mit S- und U-Bahnen durch die Stadt, war aber noch kein einziges Mal kontrolliert worden. Wie es möglich war, fünfundzwanzig Jahre lang unkontrolliert die öffentlichen Verkehrsmittel zu benutzen, machte Holm nicht nur ratlos, sondern gab ihm zunehmend das Gefühl, nicht einmal von den Berliner Verkehrsbetrieben als ernstzunehmende Persönlichkeit wahrgenommen zu werden.

Nun aber, ausgerechnet zu einem Zeitpunkt, als sich Holm auf dem Weg ins ferne Frankreich befand, rückte das Schicksal quasi in letzter Minute zwei junge Kontrolleure heraus, als wollte es sich in angemessener Form verabschieden.

Von solchen sichtlich heruntergekommenen Typen kontrolliert zu werden, war Holm nun allerdings auch wieder nicht recht. Das Schicksal war an diesem Tag offenbar besonders gut aufgelegt und erlaubte sich einen Scherz, der speziell auf Holm zugeschnitten schien. Denn lieber wären ihm korrekt gekleidete ältere Herren mit Mütze gewesen und nicht Personen, die nach Feierabend vermutlich Wände beschmierten.

Einer der beiden, er trug einen Ring im Ohr, wie Holm missmutig erkannte, war jetzt nur noch vier Fahrgäste von ihm entfernt. Holm ließ schon seine Hand in die Jacketttasche gleiten, *bevor* er überhaupt gefragt werden konnte, wollte er sein Ticket möglichst gleichgültig in die Luft halten, um deutlich zu machen, dass er die Kontrolle zwar grundsätzlich akzeptierte, mit den Kontrolleuren aber nicht einverstanden war.

In diesem Moment passierte das Unglaubliche: Ein zuverlässig wirkender Herr mit Seitenscheitel und Aktenkoffer auf den Knien hatte seine Fahrkarte entweder vergessen oder verloren, so genau war es nicht zu verstehen, jedenfalls fehlte die Beförderungsberechtigung, worauf ihn der Kerl mit dem Ohrring freundlich, aber bestimmt aufforderte, beim nächsten Halt mit auszusteigen. Die drei letzten Fahrgäste, darunter Holm, interessierten auf einmal nicht weiter, was Holm beinahe veranlasst hätte, aufzuspringen und mit seinem Ticket vor der Nase des Burschen herumzuwedeln, so empört war er, kurz vor der entscheidenden Kontrolle einfach links liegen beziehungsweise sitzen gelassen zu werden. Holm hatte fünfundzwanzig Jahre lang sein Geld in eine Sache investiert, ohne dass ihm dafür irgendwie gedankt worden wäre.

Am Hauptbahnhof angekommen, stand Holm, überwältigt von der gewaltigen Kathedrale aus Glas, inmitten des hektischen Getriebes und starrte minutenlang nach oben.

Sein Zug ging in einer halben Stunde, Zeit genug, um sich bei der Information über die genaue Position seines Wagens zu erkundigen. Vor dem *Service Point* stauten sich die Fahrgäste. Eine Frau im blauen Dienstanzug erteilte mit einem dicken Ordner in den Händen Auskünfte. Ob er *ihr* vielleicht seine Fahrkarte zeigen sollte?

Im Schnellverfahren beantwortete sie Fragen, dabei brauchte sie nur ihren Ordner aufzuschlagen und an entsprechender Stelle nachzulesen, sie strahlte eine derartige Gelassenheit aus, als würde sie auch fachfremde Fragen grundsätzlich mit Abfahrtszeiten und Bahnsteignummern beantworten.

Endlich war Holm an der Reihe. Nach Orléans, sagte er knapp, und wo sich Wagen 33 befinde. Er wollte sie nicht mit ganzen Sätzen belasten. Normalerweise, sagte sie, ohne in ihren Ordner blicken zu müssen, gehe der Zug nach Köln von Bahnsteig elf, derzeit führen wegen eines technischen Problems aber überhaupt keine Züge. Sie bitte um ein wenig Geduld. Holm blickte sich um. Tatsächlich waren nirgends Züge zu sehen. Dass irgendetwas nicht stimmte, hatte er auch schon bemerkt, war aber nicht auf die Idee gekommen, dass hier ein offenbar schwerwiegendes technisches Problem vorlag. So oft verkehrte er schließlich auch nicht in Bahnhöfen.

Bahnsteig elf war überfüllt. Die Leute starrten wie gebannt auf die Anzeigetafeln, als würden dort jeden Moment lebenswichtige Hinweise erscheinen. *Reisende mit ungeraden Sitzplatznummern sollten mehr auf ihre Gesundheit achten. Ihr DB-Team.* Von Köln jedenfalls war nirgends mehr die Rede.

Neben Holm stand eine Mutter mit ihrem Kind, das von der Warterei anscheinend genug hatte. Wann kommt denn der Zug endlich?, fragte es ungeduldig und stampfte mit dem Fuß auf. Gleich, antwortete die Mutter sichtlich genervt. Und warum können wir keinen anderen Zug nehmen?, beharrte das Kind, dem diese Antwort offenbar allzu vage erschien. Weil wir nun mal nach Köln wollen, erklärte die Mutter bestimmt. Aber wir können doch auch woandershin, oder?, sagte das Kind, als ginge es nur um das Zugfahren an sich. Die Mutter sah daraufhin befremdet zu ihrem Sprössling. Dass man als Erwachsener nicht mehr nur irgendwohin fuhr, war dem Kind wohl schwer verständlich zu machen.

Holm wartete eine gute Stunde, die ganze Zeit hatte er seinen Rucksack nicht abgesetzt, weil er jeden Augenblick mit dem Eintreffen des Zuges rechnete. Immer dann, wenn er den Rucksack abnehmen wollte, war er der festen Überzeugung, dass der Zug in ebendieser Sekunde einfahren musste.

Nach einer Stunde war er über seine dauernde Selbstbehinderung dermaßen verärgert, dass er sich des Rucksacks einfach spontan entledigte. In diesem Moment kam die Durchsage, dass der Fernverkehr aufgrund einer defekten Weiche vorübergehend eingestellt sei. Man erwarte jedoch die Behebung des Problems in nächster Zeit und empfehle den Fahrgästen, den Bahnhof nicht zu verlassen. Holm war sprachlos. Dass lediglich eine banale Weiche verantwortlich sein sollte, war ziemlich enttäuschend. Nach dieser Verzögerung hätte er etwas mehr erwartet. Auch die anderen zeigten sich unzufrieden mit dieser Erklärung. Einen Sprengstoffanschlag hätte man sich eher gefallen lassen.

Holms gesamte Reiseplanung war damit praktisch Makulatur. Denn dies bedeutete nicht nur, dass er seine Anschlusszüge in Köln und Paris verpasste und Orléans aller Wahrscheinlichkeit nach heute nicht mehr erreichte, sondern auch den Verlust seines Hotelzimmers, das man nach Ablauf einer bestimmten Frist sicher an einen anderen vergeben würde. Und weil dies alles so war und Holm darin ein schicksalhaftes Wirken zu erkennen glaubte, ein Wink mit der Weiche sozusagen, schon bei der Herfahrt hatte es ja erste zaghafte Hinweise gegeben, verdichteten sich die Ereignisse in seinem Kopf zu einer einzigen Aussage, die ihm knapp aber unmissverständlich mitteilte, die Stadt besser nicht zu verlassen. An dieser ungewöhnlich deutlichen Aussage, eine andere Interpretation war zweifellos nicht denkbar, hatte Holm allerdings überraschenderweise nicht das Geringste auszusetzen. Denn eigentlich war ihm schon die Vorstellung, auf eine vage Information hin nach Orléans zu fahren, von Grund auf zuwider. Und dass er die Mey-Rose dort überhaupt finden würde, war in Anbetracht seiner nicht nur mangelhaften, sondern praktisch überhaupt nicht vorhandenen französischen Sprachkenntnisse mehr als fraglich. Mit oui und non bekam man dort nicht mal eine Tasse Kaffee serviert.

Nun war es jedoch ausgeschlossen, schon wenige Stunden

nach seinem Aufbruch wieder ins Elternhaus zurückzukehren, ohne sich dem Verdacht auszusetzen, wieder einmal oder jetzt sogar endgültig gescheitert zu sein. Selbst seiner Mutter, die bislang mit einer kaum noch vernünftig zu nennenden Geduld an ihn geglaubt hatte, wären spätestens jetzt die ersten Bedenken hinsichtlich der Zukunftstauglichkeit ihres Sohnes gekommen. Holm hatte also keine andere Wahl, er musste eine Woche fortbleiben. Am besten er fuhr in den Ostteil und mietete sich in ein preiswertes Hotel ein. Dort würde man ihn wenigstens nicht kennen.

Am Hackeschen Markt, von dem er öfters in der Zeitung gelesen hatte, ein *quirliges Szene-Viertel*, wie es hieß, für Holm normalerweise ein Grund, die Gegend weiträumig zu meiden, stieg er aus der S-Bahn und betrat zum ersten Mal Ostberliner Boden.

Der Platz vor dem Bahnhof war in der Tat recht quirlig, überall Straßencafés mit jungen Menschen, die wahrscheinlich den ganzen Tag hier saßen und Bier tranken. Missmutig blickte er über den wuseligen Platz. Die lockere Atmosphäre empörte ihn. Wie man hier entspannt in der Sonne sitzen konnte, wo noch vor wenigen Jahren finsterster Sozialismus geherrscht hatte, war Holm unbegreiflich. Als ob es im Westen keine Cafés mehr gäbe.

Unschlüssig stand Holm auf dem Platz und überlegte, in welche Richtung er gehen sollte. Ob er jemanden nach einem Hotel fragen sollte? Aber das wäre selbst einem eingefleischten West-Berliner wie Holm nicht recht gewesen, immerhin war man ja dem Westteil beigetreten. Zwar befand er sich im Osten, rechtlich gesehen aber im Westen, somit konnte er auch aus gesetzlicher Sicht hier nicht fremd sein.

Auf der anderen Straßenseite, schräg über eine Kreuzung hinweg, erkannte er ein Café, »Hackescher Hof«, in das er sich erst einmal setzen und bei einem Glas Mineralwasser über seine weitere Vorgehensweise nachdenken wollte.

Der hallenartige Raum öffnete sich nach hinten zu einem Hof mit einer kleinen Terrasse. Bis auf eine lebhaft scherzende Reisegruppe, die ausschließlich aus Männern bestand, und wenigen Paaren, die stumm über die Tische gebeugt Reiseführer studierten, saßen die meisten Gäste draußen im Hof. Nach einigem Hin und Her, ein Platz im Hof kam wegen der dichten Tischstellung nicht in Frage, entschied sich Holm für den Tisch neben einer Säule. Da konnte er wenigstens ungestört sitzen und bekam nicht dauernd rückende Stühle ins Kreuz.

Ob er schon wisse, was er wolle, fragte ihn plötzlich eine rothaarige junge Frau flott. Holm bemerkte ein schlangenförmiges Tattoo auf ihrem Arm, was er aber vorsichtshalber ignorierte. Sie schien eher zufällig vorbeigekommen zu sein, und da es nicht danach aussah, als würde sie so bald wieder hier auftauchen, beschloss er, sie durch eine spontane Bestellung quasi an seinen Tisch zu binden. Ohne Menükarte zur Hand fiel ihm so schnell nur eine Flasche stilles Mineralwasser ein, was die Bedienung lediglich mit einem knappen Kopfnicken quittierte. Sie wirkte nicht gerade begeistert.

Als sie das Wasser brachte, bestellte er sofort ein Glas Rotwein nach und forderte zusätzlich die Karte an, um seinen guten Willen unter Beweis zu stellen. Ihr Gesicht signalisierte erstmals leichte Zustimmung, offenbar war er auf dem richtigen Weg. In der Karte entdeckte Holm ein Wiener Schnitzel mit Bratkartoffeln und gemischtem Salat. Das müsste eigentlich reichen, dachte er, mit Wiener Schnitzel macht man nie etwas falsch. Ob er schon ausgewählt habe, fragte die junge Frau, während sie den Wein servierte, sie wirkte deutlich zugänglicher, beinahe unangenehm neugierig, als wäre sie auch an seinem persönlichen Lebenslauf interessiert. Witterte sie bereits das große Geschäft, nun, da ihm eine Flasche Wasser offenbar nicht mehr reichte? Holm nahm sich Zeit, studierte noch einmal in aller Ruhe die Hauptgerichte, ließ die Bedienung eine Weile im Ungewissen, ob er nur zum preiswerten Club Sandwich oder doch zum kostspieligen Schnitzel tendierte. Hier ist noch alles offen, wollte er damit zum Ausdruck bringen. Hier ist auch eine Großbestellung nicht völlig ausgeschlossen. Und bei weiterhin freundlicher Behandlung würde ihr Holm später sogar ein gemischtes Eis und eine Tasse Kaffee in Aussicht stellen. Er schwanke noch, sagte er, dabei fuhr sein Finger zwischen der Linsensuppe und den Filetspitzen mit Wurzelgemüse auf und ab, was einen Preisunterschied von satten zehn Euro ausmachte. Ob es eine besondere Spezialität gebe, fragte er. Berliner Leber werde immer gerne genommen, sagte sie, ohne nachzudenken. Vermutlich kannte sie nur dieses eine Gericht von der Karte auswendig, das von den eingeschüchterten Touristen dann »immer gerne genommen« wurde. So leicht wollte er ihr die Sache nun aber nicht machen. Außerdem winkten bei einer Bestellung des Wiener Schnitzels zwei Euro zusätzlicher Gewinn, was sich natürlich auch bei der Kalkulation ihres Trinkgeldes bemerkbar machen würde. Holms Finger stoppte plötzlich neben dem Wiener Schnitzel und verharrte dort mehrere Sekunden, um der jungen Frau ausreichend Zeit für die Erkenntnis zu lassen, dass es sich bei Holm keineswegs um einen gewöhnlichen Rucksacktouristen aus Hannoversch Münden handelte.

Geraume Zeit passierte nichts, es passierte so ausdauernd nichts, dass Holm schon der Verdacht kam, die Frau sei kurzsichtig und könne aus dieser Entfernung überhaupt nichts erkennen. Als er aufblickte, merkte er jedoch, dass sie in eine andere Richtung sah. Er nehme das Wiener Schnitzel, sagte er kühl und schlug die Karte zu. Daraufhin lächelte sie derart knapp, dass Holm seine Bestellung fast wieder rückgängig gemacht hätte. Eine Linsensuppe hätte vollkommen gereicht!

Nachdem er das Schnitzel rasch verspeist und gezahlt hatte,

verließ er das Lokal und geriet beim Hinaustreten in eine Clique Jugendlicher, die ihn sofort in ihre Mitte nahmen und die Straße hinunterzogen.

Wo sind denn hier die geilen Nutten?, fragte ein hormongeplagter Jungmann mit schlackernden Jeans direkt neben Holm und blickte sich gierig suchend um, als würde er jede Frau, die seinem Bild von einer Nutte auch nur ansatzweise entsprach, nach ihren Preisvorstellungen befragen wollen.

Offenbar hatten sie gar nicht mitbekommen, dass sich Holm unter ihnen befand, und jeder Versuch, nach rechts oder links auszubrechen, scheiterte einerseits am Straßenverkehr und andererseits an den Häuserwänden. Vermutlich waren sie auf Klassenreise, und der heutige Programmpunkt sah die Besichtigung des erotischen Angebots der Hauptstadt vor. Ein Lehrer war leider nicht zu sehen.

Holm tat, als hätte er sich bewusst für diese Clique entschieden, und plante bereits ein gemeinsames Abendessen mit anschließendem Besäufnis. Gleichzeitig bemühte er sich, nicht aufzufallen, denn wenn einer von ihnen den Mann mit dem Rucksack in ihrer Mitte bemerkte, würden sie wahrscheinlich kurzen Prozess mit ihm machen.

Du checkst echt nichts, Alter, sagte ein anderer, der sich direkt hinter Holm befand. Dass er sich nicht um Holm scherte, war fast ein wenig beleidigend. Die Nutten kommen doch erst abends aus ihren Löchern, jetzt schlafen die doch alle noch. Was glaubst du eigentlich, wie teuer die sind?, fragte der neben Holm. Dat möchte ick ooch gerne mal wissen, antwortete sein Hintermann in einem falschen Berlinerisch, wie Holm missmutig registrierte. Er hatte die Anbiederung westdeutscher Besucher an das heimische Idiom nie als freundlich empfunden, er ahmte ja auch nicht die persönliche Ausdrucksweise eines Gesprächspartners nach, nur um dessen Zuneigung zu gewinnen.

Sie überquerten eine Straße. Lasst uns was essen gehen, ich hab Mordshunger, sagte Holms Vordermann, offenbar der Anführer der Clique, und steuerte auf ein Ecklokal mit dem Namen »The Sixties« zu. Spätestens am Tisch werden sie bemerken, dass da jemand sitzt, den sie nicht kennen, dachte Holm. Es wurde Zeit, etwas zu unternehmen.

Im Lokal, eingerichtet im Stil amerikanischer Schnellrestaurants, rote Kunststoffbänke und Ketchupflaschen auf den Tischen, an den Wänden flimmerten Fernseher und übertrugen Fußballspiele, witterte er jedoch Morgenluft. Der Raum war überfüllt, es gab nur noch wenige freie Vierertische, man musste sich also zwangsläufig aufteilen, für Holm die Gelegenheit, unbemerkt seiner Wege zu gehen. Da rüber!, rief der Anführer und bog nach links, während Holm einfach stehenblieb und sich eine Weile staunend umschaute, als hätte er so etwas noch nie gesehen.

Während er sich draußen von dem Schreck erholte, fiel sein Blick auf ein Hotel namens »Taunus«, ein unauffälliges Backsteingebäude neben einer Straßenbahnhaltestelle. Es lag ein wenig zurückversetzt, offensichtlich war das Vorderhaus im Krieg zerstört worden, dort befand sich jetzt ein kostenpflichtiger Parkplatz, zwei Euro die Stunde. Obwohl der Gesamtkomplex auf Holm nicht gerade einladend wirkte, an ein deutsches Mittelgebirge erinnerte hier jedenfalls nichts, eher war an ein Gefängnis zu denken, eine Strafanstalt für Touristen, in der sie für ihre unstillbare Reiselust bestraft wurden, beschloss er, da es schon reichlich spät war, ein Zimmer zu nehmen.

Die Rezeption befand sich in einem schlauchartigen Gang gleich neben der Eingangstür. Holm hätte sie fast übersehen, er wollte schon um die Ecke biegen, als er hinter sich eine Stimme hörte: Ob er was für ihn tun könne, blaffte ein Mann, seinen Kopf aus einer Luke haltend. Rezeptionen hatte Holm anders in Erinnerung. Schwarze Granittresen, darauf kostspielige Blumengestecke oder große Schalen mit Obst. So wie in der Hotel-Serie, die er vor Jahren regelmäßig im Fernsehen gesehen hatte. Hier gab es nicht einmal Salzstangen.

Er brauche ein Einzelzimmer, sagte Holm und trat irritiert vor die Luke, dahinter lag ein von kaltem Neonlicht erhellter Raum, in dem sich Papierberge stapelten. Jeden Augenblick rechnete er damit, seine Sachen abgeben zu müssen und gestreifte Hotelkleidung überreicht zu bekommen, auf der Brusttasche »Hotel Taunus – Zimmernummer 310«. Wie lange er bleiben wolle, knurrte der Mann, offenbar arbeitete er nicht freiwillig in dem Job. Ungefähr eine Woche, antwortete Holm, er wollte sich lieber nicht festlegen. Achtundachtzig Euro mit Frühstück, sagte der Mann, nachdem er ausgiebig in einem Buch vom Umfang des Alten Testaments geblättert hatte. Ob es schon Buchungen für das Jahr 2067 gab? Achtundachtzig Euro mit Frühstück, dachte Holm, sind für ein Hotel mit dem Charme einer Haftanstalt ziemlich happig, ließ sich aber nichts anmerken. Es sollte nicht so aussehen, als wäre er über die hauptstädtischen Hotelpreise nicht informiert. Er werde es nehmen, sagte Holm und nickte entschlossen, worauf sein zukünftiger Gastgeber sofort viel freundlicher wirkte. Er benötige noch einige Angaben zur Person, fuhr er sachlich fort und hielt seinen Stift schreibbereit über ein Formular. Korrekt, wenn auch widerwillig gab Holm seine Daten zu Protokoll. Als er seinen Wohnort preisgeben musste, stockte er kurz. Berlin mochte er nun doch nicht nennen. Ein Mann, anscheinend für eine Fernreise gerüstet, machte Urlaub in der eigenen Stadt. So etwas ließe zweifellos aufhorchen, womöglich würde noch die Polizei informiert.

Hannoversch Münden, antwortete Holm leise, was den Mann in helles Entzücken versetzte. Hannoversch Münden, rief er begeistert, jeglicher Unmut war jetzt vollends aus seinem Gesicht gewichen, ob er einen Herrn Binder oder Binding kenne. Er wirkte auf einmal beunruhigend zutraulich.

Einen Herrn Binder oder Binding kenne er nicht, sagte Holm, lediglich der Name Bündig sei ihm im Zusammenhang mit seiner Tante Hedwig Rossmann ein Begriff, der wohne aber seines Wissens in Spandau.

Herr Binder oder Binding, fuhr Holms Gastgeber unbeeindruckt fort, sei ein ehemaliger Klassenkamerad seiner Schwester Christine und arbeite in einer Gummiwarenfabrik bei oder in Hannoversch Münden, vor Jahren sei er mal besuchsweise in Berlin gewesen, danach wäre leider jeglicher Kontakt abgebrochen. Er könne aber auch Bünding heißen, so genau wolle er sich da nicht festlegen.

Holm machte ein interessiertes Gesicht, als würde ihn diese Geschichte stark beschäftigen. Selbst wenn er tatsächlich aus Hannoversch Münden stammen würde, hieße das noch lange nicht, dass er automatisch jeden Mitarbeiter der örtlichen Gummiwarenfabrik kannte.

Die Welt ist ein Dorf, sagte sein Gastgeber nachdenklich. Sie sagen es, sagte Holm. Daraufhin wurde ihm ohne weiteres der Zimmerschlüssel ausgehändigt. Frühstück sei zwischen sieben und zehn Uhr dreißig, sagte sein Gastgeber, ehe er wieder in der Luke verschwand.

Holms Zimmer befand sich im zweiten Stock. Es war kaum größer als ein Schuhkarton, neben das Bett passte gerade noch ein Nachttisch. Am Fenster, das auf den Parkplatz ging, stand ein kleiner Fernseher, daneben ein Stuhl, der vermutlich als Kleiderablage gedacht war. Mehr als das, was man am Körper trug, konnte man hier sowieso nicht ablegen. Dass es auch einen Schrank gab, merkte er erst, als er die vermeintliche Tür zum Badezimmer öffnen wollte. Das Bad selber war dagegen unverhältnismäßig groß. Ein Waschbecken, das auch zum Baden geeignet war. Im Spiegel hätte sich problemlos eine Großfamilie betrachten können. Dafür wäre allerdings die Duschkabine zu klein gewesen.

Da er keine Wahl hatte, legte er sich aufs Bett und schaltete mit der Fernbedienung widerwillig den Fernseher an. Vor dem Abendbrot im Bett zu liegen und fernzusehen, war für Holm unerträglich. Er hatte auf einmal das Gefühl, Verrat an seinem ganzen bisherigen Leben zu üben. Verrat an seinen Gewohnheiten, die ihn in den letzten achtunddreißig Jahren einigermaßen sicher durchs Leben begleitet hatten, die ihm Halt gaben in einer Welt, die er größtenteils nicht verstand.

Planlos durch die Kanäle zu *zappen* hatte für Holm fast etwas Abenteuerliches. Ob er nach einer Woche überhaupt noch in der Lage sein würde, sein gewohntes Leben wieder aufzunehmen, erschien ihm plötzlich fraglich. Vielleicht sollte ich wenigstens versuchen, mein altes Leben zu imitieren, dachte Holm, dem das entspannte Daliegen jedoch überraschenderweise gefiel. Aber ohne Fernsehzeitschrift und Couch, zweifellos die beiden entscheidenden Stützen, war sein Leben nicht mal ansatzweise zu imitieren.

In einem Privatsender kam ein Bericht über die japanische Kronprinzessin Masako. Masako, hieß es in dem Bericht, der Holm sofort gefangennahm, habe sich auch nach Jahren noch immer nicht an ihre neue Rolle als Gattin des japanischen Kronprinzen gewöhnt und lebe zurückgezogen im kaiserlichen Palast. Dabei schwenkte die Kamera über ein gewaltiges Palastensemble, das von einem riesigen Park umgeben war. Holm war gleich klar, weshalb Masako in einem solchen Gebäude unmöglich heimisch werden konnte. Auch der deutsche Bundespräsident lebte schließlich nicht in seinem Amtssitz Schloss Bellevue, vermutlich, um ihm diese Problematik von vorneherein zu ersparen. Ein Präsident, der sich nach Jahren immer noch nicht an seine Rolle gewöhnt hätte, wäre dem deutschen Steuerzahler kaum begreiflich zu machen.

Als ehemals Bürgerliche, hieß es weiter, sei sie quasi von heute auf morgen gezwungen gewesen, ihr altes Leben aufzugeben und sich in ihre neue Rolle als japanische Kronprinzessin und wahrscheinliche Kaiserin einzufügen, was ihr jedoch offensichtlich nicht gelungen sei. Holm spürte eine starke Zuneigung zu dieser unglücklichen Frau, die wohl viel lieber zuhause auf dem Sofa gelegen und in einer Zeitschrift geblättert hätte, anstatt sich in einem kalten Palast dem Hofzeremoniell zu unterwerfen.

Wenige Minuten zuvor war Masako noch eine ihm völlig unbekannte Person gewesen, und nun fühlte er sich auf einmal dem japanischen Kaiserhaus eng verbunden. Man sah einen ihrer wenigen öffentlichen Auftritte, wie sie verkrampft lächelnd unter blühenden Kirschbäumen entlangschritt, die Bewegungen wirkten hölzern, als würde ihr Körper ferngesteuert. Holm befürchtete, sie könne jeden Moment über einen Stein stolpern und zu Boden gehen. Glücklichweise war es nur ein kurzer Ausschnitt.

Sie leide, schloss der Bericht, während die Kamera erneut über das Palastgebäude schwenkte, an einer Anpassungsstörung, und solange sie ihre Rolle nicht auch innerlich vollständig annehme, würde sie in immer tiefere Depressionen versinken. Wie man sich an eine mehrtausendjährige kaiserliche Tradition überhaupt anpassen konnte, blieb Holm ein Rätsel. Er fühlte sich schon von seinen knapp vierzig Jahren überfordert. Aber wenigstens durfte er dabei auf dem Sofa liegen.

6.

Niemand war da, als Holm am nächsten Morgen pünktlich um halb neun den Frühstücksraum betrat. Kurz befürchtete er, der einzige Hotelgast zu sein, sah dann aber beruhigt mehrere gedeckte Tische, insgesamt sieben für je zwei bis drei Personen, etwas wenig für die Größe der Unterkunft.

Vorsichtshalber setzte er sich an den kleinsten Tisch mit Blick auf die Bar, offenbar diente der Raum abends als Kneipe, und wartete auf die Bedienung. Draußen klingelten die Straßenbahnen vorbei, ein untrüglicher Hinweis, dass er sich im Ostteil der Stadt befand.

Während er noch darüber nachdachte, kam plötzlich eine junge Frau in Jeans und T-Shirt an seinen Tisch. Ob er Tee oder Kaffee möchte, fragte sie ihn zu seiner Verblüffung. Holm hatte sie zunächst für einen Gast gehalten. Am Ende bediente man sich hier gegenseitig. Der Vorgänger bediente den Nachfolger. Einen Kaffee, sagte Holm, nachdem er sich von der Vorstellung, andere Gäste bedienen zu müssen, erholt hatte. Wenig später kam sie mit einer Thermoskanne zurück und schenkte ihm ein.

Sie können ruhig schon zum Büfett gehen, sagte die junge Frau und deutete auf den Tresen, wo einige Teller zu sehen waren, ich bin hier zwar noch nicht ganz fertig, aber ich glaube das meiste ist schon da.

Das meiste, *glaube sie*, sei schon da. Holm war erstaunt. Und was sollte das heißen, *sie sei noch nicht ganz fertig*? Es war halb neun, es war, hier durfte man ruhig etwas genauer sein, zehn nach halb neun, und das Frühstücksbüfett war noch immer nicht fertig. Viel schlimmer noch, sie schien nicht einmal genau zu wissen, was alles auf dieses Frühstücksbüfett gehörte. Gab es womöglich tägliche Schwankungen bei der Auswahl? Mal fehlte die Marmelade, ein anderes Mal die Wurst. Holm würde sich jeden Morgen beim Aufwachen fragen, was sie heute wieder vergessen hatte. So entstand zweifellos kein Vertrauen. Wenigstens durfte man sich das Frühstück selber zusammenstellen, für Holm ein klares Zeichen, dass er sich im Urlaub befand.

Auf seiner ersten und einzigen Reise nach Kärnten, zusammen mit seinen Eltern, hatte es auch ein Frühstücksbüfett gegeben. Seitdem bildeten Urlaub und Frühstücksbüfett eine unauflösliche Einheit. Weil Holm ungern reiste, dieses Urlaubsgefühl aber schätzte, hatten er und seine Tante einmal die Idee gehabt, sonntags etwas Hotelatmosphäre in ihre Wohnung an der Fritz-Erler-Allee zu holen, indem sie in der Küche ein kleines Büfett aufbauten. Der Versuch wurde jedoch schon nach dem ersten Mal eingestellt, weil die Frühstücksauswahl über das gewohnte Maß nicht hinausreichte. Bei drei Scheiben Emmentaler, zwei Brötchen, einem halbleeren Glas Kirschmarmelade und einem aufgerissenen Becher Frühlingsquark wollte die richtige Urlaubsstimmung einfach nicht aufkommen.

Das so genannte Büfett bestand aus zwei Platten, jeweils mit Wurst- und Käsescheiben belegt, Erdbeermarmelade und Honig in Gläsern, einer Schale, in der Butterlöckchen zwischen halb aufgetauten Eiswürfeln schwammen, einem Glas Nutella – Holm befürchtete sofort, dass Kinder im Haus waren -, Cornflakes, Müsli und einer Karaffe Milch. Im Brotkorb, der auf einem extra Tisch stand, Brötchen, Croissants und Toast. Frühlingsquark war nicht dabei, was Holm gleich in schlechte Stimmung versetzte. Auch Eier konnte er nirgends entdecken. Wie er hier eine Woche Urlaub machen sollte, war ihm schleierhaft.

Um kurz nach neun, Holm hatte bereits das zweite Brötchen in Arbeit, er hatte sich vorgenommen, so lange zu essen, bis das Frühstücksbüfett *vollständig* aufgebaut war, insgeheim hoffte er noch auf die Eier, bei achtundachtzig Euro Übernachtungsmiete sollten Eier eigentlich inklusive sein, kam plötzlich ein Schwung Hotelgäste herein und verteilte sich auf die Tische, sodass alle Plätze praktisch auf einen Schlag besetzt waren. Lediglich der Platz an Holms Tisch bleib frei, was sein ohnehin schon stark getrübtes Frühstücksvergnügen zusätzlich belastete, denn dies bedeutete, dass sich ein möglicher Nachzügler an seinen nur für eine Person gedachten Tisch setzen musste und damit ein entspanntes Essen vollends unmöglich machen würde.

Die Frage, ob sich ein weiterer Einzelreisender, womöglich männlichen Geschlechts, im Hotel aufhielt, beherrschte Holms Gedanken derart, dass er die Eierfrage darüber vollkommen vergaß. Angesichts des kürzlich aufgeschnittenen zweiten Brötchens wäre ein sofortiger Aufbruch allerdings nicht sehr ratsam, wollte er bei den anderen Gästen nicht den Eindruck der Desorganisiertheit erwecken. Nun hat er sich eben ein Brötchen aufgeschnitten und isst es noch nicht mal auf. Es galt jetzt, zügig zu essen und sich durch nichts mehr ablenken zu lassen.

In diesem Augenblick trat ein Mann an seinen Tisch. Ob er sich zu ihm setzen dürfe. Was passieren kann, passiert, dachte Holm, der nicht sprechen konnte und stattdessen mit weit aufgerissenen Augen und vollen Backen hinaufsah und dabei heftig würgen musste. Selbst der unsensibelste Zeitgenosse konnte klar erkennen: Hier verspeist gerade jemand seine Wochenration und möchte dabei nicht gestört werden.

Der Mann, dessen jugendliche Bekleidung, Jeans und Turnschuhe, seinem ergrauten Kurzhaar zu spotten schien, nahm, ohne eine Antwort abzuwarten, Platz und holte ein Glas Kirschmarmelade aus seiner geflochtenen Umhängetasche, worauf Holms Bissen mit einem Mal abrupt die Kehle hinabrutschte, ja regelrecht hinabstürzte und ein fassungsloses Gesicht hinterließ. Dass hier jemand seinen privaten Brotaufstrich mitbrachte, war schon allerhand. Wenn das die Bedienung sah!

Aber es kam noch dicker: Der Mann fischte ein Brötchen, Margarine und einen Apfel aus der Tasche, platzierte das Brötchen mit der Teigfalte waagerecht zur Tischkante und legte den Apfel in die Mitte einer imaginären Linie zwischen Messer und Gabel. Einige Sekunden lang betrachtete er so das Stillleben, die Hände auf dem Tisch gefaltet, bewegte seine Lippen kaum sichtbar, als spreche er ein Gebet, und schnitt daraufhin zufrieden lächelnd das Brötchen auf.

Holm versuchte, die Sache locker zu sehen. Der Mann war zwar nicht ganz richtig im Kopf, hatte aber wenigstens keinen aggressiven Charakter. Vermutlich brauchte er einfach sein persönliches Kirschmarmeladenglas, um sich in der Fremde ein wenig heimisch zu fühlen. Auch Holm hatte ja schließlich eine Reinhard-Mey-CD im Gepäck. Dass er schon nach wenigen Minuten Ähnlichkeiten entdeckte, beunruhigte ihn allerdings ein wenig. Vielleicht brachte er irgendwann auch sein eigenes Frühstück mit.

Holm aß auf einmal langsamer. Er ließ sich Zeit, kaute auf jedem Bissen so intensiv herum, als befürchtete er durch scharfkantige Krümel irreversible Schäden an seiner Speiseröhre. Außerdem wollte er die Bedienung abwarten. Jeden Moment würde sie kommen und den Herrn freundlich, aber bestimmt über die Frühstückregeln ihres Hauses aufklären. Und Holm würde nicht wegsehen. Er würde sein offizielles Hotelfrühstücksbrötchen nehmen und mit reinem Gewissen ein Stück davon abbeißen.

Er hatte das seltsame Gefühl, mit dem Brötchen in der Hand Teil einer größeren Gemeinschaft zu sein. Einer Gemeinschaft, die durch unausgesprochene Konventionen zusammengehalten wurde. Dass in dieser Gemeinschaft auch Kinder mit Baseballkappen und bärtige Homosexuelle vorkamen, störte ihn überhaupt nicht mehr.

In diesem Augenblick kam die Bedienung. Ob er heute gut geschlafen habe, fragte sie und schenkte seinem Gegenüber sofort Kaffee ein, ohne sich im Geringsten an dessen Frühstücksvorlieben zu stören. Holms Hand verkrampfte sich um das Brötchen, das seinen verbindenden Sinn plötzlich verloren hatte. Der Mann schüttelte energisch seinen knochigen Kopf. Solange der Straßenbahnverkehr vor seinem Fenster nicht eingestellt werde, sagte er scharf, sei mit einem erholsamen Schlaf nicht zu rechnen. Holm sah zur Bedienung. Sie werde sehen, was sie tun könne, antwortete sie mit einer Nachsichtigkeit, die empörend war. Dabei lächelte sie, als hätte sie nicht nur von vorneherein mit dieser Antwort gerechnet, sondern würde sein Verhalten auch noch grundsätzlich akzeptieren.

Holm biss in sein Käsebrötchen. Wer so etwas toleriert, dachte er erschüttert, toleriert auch Graffitischmierereien.

Ein ziemlicher Sauladen, zischte sein Tischnachbar leise zu Holm, nachdem die Bedienung außer Hörweite war. Er sah ihn komplizenhaft an, was Holm zunächst ignorierte.

Das Essen ist hier ungenießbar, fuhr er, sich immer wieder nervös umschauend, fort. Haben Sie mal den Käse gesehen? Holm betrachtete die Reste seines Käses, konnte aber nichts Ungewöhnliches daran feststellen. Das Zeug haben die irgendwo billig eingekauft, wahrscheinlich sogar kurz vor Ablauf des Haltbarkeitsdatums, und präsentieren es einem dann auf dem Silbertablett, als wäre es sonst was Dolles. Er schüttelte erregt seinen Kopf und bestrich beide Brötchenhälften sorgfältig mit Marmelade.

Holm schnupperte irritiert am Käse. Obwohl nichts zu riechen war, legte er das Brötchen beiseite, ärgerte sich jedoch im selben Moment, dass er sich so leicht beeinflussen ließ.

Ich kenne diese Sorte von Hotels, sagte der Mann, er nahm einen Bissen und kaute eine Weile nachdenklich darauf herum, als wollte er sämtliche ihm bekannten Hotels noch einmal Revue passieren lassen, ehe er eine endgültige Bewertung abgab.

Entweder kannte er sehr viele Hotels, oder er hatte ganz einfach schlechte Zähne, denn das Kauen wollte überhaupt kein Ende nehmen. Holm starrte gebannt auf seinen Mund, als könnte er es kaum erwarten, endlich die ganze Wahrheit über dieses Hotel zu erfahren. Die gleichmäßigen Kaubewegungen seines Gegenübers machten ihn müde. Er hatte den überraschenden Wunsch, sofort wieder ins Bett zu gehen und den Rest der Woche zu verschlafen.

Sie befinden sich immer im Stadtzentrum, sagte er dann, als Holm kaum noch mit einem Ergebnis gerechnet hatte. Und weil sie sich im Zentrum befinden, glauben sie, sich alles erlauben zu dürfen, neunzig Euro für Straßenbahnlärm und verdorbenen Käse, finden Sie das vielleicht in Ordnung?

Holm sah erschrocken auf. Er wusste nicht, was er darauf antworten sollte. Er hatte sich mit diesem Thema noch nicht eingehender beschäftigt. Er war erstaunt, dass man Hotelpreise überhaupt in Frage stellen konnte. Auch die anderen Gäste schienen noch nicht mitbekommen zu haben, dass sie in einem überteuerten Hotel saßen und zu Straßenbahnlärm schlechten Käse verspeisten.

Und vor der Tür ein Parkplatz, Alt-Berlin!, schnaubte der Mann, er hatte sichtlich Mühe, sich unter Kontrolle zu halten, und sah Holm vorwurfsvoll an, als könne er nicht begreifen, dass es immer noch Menschen gab, die sich so etwas bieten ließen. Holm war entsetzt, dass auch er zu den Menschen gehörte, die sich so etwas bieten ließen.

Wir werden dauernd betrogen, sagte der Mann, in seiner Hand zitterte das Marmeladenbrötchen, aber die meisten unternehmen nichts dagegen, weil sie den Betrug für normal halten. Sie sind einfach zu feige für eine eigene Haltung, und so was nennt man dann bürgerlich! Er trank seinen Kaffee mit einem Schluck aus, als brauchte er eine starke Geste, die das Grundsätzliche seiner Aussage unterstrich.

Holm fragte sich, ob er eine eigene Haltung hatte und wenn ja, wie sich diese Haltung wohl zu erkennen gab.

Musste man gegen etwas sein, damit die eigene Haltung sichtbar wurde? Genügte es schon, sich über den Hotelkäse zu empören, um als eigenständige Persönlichkeit wahrgenommen zu werden?

Solange er denken konnte, hatte sich Holm nie gegen etwas aufgelehnt. Nicht gegen seine Eltern, nicht gegen die Schule und auch nicht gegen die Politik. Weshalb hätte er sich gegen einen Mann wie Helmut Kohl auflehnen sollen? Er war der gütige Hausvater, regierte in Strickjacke, hinter ihm ein gewaltiges Aquarium, die Bundesrepublik Deutschland, und fuhr seit fünfundzwanzig Jahren mit seiner Frau Hannelore an den Wolfgangsee, um vor einer imposanten Bergkulisse Huftiere zu streicheln. Gab es etwas daran auszusetzen, Huftiere zu streicheln?

Die Antwort war ein klares und deutliches Nein. Denn auch Holm fuhr regelmäßig an einen See, wenn es auch nur der Wannsee war und er keine Huftiere streichelte, so machte er doch im Wesentlichen das Gleiche wie Millionen seiner Landsleute auch. Das Leben war auf eine beruhigende Weise komfortabel, und es gab keinen Grund, irgendetwas daran zu ändern.

Holm überlegte gerade, ob seine Ablehnung des Hotelkäses womöglich den Beginn einer selbstständigen Haltung zum Leben einläutete, als sich der Mann, dessen Wut mit einem Mal verflogen war, vertraulich zu ihm herüberbeugte.

Da wir nun eine Weile Tischgenossen sein werden, sagte er, *Genosse* ließ Holm sofort hellhörig werden, womöglich saß er einem Alt-Kommunisten gegenüber, sollten wir uns vorstellen. Ich heiße Elie Glick. Er reichte ihm seine Hand, die Holm erstaunlicherweise gleich ergriff. Felix Holm, erwiderte er knapp lächelnd. Überschwängliche Freude war hier zweifellos unangebracht.

Wenn Sie Lust haben, sagte Elie Glick, mit dem Verlauf des

Gesprächs offensichtlich zufrieden, begleite ich Sie ein wenig durch die Stadt. Ich habe den Eindruck, Sie können einen Führer gut gebrauchen.

Obwohl Holm nicht ganz klar war, was er damit meinte, das Wort *Führer* kam ihm vor dem Hintergrund der deutschen Geschichte ein wenig unpassend vor, stimmte er schließlich zu, schon um die Atmosphäre am Tisch nicht nachhaltig zu belasten.

Kurze Zeit später gingen sie die Oranienburger Straße hinunter, Elie einen halben Schritt vorneweg. Er humpelte leicht, schien aber keine Schmerzen zu haben. Bei jedem Schritt schlug die Umhängetasche gegen sein Hinterteil, als würde sie den Takt vorgeben. In der Ferne glänzte eine goldene Kuppel. Es war wärmer geworden. Aus diesem Grund hatte sich Holm etwas lockerer gekleidet, ohne Jackett, was ihn gleich in eine merkwürdige Stimmung versetzte.

Es war ein bisschen wie auf der Flucht. Eben hatte er noch im Zigarrenladen gestanden, und dann war ihm aus dem Blauen heraus der Gedanke gekommen, den Job einfach hinzuschmeißen und sein bisheriges Leben hinter sich zu lassen, er hatte sich die Krawatte vom Hals gerissen, das Jackett in die Ecke geschleudert und war vor den fassungslosen Blicken seiner Arbeitskollegin Gesine Mugsch auf und davon.

Er dachte an seine Eltern. Während sie ihn in Frankreich wähnten, lief er keine zehn Kilometer vom Klettenweg entfernt mit einem Mann, den er erst vor wenigen Minuten am Frühstückstisch kennengelernt hatte, durch Ostberlin. Weshalb er ihm überhaupt folgte, konnte Holm nicht sicher beantworten. Vermutlich, weil er seit achtunddreißig Jahren praktisch immer an die Hand genommen wurde. Eine Tatsache, die ihm im Zusammenhang mit einem fremden Mann nun allerdings bedenklich erschien. Am liebsten hätte er seine Eltern rasch von einer Telefonzelle aus angerufen und ihnen die Wahrheit gebeichtet. Dass er es nicht mal bis Frankreich geschafft habe und nun stattdessen versuche, den verlorenen Lebensfaden im Osten wiederzufinden. Seine Mutter wäre daraufhin in Tränen ausgebrochen – unser Junge in Ostberlin! –, und sein Vater hätte sich in seiner Meinung, dass sein Sohn für *dieses* Leben prinzipiell untauglich sei, wieder einmal bestätigt gesehen.

Dass es irgendwo noch ein anderes Leben gab, ein Leben, das nicht täglich aufs Neue nach seinem Sinn abgefragt werden musste, ein Leben *all inclusive* sozusagen, konnte oder wollte sein Vater allerdings nie bestätigen. Womöglich wäre selbst ein Mann wie Holm dort endlich aufgeblüht.

Er bemerkte ein junges Paar, das vor dem Gebäude mit der goldenen Kuppel stand und sich gegenseitig fotografierte. Offenbar handelte es sich hierbei um eine wichtige Sehenswürdigkeit, denn mehrere schwerbewaffnete Polizisten liefen, aufmerksam die Umgebung kontrollierend, auf und ab. Dass es vor der Gedächtniskirche im Westen keine vergleichbar bewaffneten Polizisten gab, empfand Holm als beleidigend.

Wo bleiben Sie denn?, rief Elie Glick ungeduldig, nachdem Holm endlich aufgeschlossen hatte. Er habe sich nur die Kirche näher ansehen wollen, sagte Holm, dem Elies Ton nicht gefiel, schon nach einer halben Stunde Bekanntschaft herrschte zwischen ihnen eine Stimmung wie bei einem alten Ehepaar, schließlich sei er ja hier, log Holm, um die Stadt besser kennenzulernen. Sie meinen die Synagoge, korrigierte ihn Elie und machte ein zweifelndes Gesicht. Und, fragte er, kennen Sie die Stadt jetzt besser? Holm zuckte die Schultern. Eben, sagte Elie und setzte seinen Weg ungerührt fort. Holm ärgerte sich plötzlich, ohne konkretes Ziel hinter ihm her zu laufen. Offenbar verfolgte Elie keinen Plan, sondern ließ sich ganz einfach treiben. Und wohin man unter diesen Umständen trieb, wollte Holm lieber gar nicht wissen. Er hatte einen schweren

Fehler begangen: Er hatte sich in die Hände eines Mannes begeben, der ihn wie eine langjährige Ehefrau behandelte. Und es gab keine Chance, ihn so schnell wieder loszuwerden.

Sie kamen an einem Geschäft vorbei, in dem zahllose Masken hingen. Horrormasken, Spaßmasken, aber auch Masken, die bekannte Persönlichkeiten aus Politik und Showgeschäft darstellten.

Sehen Sie sich das mal an, sagte Elie, offensichtlich begeistert von diesem Unfug. Holm trat ans Fenster und sah sich die Masken an. Er hatte kein Verständnis für Spielereien mit Identitäten, obwohl er in seiner Jugend einmal einen halben Tag Robert Redford imitiert hatte.

In einem Film war der Schauspieler, damals noch frisch und adrett, praktisch neunzig Minuten lang mit einer Zahnbürste im Mund herumgelaufen und hatte auf diese sehr lockere Art eine Menge Frauenbekanntschaften gemacht. Dass man mit einem Instrument für Gebisspflege Frauen kennenlernen konnte, hatte Holm so beeindruckt, dass er gleich am nächsten Morgen mit einer nagelneuen Zahnbürste im Mund die Schule betrat. Doch trotz erheblichen Einsatzes seines Beckens – der lässige Hüftschwung in Verbindung mit der aufreizend im Mundwinkel steckenden Zahnbürste würde, wie er annahm, selbst bei jenen Mädchen, die ihn bislang nicht mal mit dem Hintern angesehen hatten, warme Gefühle erwecken – blieb der erhoffte Erfolg aus. Ja, fortan galt Holm als nicht mehr ganz ernstzunehmende männliche Spezies, eine Einschätzung, die in seinem neununddreißigsten Lebensjahr immer noch andauerte.

Wir gehen jetzt da rein, befahl Elie Glick, und sehen uns die Sache mal genauer an.

Holm lachte freudlos.

Der Verkäufer sprang sofort auf, als hätte ihn eine Stuhlfeder in die Luft geschossen. Sein spontaner Einsatz deutete darauf hin, dass das Maskengeschäft nicht gerade blendend lief.

Ob er ihnen etwas über den Laden erzählen könne, fragte er, als stecke ein für Außenstehende kaum begreifliches Konzept hinter den ziemlich wahllos neben- und übereinanderhängenden Masken. Nein, bestimmte Elie, dem Mann unwirsch über den Mund fahrend, und ging direkt zur Maskenwand.

In der Tat war kaum zu begreifen, was Roberto Blanco neben Frankenstein suchte, oder die Queen unter Heinz Erhardt verloren hatte.

Hier offenbarte das Konzept gedankliche Unstimmigkeiten, die weder Roberto Blanco noch der Queen in irgendeiner Weise gerecht wurden.

Während sich Elie mehr zu den Horrormasken hingezogen fühlte, betrachtete Holm fasziniert die Maske der englischen Königin. Ihr grinsendes Pferdegesicht erinnerte ihn stark an Prinz Charles, ihren Sohn und ewigen Thronfolger, der sich aus Frust über die andauernde Warterei in das Gesicht seiner Mutter hineingegrinst zu haben schien, um schließlich als alte Frau mit Handtasche doch noch die königlichen Amtsgeschäfte übernehmen zu können.

Vielleicht bedauerte die Queen auch insgeheim ihren Sohn, der nun schon seit Jahrzehnten zunehmend lustloser Altersheime besuchte und Einkaufszentren eröffnete und darüber zum Pflanzenfreund geworden war, und nahm schuldbewusst langsam die Gesichtszüge ihres Sohnes an, um ihm einen vagen Eindruck davon zu vermitteln, wie es aussähe, wenn Prinz Charles an der Spitze des englischen Königshauses stünde. Holm fragte sich, ob auch seine Mutter irgendwann das Gesicht ihres Sohnes annehmen würde und wie sein Vater wohl darauf reagierte.

Was halten Sie von dieser hier?, fragte Elie auf einmal und riss Holm aus seinen verqueren Gedanken. Er deutete auf die Frankenstein-Maske. In seinem Gesicht spiegelte sich kindliche Begeisterung, was Holm ein wenig befremdete. Über die

Stirn der Frankenstein-Maske zog sich eine lange Narbe. Ob er sich nach unanfechtbarer Hässlichkeit sehnte?

Nicht schlecht, sagte Holm, der im Grunde keine Meinung dazu hatte. Was sollte man davon halten, wenn sich ein erwachsener Mann für Horrormasken begeisterte? Er versuchte sich vorzustellen, wie sein Vater mit der Frankenstein-Maske den Rasen mähte. Die entsetzten Blicke der Nachbarn! Er verkrafte wohl seine Pensionierung nicht.

Nicht schlecht?, fragte Elie sichtlich empört. Er schien überhaupt nicht zu begreifen, wie man sich nicht für eine solche Maske begeistern konnte. Das ist eine sensationelle Arbeit, rief er hingerissen, sodass nun auch der Verkäufer, der sich unterdessen stumm hinter seinen Tresen zurückgezogen hatte, wieder Umsatz witterte, von seinem Sitz emporschnellte und, einen kleinen Sicherheitsabstand zu Elie wahrend, zwischen sie trat.

Die verkaufen wir ziemlich häufig, sagte er eifrig nickend und blickte beseelt zur Wand, offenbar spielte er selber mit dem Gedanken, sich eine Horrormaske zuzulegen.

Elie, den Verkäufer weiterhin ignorierend, seine Rücksichtslosigkeit war schon beachtlich, nahm die Maske von der Wand und zog sie sich übers Gesicht.

Nach einer Weile stummer Betrachtung – Holm erstarrte immer weiter, der Eindruck war tatsächlich beunruhigend – meinte der Verkäufer schließlich, einen Schritt zurückweichend und dabei den Kopf wiegend, als wollte er sich von seiner Meinung, hier habe jemand seine Lebensmaske gefunden, noch einmal endgültig überzeugen, dass ihm die Maske wirklich sehr gut stehe, und er irre sich selten, fügte er noch hinzu, als gebe er Einschätzungen dieser Art praktisch stündlich ab.

Und?, fragte es dumpf unter der Maske hervor Richtung Holm. Elies Augen rollten bedrohlich unter der massiven Stirn. Einen Moment überlegte Holm, was Elie mit »und« gemeint haben könnte. Sollte er nun die Maske loben oder die allgemeine Wirkung?

Hilflos blickte er zum Verkäufer, der den Kopf weiter still vor sich hinwiegte, er hielt jetzt sogar die Hand gegen die Wange, als könnte er sein Glück, das zweifellos schon bald in einer beträchtlichen Einnahme kulminieren würde, noch immer nicht fassen.

Nun seien Sie doch mal lockerer, blökte Frankenstein, dass sich die Narbe auf der Stirn krümmte, wir wollen hier doch nur unseren Spaß haben! Können Sie sich denn für nichts begeistern?

Tatsächlich hatte Holm seine Schwierigkeiten, angesichts dieser Maske euphorisch zu reagieren. Dass er sich aber für überhaupt nichts begeisterte, war schwer hinnehmbar. An dieser Stelle auf Reinhard Mey zu verweisen, war jedoch der falsche Zeitpunkt. Stattdessen schüttelte er mit dem Kommentar, das könne man so nicht behaupten, energisch den Kopf, worauf ihn Frankenstein drohend aufforderte, sich nun auch endlich eine passende Maske auszusuchen, sie wollten hier schließlich nicht den ganzen Tag verbringen.

Holm, zwischen Ärger und Überdruss schwankend, griff jetzt beinahe wütend nach der Queen und zog sich die Maske mit einer erstaunlich gekonnten Handbewegung übers Gesicht.

Sie können sich auch im Spiegel ansehen, frohlockte der plötzlich aus Holms Gesichtsfeld verschwundene Verkäufer.

In der Queen roch es nach Gummi. Schon nach kurzer Zeit begann Holm zu schwitzen, sein Gesicht zerfloss unter der Königin, er hatte das Gefühl, sich übergeben zu müssen. Aber wohin dann mit dem Erbrochenen? Die überraschend kleine, ja dürftige Öffnung des anscheinend zum Pfeifen gespitzten Mundes, der Begriff *Dünnpfiff* bekäme hier gleich eine ganz neue Bedeutung, war zweifellos ungeeignet.

Lieber im eigenen Sud ersticken, dachte Holm, der sich nun panikartig herumdrehte, die Arme dabei in die Luft warf und unsicher in die Richtung taperte, wo er den Spiegel vermutete.

Die Queen hockte derweil wie eine fette Kröte auf seinem Kopf und grinste pferdelippig, Holms schwankenden Bewegungen folgend, mal in die eine, mal in die andere Richtung grüßend. Das Ganze war nun keinesfalls mehr lustig zu nennen, zumal Holm in diesem Moment die Hand des Verkäufers an seinem Arm spürte, hier entlang, sagte er und drückte ihn sanft in die entgegengesetzte Richtung, eine Hilfe, die Holm beinahe empört zurückgewiesen hätte. Die Queen ließ sich bekanntlich auch nur ungern anfassen. Er war kurz davor, sich bei sich selber zu entschuldigen. Seine Landsleute seien eben echte Tölpel und mit monarchischen Gepflogenheiten seit 1918 nicht mehr vertraut.

Vorm Spiegel, den er zunächst gar nicht wahrnahm – er sah nur eine alte, grinsende Frau –, bemerkte er auf einmal eine beunruhigende Veränderung. Das königliche Grinsen drohte sich auf Holms Gesicht auszuweiten, ja mehr noch, er spürte den spontanen Impuls zu lachen. Viel schlimmer war, Holm hatte plötzlich das Bedürfnis, die Maske dauerhaft aufzubehalten, um endlich ungehemmt in Geschäfte gehen zu können, in die er sich unter normalen Umständen niemals hineingetraut hätte. Zum Beispiel in Spielwarengeschäfte.

Seit einigen Jahren, wie immer viel zu spät, hatte er das unstillbare Bedürfnis, sich als Modelleisenbahner zu verwirklichen. Die Anlage hätte er dann im Keller seines Elternhauses aufgebaut. Eine Landschaft mit Bergen, Dörfern und Kühen, in die er irgendwann auf Nimmerwiedersehen verschwunden wäre. Die Maske hätte ihm aber noch ganz andere Welten erschlossen. Etwa den Besuch in einer Peepshow. *Die englische Königin informierte sich wieder einmal über die neuesten Entwick-*

lungen auf dem Gebiet der Pornoindustrie. Die Maske schien eine Welle unterdrückter Empfindungen in ihm auszulösen, und das war mehr, als er in diesem Moment verkraften konnte.

Wenn Sie mich fragen, sagte der Verkäufer, den aber wieder niemand gefragt hatte, er bezog die dauernde Missachtung durch Elie und nun auch durch Holm offenbar gar nicht auf sich, eine Leistung, die ihn vermutlich vor der baldigen Einlieferung in eine psychiatrische Anstalt bewahrte, ich könnte mir keine andere Maske bei Ihnen vorstellen. Ob das als Kompliment zu verstehen war, konnte hier nicht geklärt werden. Wenigstens trug er keine Roberto-Blanco-Maske.

Elie, der von dem Hin und Her endgültig genug zu haben schien, nahm das fragwürdige Kompliment zum Anlass, um Fakten zu schaffen. Wir nehmen beide, sagte er mit klarer Stimme, inzwischen hatte er seine Maske vom Gesicht gezogen, wenn Sie uns jetzt die Rechnung machen würden. Noch ehe Holm die festgesaugte Queen von seinem Kopf streifen konnte, hatte Elie schon bezahlt.

Na dann viel Spaß, sagte der Verkäufer, offenbar überglücklich, während Elie stumm nickend das Geschäft verließ und Holm sich beeilte, die englische Königin in seiner Tüte verschwinden zu lassen.

Sie gingen weiter. Ein Lokal reihte sich an das andere. Junges Volk, mindestens zehn Jahre jünger als Holm selber, beherrschte die Tische und Bänke. Man trank Kaffee aus Gläsern. Dass die jungen Leute nicht viel zu tun hatten, dabei aber sehr beschäftigt wirkten, beeindruckte Holm. Denn obwohl auch er die meiste Zeit nichts zu tun hatte, sah man ihm die Langeweile sofort an. Es schien, als wären sie ihm einen entscheidenden Schritt im Leben voraus.

Holm beschleunigte und schloss rasch zu Elie auf.

Plötzlich verspürte er Lust auf Cola. Was war nur in ihn gefahren? Seit ewigen Zeiten hatte er keine Cola getrunken, und nun drängte das Bedürfnis mächtig aus ihm heraus, als hätte er es jahrelang erfolgreich bekämpft. Erst jetzt erinnerte er sich, dass ihm sein Vater früher verboten hatte, Coca-Cola zu trinken. Das Zeug kommt mir nicht ins Haus, hatte sein Vater gebrüllt und dabei auf den Tisch geschlagen, dass die Gläser klirrten, als Holm eines Tages mit einer Flasche, die er sich auf dem Schulweg gekauft hatte, beim Abendbrot erschienen war.

Von dieser heftigen Reaktion seines Vaters vollkommen überrascht, hatte er das Getränk sofort in der Spüle entsorgt und seitdem die Finger davon gelassen.

Sein plötzlicher Wunsch nach Cola kam Holm wie eine verspätete Auflehnung gegen seinen Vater vor.

Offenbar fühlte er sich in dieser ungewohnten Umgebung erstmals berechtigt, eine klare Haltung gegenüber seinem Vater einzunehmen, obwohl er bis zu diesem Zeitpunkt nicht mal wusste, ob ihm Cola überhaupt schmeckte.

Doch während ihm der Widerstand gegen seinen Vater sogar klammheimlich gefiel, hatte er die Befürchtung, sich gleichzeitig auch von seiner Mutter abwenden zu müssen, damit der Ungehorsam seine volle Wirkung entfalten konnte.

Allein mit dem Vater ist es nicht getan, dachte er, man muss schon gegen beide Elternteile sein. Das Schlimme daran war: Mutter hätte ihm das Colatrinken zweifellos erlaubt.

Holm merkte die prüfenden Blicke der jungen Leute, ihre nachdenklichen Gesichter, als würden sie sich im Stillen fragen, was dieser knapp vierzigjährige Mann noch in ihren Kreisen zu suchen hatte. Gerne hätte er sich zu ihnen gesellt, eine Cola bestellt und ebenso beschäftigt in die Welt geschaut.

Wir gehen jetzt da rein und kaufen Ihnen mal was Richtiges, sagte Elie, während sie eine Straße überquerten und dabei von mehreren wütend hinter ihren Windschutzscheiben fuchtelnden Autofahrern angehupt wurden. Elie ließ sich jedoch nicht aus der Ruhe bringen und steuerte seelenruhig auf einen Laden zu, in dem bunte T-Shirts und Hosen, die aus militärischen Restbeständen der Nationalen Volksarmee zu stammen schienen, wild im Schaufenster verstreut lagen, als habe man die Ware einfach besinnungslos ausgekippt, um eine künstlerische Atmosphäre zu erzeugen. Von Ordnung und einer nachvollziehbaren Zusammenstellung keine Spur.

Da würde Holm jedenfalls nicht eintreten, zumal etwas »Richtiges« – was meinte er überhaupt damit? – dort mit hoher Wahrscheinlichkeit ohnehin nicht zu finden war. Er erinnerte sich an seine Tante Hedwig Rossmann. Sie hatte ihm auch einmal was »Flottes« kaufen wollen, was in der Folge zu Discobesuchen und sexuellen Handlungen geführt hatte.

Holm blieb vor dem Geschäft stehen und rührte sich nicht von der Stelle. Er weigerte sich, mit einem Mann, der in keinem verwandtschaftlichen Verhältnis zu ihm stand, etwas »Richtiges« einzukaufen. Aber Elie war schon im Laden verschwunden und befand sich, wie Holm durch die offene Tür erkannte, in einem intensiven Gespräch mit einer jungen, dürftig bekleideten Frau mit gelbem T-Shirt und Badelatschen. Ob es sich um die Verkäuferin handelte oder eine Kundin, war schwer zu sagen. Andere Personen waren nicht zu erkennen. Von einer Frau in dieser sommerlich-freizügigen Bekleidung würde Holm jedenfalls nichts kaufen. Ein Vorsatz, der allerdings schon nach wenigen Sekunden Makulatur zu werden drohte, denn nun sah Holm auf einmal, wie Elie ihn wild gestikulierend zu sich heranwinkte. Und nicht nur er, auch die junge Frau begann nun zu winken.

Dies ging nun eindeutig zu weit. Ihn einfach so heranzuwinken, als hätte man sich bereits über die richtige Kleidung geeinigt. Doch Holm hatte keine andere Wahl, wollte er sich nicht lächerlich machen. Ein erwachsener Mann, der Läden ohne klares Konzept grundsätzlich nicht besuchte. Bevor er hineinging, nahm er sich fest vor, kein Verhältnis mit dieser Frau zu beginnen.

Ein super Laden, rief Elie laut, noch ehe Holm das Geschäft betreten hatte. Der überraschend kleine Raum wirkte wie das Lager eines viel größeren Geschäfts, an schmucklosen Kleiderstangen hingen Hosen, Blusen, T-Shirts und Jacken ungeordnet nebeneinander, ohne dass zu erkennen war, ob diese nun für Männer oder Frauen gedacht waren. Wahrscheinlich spielten solch altmodischen Unterscheidungen hier ohnehin keine Rolle mehr. Man trug einfach, was einem gefiel. Und das war in Holms Fall sehr wenig. Es war, genau genommen, gar nichts.

Das ist übrigens Charly, sagte Elie und klopfte der jungen Frau auf die Schulter, als wären sie seit Jahren gut befreundet. Für Elie war die Welt eine dauernde Aufforderung, sich mit ihr einzulassen.

Hi, schön dich zu sehen, begrüßte ihn Charly überschwänglich, als wäre auch Holm seit langem mit ihr befreundet. Ein langsames Kennenlernen konnte man sich in diesen Kreisen offenbar sparen.

Dein Freund hat mir schon viel über dich erzählt, sagte sie und blinzelte neckisch.

Holm sah sie irritiert an. Dass man in circa zwei Minuten Gesprächsdauer *viel* erzählen konnte, war schon beachtlich, zumal auch Elie praktisch nichts von ihm wusste. Doch anscheinend genügten ihr bereits Informationen vom Umfang einer SMS, um freundschaftliche Beziehungen zu knüpfen. Allerdings hieß das noch lange nicht, dass er geduzt werden konnte.

Holm streckte die Hand vor, er wollte die Nähe durch diese förmliche Geste wieder rückgängig machen. Aber seine Hand schwebte sekundenlang auf der Höhe des gepiercten Bauchnabels von Charly. Die Hand stieß aus einer weit entfernten Welt, in der Anstand und korrektes Verhalten noch keine Fremdworte waren, direkt vor zu diesem entblößten, mit einer Art Sicherheitsnadel verunzierten Frauenbauch. Aus dem heimatlichen Rudow kam diese nun auch Holm ein wenig fremd wirkende Hand in eine Gegend, in der Kaffee aus Gläsern getrunken und gleichzeitig entspannt und beschäftigt in die Welt geschaut wurde. Holm und die junge Frau blickten auf die Hand hinab, als wüsste niemand so recht, was damit anzufangen war. Schnell zog er sie wieder zurück und grinste linkisch, als hätte er einen Witz gemacht, den hier niemand verstehen konnte.

Aber Elie, *sein Freund*, was immer Charly damit gemeint hatte, trat nun, als hätte er seinen Part getan, mit einem zufriedenen Gesicht zur Tür und blickte, die Hände im Rücken gefaltet, wie ein Großgrundbesitzer hinaus auf die Straße.

Eine Gelegenheit, die Holm sofort nutzte, um der Verkäuferin rasch einige wichtige Details mitzuteilen.

Er habe diesen Herrn, tuschelte Holm verschwörerisch vorgebeugt, erst heute Morgen beim Frühstück kennengelernt, von Freundschaft könne überhaupt keine Rede sein, im Gegenteil, er wisse eigentlich auch nicht so genau, was er von ihm wolle, und, fügte Holm sicherheitshalber hinzu, es sei nicht seine Idee gewesen hierherzukommen, er fühle sich nämlich keineswegs falsch gekleidet.

Ehrlich gesagt, sagte Charly und musterte ihn skeptisch, ich finde du könntest mehr aus dir machen.

Ob sie seine Informationen nicht verstehen wollte oder einfach nicht verstehen konnte, womöglich überforderte die Menge an unterschiedlichen Gedanken ihr Kurzzeitgedächtnis, war in diesem Moment schwer zu beantworten. Jedenfalls begann sie völlig unbeeindruckt, Holm eine Reihe von Hosen und T-Shirts zu präsentieren, die offensichtlich mehr aus ihm machen sollten, als er in Wirklichkeit war.

Ich persönlich würde diese hier nehmen, sagte Charly und deutete auf eine natogrüne Hose mit Beintaschen, offensichtlich für Kriegseinsätze gedacht, und ein rotes T-Shirt, darauf in schwarzen Buchstaben das Wort LEBENSABSCHNITTS-PARTNER.

Ob es auch T-Shirts ohne Aufdruck gebe, fragte Holm, er bemühte sich, Interesse zu zeigen, um sie nicht zu verstören. Am liebsten hätte er sie gebeten, das T-Shirt samt Hose selber anzuziehen, er würde es sogar bezahlen.

Charly blickte ihn ratlos an. Aber das sei doch lustig, meinte sie. Ja, sagte Holm, aber es sei nicht seine Aufgabe, die Leute zu amüsieren, was sie nun vollends aus dem Konzept brachte. So etwas hatte sie wohl noch nie gehört. Eine Zeitlang stand sie irritiert da und schien nach einem sinnvollen Zusammenhang dieser merkwürdigen Aussagen zu suchen, brach die Suche aber schließlich erfolglos ab und ging abrupt zur anderen Seite des Ladens, um weitere T-Shirts heranzuschaffen.

Das hier?, sagte sie leicht verunsichert, und hielt ein etwas zu klein geratenes grünes T-Shirt mit einem großen Ä darauf in die Luft. Oder das? Sie entfaltete ein schlammfarbenes mit einem rosa Schweinekopf in der Mitte, immerhin ohne Text. Beide waren im Grunde unannehmbar, Holm tendierte jedoch mehr zum Ä, damit konnte man zumindest nichts anfangen.

Die natogrüne Hose mit den großen Beintaschen kam allerdings überhaupt nicht in Frage, ob man sich im Falle eines Angriffskrieges, während man am Boden Deckung suchte, bequem seine Butterstullen herausnehmen sollte, konnte Charly vermutlich ebenfalls nicht beantworten. Entsetzt bemerkte er, dass auch die anderen Hosen Beintaschen hatten, als wäre die Aufrüstung im Bekleidungssektor die einzige Möglichkeit, dem entspannten In-die-Welt-Geschaue etwas mehr Pep zu verleihen.

In einer bislang übersehenen Ecke entdeckte Holm plötzlich

eine gewöhnliche Jeans, die im Rahmen dieser angestrengt originellen Kleider geradezu Ereignischarakter besaß.

Seit über zwanzig Jahren hatte Holm keine Jeans mehr getragen, weil ihm bestimmte Leute, die bekennende Jeansträger waren, unsympathisch geworden waren.

Leute wie Ronald Reagan zum Beispiel, der im Fernsehen regelmäßig mit Jeans und Cowboyhut bekleidet wichtige Mitteilungen über die Weltlage machte. Seitdem hatte sich Holm geweigert, Jeans auch nur anzurühren, und die Fernsehnachrichten fortan in Hosen mit Bügelfalten verfolgt.

Nachdem man Ronald Reagan jedoch einschließlich des SDI-Programms begraben hatte, waren auch Jeans wieder tragbar geworden.

Ob auch diese Hosen dort käuflich seien, fragte Holm vorsichtig nach und deutete auf die Jeans. Charly stutze kurz, als wäre sie überrascht, ein derart banales Kleidungsstück in ihrem Sortiment zu haben, nickte dann aber stumm, wie ihm schien, ein wenig beleidigt, und reichte Holm die sowohl unbedruckten wie beutellosen Hosen. Als er sich hinter dem Vorhang umgezogen hatte und in hautengen Jeans und einem grünen T-Shirt mit einem großen Ä darauf heraustrat, stand Elie bereits vor ihm und begutachtete seine neuen Kleider. Na bitte, sagte er schließlich anerkennend, das sieht doch schon mal viel besser aus.

Ob er noch weitere Verbesserungsmaßnahmen plante, sagte er leider nicht.

7.

Inzwischen war es früher Nachmittag. Viel gesehen hatte man noch immer nicht, was angesichts des planlosen Herumirrens auch kein Wunder war. Kirchen und Museen schienen

Elie nicht sonderlich zu interessieren, er hatte in seinem Leben offensichtlich genug besichtigt, jetzt suchte er nach neuen Herausforderungen, und die waren zweifellos nicht hinter kunstvollen Fassaden versteckt.

Derweil hatten sie weitere Cafés passiert. So viele Cafés hatte Holm noch nie nebeneinander gesehen. Woher kamen die vielen jungen Menschen bloß, die sich da völlig sorglos miteinander unterhielten? Menschen, die offensichtlich keiner geregelten Arbeit nachgingen, womöglich sogar überhaupt keiner Arbeit nachgingen.

Holm bemerkte jetzt eine bedeutende Veränderung seiner Lage. Seit er Jeans und T-Shirt anhatte, wurde er nicht mehr angestarrt. Das heißt, Holm wurde zwar durchaus gesehen, dabei aber neuerdings mit etwas mehr Wohlwollen betrachtet. Offenbar hatte man ihn akzeptiert, wobei Holm noch nicht ganz klar war, als was. Erkannte man seinesgleichen an der betont lockeren, ja eigentlich schon gleichgültigen Art, wie man hier durch die Straßen ging oder in den Cafés saß? Sein neuer Kollegenkreis schien von beachtlichem Umfang zu sein. Tausende, wahrscheinlich Zehntausende gleichgültiger Straßenbummler und Kaffeehausbesucher, die jedoch von keiner Arbeitsmarktstatistik erfasst wurden.

Holm war nun zwar äußerlich auf dem neuesten Stand der Entwicklung, innerlich lebte er jedoch weiterhin in Rudow.

Ein Grund, die weiteren Ereignisse mit Sorge zu sehen, denn Elie strebte mit rasantem Tempo auf ein Restaurant-Café zu, das überwiegend von gut aussehenden jungen Männern und Frauen bevölkert war, von denen man sich schwer vorstellen konnte, dass sie jemals etwas anderes machen würden, als entspannt plaudernd in Restaurant-Cafés zu sitzen.

Hier galt es für Holm also in erster Linie, locker zu sein und Elie zu beweisen, dass die Jeans bereits erste Wirkung zeigte.

An einer langen Wand waren durchgehende Sitzbänke. Der

zur Straße hin mit blanken Holztischen ausgestattete Raum verengte sich Richtung Hof zu einem schlauchartigen Gang. Hinten gedeckte Tische und weiße Stoffservietten, wahrscheinlich der Restaurantteil. Und genau dorthin drängte es Elie Glick, der, offensichtlich von Hunger getrieben, sofort einen Vierertisch in Beschlag nahm und es sich mit dem Rücken zur Wand bequem machte.

Auch Holm verspürte zwar leichten Appetit, es widerstrebte ihm allerdings, nach vierzehn Uhr noch zu Mittag zu essen.

Für derartige Einwände war Elie jedoch der falsche Ansprechpartner. Er tat einfach, was ihm gerade in den Sinn kam. Eine Eigenschaft, die Holm stark beunruhigte. Wohin sollte das führen, wenn man seinen Launen so ohne weiteres nachgab?

Holm setzte sich schräg gegenüber von Elie, ein wenig Distanz war nicht schlecht, der Eindruck eines freundschaftlichen Verhältnisses musste in jedem Fall vermieden werden. Hier waren lediglich zwei Menschen, die zufällig das gleiche Bedürfnis hatten. Dass man im selben Hotel logierte, brauchte man ja nicht unbedingt jedem auf die Nase zu binden.

Die meisten Gäste hatten längst fertig gegessen. Man saß entspannt plaudernd bei einem Kaffee oder Espresso und ließ das Essen ein wenig sacken. Die allgemeine Lage deutete auf Nachtisch, nicht auf Vorspeise, was Elie aber nicht im Geringsten zu stören schien.

Er winkte eine Bedienung heran und forderte zwei Menükarten und, zum Warmwerden, wie er sich ausdrückte, zwei Sherry, obwohl es draußen schon warm genug war. Die Bedienung, eine junge Frau mit einem feuerspeienden Drachentatoo auf ihrem nackten Oberarm, wirkte nicht gerade glücklich über die neuen Gäste. Offenbar hatte sie nach dem Mittagsstress fest mit einer Zigarettenpause gerechnet.

Sie tranken auf ihre *Bekanntschaft*. Wenigstens ist noch nicht von Freundschaft die Rede, dachte Holm. Elie trank sein Glas, den Kopf in den Nacken werfend, mit einem Zug leer, während Holm nur ein kleines Schlückchen nahm, das allerdings reichte, um ihn in eine sorglose Stimmung zu versetzen.

Auf der Speisekarte standen hauptsächlich Nudelgerichte, ergänzt durch Kaninchenlende mit Süßkartoffeln, Havelzander an püriertem Spinat und einem Rinderfilet, das anscheinend ohne Beilage verzehrt werden musste.

Elie begleitete die Lektüre kopfschüttelnd, dabei hoben sich seine Augenbrauen, als gäbe es zwischen dem Kopfschütteln und dem Brauen-Hochziehen irgendeine geheime Verbindung. Ob die Brauen später wieder heruntergeschüttelt werden mussten, war ungewiss.

Schließlich warf er die Karte mit dem Ausdruck ratloser Verzweiflung auf den Tisch. Damit sei nichts anzufangen, sagte Elie und faltete seine Hände, die Daumen erregt gegeneinanderklopfend, und suchte, nervös um sich schauend, nach der Bedienung.

Und obwohl Holm ebenfalls nur wenig damit anfangen konnte, er hatte gerade begonnen, sich geistig dem Havelzander zu nähern, wäre er nie zu diesem harten Urteil gelangt. Elie hatte offenbar eigene Vorstellungen von einem Mittagsmenü und war gewillt, diese ohne Abstriche umzusetzen.

Hier drohte neues Ungemach, denn Elies Gesicht verfinsterte sich nun zusehends, je länger ihre Bedienung – anscheinend hatte sie sich doch zu einer Zigarettenpause entschlossen – nicht wieder auftauchte. Sein Gesicht spannte sich derart, dass die Muskeln unter der wächsern blassen Haut deutlich zu erkennen waren. Die Augen verengten sich zu Schießscharten, eine Explosion würde unvermeidlich werden, sollte die Bedienung nicht in den nächsten drei Sekunden an ihrem Tisch erscheinen.

In diesem Moment trat ein anderer Kellner an sie heran, er

hatte zwei Tische weiter ohne jedes Schuldbewusstsein minutenlang bei einer Gruppe Männer, jeder von ihnen eine Sonnebrille im Haar, als drohte bei ungeschütztem Sehen sofortige Blindheit, gestanden und locker Scherze getrieben, was auch Elie Glick nicht entgangen war.

Ob sie sich schon entschieden hätten, fragte er in einer betont beiläufigen, ja desinteressierten Art, offenbar war er nur zufällig vorbeigekommen. Elie beachtete ihn nicht, sah geradezu demonstrativ an ihm vorbei und blähte zum Zeichen seines Missfallens die Nasenflügel. Holm, vom plötzlichen Auftauchen eines neuen Kellners überrascht, hatte diesem jedoch sofort bedenkenlos zugenickt. Elie mit dem Havelzander in den Rücken zu fallen, war aber auch undenkbar, wollte er dessen Verhandlungsposition nicht nachhaltig schwächen. Jetzt allerdings so zu tun, als habe er ihn doch nicht bemerkt, wäre zweifellos nicht glaubhaft zu vermitteln gewesen.

Stattdessen nickte Holm dem Kellner ein zweites Mal zu, hier musste man konsequent bleiben, lächelte ihn jedoch derart dümmlich an, als wäre ihm der Sinn seiner Frage vollkommen unverständlich.

Dann werde er später noch einmal wiederkommen, sagte der Kellner mit einem überheblichen Schulterzucken, eine Antwort, auf die Elie offensichtlich nur gewartet hatte. Abrupt riss er seinen Kopf herum und blickte dem Kellner scharf in die Augen. Er sei froh, sagte er mit erstaunlich gefasster Stimme, dass überhaupt noch jemand vorbeigekommen sei, ob es möglich wäre, den Zander ohne pochierten Schnickschnack, dafür aber mit Nudeln und gegrillten Tomaten zu bekommen? Es dauerte eine Weile, bis das Gesicht des Kellners seine gewohnte Überheblichkeit zurückerlangt hatte. Er werde mal in der Küche nachfragen, sagte er wie unter Schock.

Holm konnte kaum glauben, dass persönliche Wünsche in einem Lokal überhaupt gestattet waren. Jeden Augenblick rechnete er damit, dass der Koch mit hochrotem Kopf aus der Küche geschossen kam. Was ihnen denn einfiele?

Wenig später kehrte der Kellner zurück. Das ließe sich wohl machen, meinte er süßlich, es war ihm deutlich anzusehen, dass er anderer Ansicht war.

Elie wirkte zufrieden, während Holm unbeteiligt auf die Stoffserviette starrte.

Und dann hätten wir noch gerne eine gut gekühlte Flasche Moselriesling, sagte er, seinen Etappensieg schamlos ausnutzend. Holm wäre am liebsten im Boden versunken. Der Kellner sah ihn mit einem vernichtenden Blick an und entschwand wortlos in einem hinteren Raum.

Der Wein verstärkte die lockernde Wirkung deutlich. Wiederholt stießen sie auf ihre Bekanntschaft an. Elie schien regelrecht beglückt von Holms Gegenwart. Als hätte er endlich einen gelehrigen Schüler gefunden, der bereit war, ihm bedingungslos zu vertrauen.

Nach kurzer Zeit war die Flasche zur Hälfte geleert.

Langsam begann Holm die Kontrolle zu verlieren. Das heißt, er lehnte seinen Arm lässig über die freie Stuhllehne, schlug ein Bein über und sah ebenso gelangweilt wie besitzergreifend durch den Raum, als gehörte das Lokal in Wirklichkeit ihm, und nur aus taktisch psychologischen Gründen hätte er es bisher vermieden, Einfluss auf die Geschäftsführung zu nehmen. Hatte er das Leben jahrzehntelang nur von unten, auf Zehenspitzen stehend, betrachtet, *saß* er nun plötzlich auf gleicher Augenhöhe mit den Weltereignissen. Damit musste er erst mal klarkommen. Schon befürchtete er, der Überblick könnte bei nachlassender Wirkung des Alkohols wieder verlorengehen.

Wie ihm denn nun seine neuen Sachen gefielen, fragte Elie, während er sich die Serviette wie ein Lätzchen um den Hals band, offenbar rechnete er jeden Augenblick mit dem Eintreffen des Essens. Er wirkte weder beschwingt noch gelangweilt, eher unbekümmert, als habe er gar nicht vor, an irgendetwas teilzunehmen, was das Lätzchen zweifellos unterstrich.

Mit seinem lässig, entspannte Zufriedenheit signalisierenden über der Stuhllehne ruhenden Arm war eine negative oder zumindest skeptische Beurteilung seines Erscheinungsbildes kaum mehr möglich, was Holm seinem Arm sofort übelnahm. Am liebsten hätte er sich von seinem Arm abgewendet.

Seit dem Moment, da Holm sein Elternhaus verlassen hatte, befand sich sein Körper auf einer Erholungsreise, während er selber geistig immer noch zuhause in seinem Kinderzimmer saß. Es war nicht mehr zu leugnen, dass hier, unterstützt und gefördert vom Alkohol, asymmetrische Entwicklungen im Gange waren, die Holm zunehmend ins Hintertreffen geraten ließen.

Eigentlich ganz gut, sagte Holm, einen verärgerten Blick auf den Arm werfend. Die linke Hand hatte sich derweil in die Serviette verkrampft, was er als kein gutes Zeichen wertete. Offensichtlich hatte der Alkohol nicht überall die gleiche Wirkung.

Um nicht ganz auf einen eigenen Standpunkt zu verzichten, Elie durfte sich keinesfalls in allzu großer Sicherheit wiegen, hier waren durchaus auch mal eigene Standpunkte möglich, fragte Holm, während er den rechten Arm langsam vom Stuhl wegzog und auf dem Tisch stationierte, ob er mit den Masken eigentlich etwas Bestimmtes vorhabe. Er werde jedenfalls definitiv nicht als englische Königin auftreten.

Elie guckte amüsiert, nahm einen großen Schluck aus dem Glas, kaute kennerhaft schmatzend den Wein, dabei blickte er seltsam abwesend, als genieße er Holms unerwarteten Widerstand, schluckte, indem er den Kopf kurz aufwarf, beugte sich weit über den Tisch und griff überraschend nach Holms Handgelenk.

Er kenne da einige Frauen, sagte er leise und grinste anzüglich. Holm saß reglos auf seinem Platz und hoffte inständig, von niemand beobachtet zu werden.

Diese Frauen, fuhr Elie fort – sein Griff wurde fester, er zog Holms Hand sogar ein Stück zu sich heran, was hatte er bloß mit ihr vor, sie an sich zu reißen? –, diese Frauen seien scharf auf Männer mit Masken, bis vor kurzem habe er es selber nicht glauben können, bei Gelegenheit würde er sie ihm gerne mal vorstellen. Sie arbeiteten in einem Stripteaselokal keine zweihundert Meter von hier entfernt, das sich unter Kennern großer Beliebtheit erfreue. Eigentlich rücke er nur ungern damit heraus, aber angesichts ihrer Beziehung, die er als außerordentlich positiv bewerte, habe er sich nun doch dazu entschlossen.

Frauen, auf die Frankenstein-Masken erotisch anziehend wirkten, wollte Holm unter gar keinen Umständen kennenlernen. Und was genau meinte er mit der *positiven Bewertung* ihrer Beziehung? War dies ein Test, der später in der Lokalpresse veröffentlicht wurde?

Außerdem, meinte Elie, er ließ plötzlich von Holms Hand ab und richtete sich geschäftsmäßig auf, könne Holm sich da mal so richtig ausleben, was er angesichts von Holms offensichtlichen Verstocktheiten dringend empfehle.

Holm war fassungslos. Wirkte er wie ein Mann, der Probleme mit seinem Leben hatte? Sah man ihm an, dass er und sein Körper nicht die besten Freunde waren? Und war die letzte Hoffnung, hier doch noch eine Annäherung herbeizuführen, eine Maske?

Holm hatte nicht vor, sich als englische Königin bei fremden Frauen auszuleben. Im Grunde wollte er sich lieber überhaupt nicht ausleben, man konnte nie wissen, wohin das führte. *Der Unbekannte mit der Maske treibt wieder sein Unwesen. Welche Frau wird sein nächstes Opfer?*

Er hatte genug gehört, traute sich aber nicht, einfach aufzustehen. Schon bereute er, nicht doch den Havelzander mit pochiertem Spinat bestellt zu haben. Dass er sich alles gefallen ließ, war ihm gar nicht recht. Er hatte schon immer Schwierigkeiten gehabt, nein zu sagen. Und nun landete er womöglich in einem Stripteaselokal.

Doch der Gedanke an *diese Frauen* ließ ihn überraschenderweise nicht wieder los. Und nicht nur das, Holm stellte sich auf einmal vor, seine ehemalige Arbeitskollegin Gesine Mugsch mit aufgesetzter Maske im Laden zu nehmen. Eine Frau, die nicht nur gut zehn Jahre älter war, sondern durch ihr untersetztes, froschartiges Gesicht auch nicht unbedingt als attraktiv bezeichnet werden konnte. Ihm war nicht zum Lachen zumute, nein, Holm fühlte sich von dieser Vorstellung unmittelbar erregt.

Seit ihrer Bestellung war eine knappe halbe Stunde vergangen, und vom Essen noch immer keine Spur. Der Kellner hatte ihren Tisch seither gemieden. Immer wieder rannte er geschäftig an ihnen vorbei, ohne sie auch nur ein einziges Mal anzusehen. Diese offensichtliche Missachtung, dem Kellner war zweifellos klar, dass er als nunmehr einzige verbliebene Bedienung eine fast unumstößliche Machtstellung besaß, die er, wenn er ihren Tisch passierte, durch sein übertrieben vorgestrecktes Kinn auch noch betonte, brachte jetzt auch Elie wieder in Fahrt. Angespannt verfolgte er jeden seiner Schritte, als brauchte es nur einen Auslöser, um anzugreifen und den Kellner in Stücke zu reißen. Holm rechnete jeden Augenblick mit einem Wutanfall. Doch nichts geschah.

Weitere zehn Minuten passierte nichts oder nicht viel. Dann endlich erschien der Kellner mit zwei Tellern an ihrem Tisch. Holm wollte schon erleichtert aufatmen, als Elie, der Kellner war gerade im Begriff die Teller übertrieben schwungvoll vor sie abzusetzen, wutentbrannt Jetzt ist es zu spät! rief, und zwar so laut, dass die anderen Tische augenblicklich verstummten und die Gäste feindselig zu ihnen herübersahen. Der Kellner wich erschrocken zurück und blieb mit offenem Mund stehen. Im selben Moment sprang Elie auf, zog einen offenbar vorbreiteten Zwanzig-Euro-Schein aus der Hosentasche, knallte ihn dem wie benommen wirkenden Kellner auf den Tisch und verließ kopfschüttelnd den Ort des Geschehens.

Holm, der ebenso sprachlos war wie der Kellner, eine Sekunde überlegte er sogar, einfach sitzen zu bleiben, erhob sich nun langsam, wie von einem unsichtbaren Band gezogen und lächelte dem nun zusehends seine Fassung wiedergewinnenden Kellner aufmunternd zu, was der aber zum Glück nicht registrierte, und ging dann rasch hinaus.

Draußen erwartete ihn Elie mit einem überaus zufriedenen Gesicht.

Und, wie fanden Sie das?, fragte er und sah Holm von oben herab prüfend an.

Ich hätte schon noch gerne den Zander und die gegrillten Tomaten probiert, sagte Holm.

Sie haben wirklich überhaupt nichts verstanden, meinte Elie. Dann drehte er sich abrupt weg und marschierte, ohne Holm weiter zu beachten, fort.

Vor einer Kneipe, aus der lautes Stimmengewirr drang, stoppte Elie plötzlich und sah eine Weile interessiert durch die Scheibe. Holm bemühte sich, ebenfalls interessiert durch die Scheibe zu gucken, bemerkte jedoch nur eine Gruppe Männer, die, mit verschiedenfarbigen Schals und Mützen bekleidet, vor einem Fernsehgerät saßen, immer wieder wütend ihre Fäuste ballten und dabei wild grimassierten, was Holm sofort stark beunruhigte. Zwischen diesen Menschen wollte er sein Mittagessen, das jetzt fast schon als Abendessen bezeichnet werden konnte, jedenfalls nicht einnehmen.

Elie hatte sich aber längst entschieden und ging ohne Rücksprache mit Holm in die Kneipe. Einen Augenblick sträubte sich Holm, lief trotzig einige Meter weiter in der Hoffnung, Elie würde noch einmal zurückkommen und ihn förmlich hineinbitten. Vor einem Schaufenster blieb er stehen und betrachtete die Auslagen: Lederpeitschen, Ketten und Gummianzüge. In diesem Moment trat der Verkäufer, ein Mann in schwarzen Lederhosen, sein Brusthaar wuchs wie Unkraut aus dem großzügig geöffneten Hemd, vor das Geschäft und fragte ihn mit einer tiefen Bassstimme, ob er etwas Bestimmtes suche, er habe da ein geiles Halsband aus Büffelleder mit Edelstahlnoppen im Angebot. Holm beschloss, doch nicht auf Elies Bitte zu warten, und kehrte zügig zur Kneipe zurück.

Dichte Rauchschwaden hingen in der Luft. Die überwiegend männlichen Gäste saßen in ihrer bunten Kleidung nervös nach vorne gebeugt auf den Stühlen und verfolgten ein Fußballspiel. Immer, wenn sich die roten Spieler dem gegnerischen Tor näherten, waren die roten Mützen kaum noch zu halten. Fäuste flogen in die Luft, Ausrufe wie Gib's ihnen, Schweini! und Flank die Pille doch rein, du Idiot! donnerten zum Bildschirm, während die blauen Mützen hektisch nach ihren Biergläsern griffen, die deutlich leerer waren als die der Rotmützen. Anscheinend lag die rote Mannschaft klar in Führung.

Elie lehnte derweil am Tresen. Es gibt Bouletten und Kartoffelsalat, sagte er und verfolgte neugierig die Ereignisse im Fernsehen. An Essen war überhaupt nicht zu denken. Solange hier diese aggressive Stimmung vorherrschte, konnte sich Holm nicht auf das Essen konzentrieren. Er versuchte, locker zu wirken, vergrub seine Hände in den Hosentaschen, was ein wenig so aussah, als würde er darin feststecken.

Er habe im Augenblick keinen Hunger, sagte Holm, zog eine Hand wieder heraus und hängte sie an die Gürtelschlaufe. Er hatte einfach eine Hand zu viel.

Wie Sie meinen, sagte Elie und orderte beim Wirt, einem ausgeglichen wirkenden Mann, drei Bouletten und eine große Portion Kartoffelsalat, dazu ein helles Bier.

Holm bestellte ein Glas Mineralwasser ohne Kohlensäure.

Sie sind wohl kein Fußballfan?, brummte der Wirt und holte eine halbleere Flasche Wasser ohne Etikett unter dem Tresen hervor. Ein deutlicher Hinweis, dass Wasser in diesen Kreisen nicht als ernstzunehmendes Getränk galt.

Holm reagierte mit einem müden Lächeln, ein deutlicher Hinweis, dass er solche Bemerkungen grundsätzlich nicht kommentierte.

Elie trank sein Bier in einem Zug leer und bestellte sofort ein neues nach. Sein Alkoholkonsum hatte bedenkliche Ausmaße angenommen, trotzdem wirkte er nicht betrunken. Auch Holm leerte sein Glas, bestellte zunächst aber nichts nach, um den negativen Eindruck beim Wirt nicht zu zementieren. Er hatte eben nur rasch seinen Durst gelöscht, später würde er dann zu harten Getränken wechseln.

Sie setzten sich an den von roten Mützen und Schals dominierten Tisch. Elie begann sofort, die Bouletten und den Kartoffelsalat in sich hineinzustopfen, während Holm angestrengt seinen Vordermann beobachtete, der von den Neuzugängen am Tisch offensichtlich noch nichts bemerkt hatte. Er war so sehr auf den Fernseher fixiert, dass er alles, was hinter ihm passierte, gar nicht wahrnahm. Sein wippender Oberkörper war wie ein Bogen gespannt.

Die raue, wiewohl bislang keineswegs herzliche Männlichkeit, die sich in ordinären Flüchen und Schlachtrufen ausdrückte, behagte Holm nicht. Steif und zunehmend auch ängstlich saß er inmitten dieser groben Ausgelassenheit und fragte sich, wie lange er hier wohl noch ausharren musste. Doch Elie, der sein Essen beendet hatte und kurz vor seinem dritten Bier war, war jetzt völlig gefangen vom Fußballspiel und begann nun zu Holms Entsetzen ebenfalls seine Fäuste zu ballen und den Oberkörper rhythmisch wippend zu bewegen. Offenbar hatte er seine Mannschaft gefunden. Anders als die mitfiebernden Rotmützen beschränkte er sich jedoch auf schlichte Ja!- und Jetzt!-Rufe mit dem Erfolg, dass er sich schon nach kurzer Zeit in die Fankurve hineingewippt und gerufen hatte, während sich Holm als stiller Beobachter immer weiter von der Gruppe entfernte.

Das Hauptproblem bei der Sache war: Holm hatte keine Ahnung, welche Mannschaften hier überhaupt gegeneinander spielten. Und solange nicht geklärt war, für wen er eigentlich mitwippen und –rufen sollte, ganz abgesehen von der Tatsache, dass ihn Fußball noch nie sonderlich interessiert hatte, auch seine Eltern hatten Sportereignisse von jeher konsequent ignoriert, war ein deutliches Bekenntnis zu einer Mannschaft völlig ausgeschlossen.

In diesem Moment fiel sein Blick auf die einzige Frau an ihrem Tisch, eine korpulente Person mit geröteten Wangen und Wurstfingern, die an einem Glas Weizenbier Halt suchten. Auch sie verfolgte ein wenig ratlos das Fußballspiel, offenbar hatte sie sich von ihrem Mann oder Freund breitschlagen lassen, den Nachmittag in gemütlicher Runde bei einem spannenden Spiel zu verbringen, und nun saß sie, sichtlich benebelt vom Alkohol, stumm in dieser aufgekratzten Männerrunde und suchte verzweifelt nach spannenden Momenten.

Sie war ihm gleich sympathisch. Wie sie so still dasaß und anscheinend betroffen von der brüllenden Horde, zu der sie keinen Zugang fand, mit glasigem Blick zum Fernseher starrte, glaubte Holm auf einmal eine Seelenverwandte zu entdecken. Sofort stellte er sich vor, wie er mit dieser Frau, er schätzte sie auf Ende vierzig, beim Abendbrot friedlich einen Krimi oder eine unterhaltsame Familienserie anschaute. Punkt elf würde man dann gemeinsam ins Bett steigen, sich einen flüchtigen

Kuss auf die Stirn geben und wissen, dass es auch die nächsten dreißig Jahre nicht anders sein würde.

Holm wollte ihr gerade zulächeln, ein knapper Gruß hinüber als Zeichen, dass sie nicht allein war, als sich sein Vordermann plötzlich umdrehte und ihn wie vom Donner gerührt sekundenlang fassungslos anstarrte, als könne er nicht glauben, dass es jemand gewagt hatte, sich ohne Schal und Mütze an ihren Tisch zu setzen.

Holm bewegte sich nicht. Er hatte den Mann nicht angefasst. Er hatte nichts getan, um ihn in seiner sicherlich berechtigten Begeisterung zu stören. Holm saß einfach nur da und verfolgte als neutraler Beobachter stumm ein Fußballspiel.

Aber genau das störte diesen Kerl gewaltig. Dass hier jemand nur stumm dasaß und keinerlei Gefühlsregungen zeigte. Ob er ihm mal zunicken sollte? Ein kurzes, wissendes Nicken, dass er zwar neutral war, aber keineswegs ahnungslos.

Doch der Mann schien für solche Feinheiten kein Verständnis zu haben. In seinem Vollbart klebte Bierschaum. Hier galt das harte, aber ehrliche Wort unter Kameraden. Auch wenn man mal etwas lauter wurde, war die solide Freundschaft noch lange nicht gefährdet. Ein Mann wie Holm fühlte sich in dieser Gesellschaft gleich doppelt fremd.

Nachdem sich sein Nachbar langsam mit dem Gedanken vertraut gemacht hatte, dass man auch ohne Schal und Mütze ein Fußballspiel anschauen konnte, versank sein Schreck in der grobporigen Knautschfläche seines Gesichts. Unter den vom Alkohol schwer gewordenen Lidern blickte Holm ein nur mühsam die Richtung haltendes Augenpaar neugierig an.

Und, fragte der Mann in voller Lautstärke, die zu regulieren ihm offensichtlich in diesem Stadium nicht mehr möglich war, für wen bist du denn, Kumpel?

Diese Frage hatte Holm befürchtet. Jetzt einfach lässig die Schultern zu zucken, war angesichts der ernsten Lage nicht sehr ratsam. Eine klare Stellungnahme, eine unumstößliche Positionsbestimmung, die keinerlei Unsicherheiten erkennen lassen durfte, war hier erforderlich. Ob er wollte oder nicht: Holm musste auf einem Gebiet, das ihm noch wenige Minuten zuvor vollkommen gleichgültig war, eine Meinung vertreten, die er auch künftig zu verantworten hatte.

Das war neu. Es war sogar so neu, dass Holm eine Weile nachdenken musste, ehe er eine derart weitreichende Entscheidung fällte.

Im Grunde hatte er jedoch keine Wahl. An diesem Tisch konnte es nur eine Antwort geben. Andererseits wollte er es sich aber auch nicht mit den Blaumützen verderben. Wenn man sich nun zufällig auf der Straße wiederbegegnete.

Holm blickte rasch zu der Frau. Sie hatte sich offensichtlich entschieden, allerdings sah man ihr die Entscheidung nicht sofort an, was Holm ein wenig beruhigte.

Für die Roten natürlich, Mensch!, rief Holm auf einmal in derselben Lautstärke zurück. »Mensch« war ein Zugeständnis an die rustikale Stimmung, er hatte sich spontan dazu hinreißen lassen.

Der Mann lächelte Holm daraufhin mit tumber Zufriedenheit an und haute ihm so heftig auf die Schulter, dass Holm beinahe vom Stuhl gekippt wäre.

Bayern München!, brüllte er noch und spreizte die Finger zum Victory-Zeichen. Dann drehte er sich wieder zum Fernseher.

Bayern München, dachte Holm. Mit einem Schlag war er Fan einer süddeutschen Fußballmannschaft, deren Heimat das Voralpenland war. Was sein Vater wohl dazu sagte? Weißwürste, Brezn und Weizenbier. Ganz zu schweigen vom Oktoberfest, das, wie Holm jedes Jahr mit Staunen feststellte, regelmäßig im September stattfand.

Als Bayern-München-Fan eröffneten sich für Holm gleich

ganz neue Perspektiven. Vielleicht machte er demnächst Urlaub in den Alpen. Wanderungen durch majestätische Gebirgslandschaften und hinterher Einkehr in zünftige Wirtschaften. Frauen in feschen Dirndln, die zehn Humpen auf einmal tragen konnten. Plötzlich schien vieles möglich zu sein. Die Sache war nicht uninteressant. Hatte er Gerhard Polt nicht schon immer heimlich verehrt? Mit Bayern München im Rücken wäre eine Offenbarung im Falle Polts nur konsequent. Da könnte man gleich noch Reinhard Mey mit ins Boot nehmen.

Natürlich *musste* er nicht in die Alpen reisen, aber die Vorstellung, dass er als Fan einer bayerischen Mannschaft dazu berechtigt war, versetzte ihn in eine merkwürdige Hochstimmung, als hätte er gerade eine völlig neue Seite an sich entdeckt.

Holm wandte sich nun verstärkt dem Spiel zu. Das heißt, er beugte sich leicht nach vorne und begann nervös zu wippen, was ihm allerdings nicht sofort gelingen wollte, zumal der Spielverlauf doch einigermaßen verwirrend war. Drängte *seine* Mannschaft eben noch kraftvoll ins gegnerische Feld, hatte sie sich nun überraschend in die eigene Hälfte zurückgezogen, was gleich zu einem erhöhten Bierkonsum der Rotmützen führte. Minutenlang wurde praktisch nur noch verteidigt, das Spiel der Bayern schien vollkommen aus dem Takt geraten. Die Blauen, nun klar in der Offensive, bolzten mit unglaublicher Wucht zum gegnerischen Tor. »Jetzt mach doch hinne!«-Rufe der Blaumützen waren die Folge, während sein Tisch in eine Art Schreckstarre fiel.

Auch Holm war erschrocken, verharrte jedoch weiterhin zuversichtlich nach vorne gebeugt, als erwarte er jeden Augenblick ein Tor *seiner* Mannschaft. Elie hatte die Hände ängstlich vors Gesicht geschlagen, was Holm nun doch etwas übertrieben vorkam. Selbst als Fan gab es gewisse Grenzen.

Dann geschah etwas Überraschendes. Holm hatte sich gerade zum Wirt gedreht, um ein Bier zu bestellen, als hinter ihm plötzlich ein gewaltiges Brüllen losging. Die Rotmützen sprangen fast gleichzeitig auf und riefen wie entfesselt aus einem Mund Tor!. Aber nicht nur die Männer waren völlig außer sich vor Begeisterung, auch die Frau, die bis eben kaum in der Lage schien, sich überhaupt zu bewegen, war aufgesprungen und riss, tanzend und laut Ein Tor, ein Tor! rufend, die Arme in die Luft, als hätte sie die ganze Zeit nur auf diesen Moment gewartet.

Holm, der immer noch wie perplex von dieser überraschenden Wende auf seinem Stuhl saß, blickte verstört zu der wild hüpfenden Frau, die von der Begeisterung gänzlich verwandelt wirkte. Damit hatte er überhaupt nicht gerechnet. Nun nachträglich aufzuspringen und in den bereits wieder abebbenden Jubel hinein noch einmal Tor! zu rufen, würde allerdings etwas seltsam aussehen. Stattdessen korrigierte er rasch seine Bestellung und orderte ein Weizenbier.

Inzwischen hatte seine Mannschaft wieder Tritt gefasst. Die Roten stürmten mächtig nach vorne. Einige unschöne, aber bei der spielerischen Überlegenheit der Bayern durchaus zulässige Fouls verstärkten den Eindruck, dass sie sich mit einem Tor keinesfalls zufriedengeben wollten.

Um nicht erneut von einem Tor überrascht zu werden, blieb Holm jetzt buchstäblich am Ball. Mitunter trank er an seinem Bier, nippte jedoch nur, schließlich befand er sich nicht auf der Verliererseite. Es war eben ein hoffnungsvolles Nippen und kein ängstliches Saufen.

Holm steigerte sich langsam in eine Erregung hinein, die sich nach einer leider verpatzten Ecke der Bayern erstmals in Worten äußerte. Das heißt, Holm sagte, auch für ihn kaum verständlich, die Worte Ach du lieber Junge!, was sich zunächst aber wie Ach du lieber Jude! anhörte und ihm sofort peinlich war. Im Übrigen durften hier ruhig härtere Worte fallen. Ach du lieber Gott oder besser noch Ach du Scheiße!, ein schlichtes Ach! käme notfalls auch in Frage.

Nachdem er seinen Tischgenossen oder vielmehr Tischkameraden eine Weile zugehört hatte, stellte er jedoch fest, dass die Bandbreite ihres Vokabulars im Wesentlichen aus drei Worten, beziehungsweise Kurzsätzen bestand: Jetzt, Schieß doch und Nein. Bei besonderen Gelegenheiten hätte man sogar einen längeren Satz daraus formulieren können: Nein, jetzt schieß doch.

Probeweise platzierte Holm zunächst das unverfängliche Jetzt, ein Wort, das vielfach einsetzbar war und, scharf ausgesprochen, eine beachtliche Wirkung entfalten konnte.

Jetzt, sagte er beispielsweise, wenn der Ball nach einem Fehlpass der Blauen erneut in den Besitz der Bayern kam. Jetzt, rief er schon halblaut fordernd, wenn der Kopfstoß des bayerischen Stürmers den Ball in unmittelbare Nähe des Tores brachte. Als er jedoch bei einer ähnlichen Gelegenheit auch noch Schieß doch! hinzufügte, bellten ihm mehrere Blaumützen verärgert Abseits! entgegen, worauf Holm eine Weile gar nichts mehr sagte, um sich erst bei einer gefährlichen Flanke der Blauen mit einem bestürzten Nein zurückzumelden.

Inzwischen hatte er auch heraus, wie er Jetzt und Nein rufen und gleichzeitig energisch die Fäuste ballen konnte. Dabei passierten ihm anfangs noch kleine Missgeschicke. So streckte er versehentlich den Arm nach oben und rief ein leider unüberhörbares Nein!, als ein bayerischer Spieler den Ball gegen den Pfosten des Gegners flankte, ohne dabei ein Tor zu erzielen, worauf er sich sofort böse Blicke seines Nachbarn einhandelte. Zunehmend gelangen ihm jedoch souverän koordinierte Einsätze von Wort und Tat. Je mehr er sich an dem Spiel beteiligte, desto begeisterter wurde er. Und niemand störte sich weiter daran.

Dann geschah es. Das Spiel dümpelte kurz vor Schluss ein

wenig lustlos dahin. Die Kontrahenten wirkten müde, mehrere gelungene Ansätze über die rechte Flanke scheiterten an der Abwehr der Blauen oder verloren sich in sinnlos weiten Pässen. Nicht nur im Spiel, auch im Lokal hatte sich eine träge Stimmung breitgemacht, als doch noch Bewegung ins Feld kam. Als hätte *Schweini*, der Schütze des ersten Tores, nur auf eine passende Gelegenheit gewartet, stürmte er, begleitet von den anfeuernden Rufen der wiedererwachten Rotmützen, Haken schlagend durch die stark aufgelockerten Reihen der blauen Spieler, die mit einem Angriff offensichtlich nicht mehr gerechnet hatten. Stürmte fast ohne Widerstand so schnell auf das gegnerische Tor zu, dass sich Holm, der vom Spiel mindestens ebenso erschöpft war wie die Akteure, gerade noch rechtzeitig von der Begeisterungswelle mitreißen ließ und nun völlig überraschend mehrmals laut Flank die Pille doch rein, du Idiot! rief und dabei aggressiv die Fäuste ballte. Er war völlig außer sich. Sein Körper schwitzte aus allen Poren. Die Erregung sprang direkt vom Spielfeld auf ihn über.

Aus einer beinahe aussichtslos erscheinenden Position schoss *Schweini* den Ball schräg über die verdutzten Gesichter der Blauen ins Netz. Und ehe Holm überhaupt einen Entschluss fassen konnte, sprang er schon wie erlöst von seinem Stuhl, riss ekstatisch die Arme in die Luft und brüllte aus voller Kehle Tor!

Wenig später stand er, plötzlich seltsam berührt von seinem Ausbruch, verloren in der Mitte des Lokals und sah betroffen zu Elie. In diesem Augenblick hatte Holm zum ersten Mal das Gefühl, im Urlaub zu sein. Es war wie Urlaub vom eigenen Leben.

TEIL ZWEI

8.

Ein beispielloses Chaos herrschte in seinem Hotelzimmer, als Holm am nächsten Morgen aufwachte. Der Rucksack lag geplündert am Boden. Die Kleider waren über den ganzen Raum verteilt. An Tür- und Fenstergriffen hingen Unterhosen, über den Kopfteil des Bettes war sein blaues Hemd wie eine Vogelscheuche gespannt, sogar im Badezimmer fanden sich einzelne Socken, die in der Dusche lagen. Das Live Aid Kit war in seine Einzelteile zerlegt, Wundpflaster klebten am Fernsehschirm, Bilder waren mit Mullbinden verziert. Es sah aus, als hätte sich jemand einen bösen Scherz mit ihm erlaubt. Einen Scherz, der allerdings von keinem anderen stammte als von Holm selbst.

Wie hatte das passieren können? Eine Rekonstruktion der Ereignisse war aussichtslos, denn sein Kopf fühlte sich an wie in Zement gegossen. Und in diesem Zement lagen die Ereignisse für immer einbetoniert.

Neben dem Bett entdeckte er leere Bierflaschen. Aber es kam noch schlimmer: Unter dem Kopfkissen ragten zwei Fläschchen Kümmerling hervor. Anscheinend hatte er nachts die gesamte Minibar leergetrunken, was umso bemerkenswerter war, weil er von der Existenz einer solchen bislang überhaupt nichts gewusst hatte. Sein Urlaub nahm Formen an, die ihn bedenklich stimmten. Es war wie auf einer Klassenreise. Kaum hatte er sein Elternhaus verlassen, geriet er auf Abwege, die in den Alkoholismus führten. Während er sich früher jedoch stets an die Mahnungen seiner Eltern, nichts zu trinken und die Finger von seinen Mitschülerinnen zu lassen, streng gehalten hatte, nutzte er die neue Freiheit nun erstmals voll aus. Mit stolzen achtunddreißig Jahren trat Holm in seine Sturm-und-Drang-Phase ein und fing ohne seine persönliche Zustimmung an zu rebellieren.

Keinesfalls durfte jemand von seinen nächtlichen Exzessen etwas erfahren. Das Zimmer musste schnellstmöglich aufgeräumt und die Minibar wieder in ihren ursprünglichen Zustand zurückversetzt werden. Gleich nach dem Frühstück wollte er losgehen und die Flaschen durch neue ersetzen.

Gegen halb zehn betrat Holm mit einer Tüte leerer Flaschen den Frühstücksraum. Wie durch ein Wunder war sein Tisch immer noch frei. Offenbar hatte es niemand gewagt, sich dorthin zu setzen. Dass er schon nach so kurzer Zeit einen Stammtisch hatte, verblüffte ihn.

Elies Platz war unbenutzt, was Holm sofort in leichte Panik versetzte. Wenn er nun ohne sich zu verabschieden einfach abgereist war? Der Gedanke erschreckte ihn. War er bereits so abhängig von Elie, dass er sich allein nicht mehr zurechtfand? Holm hatte auf einmal das Gefühl, betrogen worden zu sein. Am liebsten hätte er wieder seine alten Kleider angezogen. Doch die Jeans hatten bereits spürbar Gefallen an ihm gefunden.

Nach dem Frühstück, das er schon nach einem halben Brötchen nervös abbrach, machte er sich auf die Suche nach einem Supermarkt.

Geschäfte für den täglichen Bedarf, wie er sie aus Rudow kannte, waren nirgends zu sehen. Stattdessen reihten sich Souvenir-, Schmuck- und Seifenläden aneinander.

Auf dem Boden sah er mehrere Spatzen, die völlig ziellos umherhüpften, dabei aber keineswegs beunruhigt wirkten.

Vor einem Brillenladen blieb er plötzlich stehen und betrachtete neugierig die Auslagen. Holm konnte sich nicht erinnern, jemals Interesse für Sonnenbrillen gehabt zu haben. Mode, Herrendüfte, Wohnaccessoires und erst recht Sonnenbrillen gehörten für Holm in die Rubrik *Sinnloses und Überflüssiges*. Er hatte es nie verstanden, wie seine Mutter Freude an Porzellanschalen oder geschnitzten Tieren empfinden konnte, zumal sich bereits mehrere Porzellanschalen und Holztiere, darunter Löwen und Papageien, in ihrem Besitz befanden. Womöglich lag in dem Bedürfnis nach sinnlosen Dekorationsgegenständen der Schlüssel zu einem erfüllten Dasein.

Holm ging in den Laden. Er wollte herausfinden, ob ihn etwas so Überflüssiges wie eine Sonnenbrille irgendwie weiterbrachte.

Zunächst versuchte er, sich einen Überblick zu verschaffen, was gar nicht so leicht war, denn die beiden Verkäuferinnen schienen nur auf den passenden Moment zu warten, Holm in ein Verkaufsgespräch zu verwickeln. Solange er aber nicht genau wusste, welche Brille er suchte, wollte er unter keinen Umständen in irgendetwas verwickelt werden. Die Wahl einer geeigneten Brille war nämlich deutlich schwerer, als er vermutet hatte. *Ob für Alltag, Urlaub oder Sport – suchen Sie sich einfach Ihre Lieblingsbrille aus*, las er staunend auf einem Werbeprospekt, denn wie sollte er seine *Lieblingsbrille* aussuchen, wenn er noch nicht mal eine Idee davon hatte, welche er eigentlich wollte.

Aber die Sache wurde noch komplizierter. Es gab Gläser in den Sonnenschutzfarben Braun, Grau, Pilotgrün und Pilotgrau, jeweils 75% oder 85% getönt, wahlweise hartversiegelt oder silberverspiegelt und dabei *natürlich rückflächenentspiegelt*. Weiter hieß es, dass in allen gewölbten Sonnenbrillen Panoramagläser Klarheit bei allen Blickrichtungen böten, was Holm sofort für die gewölbten Sonnenbrillen einnahm. Schließlich sollte nicht alles vor seinen Augen verschwimmen, wenn er mal abrupt nach rechts blickte.

Grundsätzlich geklärt werden musste zudem, ob er die Brille nun im Alltag, Urlaub oder Sport tragen wollte. Ob eine Urlaubsbrille beispielsweise für den Alltag prinzipiell untauglich war, hätte er schon gerne noch gewusst, ehe er sich für ein Modell entschied. Klar war, sowohl im Urlaub wie im Alltag wollte er ungehindert in alle Richtungen sehen, und das alles wenn möglich mit 85% Tönung, um beim Kauf der Bierflaschen nicht erkannt zu werden.

In diesem Augenblick machte Holm einen entscheidenden Fehler: Er drehte sich um. Dabei wäre er fast gegen die Verkäuferin gestoßen, die offensichtlich die ganze Zeit hinter ihm gestanden und auf ihren Einsatz gewartet hatte.

Ob sie ihm helfen könne, fragte die Frau, ihre Chance sofort hemmungslos ausnutzend, sie trug selber eine Brille, ob gewölbt und hartversiegelt, war nicht gleich zu erkennen.

Er suche eine Sonnenbrille, sagte Holm in einer für ihn ungewöhnlich deutlichen Art, als würde er seit Wochen nichts anderes tun, als in Brillengeschäfte zu gehen.

Ob er an etwas Bestimmtes gedacht habe, fragte die Verkäuferin, ihre Stimme erinnerte Holm an die der früheren »Tagesschau«-Sprecherin Dagmar Berghoff, was ihn kurz verwirrte, hatte er Frau Berghoff doch jahrelang heimlich verehrt, ihr sogar einen Autogrammwunsch geschickt, der jedoch leider unerfüllt geblieben war. Ihrer Stimme nun in einem Brillengeschäft wiederzubegegnen, war außerordentlich ärgerlich, da er die Verkäuferin, nur weil sie eine Berghoff*stimme* hatte, schwerlich um ein Autogramm bitten konnte.

Er suche, sagte Holm, sich von seiner Enttäuschung nur langsam erholend, eine Brille mit 85% Tönung, gerne in Pilotgrau oder auch Pilotgrün, auf jeden Fall wolle beziehungsweise müsse er aber in alle Richtungen sehen können.

Die Frau wirkte ein wenig verblüfft, überspielte dies jedoch mit einem engagierten Kopfnicken. Da komme eigentlich nur die Persol aus Italien in Frage, sagte sie, als wäre dieses Modell die einzige ihr bekannte Brille, mit der man bei 85% Tönung in alle Richtungen sehen konnte.

Sie ging in den hinteren Teil des Ladens. Während sie sich an Schubladen zu schaffen machte, fiel Holms Blick auf einen Brillenständer, an dem er eine Nickelbrille entdeckte. Es handelte sich exakt um dasselbe Modell, das auch Reinhard Mey seit Jahrzehnten trug. Jene Brille, die ihm Einsichten verschafft hatte, die Holm seit ebenso langer Zeit bewunderte. Einen Moment zögerte er, blickte sich um, ob ihn jemand beobachtete, dann nahm er die Brille vom Ständer und setzte sie rasch auf. Zunächst sah er gar nichts. Das heißt, er sah alles viel größer. Der Brillenständer kam ihm plötzlich wie eine monströse Skulptur vor, die den gesamten Raum ausfüllte, während die übrigen Gegenstände schemenhaft im Hintergrund verschwanden. Wie Reinhard Mey mit so einer Brille zu sinnvollen Einsichten gelangen konnte, war vollkommen rätselhaft.

Ich habe Ihnen mal unser Spitzenmodell mitgebracht, sagte Dagmar Berghoff plötzlich von rechts. Holm starrte auf eine riesige Brust. Sofort steckte er die Brille zurück in den Ständer.

Als er mit dem Spitzenmodell vor den Spiegel trat, erkannte er sich kaum wieder. Vor ihm stand ein Mann, der die Welt gesehen hatte. Ein Mann, dem nichts Menschliches fremd war, der bereits in jungen Jahren Dinge erleben musste, die die meisten nur aus dem Fernsehen kannten. Ein Mann, den das Leben hart angefasst hatte. Und nun war er eben nach jahrelangen Reisen durch die Welt wieder in seine Heimatstadt zurückgekehrt, und sein erster Gang führte ihn in dieses Geschäft, um sich über die neuesten Sonnenbrillen zu informieren.

Todschick, sagte die Verkäuferin sichtlich beeindruckt, sie

lächelte anzüglich, was über den Rahmen ihrer beratenden Tätigkeit deutlich hinausging. Sie sehen aus wie ein richtiger Italiener!

Ob er ohne Sonnenbrille wie ein falscher Italiener aussah?

Er werde sie nehmen, sagte Holm leichtfertig, denn als er an der Kasse den Preis erfuhr, wäre er beinahe ohnmächtig geworden. Für diese Summe hatte er einmal mit seiner Mutter eine Busreise in den Harz unternommen, zwei Übernachtungen und Essen inklusive. Holm ließ sich jedoch nichts anmerken. Mit der Brille auf der Nase konnte er sich jetzt sogar viel überzeugender nichts anmerken lassen.

Als er den Laden verließ, sah Holm die Welt mit anderen Augen. Eine hartversiegelte Welt in Pilotgrau. Und die Welt sah mit Erstaunen zurück. Hier stand Adriano Celentano und verschaffte sich mit seiner Persol einen kurzen Überblick, ehe er zu neuen Taten aufbrach, die ihn aller Wahrscheinlichkeit nach wieder in die Arme einer heißblütigen Frau treiben würden. Die Welt hielt auf einmal eine Menge Möglichkeiten parat, und er brauchte sich nur eine davon herauszugreifen.

Der Gedanke elektrisierte ihn zwar, gleichzeitig fragte er sich jedoch besorgt, welche der vielen Möglichkeiten er denn nun zuerst herausgreifen sollte. Am Ende verpasste er eine entscheidende Möglichkeit.

Auf der anderen Straßenseite entdeckte er einen Imbiss. Sofort hatte er die kühne Idee, sich eine Cola zu kaufen. Das wäre nun an sich nicht weiter erwähnenswert gewesen, wenn der Kauf dieser chininhaltigen Süßbrause nicht auch eine Art des Widerstandes gegen seinen Vater beinhaltet hätte. Von einem historischen Moment zu sprechen war hier zweifellos nicht übertrieben. Mussten sich frühere Generationen noch an die Sperranlagen von Atomkraftwerken ketten, genügte inzwischen der Erwerb eines Erfrischungsgetränks, um sich gegen die Vätergeneration aufzulehnen.

Als Holm über die Straße ging, wäre er fast Opfer einer Straßenbahn geworden, die er trotz Panoramagläsern übersehen hatte.

Im Imbiss roch es nach altem Fett. Vor ihm standen zwei bullige Männer mit Goldkettchen. Sie blickten ihn hungrig an. Holm verzog keine Miene und betrachtete die Getränkeauswahl. Zum Glück wurden in diesem Moment zwei große Portionen Döner über den Tresen gereicht. Viel länger hätte er sich die Getränkeauswahl auch nicht ansehen können.

Eine Cola, sagte Holm und rückte lässig seine Brille zurecht, obwohl es da im Grunde nicht viel zu rücken gab.

Hier trinken oder mitnehmen?, fragte der Mann hinterm Tresen, offensichtlich ein türkischer Landsmann. Er wirkte überhaupt nicht beeindruckt, was Holm nun doch ein wenig überraschte. Oder überspielte er geschickt seine Angst davor, jeden Augenblick ausgeraubt zu werden?

Einige nervenzerfetzende Sekunden ließ Holm den Mann im Unklaren, ob er auf seine Frage antworten oder ihn doch lieber ausrauben sollte.

Zum Mitnehmen, sagte Holm schließlich kühl und fasste an die Brille. Der Mann war sofort erleichtert und reichte ihm lächelnd die Dose.

Draußen stellte er sich für alle gut sichtbar vor eine Filiale der Berliner Sparkasse und trank die Dose mit einem Zug leer. Revolutionäre Gefühle kamen ihm dabei allerdings nicht.

An der nächsten Ecke warf er die leeren Bierflaschen aus dem Hotel in einen Abfallkorb. Dabei wurde er von einer älteren Frau beobachtet. Sie sah ihn strafend an und schüttelte den Kopf. Kurz meinte er noch, sich rechtfertigen zu müssen, konnte sich aber im letzten Moment zurückhalten. Sie durfte froh sein, dass er zufällig in aufgeräumter Stimmung war und die Flaschen nicht einfach auf die Straße geworfen hatte.

Während er sich bemühte, einen angemessenen Gang für

seine italienische Sonnenbrille zu finden, zögerndes Schlendern war hier zweifellos unangebracht, entdeckte er einen Supermarkt, den er, in eine alte Gewohnheit zurückfallend, leicht verunsichert betrat, als befürchtete er, entdeckt zu werden. Supermärkte waren wie Peepshows, die geheimsten Wünsche der Kunden wurden spätestens auf dem Förderband für jedermann sichtbar.

Im Supermarkt war es überraschend dunkel, als wollte man sich den Aufwand sparen, die ohnehin überall gleiche Präsentation vollständig zu beleuchten. In diesem Augenblick erinnerte er sich an die Sonnenbrille. Sein Schritt wurde gleich viel lockerer, im Grunde konnte er kaufen, was er wollte, ihn würde hier sowieso niemand erkennen.

Die ungewohnte Lockerheit verleitete ihn dazu, ziellos durch die Gänge zu wandern. Es machte ihm Spaß, sich an den Produkten vorbeitreiben zu lassen. Jederzeit konnte er etwas auswählen, was auf dem Förderband zu völlig falschen Schlussfolgerungen führen würde. Bei einer Dose Hundefutter musste jeder annehmen, dass er im Besitz eines Hundes war. Niemand würde auf den Gedanken kommen, dass er keinen Hund hatte, ja Hunde sogar grundsätzlich nicht ausstehen konnte. Diese Vorstellung hatte etwas Befreiendes.

In der Konservenabteilung las er leise murmelnd die Namen der Dosengerichte, *Ungarische Gulaschsuppe*, *Serbischer Bohneneintopf*, *Spaghetti bolognese*. Daraufhin bekam er Hunger, den er, rasch um die nächste Ecke biegend, durch das schnelle Heruntersagen diverser Waschmittelnamen zu bekämpfen versuchte. Erst als er auch sämtliche Zahnpastanamen aufgesagt hatte, war der Hunger besiegt.

Vor dem Klopapier blieb Holm überraschend stehen. Wortlos starrte er auf die vierlagigen Hakle-Lady-Toilettenrollen. Ihre peinliche Wirkung war durch die 85%ige Tönung neutralisiert. Was ihm bis vor kurzem noch die Schamesröte ins Gesicht getrieben hätte, betrachtete er nun völlig entspannt.

Sein unbeteiligter Blick auf die Klorollen war nichts anderes als der Beginn einer gelockerten Einstellung zum Leben, was Holm sofort leichtsinnig werden ließ. Gerade wollte er nach einer Zehnerpackung greifen, um seine neue Entwicklungsphase zu würdigen, als er auf der gegenüberliegenden Seite eine junge Frau bemerkte, die ihn, zwischen den Klorollenstapeln hindurch, unbekümmert anlächelte. Holm hatte Mühe, seine gelockerte Einstellung zu wahren, jedenfalls war es ihm nicht möglich, eingerahmt von Klopapier, ebenso unbekümmert zurückzulächeln. Ob sie sich amüsierte, weil er nun schon geraume Zeit in der Intimpflegeabteilung stand und auf Toilettenpapier starrte? In der Tat war es kaum zu begreifen, wie ein Mann seines Kalibers minutenlang reglos vor vierlagigen Klorollen verbringen konnte.

Zügig verließ er die Abteilung und blickte sich immer wieder nervös um, ob ihn die Frau verfolgte.

Bei den Süßwaren legte er einen kurzen Zwischenstopp ein und tat, als würde er sich über die Neuentwicklungen auf dem Schokoladensektor informieren. Tatsächlich gab es Produkte, von denen er noch nie etwas gehört hatte. Das war allerdings auch kein Wunder, denn sein letzter Halt in der Süßwarenabteilung lag Jahre zurück. Genauer gesagt in seiner Jugend.

Die Frau schien seine Spur indes verloren zu haben. Vorsichtig bog er in den Gang mit den Getränken, bummelte an den Wasserflaschen und Softdrinks vorbei, ehe er wie zufällig vor den Bierflaschen hielt. Unglücklicherweise hatte er jedoch die Biermarke vergessen. Bayerisches Bier kam hier wohl nicht in Frage. Weil er sich im Ostteil der Stadt befand, entschied er sich für Berliner Pilsener.

Als er die Flaschen in seinen Einkaufskorb legte, hörte er neben sich eine Stimme.

BP ist geil, oder?, sagte die Stimme. Es war die junge Frau von den Klorollen. Holm wusste zunächst nicht, wie sie das gemeint hatte. Er vermutete irgendeine Fernsehserie, an die sie sich möglicherweise erinnert fühlte. Was das mit ihm zu tun hatte, war unklar.

Solche Gedanken rückten jedoch angesichts dieser Frau, die er nun erstmals ohne Papierrahmen vollständig vor sich sah, sofort in den Hintergrund. Es war keine gewöhnliche Frau, es war ein Fotomodell, von dem Holm bislang angenommen hatte, dass es nur in Erotikmagazinen existierte: blond, püppchenhaft und schlank wie eine Pappel. Dazu trug sie einen Rock, der Holm merkwürdigerweise an die bunten Geschirrhandtücher seiner Tante erinnerte. Jedenfalls war er so kurz, als wollte sie sicherstellen, dass ihre Beine unter keinen Umständen übersehen wurden.

Hier liegt wahrscheinlich ein Irrtum vor, dachte Holm. Dass ihr Interesse ausgerechnet einem Mann wie ihm galt, war kaum vorstellbar. Wenn er überhaupt mal von Frauen bemerkt wurde, waren es meist Personen aus der Altersklasse seiner Tante. Bei über fünfzigjährigen Frauen hatte Holm mehr Chancen, als ihm lieb sein konnte.

Diese Frau war aber nicht nur deutlich jünger als er, schätzungsweise Mitte zwanzig, sondern gehörte zudem offensichtlich einer Bevölkerungsschicht an, in der Abkürzungen und Schmutzworte zur täglichen Ausdrucksweise zählten. Jeden Augenblick rechnete er mit weiteren verbalen Entgleisungen.

Ja, antwortete Holm schließlich und nickte, BP ist wirklich nicht uninteressant.

In diesem Moment brach die Frau in ein schrilles Gelächter aus, dass Holm schon befürchtete, die Alarmanlage könne darauf reagieren. Zum Glück passierte aber nichts.

Du bist wirklich süß, sagte sie, als sie sich wieder gefangen hatte. Ich mag schüchterne Männer, fügte sie noch mit einem perlweißen Lächeln wie aus der Zahnpastawerbung hinzu, worauf Holm sofort an Serbische Bohnensuppe denken musste und Hunger bekam. Leider waren nirgends Waschmittel in Sicht. Ob er mal seine Brille absetzen sollte? Doch dazu kam es gar nicht.

Hast du Lust, was mit mir trinken zu gehen?, fragte sie Holm so direkt, dass keinerlei Missverständnisse möglich schienen. Anderthalb Minuten waren für ein Kennenlernen offenbar ausreichend. In diesen Kreisen fackelte man wohl nicht lange und kam gleich zur Sache. Ob sie etwas Wichtiges mit ihm zu besprechen hatte?

Kaum trug er mal eine Sonnenbrille, schon musste er mit fremden Frauen was trinken gehen. Die Welt war einfacher gestrickt, als er bislang vermutet hatte.

Mit dieser direkten Art kam man bei Holm jedoch nicht allzu weit. In Supermärkten war er grundsätzlich nicht bereit, derart weit reichende Entschlüsse zu fassen.

Ob sie sich später draußen treffen könnten, fragte er, vagen Optimismus verbreitend, und deutete mit einer lässigen Kopfbewegung an, dass er hier erst noch einen wichtigen Job zu erledigen hatte, bei dem er eine Frau nicht gebrauchen konnte. Jeder Krimiexperte würde nach dieser Kopfbewegung annehmen, er wolle noch rasch den Filialleiter um die Ecke bringen. Die Bewegung hatte es zweifellos in sich.

Sie werde in dem Café gegenüber auf ihn warten, erwiderte sie vielsagend lächelnd. Was sie noch alles zu sagen hatte, wollte Holm lieber nicht wissen.

Eine Weile drückte er sich noch bei den Keksen herum, inständig hoffend, dass es sich die Frau nicht doch anders überlegt hatte und direkt vor dem Supermarkt auf ihn wartete, ehe er vor zur Kasse ging. Dort nahm er sich zwei Fläschchen Kümmerling aus einer Pappschachtel und legte sie gemeinsam mit dem Bier aufs Förderband.

Die Kassiererin, ein plumpes Neutrum, das die Flaschen gleichgültig über den Scanner schwenkte, wahrscheinlich verkaufte sie auch lebende Tiere, sofern sie nur korrekt ausgepreist waren, nannte die Summe, ohne Holm auch nur ansatzweise vorwurfsvoll anzusehen. Ein warmes Gefühl der Dankbarkeit durchströmte ihn, fast hätte er ihr die Hand gegeben. Holm nahm sich vor, hier öfter einmal zwanglos Bier einzukaufen, vielleicht wurde man irgendwann gegrüßt.

Draußen war die Luft rein. Die Frau schien tatsächlich im Café auf ihn zu warten, was Holm nun doch ein wenig verblüffte. Seine Wirkung musste wirklich beträchtlich sein. Rasch verschwand er in die entgegengesetzte Richtung.

Als er durch das Viertel ging, merkte er, dass irgendetwas nicht stimmte. Während seine rechte Hand die Tüte hielt und damit vollauf beschäftigt war, schaukelte der linke Arm seltsam unbeteiligt neben ihm her, als wäre er in die Gesamtbewegung nicht vollständig integriert. Die Arme waren eigentlich das größte Problem, am liebsten hätte er sie zusammengeknotet und über die Schulter geworfen.

Wie er so durch die Straße spazierte, kam er an Läden vorbei, die gebrauchte Möbel aus seiner Jugendzeit, von innen beleuchtete Steine und Tapeten mit Plattenbaumotiven im Angebot hatten. Dinge, die niemand brauchte, aber die deshalb umso begehrenswerter erschienen, denn die Geschäfte waren voll mit arbeitsfähigen jungen Menschen, die offensichtlich auch von niemandem gebraucht wurden. Keiner wirkte jedoch depressiv. Vielleicht war man glücklicher, wenn man zuhause auf beleuchtete Steine sah.

Holms Gang wurde zunehmend leichter. Bis hoch zu den Hüften war er fast nicht mehr wiederzuerkennen, so locker, ja regelrecht beschwingt, wenn auch für seinen Geschmack etwas zu breitbeinig, schlenderte er durch die Gegend, sodass niemand auf die Idee gekommen wäre, dass dieser Mann bis vor kurzem noch bei seinen Eltern gewohnt hatte. Holm konnte es selbst kaum fassen, was da unter ihm vorging. Im Grunde rechnete er jeden Moment mit anerkennenden Blicken weiblicher Passanten. Aber sei es, dass sie bereits einen Partner hatten, viel zu jung waren, um einen erfahrenen Mann wie ihn überhaupt wahrzunehmen, oder sich ganz einfach auf die Schaufenster konzentrierten, niemand schien seine Verwandlung in ein begehrenswertes Exemplar der männlichen Gattung zur Kenntnis zu nehmen.

Als er einen Coffeeshop passierte, in dem die Kunden, vor allem jedoch Kundinnen, darunter auch einige ohne Begleitung, auf Hockern am Fenster saßen und, wie Holm meinte, sehnsüchtig, gleichzeitig aber auch irgendwie lustlos zur Straße starrten, wie das zusammenging, war ihm allerdings unbegreiflich – man würde gerne, konnte sich aber zu nichts entschließen? –, hatte er plötzlich die Idee, seine neue Wirkung auf das weibliche Geschlecht unter veränderten Bedingungen zu testen.

Ohne nachzudenken und mit beachtlichem Schwung betrat er den Coffeeshop und ging an den Tresen. Die Auswahl an coffeinhaltigen Getränken war jedoch derart überwältigend, dass eine spontane Entscheidung praktisch unmöglich wurde. Zudem waren weitreichende italienische Sprachkenntnisse notwendig.

Ob er schon gewählt habe, fragte ihn eine junge Frau mit braunem Hütchen auf dem Kopf. Im Grunde, dachte er, müsste man erst mal in Ruhe die Tafel studieren, ob man auf was Vertrautes stieß.

Holm hatte wohl ein bisschen zu lange gewartet, denn schon Sekunden später wiederholte sie ihre Frage auf Englisch. What would you like to drink?

Wenn man sich nicht sofort entschied, wurde man offenbar als Ausländer betrachtet.

Dabei hatte er nur überlegt, wie er seinen Wunsch nach einer gewöhnlichen Tasse Kaffee möglichst zeitgemäß ausdrücken konnte.

Haben Sie Mokka mit Schuss?, fragte Holm, bemüht, seine Ratlosigkeit in eine offensive Frage umzulenken. Die Frau blickte ihn zunächst auch etwas verwirrt an, fing sich dann aber relativ rasch wieder und konterte mit einer Gegenfrage. Amaretto oder Cognac?

Cognac, antwortete Holm fast überstürzt, um weitere Nachfragen, auch auf Englisch, in jedem Fall zu verhindern. Schließlich kam sie dann doch noch mit einer Frage, die Holm unmöglich hatte voraussehen können.

Sammeln Sie Punkte? Ihr Blick hatte etwas Triumphierendes. Damit hatte er nicht gerechnet!

Holm wusste darauf nicht gleich zu antworten. Ein zackiges Ja hätte ihn unter Umständen in eine peinliche Situation gebracht. Vielleicht musste er seine Coffeeshopcard vorzeigen, auf der die gesammelten Punkte Hinweise auf seinen Kundenstatus ergaben. Ab zehn Punkten wurde man bevorzugt behandelt und durfte am Fenster sitzen.

Er sei nur vorübergehend in dieser Gegend, sagte Holm, was nicht gelogen war, da würde sich das Punktesammeln für ihn nicht lohnen.

Die Verkäuferin zuckte verständnislos mit den Schultern. So einen hatte sie wohl noch nie erlebt.

Glücklicherweise war der Platz am Fenster neben der Frau, die ihm schon beim Eintreten aufgefallen war, immer noch frei. Holm schwang sich über den Hocker und sah zunächst ebenso lustlos auf die Straße. Tatsächlich war nicht zu erkennen, weshalb alle so intensiv nach draußen starrten. Unter diesen Voraussetzungen war ein vernünftiger Gesprächsaufbau ziemlich schwierig, zumal ihn die Frau nicht einmal bemerkte. Seine Wirkung lag nahezu bei null, was seine anfängliche Begeisterung stark dämpfte.

Holm nippte mehrmals rasch hintereinander an seinem Mokka. Dies hatte zur Folge, dass ihm der Alkohol fiel schneller zu Kopf stieg als erwartet. Wenn er nicht aufpasste, war er betrunken, bevor die Frau auch nur mitbekam, dass jemand neben ihr saß. Viel mehr, als dass es sich um eine Frau handelte, wusste Holm allerdings auch nicht, wie er nicht ohne Verwunderung merkte. Von draußen waren durch seine Persol-Brille nur schemenhaft Umrisse zu erkennen gewesen, etwas Weibliches mit schwarzen Haaren hatten ihm diese Umrisse signalisiert, und dass sich direkt daneben ein freier Platz befand. Offenbar reichten diese Informationen schon aus, um ihn in ein fragwürdiges Abenteuer zu stürzen. Wie alt diese Person war und ob sie für seinen Test überhaupt in Frage kam, konnte aus seiner Position nicht mit Sicherheit geklärt werden.

Da die Frau jedoch weder durch seine pure Gegenwart noch durch hektisches Nippen an der Mokkatasse aus der Reserve zu locken war, mussten schwerere Geschütze aufgefahren werden. Das Stichwort lautete: Ansprechen. Nur was sollte er sagen? *Draußen ist ja nichts los, vielleicht sehen Sie mich mal an*? Die Sache musste subtiler angegangen werden. Ein witziger, zumindest aber humoriger Kurzsatz, der sie aus ihrer Lethargie aufschrecken würde. Sollte ihr dumpfes Brüten, anders war es kaum zu beschreiben, durch einen Todesfall im engsten Familienkreis begründet sein, wäre dies wahrscheinlich gleichzeitig sein letzter Kurzsatz gewesen. Am besten, er sagte etwas Neutrales, etwas, das niemanden aufschrecken oder beunruhigen könnte. Sie durfte quasi gar nicht merken, dass er sie ansprach, damit sie nicht auf die Idee kam, ein fremder Mann nutze die freie Sitzgelegenheit neben ihr schamlos aus. Ein deutlicher und doch vage bleibender Satz, der alles meinte und zu nichts verpflichtete.

Sammeln Sie auch Punkte?, fragte Holm und sah aus dem

Fenster. Bei dieser Frage würde es zweifellos kein Halten mehr geben. Eine Weile passierte jedoch nicht sehr viel. Eigentlich passierte sogar überhaupt nichts. Nach drei Minuten musste er sich eingestehen, dass die Frage auf kein nachhaltiges Interesse stieß. Vielleicht war sie aber auch nur falsch formuliert. Womöglich war die Frau eine Stammkundin mit einem dreistelligen Punktekonto und lebenslänglichem Sitzrecht.

Wie viele Punkte kann man eigentlich maximal sammeln?, unternahm Holm einen zweiten Anlauf. Ich meine, fügte er hinzu, um sie vollends von seinem Interesse zu überzeugen, es gibt doch sicherlich eine Begrenzung.

Noch immer kam keine Reaktion. Die Frau starrte weiterhin reglos aus dem Fenster, als habe sich vor ihren Augen gerade ein schwerer Verkehrsunfall ereignet.

Holm hatte langsam genug von dem Spielchen. Sollte er sich eine Tasse auf den Kopf setzen und mit den Ohren wackeln?

Verärgert wandte er sich zu der Frau und betrachtete ihr Profil.

Darf ich Sie zu einem Mokka mit Schuss einladen?

In diesem Moment drehte sie ihren Kopf zu Holm. Es war ein junges Mädchen, nicht einmal achtzehn, wie er staunend erkannte.

Was willst du eigentlich von mir?, sagte sie gereizt und blickte ihn abschätzig an. Kann ich hier nicht mal in Ruhe meinen Kaffee trinken?! Verpiss dich, du Wichser!

Draußen nahm er sofort die Brille ab und ließ sie in der Tüte verschwinden. Wie benommen lief er durch die Stadt. Er brauchte eine Weile, um sich von diesem Schlag zu erholen. Kurz überlegte er, ob er sich auch einen beleuchteten Stein zulegen sollte, traute sich dann aber nicht, in das Geschäft mit den vielen jungen Menschen zu gehen. Es wäre ihm wie das verspätete Eingeständnis seiner Nutzlosigkeit vorgekommen.

9.

Am folgenden Abend klopfte es an Holms Zimmertür. Auf der Digitalanzeige seines Weckers leuchteten die Ziffern zweieinsdreivier, es war also bereits kurz nach halb zehn! Holm lag angezogen auf dem Bett und sah fern. Einen Bericht über die Wohngemeinschaft von Alzheimer-Kranken, der ihn stark fesselte. Obwohl sich äußerlich nichts veränderte, war jeder Tag vollkommen neu für sie. Holm dachte plötzlich, wenn auch er Alzheimer bekäme, brauchte er sein Zimmer nie wieder zu verlassen.

Das Klopfen hörte gar nicht mehr auf. Jemand musste sich in der Zimmertür geirrt haben, anders war es nicht zu erklären, dass er um diese Uhrzeit noch belästigt wurde. Eigentlich wollte er gleich ins Bad gehen und dann bei der Wettervorhersage des »heute-journals« friedlich hinwegdämmern. Dieser Plan war nun durch irgendeinen Irrläufer gefährdet.

Holm fuhr verärgert hoch, wobei ihm sofort schwindelig wurde. Schnelle Bewegungen war er einfach nicht mehr gewohnt.

Machen Sie doch endlich die Tür auf! Ich weiß, dass Sie da sind, rief es so laut, dass gleich das ganze Haus davon in Kenntnis gesetzt wurde. Es war Elies Stimme. Elie, der zwei Tage wie vom Erdboden verschluckt gewesen war und es jetzt offenbar kaum noch abwarten konnte, Holm eine wichtige Mitteilung zu machen. Woher kannte er überhaupt seine Zimmernummer? Gab es beim Hotelpersonal eine undichte Stelle? Womöglich die junge Frau vom Frühstück. Hatte sie gegen Bares geplaudert?

Als Holm die Tür öffnete, stürzte Elie, eine Parfümwolke verbreitend, grußlos an ihm vorbei ins Zimmer und warf eine große Tüte aufs Bett.

Hier, sagte er, ohne Holm anzusehen, ziehen Sie das an, wir gehen gleich aus. Er nahm die Fernbedienung, setzte sich ans Fußende des Bettes und begann durch die Kanäle zu zappen.

Holm, noch immer an der geöffneten Tür stehend, blickte irritiert zu Elie, der, in dunkelrotem Anzug mit rosa Brusttuch etwas Halbseidenes ausstrahlend, dasaß und versunken in den Apparat starrte. Holm wartete auf eine Erklärung. Ein verbindliches Wort, zumindest aber eine Entschuldigung. Nach zwei Tagen einfach auf sein Zimmer zu kommen und so zu tun, als hätte man sich erst vor wenigen Minuten getrennt, war nicht akzeptabel. Hier fehlten schlicht achtundvierzig Stunden, die ein derartiges Verhalten nachvollziehbar machen würden. Auch dachte Holm nicht im Entferntesten daran, nach zweiundzwanzig Uhr einen Fuß vor die Tür zu setzen. Sein letztes Erlebnis zu dieser späten Stunde hatte ihn erst in eine Diskothek und danach in die Wohnung von Ulrike Huber geführt, wo er schließlich weit nach Mitternacht in einem stockfinsteren Zimmer zweifelhafte Lektionen in Sachen Beischlaf erhielt. Das wollte er so schnell nicht noch einmal erleben.

Sie trinken, sagte Elie plötzlich, während er weiterhin auf den Fernseher starrte. Tatsächlich standen neben dem Fernseher mehrere leere Bierflaschen, die, wie sich herausgestellt hatte, für die Minibar viel zu groß waren. Und weil Holm die Flaschen nicht wieder zum Supermarkt zurückbringen wollte, hatte er sich zum Hauptfilm und zum »heute-journal« jeweils ein Bier genehmigt und das Platzproblem damit auf elegante Weise gelöst.

Das gehe ihn gar nichts an, erwiderte Holm in einem unerwartet scharfen Ton. Dennoch war nicht von der Hand zu weisen, dass er sich an das Trinken langsam gewöhnte und sogar schon auf die Idee gekommen war, Nachschub zu organisieren. Verwahrloste er, oder schlimmer noch, war er innerlich längst verwahrlost und das Trinken nur ein Zeichen dafür, dass er sich nun auch äußerlich anzupassen begann?

Solange er in diesem Hotel wohne, sagte Elie in einem beinahe ebenso scharfen Ton, im Fernsehen lief gerade die »Volkstümliche Hitparade«, gehe ihn das sehr wohl etwas an! Wie zur Bestätigung trötete in diesem Moment das Blech.

Dann werde er eben sofort abreisen, antwortete Holm ein wenig voreilig, er sah sich schon durch die nächtliche Stadt ziehen und von siebzehnjährigen Schülern geschlagen und ausgeraubt werden. Jedenfalls, fuhr er lautstark fort – er kannte sich selbst kaum noch wieder –, werde er sich nicht weiter von ihm vorschreiben lassen, wann und in welchen Kleidern er ausgehen solle. Die Sache nehme langsam Ausmaße an, die nicht mehr in Ordnung seien. Schließlich sei er kein Kind mehr und treffe seit mehr als dreißig Jahren selbstständig Entscheidungen.

Die letzten Worte waren nur so dahingenuschelt, als würde er selber nicht recht daran glauben. Zu seinem Erstaunen wandte sich Elie plötzlich um und sah ihn stolz wie ein Vater an, dessen kleiner Sohn gerade zum ersten Mal den Wunsch artikuliert hatte, auf die Toilette zu müssen.

Ich sehe, Sie machen Fortschritte, sagte Elie und konzentrierte sich wieder auf die Volksmusik.

Holm war außer sich, wusste dort aber nicht weiter und fiel stattdessen in eine Art Schockstarre, aus der er erst Sekunden später wieder herausfand. In jedem Fall werde er aber nicht weggehen, sagte Holm, bevor er nicht genau wisse, wohin es ginge. Er klang wie ein beleidigtes Kind, das sich innerlich längst ins Unvermeidliche gefügt hatte und seinen Trotz nur noch der Ordnung halber aufrechterhielt.

Nun seien Sie nicht so bockig, sagte Elie, und ziehen Sie sich endlich um. Damit war die Sache für ihn erledigt.

Holm hatte keine andere Wahl, wollte er nicht mit Elie, der

keinerlei Anstalten machte aufzustehen, den Rest des Abends zu volkstümlichen Klängen in seinem Hotelzimmer verbringen.

Im Bad schloss er vorsichtshalber die Tür hinter sich ab.

In der Tüte befand sich ein nagelneuer blau-weiß gestreifter Anzug, am Kragen hing noch das Preisschild. Bevor er sich umzog, verstopfte er noch den Spalt unter der Tür mit einem Handtuch.

Als Holm schließlich vor den Spiegel trat, zuckte er regelrecht zusammen. Dort stand ein gut gebautes Exemplar Mann mit einem kernigen Dreitagebart in einem lässigen Zweiteiler und bis zum schütteren Brusthaar geöffneten Hemd und blickte besorgt auf eine Person namens Holm, die jeden Augenblick befürchtete, einige sehr unangenehme Fragen gestellt zu bekommen. Was suchen Sie eigentlich hier?, oder gleich: Was guckst du so blöd? Weder die eine noch die andere Frage hätte Holm vernünftig beantworten können. Er ahnte jedoch, dass die korrekte Beantwortung dieser Fragen von entscheidender Bedeutung war, wollte er es in Zukunft zu irgendetwas bringen. Mit knapp vierzig Jahren erschien sein Leben immer noch wie ein großes Experiment, das ohne Angabe von Gründen jederzeit beendet werden konnte.

Draußen wälzten sich Menschenmassen die Oranienburger Straße entlang. Es war beinahe halb elf, und die halbe Stadt schien sich noch einmal die Beine vertreten zu wollen. Warum sie das ausgerechnet hier tat, wo es doch ruhige Wohngegenden gab, in denen man bequem spazieren gehen konnte, ohne dauernd von seinen Mitbürgern angerempelt zu werden, war Holm vollkommen unverständlich. Bald bemerkte er jedoch den Grund dieses Massenauflaufes: Zwischen den geparkten Autos standen luftig gekleidete Damen mit stark geschminkten Gesichtern, die offensichtlich nicht viel zu tun hatten und immer wieder Männer ansprachen. Und weil Holm seinen Blick von diesen erstaunlich gut aussehenden Frauen einfach nicht abwenden konnte, geriet er in das Visier einer jungen Schwarzhaarigen in hautengen Jeans und hochhackigen, weißen Stiefeln, die gleich zur Sache kam und ihn fragte, ob er heute Abend schon etwas vorhabe, was Holm gutmütig verneinte. Ein Fehler, den er sofort bereute. Denn daraufhin bat sie ihn freundlich, doch mitzukommen, wozu er sich bedauerlicherweise nicht in der Lage sah, hatte er doch Elie bereits seine Zusage gegeben. Viel zu spät erkannte er, dass es sich um eine Prostituierte handelte. Da Holm es aber nicht übers Herz brachte, nach dieser sehr persönlichen Ansprache einfach stur weiterzulaufen, blieb er stehen und machte ein neugieriges Gesicht, als wäre er dem Angebot nicht grundsätzlich abgeneigt. Auf diese Weise war er über die Jahre zahlendes Mitglied diverser karitativer Einrichtungen geworden, darunter die Johanniter, das Deutsche Rote Kreuz und der Vogelschutzbund.

Wohin es denn gehen solle, fragte Holm, die Angelegenheit drohte langsam konkret zu werden, wenigstens musste er nirgends beitreten.

Auf mein Zimmer vielleicht?, säuselte sie in einer piepsigen Mädchenstimme, anscheinend ihr Geschäftston, und legte den Kopf schräg, ich bin aber auch für andere Sachen offen.

Sie trat näher an ihn heran, was Holm gar nicht so recht war, musste es für andere doch so aussehen, als befinde er sich bereits in Verhandlungen über Preise und Praktiken. Für welche andere Sachen sie noch offen war, hätte Holm allerdings schon gerne gewusst, traute sich aber nicht so direkt zu fragen. Am Ende hatte man sich für eine Parkbank verpflichtet. Er kannte das von den Anrufen der Deutschen Telekom. Kaum zeigte man vages Interesse für ein neues Produkt, hatte man zwei Tage später schon die Rechnung auf dem Tisch.

Sag mir doch einfach, was du gerne magst, sagte sie weiterhin süßlich säuselnd, während sie aus ihrer Gürteltasche einen Kaugummi herauszog und in den Mund schob. Offensichtlich kaut sie sich schon mal warm, dachte Holm, dabei hatte er noch gar keine Vorlieben geäußert. Verblüfft bemerkte er, dass ihn die sachliche Art, wie sie über intimste Wünsche redete, stark erregte. Es war auf beruhigende Weise unkompliziert. Holm fühlte sich plötzlich von seinen eigenen Begierden bedroht.

Darüber habe ich noch gar nicht nachgedacht, antwortete er ausweichend, obwohl es kaum etwas gab, über das er sich keine Gedanken gemacht hatte.

Aber du hast doch bestimmt etwas besonders gerne.

Holm fielen sofort ein halbes Dutzend Stellungen ein, von denen er bislang nur eine erfolgreich praktiziert hatte. Allerdings konnte er nicht behaupten, sie besonders gern gehabt zu haben.

Ehrlich gesagt, sagte er, so genau weiß ich das gar nicht.

Sie sah ihn überrascht an. So einen Kerl hatte sie wohl noch nie gesehen.

Besonders gerne hab ich eigentlich nichts, außer vielleicht. Er stockte.

Ja?, sagte sie hoffnungsvoll und schon ein wenig erschöpft.

Holm dachte an Reinhard Mey, den er in diesem Zusammenhang besser nicht erwähnte.

Nun sag schon, sagte sie ungeduldig, es wird ja niemand erfahren.

Das überzeugte ihn sofort. Denn selbst Holm, der alles immer auf sein schlimmstmögliches Ende hin dachte, kam es unwahrscheinlich vor, dass sie seinen Fall später in großer Runde diskutierte.

Reinhard Mey, antwortete Holm, nervös um sich blickend.

Ach so, sagte sie und nickte. Sie wirkte gar nicht überrascht.

Ich verstehe, dann bring doch Reinhard einfach mal mit, zu dritt wird es aber teurer.

Da hatte sie wohl etwas falsch verstanden.

Und wie teuer wäre es, stotterte Holm, ich meine, ohne Reinhard?

In diesem Moment hörte er Elies Stimme hinter sich.

Du willst doch nicht etwa Herrn Holm verführen?, rief Elie so laut über die parkenden Autos hinweg, dass sich mehrere Passanten nach ihnen umdrehten.

Das ist übrigens Alex, erklärte er – man kannte sich anscheinend – und stellte ihm die Frau vor, die daraufhin sofort ihre Piepsstimme verlor.

Hättste doch was jesacht, sagte sie plötzlich in breitem Berlinerisch und sah Holm beleidigt an. Er war sich jedoch keiner Schuld bewusst. Immerhin hatte sie ihn ja angesprochen.

Und nun kommen Sie, drängte Elie, wir haben heute Abend noch einiges vor!

Sie strebten auf ein fensterloses Lokal namens »Gold Club« zu, vor dem ein langer roter Teppich lag. Zwei brennende Fackeln unterstrichen Holms Eindruck, dass es sich hier nicht um eine gewöhnliche Speisegaststätte handeln konnte. Vor der Tür erwartete sie ein Herr in schwarzem Anzug. Schön, Sie wiederzusehen, sagte er zu Elie und überreichte beiden jeweils zwei Dollarnoten. Offenbar zählte Elie zur Stammkundschaft, was Holm aber keineswegs beruhigte. Als er auf den Dollarscheinen anstelle von George Washington auch noch nackte Frauen entdeckte, brach ihm der Schweiß aus.

Holms Befürchtungen bestätigten sich schon kurz nach dem Eintreten. In mehreren Käfigen turnten bis auf die Unterhosen entkleidete Frauen zu lauter Bumsmusik an blanken Eisenstangen herum. Was anfangs wie körperliche Ertüchtigung aussah, stellte sich rasch als Balztanz mit Stange heraus. So sehr rankten und wiegten sich ihre Körper um die Stangen, dass Holm sofort an jenen Schwan denken musste, der ein Tretboot als Lebenspartner angenommen hatte und jahrelang hoffnungsvoll hinter ihm her geschwommen war. Einerseits wirkten die Frauen von den Stangen erotisiert, andererseits schienen sie nicht voll bei der Sache zu sein. Ihre Blicke schweiften ratlos durch den Raum, als würde sich ihnen der Sinn dieses Stangentanzes selbst nicht vollständig eröffnen.

Sie gingen an die Bar, wo bereits vier Männer auf Hockern saßen, die nackten Körper ein wenig ungläubig anstarrten und nervös an ihren Bierflaschen nippten, als wollten sie sich selber davon überzeugen, dass sie in erster Linie zum Trinken hierhergekommen waren.

Elie sah angeregt zu einer vor ihnen tanzenden Frau, die sich reflexartig immer wieder in den Schritt fassen musste und dabei ihren Hintern pendelnd hin und her schwingen ließ, als hätte dies irgendeine über die bloße Bewegung hinausweisende Bedeutung, deren Entschlüsselung ausschließlich Stammgästen vorbehalten war. Elie schien ihre Darbietung jedenfalls außerordentlich zu genießen, was er durch dauerndes Nicken oder vielmehr Zunicken noch bekräftigte.

Von Genuss konnte bei Holm dagegen überhaupt nicht die Rede sein. Was er sich in den letzten Tagen durch diverse Hilfsmittel wie Jeans und Designerbrille glaubte angeeignet zu haben, eine gewisse Lässigkeit gegenüber dem Leben, die sich zunächst allerdings hauptsächlich in erhöhtem Alkoholkonsum ausgedrückt hatte, verflüchtigte sich hier angesichts des nackten Fleisches innerhalb weniger Sekunden fast vollständig. So vollständig, dass sich Holm nicht mal traute, die Frau direkt anzublicken, aus Sorge, in schülerhaftes Starren zu verfallen und der Frau damit klar zu verstehen zu geben, dass er mit nackten Frauen bislang nur wenig Erfahrungen gesammelt hatte. Abgesehen von seiner Mutter Hella, der er vor vielen Jahren einmal zufällig im Flur begegnet war – der

Schrecken saß ihm noch heute in den Knochen, zumal auch Holm in diesem Augenblick lediglich mit Strümpfen bekleidet war –, sowie seiner früheren Freundin Ulrike, kannte er nackte Frauen eigentlich nur aus seinen Schmutzheften. Während sie ihm dort jedoch nicht gefährlich werden konnten – souverän blätterte er inzwischen selbst durch Hardcore-Pornos –, wurden sie hier zu einem unkalkulierbaren Risiko. Mit anderen Worten: Es war beinahe unmöglich abzustumpfen. Was Holm jedoch am meisten irritierte, war die Tatsache, dass es nicht nur erlaubt, sondern sogar erwünscht war, die Frauen direkt anzusehen, ohne dass er befürchten musste, als Spanner disqualifiziert zu werden, der demnächst bei »Aktenzeichen XY ungelöst« mit einem grobkörnigen Foto auftauchte: »Vorsicht, der Mann ist gefährlich.«

Holm versuchte, die Sache locker zu sehen, was jedoch leichter gesagt war als getan. Denn wo immer er hinblickte, waren praktisch nur nackte Körper zu sehen.

Wollt ihr was trinken?, fragte eine Frau hinter dem Tresen. Immerhin war sie nicht nackt. Überhaupt waren nur weibliche Angestellte zu sehen, der einzige männliche durfte vor der Tür falsche Dollarnoten verteilen.

Ein Bier, rief Elie über die Schulter. Und weil Holm ebenfalls rücklings am Tresen lehnte, forderte er auch ein Bier über die Schulter an, was ihm sofort übertrieben selbstsicher vorkam.

Auf den Abend, sagte Elie, als sie die Bierflaschen in Händen hielten. Es war Viertel nach elf, dreiundzwanzig Uhr siebzehn, um ganz genau zu sein. Zuhause hätte Holm seit einer guten Viertelstunde im Bett gelegen. Aber Elie war offenbar eine andere Tageseinteilung gewohnt. Anstatt sich beruflich selbstständig zu machen, wie es noch vor wenigen Tagen Holms Plan gewesen war, lehnte er in zweifelhaften Lokalen am Tresen und bemühte sich krampfhaft, nackte Frauenhintern zu ignorieren. Und wenngleich sein bisheriges Leben seit der Ankunft im Hotel wie ein morsches Gebäude an allen Ecken einzustürzen begann, empfand Holm wider Erwarten ein stilles Vergnügen an diesem Desaster. Zwar sträubte er sich noch, nackte Frauen in Käfigen irgendwie gutzuheißen, aber die Tatsache, dass er ohne Beanstandung in einen Striptease-Club reingelassen worden war, verschaffte ihm ein Erfolgserlebnis, das er in diesem Zusammenhang nicht erwartet hätte.

Und, wie gefallen Ihnen die Mädels?, fragte Elie. Er hatte tatsächlich *Mädels* gesagt, als wäre er ihr Zuhälter. So wie er am Tresen stand, die Arme lässig ausgebreitet, war dies auch nicht völlig ausgeschlossen. Elie Glick, die graue Eminenz von Berlin-Mitte. Der Mann, der vom Hotel »Taunus« aus eine ganze Frauenarmee in die Arme wehrloser Touristen dirigierte. Woher hätte er sonst den Namen der Schwarzhaarigen von der Oranienburger Straße kennen können?

Holm fühlte sich in einen »Tatort« versetzt, in dem er eine kleine Rolle übernommen hatte. Das Hauptproblem dabei war jedoch, dass er das Drehbuch nicht kannte und deshalb nicht wusste, ob er sich selber spielte oder jemand anderes. Er stellte sich vor, wie seine Eltern in diesem Moment am Bildschirm saßen und den »Tatort« verfolgten. Ist das nicht unser Junge?, fragte seine Mutter, aus ihrer Liegestellung hochschreckend. Ich denke, der ist in New Orleans, sagte sein Vater vollkommen ruhig, bei seinem Sohn schien ihn kaum noch etwas zu überraschen. In Orléans!, korrigierte ihn seine Mutter. Na wenigstens verdient er jetzt sein eigenes Geld, sagte sein Vater und griff zufrieden zur Bierflasche.

Es war schwer zu beantworten, ob Holm die Mädchen gut fand, hatte er sie bislang doch nur sehr vage zur Kenntnis genommen. Bloß nicht anstarren, war seine Devise, damit sie nicht glaubten, er würde sich für eine von ihnen interessieren.

Die entscheidende Frage lautete: Damen- oder Herrenwahl,

beziehungsweise: Hatte man hier überhaupt eine Wahl? Solange dies nicht abschließend geklärt war, sah er lieber woandershin. Holm erinnerte sich an ein unangenehmes Erlebnis in seiner Schulzeit. Während eines Tanzkurses hatte der Tanzlehrer plötzlich Damenwahl gerufen, worauf Holm, in der Annahme, er könne sich ein Mädchen aussuchen, sofort zu seinem damaligen Schwarm, einer schüchternen Brünetten mit Strickjacke namens Simone, hingelaufen war, diese jedoch knapp verfehlte, weil die Mädchen zum selben Zeitpunkt auf die Jungenseite zusteuerten, sodass Holm schließlich allein auf der anderen Seite stand und zusehen musste, wie sich Simone den künstlerisch verwahrlost wirkenden Torsten Schmund angelte, der mit seinem nachlässigen Kleidungsstil und einigen schmachtenden, Tod und Selbstmord preisenden Gedichten anscheinend das Herz von Simone erobert hatte. Ob Torsten Schmund inzwischen zu einem gefeierten Todeslyriker aufgestiegen war, wusste er nicht. Von Simone wusste er aber, dass sie später einen Steuerberater geheiratet hatte.

Entspannen Sie sich einfach, sagte Elie, der Holms Verunsicherung anscheinend bemerkt hatte, die Mädels werden Sie schon nicht auffressen. Er schlug ihm kumpelhaft gegen die Schulter, worauf Holm überheblich auflachte.

Bereits nach kurzer Zeit wechselten die Tänzerinnen. Kaum hatte Holm angefangen, eine Frau etwas näher zu betrachten, natürlich ohne das geringste persönliche Interesse, eher so wie ein Lebensmittelkontrolleur Wurstwaren begutachtete, als sie schon wieder aus ihren Käfigen herabstiegen. Dabei knipsten sie ihren erotischen Blick wie eine Stehlampe einfach aus und verwandelten sich sofort in gewöhnliche Arbeitnehmerinnen. Auch Holm hätte seinen Blick in diesem Moment am liebsten ausgeknipst und Feierabend gemacht, denn was er nun erkennen musste, ließ ihm den Atem stocken. Jene Frau, die er im Supermarkt bei den Bierflaschen getroffen hatte, kam in

BH und Höschen direkt auf ihn zugestöckelt und stieg, offenbar ohne ihn wiedererkannt zu haben, in den Tanzkäfig unmittelbar vor Holms Nase. War es schon schwer genug gewesen, fremden Frauen in die Achseln zu starren, war es bei Frauen, die er nur bekleidet kannte, völlig undenkbar.

Das ist übrigens Monique, sagte Elie zu Holm gewandt und guckte kennerisch, als hätte er bereits intime Erfahrungen gesammelt, die er bei Interesse gerne an Holm weitergeben würde. Holm zeigte sich aber vorsichtshalber nicht im Geringsten interessiert an Moniques persönlichen oder tänzerischen Qualitäten und bestellte lieber ein neues Bier.

Wie lange er so, mit dem Rücken zur Hauptattraktion gewandt, dastehen konnte, ohne aufzufallen, war jedoch ungewiss, zumal es hinter dem Tresen nicht viel zu sehen gab, außer der Barfrau, die, wenn sie nicht gerade Bier zapfte und Flaschen öffnete, eine Zigarette nach der anderen rauchte. Sie war, wie Holm bei dieser Gelegenheit feststellte, deutlich älter als der Rest der weiblichen Belegschaft. Mit stoischem Gleichmut werkelte sie an den Zapfhähnen, ohne den Vorgängen jenseits des Tresens besondere Aufmerksamkeit zu schenken. Er fühlte sich sofort zu ihr hingezogen, mehr noch, wie sie den Rauch aus ihrem Mund blies und dabei fast ein wenig angewidert in die Luft sah, hatte etwas, dem sich Holm nur schwer entziehen konnte.

Nachdem seine Stellung nicht mehr zu halten war, nahm er sich eine Barkarte und hielt sie dicht vors Gesicht, als wäre er stark kurzsichtig, was selbst ihm bald etwas merkwürdig vorkam, zumal der Inhalt nicht so umfangreich war, dass man die Karte minutenlang vors Gesicht halten musste. Stattdessen blickte er immer wieder nachdenklich hinter der Karte hervor, als überlege er sich intensiv, mit welchem Cocktail er nun durchstarten wolle. Denn das Bier war nur als Vorspeise für das alkoholische Hauptgericht gedacht. Ein Gruß aus der

Küche sozusagen. Leider deutete sich bereits zu diesem frühen Zeitpunkt an, dass Holm den Hauptgang nach den beiden Grüßen womöglich kaum noch bei vollem Bewusstsein erleben würde. Anders ausgedrückt: Das Bier begann seinen Körper langsam in die Unabhängigkeit zu entlassen. Holm verlor die Kontrolle über jenen Teil seiner Person, der ihn später zweifellos noch nach Hause bringen musste.

Monique hatte Holm indes noch immer nicht bemerkt, eine Situation, die ihn zunehmend belastete. Eine lockere Begrüßung wurde immer unwahrscheinlicher, je länger sie dort mit ihrem Hintern wackelte. Weiteres Unheil drohte, als sie anfing, die Träger ihres BHs zu lösen. Als wäre ihre offen zur Schau getragene Leidenschaft nicht schon entblößend genug, stand nun auch noch der BH kurz vor dem Fall. Mit einer abrupten, ein wenig zu profanen Handbewegung, die dem ganzen Gewackel sofort etwas Zweckmäßiges verlieh, zog sie den Träger von der Schulter, und es war abzusehen, dass auch der zweite Träger nicht mehr lange an Ort und Stelle verbleiben würde. In wenigen Sekunden würde sie das ganze Brusthalfter mit einem ekstatischen Aufwerfen des Kopfes in die Ecke schleudern.

Das musste in jedem Fall verhindert werden, sollte ihr Wiedersehen nicht unter Bedingungen stattfinden, die für beide zu einem Gesichtsverlust führen würden.

Nur, wie konnte er sich unauffällig bemerkbar machen, ohne bei den anderen Gästen den Eindruck zu erwecken, er wolle sich schon mal jemand für später sichern? Dezent mit der Barkarte winken? Oder mehrmals schnell hintereinander die Augenbrauen hochziehen? War es überhaupt sinnvoll, sich zu erkennen zu geben? Schließlich stand immer noch die Einladung zu einer Tasse Kaffee im Raum, und es war durchaus denkbar, dass sie sich später nackt zu Holm an den Tresen gesellte. In dieser Situation hätte er ihre Brüste kaum überzeugend ignorieren können.

Wie immer er es drehte und wendete, es gab keinen Weg, seriös aus der Sache wieder herauszukommen.

Inzwischen war es ohnehin zu spät. Monique hatte ihren BH unter lautem Gejohle der Männer zu Boden geworfen und bearbeitete ihre Brüste, den Mund weit geöffnet und ihre Augen wild rollend, mit einer derartigen Vehemenz, als würde sie auch diese gleich abreißen und zu Boden werfen.

Derweil gab sich Holm völlig unbeeindruckt, fächelte sich mit der Barkarte müde Luft zu und studierte die Einrichtung des Lokals. Jetzt bloß nicht hinsehen, dachte er. So tun, als hätte er schon so viele Brüste gesehen, dass ihn ein weiteres Paar einfach nicht mehr locken konnte. Einem Mann wie ihm musste man schon etwas mehr bieten. Frauen im Ganzlederkostüm, wo nur der kleine Zeh herauslugte. Was die Leute an diesen großflächigen Fleischpolstern fanden, war Holm ohnehin schleierhaft.

Kurz darauf machte er einen entscheidenden Fehler. Nachdem er die linke Lokalhälfte bis in die letzte Ecke begutachtet hatte, nahm er sich die rechte vor, dabei traf sich jedoch kurz sein Blick mit dem Moniques, sodass sich Holm außer Stande sah, die Lokalbesichtigung einfach locker fortzusetzen. Sie fixierte ihn, während sie ihre Brüste noch heftiger knetete, als wollte sie Holm dazu zwingen, nach unten zu blicken. Der dachte aber gar nicht daran, auch nur einen Zentimeter von seiner Blickrichtung abzuweichen. Da konnte sie sich noch so lüstern in den Schritt fassen. Holm war fest entschlossen, ihre Augen nicht aus den Augen zu lassen. Insgeheim befürchtete er nämlich, später zur Kasse gebeten zu werden. Einmal Brust zwanzig, Schritt und Schenkel zusammen dreißig Euro. *Es werden keine Kreditkarten akzeptiert.* Für das Geld konnte man zwei Tage lang ordentlich essen gehen.

Holm lehnte entspannt am Tresen und hätte dort ohne mit der Wimper zu zucken zwei Stunden lang stehen können.

Wenn er überhaupt für etwas Talent hatte, dann war es, still herumzustehen und ziellos in die Gegend zu blicken. Jedes Wachsfigurenkabinett hätte seine Freude an ihm gehabt. Denn damit hatte sie nicht gerechnet, dass ihr jemand einfach nur stur in die Augen starrte, ohne sich von den reizvollen Angeboten über und unter der Gürtellinie beirren zu lassen.

Fast ein wenig beleidigt, wie er meinte, wandte sie ihren Blick schließlich ab, worauf Holm triumphierend zu Elie sah, der von seinem privaten Wettkampf jedoch nichts bemerkt zu haben schien.

Als Monique nach einigen Minuten aus dem Käfig stieg, setzte sie sofort ihren Feierabendblick auf und stöckelte aus dem Raum. Offenbar hatte sie ihn nicht erkannt, was Holm auf einmal dermaßen ärgerte, dass er ihr noch rasch nachträglich auf den Hintern glotzte.

Kinderstunde ist zu Ende, rief Elie plötzlich und machte Anstalten zu gehen. Doch statt das Lokal zu verlassen, wie Holm insgeheim gehofft hatte, ging er zu einer Bedienung und flüsterte ihr etwas ins Ohr.

Jetzt können Sie was erleben, sagte er grinsend zu Holm und marschierte schwungvoll zu einer Sitzecke mit einem großen und erstaunlich niedrigen Tisch. Ob man dort seine Beine ablegen soll, rätselte Holm und setzte sich vorsichtshalber ganz an den Rand, falls irgendwo Feuer ausbrach oder er auf die Toilette musste.

Und als hätten die anderen vier Männer am Tresen nur auf einen geeigneten Moment gewartet, folgten sie Elie und Holm ebenfalls auf die Sitzecke, obwohl sie niemand ausdrücklich darum gebeten hatte. Weil Elie aber nichts dabei fand, fand auch Holm zunächst nicht mehr viel dabei, wenngleich er schon erwartet hätte, dass man sich gegenseitig bekannt machte. Schließlich verband einen dasselbe Interesse am weiblichen Geschlecht, vielleicht hätte sich eine raue, aber herzliche

Männerfreundschaft entwickelt, späterer Erfahrungsaustausch am Stammtisch nicht ausgeschlossen.

Dann wollen wir mal sehen, frohlockte der älteste unter ihnen, ein Mann mit buschigem Schnauzer und gelben Raucherzähnen, vermutlich ihr Chef, er hatte sein Jackett ausgezogen und den Schlips in die Tasche gestopft, während die anderen lediglich den obersten Hemdknopf gelöst hatten und sich gegenseitig aufgeregt, aber wortlos in die Seiten pufften, als dürfte ihre Vorfreude keinesfalls die ihres Chefs übertrumpfen.

Leider wurde nicht erwähnt, was man hier gleich zu sehen bekam.

Da niemand die Füße hochlegte, sah auch Holm davon ab.

Kurz darauf brachte die Bedienung unaufgefordert Getränke. Zwei Long Island Ice Tea für die Herren, sagte sie, ohne irgendeine Erklärung abzugeben, was Holm ein wenig missmutig stimmte, zumal er gerade jetzt überhaupt keine Lust auf Eistee hatte. Den letzten Eistee, genauer: Zitroneneistee, hatte Holm im Café Sibylle mit seiner Tante Hedwig Rossmann getrunken. Noch Stunden später hatte er davon Bauchschmerzen gehabt.

Auf den Abend, sagte Elie erneut und stieß mit Holm an. Wie oft man auf einen Abend, der nach Holms Ansicht lange vorbei war, noch anstoßen konnte, blieb ungeklärt.

Holm hatte nur einen kleinen Schluck genommen, als er merkte, dass dieser Ice Tea nicht das Geringste mit einem gewöhnlichen Eistee gemeinsam hatte. Der Alkoholgehalt lag bei mindestens fünfzig Prozent. Der Begriff *das Blut in Wallung bringen* hatte auf einmal seine volle Berechtigung. Sein Blut wallte im wahrsten Sinne des Wortes durch seine Adern. Holm musste sich an der Sitzbank festhalten, weil er befürchtete, im nächsten Augenblick umzukippen.

Schmeckt Ihnen der Drink?, fragte Elie aufgekratzt, die

fünfzig Prozent schienen ihm überhaupt nichts auszumachen. Und weil Holm Elies gute Laune nicht mit der missverständlichen Bemerkung, es handele sich hier ja wohl nicht um Eistee, zunichtemachen wollte, es gleichzeitig aber auch nicht übers Herz brachte, ihn anzulügen, trank er das Glas Tee oder vielmehr Tea mit einer beinahe selbstzerstörerischen Heftigkeit fast zur Hälfte leer, als wollte er jeden Zweifel an seiner Haltung ein für alle Mal hinunterspülen.

Die Wirkung war verheerend. Denn in diesem Augenblick meinte er Monique in schwarzer Reizwäsche auf die Sitzgruppe zustöckeln zu sehen. Wie sich schnell herausstellte, handelte es sich tatsächlich um Monique. Es war kaum zu glauben. Sie stieg mit Schuhen auf den Tisch. Dort blieb sie breitbeinig stehen und ließ sich von allen Seiten ausgiebig bewundern. Der Schnauzbart zündete sich sofort nervös eine Zigarette an und nahm mehrere tiefe Züge, während seine Mitarbeiter stumm hinaufstarrten wie zu einer Erscheinung.

Auch Holm stockte der Atem. Nur blickte er nicht nach oben, sondern versuchte die Tatsache zu bewältigen, dass in Augenhöhe zwei ausgewachsene Frauenbeine standen. So dicht, dass er sie hätte berühren können! Es war, als stellte sich im Zoo plötzlich heraus, dass zwischen ihm und einem Gorilla die Glasscheibe fehlte.

Jetzt hieß es, Ruhe bewahren. Sich nicht bewegen. Den Eindruck vermitteln, dass man das Fehlen der Scheibe gar nicht bemerkt habe.

Holm sah auf die Beine. Es waren sehr lange Beine. Er konnte keinen Haarwuchs feststellen. Er sah auf die Zehen, die rosig wie kleine Ferkel eng aneinandergepfercht in den Schuhen lagen.

Hinter den Beinen lief das Leben wie gewohnt weiter. Die Tänzerinnen tanzten und die Bedienung bediente. Niemand hatte irgendetwas gegen eine Frau auf dem Tisch einzuwenden. Holm stellte sich seine Mutter vor, wie sie breitbeinig auf dem Couchtisch stand und ihre Lieben zum Abendbrot rief. Sein Vater hätte das womöglich noch lustig gefunden.

Zum Lachen war Holm zweifellos aber nicht zumute. Schon wegen der Nähe zu den dolchartigen Schuhabsätzen. Die Lage war also insgesamt nicht ungefährlich, obwohl sich die erdrückende Mehrheit dieser Gefahr offensichtlich nicht bewusst war.

Holm behielt die Schuhe im Blick, was sich jedoch zunehmend schwieriger gestaltete, denn Monique hatte sich inzwischen genug bewundern lassen und fing an zu tanzen. Und weil keine Stange zur Verfügung war, an der sie sich hätte festklammern können, benutzte sie der Einfachheit halber ihren eigenen Körper, griff sich in die Hüften, wiegte ihr Becken, hob mal das eine, dann wieder das andere Bein, beugte sich schüttelnd vor, warf ihren Kopf abrupt nach hinten, als wollte sie ihn loswerden, drehte sich im Kreis, ging, ihre Hände auf den Knien abstützend, in die Hocke, wackelte heftig mit den Brüsten, als überprüfe sie die Sitzfestigkeit ihres BHs. Vielleicht plante sie auch die Brüste abzuwerfen, was die vier Männer durch anfeuernde Rufe noch unterstützten. Ihr Chef, die Zigarette zwischen den Zähnen, hielt sogar seine Hände darunter, als würde er sie jederzeit auffangen und beiseiteschaffen. Er ließ keinen Zweifel daran, dass er sie nicht wieder hergeben würde.

Holm hatte die Schuhe längst aus den Augen verloren. Ihm schwirrte der Kopf von dem Durcheinander. Und als wäre das alles nicht schon verwirrend genug, gesellte sich plötzlich eine zweite Frau auf den Tisch und machte das Chaos perfekt. Vier Beine konnte Holm unmöglich gleichzeitig im Blick behalten. Nun hieß es, wahllos in die Mitte zu starren, und was Holm da auf einmal zu sehen bekam, war ein lebensgroßer Hintern, der keinen Meter von ihm entfernt in der Luft kreiste. Er hatte gar keine Wahl, da sich der Hintern, ob es sich hierbei um Moniques Hintern handelte, war so schnell nicht zu klären, da ihr Kopf hinter dem waagerecht gehaltenen Rücken verschwunden war, dermaßen in den Vordergrund schob, dass praktisch nichts anderes zu erkennen war. Eine Achselhöhle hätte Holm fast schon durchatmen lassen. Und da ihm nun mal beim besten Willen nichts anderes übrig blieb, sah Holm einfach unerschrocken auf dieses kreisende und wippende Gesäß, in dem ein ganzer Kinderkopf problemlos Platz gefunden hätte. Wozu so ein Hintern gut war – er gehörte Monique, wie sich in dem Moment herausstellte, als der Kopf der fremden Frau plötzlich dicht neben ihrem Gesäß auftauchte –, wurde ihm erst hier mit aller Deutlichkeit vor Augen geführt. Während Holm seit achtunddreißig Jahren nach einer sinnvollen Beschäftigung für seinen Körper suchte, lebte Monique selbst mit ihrem eigenen Hintern vollkommen in Frieden. Und dass Holm nun begann, Vertrauen zu einem fremden Gesäß aufzubauen, bevor er sich mit seinem eigenen näher befasst hatte, machte seine Persönlichkeitsentwicklung nicht einfacher.

Die Lage entspannte sich, als der Hintern zu den vier Männern abdrehte, die es sich nicht nehmen ließen, mehrere falsche Dollarnoten unter den String zu klemmen. Wie Schuljungen klatschten sie sich daraufhin begeistert die Hand ab, als hätten sie eine besonders waghalsige Situation erfolgreich gemeistert. Das Gemeinschaftserlebnis schien die Hierarchien langsam aufzubrechen, denn einer der jüngeren Mitarbeiter riss sich auf einmal den Schlips vom Hals und löste damit eine Kettenreaktion aus, die am Ende zu aufgekrempelten Ärmeln und weit geöffneten Hemden führte.

Von dieser großzügigen Gabe angespornt, wandten sich die Frauen nun ganz der anderen Seite zu und begannen sich, voneinander offenbar stark erregt, gegenseitig die BHs abzuziehen, worauf der Schnauzbart völlig die Kontrolle verlor und die Bierflasche enthemmt zwischen seine Beine stellte, was den Frauen wiederum so gut gefiel, dass sie ihre BHs mit den Worten Du bist ja schon richtig geil, Süßer und Kannst es wohl nicht mehr abwarten! auf die Bierflasche warfen und dabei ekstatisch ihre Oberkörper schüttelten und schließlich sogar derart aneinanderdrückten, dass ihre Brüste zu platzen drohten.

Das war für Holm nicht mehr hinnehmbar. Erst hatten sich ihnen die Männer unaufgefordert angeschlossen, und nun lief das Ganze auch noch auf eine Privatvorstellung hinaus, bei der Elie und Holm die Rollen der Zaungäste übernahmen.

Holm leerte seinen Ice Tea mit einem Zug und blickte empört zu Elie, der sich daran jedoch überhaupt nicht störte. Entspannt beobachtete er die beiden Frauen, als wäre er mit dem Verlauf des Abends außerordentlich zufrieden. Während Holm mit dem Verlauf des Abends bis jetzt weder zufrieden noch unzufrieden war, ihm fehlte schlicht die angemessene Begeisterung für nackte Frauen in Käfigen, war er auf einmal schlagartig unzufrieden. Es dauerte eine Weile, erschwert noch durch die Wirkung des Alkohols, ehe sich seine Unzufriedenheit in konkreten Gedanken äußerte. Ich werde die Mädels einfach wieder zurückkaufen, dachte er und wunderte sich im selben Moment über den Ausdruck *Mädels*, der ihm allein nie in den Sinn gekommen wäre. Hier läuft langsam etwas gewaltig aus dem Ruder, dachte er, und während ihm kurz die irrsinnige Idee kam, aus dem Boot zu springen, übernahm plötzlich jene Person in ihm, die sich seit einigen Tagen zunehmend in den Vordergrund drängte und wahrscheinlich auch für das Wort *Mädels* verantwortlich war, die Führung, griff Holm sozusagen eigenmächtig in die Brusttasche, zog die beiden Dollarnoten heraus und wedelte damit gut sichtbar in der Luft. Holm war die Sache ein wenig peinlich, wie er so mit dem Falschgeld posierte, was wohl seine Mutter meinte, wenn sie ihn mit dem Geld herumwedeln sehen würde. Frauen seien nun mal nicht umsonst zu haben, würde sein Vater sagen.

Die Wendung der Lage sollte seinem Vater recht geben. Denn kaum hatte Monique die Geldscheine entdeckt, verlagerte sich das Geschehen mit beachtlichem Tempo zu Elie und Holm. Es war fast schon ein bisschen zu viel, was ihnen da jetzt geboten wurde. Mal kreisten zwei Hintern im Zentimeterabstand vor ihren Nasen, dann präsentierten sie wieder ihre Brüste, einzeln oder paarweise knetend und in den Händen wiegend, als würde später nach Gewicht abgerechnet. Holm fühlte sich an die Fütterung der Seelöwen im Zoo erinnert, die erst einige Kunststücke vorführen mussten, ehe sie die Fische zugeworfen bekamen. Er ließ sich noch Beine und Bäuche zeigen, dann hatte er genug gesehen. Mit dem Geld zwischen zwei Fingern, streckte er die Hände nach oben. Die Frauen reagierten prompt, drückten ihre Brüste zusammen, sodass Holm die Scheine in die Spalten schieben konnte und leicht antippend darin versenkte. Sein gelangweiltes Lächeln zu den vier Männern ließ keinen Zweifel aufkommen, dass er schon so manchen Schein auf diese Weise losgeworden war.

Wenig später musste er auf die Toilette. Es war nicht so leicht, nach dem Bier und dem Ice Tea einen halbwegs vernünftigen Eindruck zu machen. Vor allem, wenn man orientierungslos zwischen den Käfigen herumirrte und besorgt guckte.

Na, ist alles in Ordnung mit dir?, fragte die Frau hinterm Tresen, als Holm zum zweiten Mal innerhalb einer Minute den Barbereich passierte.

Alles in Ordnung, sagte Holm. Und bei dir?

Sie lachte verlegen auf und sah Holm erstaunt an, als hätte ihr während der Dienstzeit noch nie jemand eine persönliche Frage gestellt. Holm war auch erstaunt über seine Frage. Dass er erst in volltrunkenem Zustand persönlich wurde, verhieß für die Zukunft nichts Gutes.

Mach dir mal keine Sorgen, sagte sie amüsiert. Wenn du die Toilette suchst, dahinten die Treppe runter.

Ein guter Hinweis, antwortete Holm und nickte interessiert. Dass sie ihn so schnell durchschaut hatte, war ihm peinlich. Am liebsten wäre er wieder zu seinen Platz gegangen.

Auf der Herrentoilette war Holm glücklicherweise der Einzige. Trotzdem brauchte er eine Weile, bis er sich entschieden hatte. Und zwar für eine der beiden Kabinen, denn die Kloschüsseln waren so ungünstig angebracht, dass jeder, der zur Tür hereinkam, gleich sein entblößtes Geschlecht sehen würde.

Dann hätte er aber doch beinahe einen Fehler gemacht. Holm hatte seine Hose schon geöffnet, als er praktisch im letzten Moment über dem Wasserkasten einen Zettel mit dem handschriftlichen Hinweis DEFEKT entdeckte.

Mit notdürftig verschlossener Hose wollte Holm gerade zur Nachbarkabine wechseln, als die Eingangstür aufschlug und ein Mann mit Zopf und hellem Sakko panikartig in die Kabine stürzte. Moment mal, rief Holm in einer für seinen Zustand beachtlichen Schärfe und stieß, noch ehe der Mann die Kabinentür ganz schließen konnte, hart mit dem Knie dagegen.

In diesem Augenblick schlug die Eingangstür erneut auf, und zwei Polizisten in grünem Kampfanzug fielen in die Toilette ein, worauf Holm sofort befürchtete, etwas Verbotenes getan zu haben. Hatte er den Frauen doch zu sehr an den Hintern gestarrt? Wie angewurzelt blieb er vor der Kabine stehen, seine Hand fest am Hosenbund. Alles abstreiten, dachte Holm, der unauffällig versuchte, seine Hose zu schließen, um noch Ärgeres zu verhindern. Erst an den Hintern gestarrt und dann bei offener Hose alles abgestritten!

Haben Sie etwas Ungewöhnliches bemerkt?, fragte ihn einer

der Polizisten, nervös um sich schauend. Er hielt seine Hand griffbereit am Pistolenhalfter, was Holm bei der Sachlage doch ein wenig übertrieben fand.

Nein, sagte Holm ernst, ich denke, so weit war nichts Ungewöhnliches zu erkennen. Die beiden Polizisten sahen sich irritiert an. Wenn Ihnen noch etwas auffällt, sagte der ältere, melden Sie sich bitte umgehend bei der Polizei!

Umgehend, sagte Holm entschlossen, von Hintern hatte er allerdings erst mal die Nase voll.

Daraufhin verließen sie die Toilette.

Eine ganze Zeit blieb es still. Beunruhigend still! Holm rührte sich immer noch nicht vom Fleck. Sein Harndrang hatte sich wie durch ein Wunder verflüchtigt.

Das ist ja gerade noch mal gutgegangen, hörte er plötzlich die Stimme des Mannes in der Kabine. Vorsichtig öffnete er die Tür und kam langsam heraus. Er war breit wie ein Schrank und überragte Holm um mindestens einen Kopf. Während er vorm Spiegel das Sakko abklopfte und den Sitz des Zopfes überprüfte, schloss Holm rasch seine Hose.

Ich weiß auch nicht, was die Bullen dauernd von mir wollen. Er drehte sich um und musterte Holm, der darauf natürlich auch keine Antwort hatte. Entweder, man sagt gar nichts, dachte er, oder stimmt allem vorbehaltlos zu. Holm sagte lieber gar nichts. Hier durfte man keinen Fehler machen. Am Ende landete man kopfüber in der Kloschüssel.

Ich bin übrigens Freddy, sagte der Mann und reichte Holm seine Hand. So eine Hand konnte man schwerlich abweisen. Felix Holm, sagte Holm. Seine Hand verschwand in der von Freddy. Es war nicht sicher, ob Holm sie je wiedersehen würde.

Ich weiß gar nicht, wie ich dir danken soll, sagte Freddy und lächelte.

Kein Problem, sagte Holm, als hätte er schon so manchen Ganoven vor dem Knast bewahrt.

Eine steile Leistung von dir, die Jungs einfach so auflaufen zu lassen. Freddy ließ seine Hand gar nicht mehr los. Womöglich wollte er sie als Souvenir behalten und später seinen Kumpels zeigen.

So doll war's nun auch nicht, sagte Holm mit der noch freien Hand lässig abwiegelnd. Langsam wurde er lockerer.

Wenn du mal irgendwie Hilfe brauchst, sagte Freddy, wende dich einfach an mich. Okay? Du hast was gut bei mir!

Okay, gebongt, sagte Holm, fast hätte er ihn auf die Schulter geklopft.

Ich bin jeden Tag so ab zwölf hier im Laden, klopf einfach an die Tür, zweimal kurz, zweimal lang, damit nichts schiefgeht.

Damit nichts schiefgeht, wiederholte Holm, zweimal kurz, zweimal lang.

Und jetzt geh am besten vor, ich komme später nach!

Damit nichts schiefgeht, sagte Holm.

Du sagst es, sagte Freddy. Zum Glück ließ er rechtzeitig von der Hand ab, sodass Holm gleich aufbrechen konnte.

Oben herrschte betretene Ratlosigkeit. Die Frauen lehnten am Tresen und zogen nervös an ihren Zigaretten. Die meisten Gäste hatten das Lokal verlassen. Aus den Boxen plärrte Musik. Nur die Barfrau wirkte von alldem unbeeindruckt. Als sie Holm sah, lächelte sie ihm verschwörerisch zu. Holm nickte, als wüsste er sofort, worum es ging, und lächelte verschwörerisch zurück.

Elie stand am Ausgang und erwartete ihn bereits ungeduldig.

Und, fragte er neugierig, hat die Polizei jemand bei Ihnen gefunden?

Holm verneinte sofort. Ich hab die Jungs einfach auflaufen lassen!

Elie sah ihn erstaunt an. Auflaufen lassen?

Aber da hatte Holm schon die Tür geöffnet und war raus in die warme Nacht. Etwas Bedeutendes war geschehen: Holm hatte ein Geheimnis mit der Barfrau eines Stripteaseclubs.

10.

Noch ehe die Woche um war, ging Holm das Geld aus. Er stand in der Sparkassenfiliale am Hackeschen Markt und studierte ungläubig seinen Kontoauszug. Sollte es nicht im letzten Moment zu einer wundersamen Geldvermehrung kommen, wäre er kaum in der Lage, die Hotelrechnung zu begleichen, außer er reiste sofort ab. Nach Hause konnte er aber unmöglich gehen, jedenfalls nicht zu diesem Zeitpunkt, hatte er doch von mindestens einer Woche gesprochen. Und vor Ablauf dieser Woche zurückzukehren, käme zweifellos einer Kapitulation gleich. In den Augen seines Vaters wäre er endgültig gescheitert, und das berührte ihn gegenwärtig noch mehr, als ihm lieb war.

Ab morgen lebte Holm auf Kredit. Merkwürdigerweise störte ihn das überhaupt nicht. Er hatte kein Ziel mehr vor Augen, keine Aussicht auf ein selbstständiges Leben, wohnte aber weiterhin in einem Hotel, das er sich schon sehr bald nicht mehr würde leisten können. In wenigen Stunden nur noch auf Kosten seiner Bank zu existieren, erfüllte ihn mit einer seltsamen Vorfreude. Es schien, als würde ihn erst die drohende Pleite Teil jener Gesellschaft werden lassen, in die er sich bislang erfolglos bemüht hatte zu integrieren. Zumindest für seine Bank war er demnächst eine wichtige Persönlichkeit, die man für unabsehbare Zeit nicht mehr aus den Augen verlieren durfte.

Holm stellte sich vor, wie sein Name morgens um acht Uhr auf dem Computerbildschirm eines Sachbearbeiters auftauchte. *Holm, Felix, geboren 1967, wohnhaft in Berlin-Rudow, seit O Uhr im Soll unseres Instituts.* Wer ist dieser Mann?, würde sich der Sachbearbeiter unweigerlich fragen, sogar fragen müssen, denn bislang war Felix Holm ein unbescholtener und nicht besonders interessanter Klein-, ja, Kleinstkunde gewesen, der aus noch ungeklärter Ursache ins Minus gerutscht war und nun mit einem Mal im Zentrum des deutschen Kreditwesens stand. Diesem Fall musste zweifellos nachgegangen werden. Was treibt der Kerl eigentlich den ganzen Tag? Vielleicht würde man zusätzlich seinen schulischen Werdegang durchleuchten. Irgendetwas musste doch herauszufinden sein. Eine ganze Abteilung war inzwischen damit beschäftigt, Zeugnisse zu studieren und alte Freunde ausfindig zu machen. Bei den Schulnoten wies jedoch nichts auf den späteren Schuldenmacher Felix Holm hin. Und Freunde schien er auch nicht gehabt zu haben, jedenfalls wollte sich niemand an einen Mitschüler namens Felix Holm erinnern können.

Schwungvoll, fast ein wenig zu schwungvoll für seinen Geschmack, immerhin hatte er ja nichts Bestimmtes vor, ging Holm die Große Präsidentenstraße entlang und bog nach rechts zum Monbijou-Park ab.

Am Chamisso-Denkmal bemerkte er eine Katze, die zusammengerollt auf der obersten Stufe lag und offensichtlich fest schlief. Irgendwo hatte er mal gelesen, dass Katzen die meiste Zeit ihres Lebens verschliefen. Weshalb sie dann überhaupt auf der Welt waren, war eigentlich unbegreiflich.

Im Park lärmte ein Kinderfest. Holm mochte Kinder nicht. Ihre spontane Art hatte für ihn etwas Bedrohliches. Leider beruhte die Abneigung nicht auf Gegenseitigkeit. Kinder mochten Holm. Wann immer möglich, drängten sie in seine Nähe. Aus irgendeinem Grund hatte Holm plötzlich das Bedürfnis, sich an den Kindern zu rächen, indem er sich selber einmal in ihre Nähe drängte.

Es gab Hüpfburgen, Seilspringen und Malkurse. Einige Stände luden zu Fragewettbewerben ein. Den Gewinnern winkten drollig illustrierte Hasen- oder Eisbärenbücher. Der Rest erhielt das Gleiche auf Hör-CD. Es war praktisch ausgeschlossen, keine Hasen- oder Eisbärengeschichten zu gewinnen.

Eine Hand in der Hosentasche, schlenderte Holm zwischen den Ständen hindurch und betrachtete mitleidig die überforderten Eltern. Väter in bunten Freizeithemden und Mütter mit bekleckerten Hosen, die sichtlich bemüht waren, den ständig wechselnden Neigungen und Interessengebieten ihrer Sprösslinge zu folgen. Überall wuselten die Kleinen herum, einige Gesichter waren, durchaus treffend, als Monster oder Teufel geschminkt. Nur nicht versehentlich auf ein Kind treten, dachte Holm, dann hätte man schnell die Eltern am Hals. Ob er denn keine Augen im Kopf habe und was er hier eigentlich wolle? Ohne Kind galt man schnell als pervers. Erst recht, wenn man durch seinen lässigen Gang und die jugendliche Bekleidung jedem klar zu verstehen gab, dass einem der Gedanke an Nachwuchs völlig fremd war.

Inmitten dieses Gartens Eden fruchtbarer Väter und Mütter war Holm die menschliche Dürrekatastrophe. War er überhaupt noch ein Mann? Oder hatte man ihm diese Bezeichnung aus Mangel an nachweisbaren Erfolgen längst aberkannt? *Leider müssen wir Ihnen mitteilen, dass wir Sie aufgrund zu geringer innerer Motivation als Mann nicht mehr weiterführen können. Mit besten Wünschen für Ihre Zukunft.*

Weiter vorne hörte er lustige Musik. Ein Kreis Erwachsener verfolgte gebannt die Darbietungen einer Kindertanzgruppe. Holm stellte sich unbemerkt neben eine Frau und versuchte sich ebenfalls bannen zu lassen. Dass die Kinder nur selten den Takt der Musik trafen, trübte die Begeisterung der Eltern nicht im Geringsten. Offenbar freuten sie sich schon über die

Tatsache, dass sich ihr eigener Nachwuchs überhaupt irgendwie selbstständig bewegte. Und dass auch die Kleinen trotz erheblicher rhythmischer Schwächen ihren Spaß daran hatten, verstörte Holm so sehr, dass er schnell weiterging.

An einer Hüpfburg blieb er unvermittelt stehen und sah verblüfft, wie Kinder, die gerade aufrecht stehen konnten, mit breitbeinigem Entengang, dem sicheren Kinderwagen entfliehend, zur blauen Wackelburg hinstrebten, um sich, offenbar von blinder Begeisterung getragen, in die aufgeblasenen Kunststoffpolster zu stürzen. Saßen sie eben noch träge in ihren windschnittigen Kinderwagen und zeigten sich gegenüber intellektuellen Herausforderungen wie Malkursen gleichgültig, waren sie beim Anblick der Hüpfburg kaum noch zu bremsen. Tatsächlich hatte schon das bloße Zuschauen etwas Begeisterndes, wie Holm selbst erstaunt bemerkte. Und auch die Eltern der munter hüpfenden Sprösslinge schienen ein wenig irritiert über die ausgelassene Fröhlichkeit. Fast sah es so aus, als wären sie prinzipiell bereit, selber mitzumachen, sofern eine ihrem Lebensumfeld entsprechende Form angeboten würde. Ein Hüpfbüro oder eine Hüpfküche.

Nur eine schwergewichtige Mutter – zahllose Gürteltaschen und ein praller Rucksack deuteten darauf hin, dass sie ihre Rolle sehr ernst nahm – war von derlei Hemmungen völlig frei. Weil sich ihre kleine Tochter beharrlich weigerte, der Aufforderung der Mutter, doch auch mal zu hüpfen, das tue gar nicht weh und mache riesigen Spaß, wie sie sich ausdrückte, zu folgen, ging die Mutter schließlich mit gutem Beispiel und entschlossenem Gesicht voran und bugsierte ihren massigen Leib, die Arme seitlich ausgestreckt, auf das stark schwankende blaue Luftpolster, in dem sie wie eine barbrüstige Galionsfigur augenblicklich versank. Kurz darauf tauchte sie, auch dank der zahlreich hüpfenden Kinder, wieder auf, das entschlossene Gesicht war inzwischen einem lächelnden Staunen gewichen, als wäre sie vom Federgewicht ihres Körpers völlig überrascht. Angespornt von diesem neuen Gefühl der Leichtigkeit, begann sie auf einmal mit den Armen zu rudern. Es dauerte eine Weile, bis die Bewegung auch ihre Beine erfasste, zunächst zitterten sie nur unkoordiniert, ehe sie, begleitet von einem kurzen Aufschrei, für Sekundenbruchteile in die Luft schnellten. Nun gab es kein Halten mehr. Mit vollem Körpereinsatz wogte sie breitbeinig auf und nieder, dass sich die Burgtürme nach innen neigten, ging dabei langsam, den Hintern wegstreckend, in die Knie und sprang mit einem gewaltigen Satz lustvoll jauchzend in die Höhe.

Peinlich berührt vom Auftritt der Mutter – Holm glaubte, dass sie sich gerade stellvertretend für alle Erwachsenen lächerlich gemacht hatte –, wollte er das Fest auf schnellstmöglichem Wege verlassen.

Als er an einer kleinen Bühne vorbeikam, auf der ein junger Mann mit Gitarre saß und das überwiegend aus Kindern bestehende Publikum unterhielt, änderte er kurzfristig seinen Plan und setzte sich neben einen strohblonden Jungen im Matrosenkostüm auf die Bank. Er hatte den Wunsch, die Veranstaltung durch Buhrufe zu stören.

Der Künstler – in seinen gelben Sandalen wackelten bleiche Zehen, wie Holm mit einigem Missfallen bemerkte, anscheinend gehörte schlechter Stil zu seinem künstlerischen Selbstverständnis dazu, ob er mit braunen Sandalen und Strümpfen weniger erfolgreich gewesen wäre, blieb ein gut gewahrtes Geheimnis –, der Künstler gab dem Publikum gerade Anweisungen, beim folgenden Lied kräftig mitzumachen, was Holm sofort in eine Art Schreckstarre verfallen ließ. Am Ende würde er auf die Bühne gerufen. *Ja, Sie dort mit dem ernsten Gesicht* – vielleicht musste Holm in einen muffigen Zauberschrank steigen – *keine Sorge, Ihnen passiert nichts!* –, in dem er in ein weißes Kaninchen verwandelt werden würde.

Die Aussicht, mitwirken zu dürfen, versetzte die Kinder sofort in nervöse Vorfreude. Und auch der kleine Matrose – ob er wusste, dass er in einer Stadt ohne nennenswerten Hafen lebte? – reckte aufgeregt seinen Blondschopf empor. Holm saß weiterhin unbeweglich auf seinem Platz und wartete nur auf den geeigneten Moment, diesen mittelmäßigen Kinderkünstler auffliegen zu lassen.

Ihr müsst einfach das tun, was ich euch vorsinge, rief dieser und machte dabei ein außerordentlich wichtiges Gesicht. Die Kinder warteten auf ihren Einsatz, und selbst die Eltern, eben noch besorgt die Kleinen im Blick, ob sie nicht von der Bank fielen oder sich an etwas verschluckten, sahen nun gebannt hinauf und waren sich nicht zu schade, zweimal in die Hände zu klatschen, als der Künstler alle aufforderte, zweimal in die Hände zu klatschen. Wenn du glücklich bist, dann klatsche mit der Hand, sang er und wartete, seine Hand ostentativ hinters Ohr haltend, ob das Publikum auch angemessen reagierte. Weil ihn das Ergebnis jedoch nicht überzeugte, wiederholte er die erste Strophe noch einmal, worauf das Klatschen schon deutlich kräftiger ausfiel.

Offenbar musste man sich erst warmklatschen.

Wenn du wütend bist, dann stampfe mit dem Fuß, fuhr er fort und stampfte wutentbrannt mit dem Fuß auf die Bühne, als hätte ihn vor kurzem tatsächlich etwas furchtbar geärgert. Der rasche Stimmungswechsel war beachtlich. Die Künstlerwut sprang etwas schleppend auf das Publikum über, das erst mit einiger Verzögerung auf den Boden trampelte, dann aber überraschend zu allem bereit schien, was Holm sofort stark beunruhigte, als der Künstler, quasi im letzten Moment, die aufgewühlten Emotionen in eine zwar unbegründete, aber doch einigermaßen sichere Traurigkeit überführte. Wenn du traurig bist, dann seufze doch einmal, sang er, selber sichtlich betroffen. Da das Publikum jedoch nicht überzeugend geseufzt hatte, ließ er gleich noch einmal seufzen. Erst beim dritten Mal wirkte er endlich zufrieden. Langsam taute man auf.

Holm, der anfangs keinen Finger krumm gemacht hatte, seine Hände hatte er vorsichtshalber zwischen den Beinen versteckt, konnte sich der zunehmenden Begeisterung ringsum nicht mehr entziehen. Er fing selber an, unruhig hin und her zu rutschen. Holm hatte plötzlich das merkwürdige Bedürfnis, glücklich zu sein und kurz darauf wütend auf den Boden zu stampfen.

Irritiert verließ er das Fest. Als er an der Synagoge vorbeikam, sah er zwei schwerbewaffnete Polizisten, die ihm mürrische Blicke zuwarfen. Sofort verlangsamte er den Schritt und dachte an seine finanzielle Misere. Dabei fiel ihm Freddys Hilfsangebot wieder ein. Auch wenn es Holm nicht sonderlich behagte, sich vom Inhaber eines Stripteaselokals helfen zu lassen, war es die letzte Möglichkeit, seiner drohenden Pleite noch zu entgehen.

Gleichzeitig wäre dies eine gute Gelegenheit, die Frau hinterm Tresen wiederzusehen, um die Sache mit dem verschwörerischen Blick noch einmal genau zu überprüfen. Die ganze Nacht hatte Holm nämlich kein Auge zugetan, weil er ihren Blick nicht zu deuten wusste. Holm wollte nicht wieder den Fehler machen, Frauenbekanntschaften zu verpassen, nur weil er etwas nicht richtig gedeutet hatte.

Zweifellos fühlte er sich von dieser Frau angezogen. Ihr zurückhaltendes, ein wenig herbes Wesen, die Art wie sie die Zapfhähne bediente, professionell und doch mit Gefühl, hatte es Holm angetan. Während die halb nackten Frauen in den Käfigen keinerlei erotische Bedürfnisse in ihm weckten, hatte er beim Anblick der Tresenkraft ein seltsames Kribbeln im Bauch gefühlt, das nur schwer zu erklären war.

Leicht schwindelig von dem Durcheinander, erreichte Holm das Stripteaselokal. Leider musste er feststellen, dass er das

Klopfzeichen vergessen hatte. War es nun zweimal lang und zweimal kurz, oder zweimal kurz und einmal lang, oder zweimal lang und einmal kurz?

Um nicht den Eindruck zu erwecken, ihn treibe es schon zur Mittagszeit in Nackttanzetablissements, ging er die Straße hoch und wieder runter. Sein scheinbar unmotiviertes Auf-und-ab-Gehen erweckte sofort die Aufmerksamkeit eines Imbissbudenwirts, der auf der gegenüberliegenden Straßenseite eine Currywurstbude betrieb. Offenbar war es in dieser Gegend unüblich, ohne erkennbares Projekt einfach auf und ab zu gehen. Der Wirt lehnte sich sogar aus seiner Luke heraus, um den Fall besser verfolgen zu können. Unter diesen Umständen war es Holm jedoch nicht möglich, sich an das Klopfzeichen zu erinnern. Rasch trat er deshalb in eine Toreinfahrt und studierte die Namen auf den Klingelschildern. Verblüfft bemerkte er, dass zweimal der Name Kurz vorkam. Zweimal kurz, zweimal lang, dachte er.

Zielstrebig ging er zurück zum Lokal – der Imbisswirt schien die neue Entwicklung fast zu bedauern – und klopfte an die Tür.

Eine Weile rührte sich gar nichts. Holm meinte den hämischen Blick des Imbisswirts im Nacken zu spüren, eine Wurst würde er dort jedenfalls nicht kaufen, als sich die Tür einen Spalt öffnete. Ja bitte?, fragte eine Frau im Alter seiner Tante, einen Moment glaubte er sogar, es handele sich wirklich um seine Tante.

Holm sah erstaunt zu der Frau. So eine grundsätzliche Frage hatte er nach dem Klopfzeichen eigentlich nicht mehr erwartet. Zweimal kurz, zweimal lang, sagte Holm und blickte sie erwartungsvoll an. Das beeindruckte die Frau aber offensichtlich überhaupt nicht. Die Bar macht erst heute Abend auf, sagte sie kühl.

Ich komme auf Einladung von Freddy, sagte Holm und zog

die Augenbrauen hoch, als würde er jede weitere Diskussion ablehnen. Mehr konnte er dazu ohnehin nicht sagen.

Freddy?, fragte die Frau. Offenbar hatte sie den Namen ihres Chefs noch nie gehört. Wahrscheinlich eine Vorsichtsmaßnahme von Freddy, dachte Holm. In diesen Kreisen durfte man eben nur sehr guten Freunden vertrauen. Und Holm gehörte fraglos dazu, was die Frau natürlich nicht wissen konnte.

Ich habe einen Termin beim Chef, wiederholte er sein Anliegen, das nun auch Außenstehenden verständlich sein musste. Auf solche Leute durfte man nicht herabschauen, nur weil man im Besitz einiger wichtiger Informationen war. Warmhalten und Komplimente machen, dachte er, vielleicht konnten sie einem später noch behilflich sein.

Ach so, sagte die Frau und wich, die Tür weit aufreißend, zurück. Warum haben Sie das nicht gleich gesagt!

Das Kleid steht Ihnen übrigens gut, sagte Holm. Die Frau sah ihn erstaunt an.

Wissen Sie, ich putze hier nur, sagte sie und lächelte resigniert, als hätte sie sich innerlich längst damit abgefunden, auf einer Stufe zu stehen, wo ihr nicht mal mehr der Arbeitgeber namentlich bekannt war.

In diesem Moment erkannte Holm, dass es sich bei dem Kleid in Wirklichkeit um eine blaue Schürze handelte.

Sie gingen durch das leere, halbdunkle Lokal. Es roch nach abgestandenem Bier und kaltem Zigarettenrauch. Holms Herz schlug schneller, als er den Zapfhahn sah. Ob sie sich wohl fragte, wer der Mann mit dem geheimnisvollen Blick war? Hatte sie auch eine unruhige Nacht verbracht? Saß sie übermüdet an ihrem Küchentisch und trank eine starke Tasse Kaffee, während ihr dieser unbekannte junge Mann nicht mehr aus dem Kopf ging? Dabei kannte er noch nicht mal ihren Namen.

Die Tür dort hinten, sagte die Putzfrau und wies auf eine Tür, die sich von anderen Türen durch nichts unterschied. Es war schon ein wenig enttäuschend. Den Eingang zur Unterwelt hatte sich Holm jedenfalls anders vorgestellt.

Na dann, viel Glück, sagte sie noch und wandte sich um.

Etwas unschlüssig stand Holm vor der Tür und überlegte, ob er das verabredete Klopfzeichen hier noch einmal anwenden sollte. Vielleicht war es eigentlich nur für diese Tür vorgesehen gewesen. Kein Wunder, dass die Putzfrau damit nichts anzufangen wusste. Das Kompliment hätte er sich sparen können.

Einen Moment dachte er sogar darüber nach, die ganze Sache an dieser Stelle abzublasen und einfach nach Hause zu gehen. Der Urlaub vom eigenen Leben drohte zu einem Abenteuer mit ungewissem Ausgang zu werden. Es war, als hätte er einen Urlaub im Schwarzwald gebucht und fände sich auf einmal am Amazonas wieder.

Andererseits war dies der einzige Weg, um die Frau hinter dem Tresen wiederzusehen.

Holm klopfte. Zweimal kurz, zweimal lang. Keine Sekunde später hörte er ein unmissverständliches Herein!

Die Unterwelt sah aus wie der Aufenthaltsraum eines Hausmeisters. Ein braunes Cordsofa an der Wand, weiße Plastikstühle, eine Schreibplatte mit Chromgestellen, darauf ein vergilbter Computer aus dem vorigen Jahrhundert. Das Ganze stand wie erstarrt im kalten Licht zweier summender Leuchtstoffröhren.

Auch Freddy, der hinter dem Schreibtisch saß und Holm fixierte, als könne er ihn nicht gleich einordnen, wirkte etwas verfroren. Hinter ihm saß ein Mann mit rasiertem Schädel und derben, südländischen Gesichtszügen. Sein Oberkörper war gespannt nach vorne gebeugt, als wollte er jeden Moment aufspringen.

Das ist ja eine Überraschung, sagte Freddy mit leichter Verzögerung. Der Mann aus dem Klo! Wie war noch gleich dein Name? Ich hab dich fast nicht mehr wiedererkannt.

Holm, sagte Holm. Es ist ein Fehler gewesen hierherzukommen, dachte er. Wahrscheinlich hatte Freddy auch sein Angebot längst wieder vergessen.

Das ist der Mann, der mich gerettet hat, sagte Freddy zum Südländer gewandt, der sich, als er sah, dass keine Gefahr drohte, sofort entspannt zurücklehnte.

Alles klar, sagte er ohne hörbaren Akzent, ich bin Dodo. Er winkte ihm lässig zu. Holm winkte zurück. Es sah ein bisschen aus wie bei der englischen Königin, wenn sie das Volk grüßte.

Was kann ich für dich tun?, fragte Freddy.

Holm stand etwas verloren in der Mitte des Raumes. Die ganze Szene erinnerte ihn plötzlich an den Film »Der Untergang«, den Holm zusammen mit seiner Tante im Kino gesehen hatte. Albert Speer eröffnet dem Führer, dass die Russen bereits ins Regierungsviertel eingedrungen seien und der Krieg endgültig verloren sei. Hinter ihm Martin Bormann mit gewohnt entschlossenem Blick.

Setz dich doch, meinte Martin »Dodo« Bormann auf einmal und deutete auf den Stuhl direkt neben sich.

Holm tat, wie ihm geheißen.

Also, sagte Freddy und drehte sich zu ihm, rück schon raus, was ist los?

Holm musste an die Russen im Regierungsviertel denken. Überall Tote und Verletzte.

Du brauchst Geld, hab ich recht?, sagte Freddy. Er rutschte tief in den Stuhl und sah ihn ernst an.

Okay, sagte Holm, es gab kein Zurück mehr, schließlich war er nicht zum Plaudern hierhergekommen, es stimmt schon, dass ich finanziell im Augenblick ein paar Probleme hab.

Du hast keinen Job und bist pleite, stellte Freddy fest, jeder Widerspruch war sinnlos.

Holm wagte nicht, sich zu bewegen. Er war sich nicht sicher, wie er darauf reagieren sollte, da sich jetzt auch Dodo nicht mehr bewegte, als hätte ihn Freddys Feststellung mindestens ebenso schockiert wie Holm selbst. Vielleicht wartete er nur auf ein klares Zeichen von Freddy. Mit Bittstellern wolle man hier nichts zu tun haben. Angesichts seiner kräftigen Oberarme wäre es für Dodo ein Leichtes, Holm an den Schultern zu packen und vor die Tür zu stellen wie ein überflüssiges Möbelstück. Als Möbelstück fühlte sich Holm schon länger, wenngleich er nicht sagen konnte, ob er nun eher ein Sessel oder eine Kommode war. Holm hätte sich also keineswegs gewundert, wenn man ihn einfach rausgeworfen hätte. Im Grunde erwartete er nämlich schon seit Jahren einen Tritt in den Hintern. Die Geduld, die das Leben seit gut achtunddreißig Jahren mit ihm hatte, war eigentlich nicht mehr nachvollziehbar, weshalb in Holm langsam aber stetig die Überzeugung reifte, dass das Leben ihn schlicht vergessen hatte.

Zigarette?, fragte Dodo plötzlich und hielt ihm eine Schachtel Gauloise ohne Filter unter die Nase. Holms natürliche Schwerfälligkeit bewahrte ihn vor einer heftigen Abwehrreaktion, denn noch ehe er überhaupt abwehrend reagieren konnte, sah er die einmalige Chance, sich als harten Kerl zu beweisen, der auch unter schwierigen Bedingungen die Kontrolle behielt und gerne noch eine Zigarette ohne Filter rauchte, ehe er sich zu solch schwerwiegenden Behauptungen äußerte.

Und ob, sagte Holm und griff übertrieben hastig in die Schachtel.

Eine Weile rauchten sie still vor sich hin. Drei Männer, die ihre letzte Zigarette genossen, bevor der Russe kam. Holm versuchte, den Rauch nicht zu inhalieren, was gar nicht so einfach war, da sich das Zimmer langsam in eine dampfende Sauna verwandelte. Der Russe wäre gar nicht so ungelegen gekommen, hätte er Holm doch vor dem baldigen Erstickungstod bewahrt.

Was hast du eigentlich vorher so gemacht?, fragte Freddy und begann, die Zigarette im Mundwinkel, in aller Ruhe seine Fingernägel abzuknipsen.

Jetzt nur nichts Falsches sagen, dachte Holm, den Freddys lockeres Verhältnis zur eigenen Körperpflege doch ein wenig bestürzte. Man konnte froh sein, wenn er danach nicht auch noch die Füße behandelte.

Viel gemacht hatte Holm in letzter Zeit eigentlich nicht. Abgesehen von seinem kurzen Auftritt in der Tabakbranche, der ihm klargemacht hatte, dass ein regelmäßiger Job für ihn nicht in Frage kam, das Leben war schon andauernd genug, da musste man es nicht übertreiben, sowie der ersten eigenen Freundin, die ihn praktisch rund um die Uhr beschäftigt hatte, hatte Holm in dieser Richtung nichts Wesentliches vorzuweisen. Er hatte eigentlich immer nur darauf gewartet, dass sein Leben endlich losging. So etwas sagte er aber besser nicht. So etwas sagte er besser keinem. Auch mit Rudow und Reinhard Mey konnte er niemanden beeindrucken. Sein Leben war so aufregend wie das Sitzen in jenen Elektroautos vor Supermärkten, in denen Kinder für fünfzig Cent Autofahren spielen konnten. Es blinkte und rüttelte, man kam aber nicht von der Stelle.

Was hier zählte, waren harte Geschäfte, wenn möglich an der Grenze zur Illegalität.

Import, Export, sagte Holm und nahm einen tiefen Zug von seiner Zigarette. Das klang gleichzeitig illegal, aber auch nicht völlig unseriös.

Import, Export?, wiederholte Freddy, ohne aufzusehen, er hatte gerade den kleinen Finger in Arbeit.

Ja, sagte Holm stark gedämpft, er hörte sich an wie Marlon Brando in dem Film »Der Pate«. Dabei hatte er nicht die geringste Ahnung, was genau er im- oder exportierte. Die Frage war generell, ob er das Importierte auch gleich wieder exportierte, was die zusätzliche Frage aufwarf, weshalb er das Exportierte dann überhaupt erst importierte, und ob das Importierte zwingend mit dem Exportierten übereinstimmen musste. Anders gefragt: Konnte er zum Beispiel in Polen gefertigte Gartenzwerge importieren, dafür aber deutsche Kuckucksuhren exportieren, oder musste er die importierten polnischen Gartenzwerge notwendigerweise auch exportieren?

Und woher hast du importiert?, fragte Freddy. Der Inhalt des Imports war ihm anscheinend egal. Oder war automatisch klar, dass man in diesen Kreisen, zu denen er Holm offensichtlich dazurechnete, eigentlich nur Frauen und Drogen importieren konnte?

Aus dem Osten, sagte Holm vage und nahm rasch einen weiteren Zug. Der Rauch hüllte ihn vollständig ein. Für einen Moment hoffte er, dass er einfach vergessen wurde.

Aus Russland?, hakte Freddy nach. Bei welchem Finger er gerade war, war nicht zu erkennen.

Aus Rumänien, antwortete Holm, er wollte nicht übertreiben.

Aus Rumänien?, fragte Dodo plötzlich, er klang fast ein wenig empört, als dürfe man aus diesem Land grundsätzlich nichts importieren.

Und aus Bulgarien, fügte Holm noch rasch hinzu. Es durfte nicht so aussehen, als wäre er von Rumänien-Importen abhängig.

Kein Wunder, sagte Dodo.

Ja, sagte Freddy, der aus dem Dunst langsam wieder auftauchte, jetzt wundert mich gar nichts mehr.

Die zahlen ja nichts!, rief Dodo, er machte eine wegwerfende Handbewegung. Das hätte ich dir gleich sagen können, dass die nichts zahlen.

Ja, sagte Holm erschüttert, und so was ist in der Europäischen Union!

Als Freddy die Nagelpflege beendet hatte, räusperte er sich und setzte sich aufrecht hin, als hätte er einen wichtigen Entschluss gefasst.

Gut, sagte er, ich werde dir helfen. Einen Kumpel lässt man nicht im Stich, hab ich recht? Er blickte prüfend zu Holm, der dagegen aber nichts einzuwenden hatte. In letzter Zeit haben wir einige Probleme mit unseren Gästen, sagte er ernst, Typen, die nur kommen und glotzen wollen, aber keinen Umsatz bringen, verstehst du?

Holm nickte. Bis dahin konnte er folgen.

Unser Türsteher lässt einfach zu viele Jungs rein, die den ganzen Abend nur Bier trinken. Mit Bier kann man aber nicht viel verdienen. Interessant wird es erst mit Wein und Schampus, verstehst du?

Einfache Aussage, einfache Frage. Holm nickte wieder.

Was wir brauchen, sagte Freddy, er rutschte vor an die Stuhlkante, sein Kopf war nur noch wenige Zentimeter von Holms Kopf entfernt, man hätte seine Nasenhaare zählen können, wenn man ihm nicht konzentriert zugehört hätte, um ja nicht die Hauptaussage zu verpassen, was wir brauchen, ist ein Mann, der die Spreu vom Weizen trennt. Der blitzschnell erkennen kann, wen er da vor sich hat, der ein *Gefühl* für Menschen hat, verstehst du?

Holm nickte mit leichter Verzögerung. Die Sache begann kompliziert zu werden. Insbesondere was das Gefühl für Menschen betraf, hatte er starke Zweifel, ob er da blitzschnell irgendetwas erkennen konnte. Langsam ahnte Holm, worauf Freddy hinauswollte.

Jemand, fuhr Freddy fort, der riecht, ob ein Typ Geld hat

und Spaß haben will oder kein Geld hat und Spaß haben will, verstehst du?

Holm nickte nicht, sah aber entschlossen geradeaus. Es war ihm nicht möglich, gleichzeitig auf Freddys Gesicht zu starren und einen eigenständigen Gedanken zu fassen.

Und bei dir hab ich einfach ein gutes Gefühl!, sagte Freddy. Im selben Moment schlug er ihm gegen die Schulter und lehnte sich lächelnd zurück. Holm atmete auf.

Du hast das im Griff, oder?, fragte Dodo.

Klar war bisher nur, dass Holm zukünftig als Türsteher arbeiten sollte und dafür zu sorgen hatte, dass nur Leute ins Lokal kamen, die wenig Bier und viel Schampus tranken, wenn möglich sogar ausschließlich Wein und Schampus tranken, dabei aber nach wie vor ihren Spaß haben durften. Wie viel Geld sie insgesamt dabeihaben mussten und ob auch Leute, die zwar wie Biertrinker *aussahen*, aber nach viel Geld *rochen*, Zutritt bekamen, blieb ungeklärt.

Kein Problem, sagte Holm, die Hand lässig in der Luft schwenkend, als hätte er langjährige Erfahrungen im Erkennen finanzschwacher Personen. Spaßvögel werden hier nicht mehr auf ihre Kosten kommen.

Und weil den Witz offensichtlich niemand verstand, setzte er rasch hinzu: Und auf unsere Kosten natürlich auch nicht!

Da wäre noch eine Sache, sagte Freddy, er lachte wohl nur über Witze, die er selber erzählte, ich kenne einige Leute, die mich nicht sonderlich mögen, verstehst du? Er wirkte tief getroffen von dieser Tatsache. Holm verstand das natürlich sofort, denn auch er kannte Menschen, die ihn nicht mochten. Allerdings hatte er es bisher nicht für nötig gehalten, sich darüber zu äußern.

Und diese Leute, erklärte Freddy weiter, kommen mir manchmal ein bisschen zu nah, und das mag ich nicht so gerne.

Klar, sagte Holm. Auch er konnte es nicht leiden, wenn ihm Leute zu nah kamen. Vor kurzem hatte er sogar seine Mutter gebeten, ihn nicht mehr in aller Öffentlichkeit ans Gesicht zu fassen und an der Nase zu rütteln, immerhin war er kein kleines Kind mehr. Das hielt seine Mutter jedoch nicht davon ab, ihn weiterhin privat in den Arm zu nehmen und heftig an ihre großen Brüste zu drücken. Dagegen war kaum etwas zu machen.

Hättest du Lust, mir diese Leute vom Leib zu halten, du hast ja schon gewisse Erfahrungen damit? Er grinste und steckte sich eine neue Zigarette an.

Holm dachte kurz nach. Es wäre fast ein bisschen so wie mit seiner Mutter. Ob die Leute Freddy auch an die Nase fassten?

Du musst mich nur zu bestimmten Terminen begleiten und auf mich aufpassen, sagte Freddy.

Es *war* wie mit seiner Mutter! Er brauchte einfach nur hinterherzulaufen und darauf achtzugeben, dass sie in den richtigen Bus stiegen. Und noch etwas lockte Holm: Ab sofort würde er genug Geld verdienen, um der Frau hinter dem Tresen eine angemessene Freizeitgestaltung zu finanzieren. Denn eines wusste er seit dem Zusammenleben mit seiner früheren Freundin Ulrike: Man musste den Frauen heutzutage etwas bieten, damit sie nicht die Lust an einem verloren und sich jemand Neues suchten. Ein Mann, der jeden Abend zufrieden im Sessel saß und fernsah, wäre rasch ein sehr einsamer Mann.

Holm stimmte zu.

Ach ja, sagte Freddy noch, während er aufstand und zur Tür strebte, wo wohnst du eigentlich?

Holm sah ihn erschrocken an. Ob er das prinzipiell meinte oder nur auf die aktuelle Lage bezog? Als Inhaber eines Import-Export-Geschäftes sagte er lieber nicht, dass er gleich um die Ecke in einem kleinen Hotel namens »Taunus« wohnte. Rudow klang allerdings auch nicht besser, womöglich machte man sich noch verdächtig.

Ganz im Süden, sagte er schließlich vage, kurz vor der Grenze.

Vor der Grenze?, fragte Freddy plötzlich aufgeregt.

Das mit der Grenze hätte Holm besser nicht gesagt, vielleicht kam Freddy aus dem Osten und hatte die halbe Familie an der Mauer verloren.

Wo genau?, fragte Freddy.

Rudow, antwortete Holm vorsichtig.

Rudow!, rief Freddy und schüttelte staunend den Kopf. Unglaublich! Meine Mutter wohnt im Buchsbaumweg. Ich besuche sie öfters.

Der Buchsbaumweg verlief parallel zum Klettenweg. Am Ende kannte man sich. Dass Freddy überhaupt eine Mutter hatte, war schon beachtlich.

Du kannst natürlich bei mir wohnen, dann sparst du die Miete, sagte Freddy und schlug ihm kumpelhaft auf die Schulter. Wir Rudower müssen zusammenhalten!

Holm nickte erschüttert.

Dodo erwartet dich später vor meiner Haustür.

Er nannte rasch Anschrift und Uhrzeit.

Dann sehen wir uns heute Abend!

Als Holm den warmen, festen Druck von Freddys großer, behaarter Hand fühlte, war ihm plötzlich ganz feierlich zumute. Es war, als würde in diesem Augenblick nicht nur eine geschäftliche Verbindung besiegelt werden, sondern auch eine tiefe und ehrliche Männerfreundschaft.

11.

Holms Leben machte einen gewaltigen Sprung nach vorn, und er brauchte dafür nicht viel mehr zu tun, als die Straßenseite zu wechseln. Denn Freddys Wohnung befand sich schräg gegenüber von seinem Hotel in einem modernen Apartmentblock.

Weil Elie nirgends zu finden war, Holm hätte ihm gerne noch persönlich für alles gedankt, hinterließ er eine kurze Nachricht an der Rezeption. Und obwohl Elie ihn immer dazu ermuntert hatte, seinen eigenen Weg zu gehen, hatte Holm dennoch das Gefühl, ihn im Stich zu lassen.

Dodo erwartete ihn am Hauseingang.

Da bist du ja schon, sagte er und schnippte seine Zigarette zu Boden. Er schien erstaunt, ja regelrecht erschüttert, dass jemand pünktlich war, als wäre pünktliches Erscheinen bereits ein indirektes Eingeständnis von Schwäche.

Leider war es Holm nicht möglich, auch nur eine Minute zu spät zu erscheinen. Vor drei Jahren hatte er mal versucht, unpünktlich zu sein, indem er kurz vor der verabredeten Zeit einen mehrere Minuten dauernden Umweg gemacht hatte, während er jedoch zufällig auf die ebenfalls leicht verspätete Tante gestoßen war, und zwar exakt zur verabredeten Uhrzeit.

Die Wohnung lag im fünften Stock. Als Dodo die Tür öffnete, glaubte Holm für einen Moment an einen Irrtum. Designermöbel und Perserteppiche. So etwas kannte Holm bislang nur aus den Wohnzeitschriften seiner Mutter. Auf dem gewaltigen Sofa hätten gleich mehrere Familien Platz gefunden. Insgeheim suchte er nach Preisschildern, ob er vielleicht in eine exklusive Verkaufsausstellung geraten war. Woher Freddy das Geld hatte, wollte er gar nicht wissen.

Die Einrichtung ließ keine persönliche Note erkennen,

nichts was darauf hinwies, dass ein gewisser Freddy in diesen vier Wänden zuhause war. Ja, Holm erschien es auf einmal fraglich, ob überhaupt jemand hier wohnte. Alles wirkte perfekt aufeinander abgestimmt, ein neues Möbelstück durfte vermutlich nur nach Absprache mit dem Inneneinrichter dazugestellt werden, womöglich störte es irgendwelche Ströme, und man brachte sich versehentlich in der Essecke um.

Und das ist dein Zimmer, sagte Dodo, nachdem sie um mindestens fünf Ecken gebogen und endlose Flure entlanggelaufen waren, eine Rückkehr ohne detaillierte Wegbeschreibung wäre schwer möglich gewesen, und wies in einen Raum mit der Grundfläche von Tantes Wohnung. Auch hier hatte der Designer ganze Arbeit geleistet. Holm traute sich kaum, seinen Rucksack abzustellen, um den Gesamteindruck nicht zu beeinträchtigen.

Fühl dich wie zuhause, sagte Dodo, du kannst dich ruhig überall umsehen. Freddys Heim ist auch dein Heim. Er knallte den Haustürschlüssel auf eine empfindliche schwarze Lackkommode, dass Holm zusammenzuckte. Zweifellos würde Holm sich schon sehr bald überall umsehen müssen, um ein Plätzchen zu finden, an dem er einfach nur still sitzen konnte, ohne etwas zu beeinträchtigen.

Im Schrank hänge noch ein Anzug für ihn, meinte Dodo beim Umdrehen und deutete auf große, graue Schiebewände, die Holm zunächst für die Wand gehalten hatte, den solle er heute Abend anziehen und pünktlich im Laden erscheinen.

Dann verabschiedete er sich und ließ Holm allein zurück.

Eine Weile stand Holm in der Mitte des Zimmers und lauschte gespannt, ob irgendein Geräusch zu hören war. Eine gluckernde Kaffeemaschine in der Nachbarwohnung zum Beispiel hätte diese künstliche Umgebung gleich ein wenig freundlicher wirken lassen. Luxus mit menschlichem Antlitz. Stattdessen rauschte es kühl von der Decke herab. Wahrscheinlich die Klimaanlage. Hatte er eigentlich Wollsocken dabei? Holm überlegte, ob man die Anlage ausstellen konnte, ehe er sich eine schwere Erkältung holte. Von zuhause war er konstant warme Temperaturen gewohnt, schon zwei Grad unter dem Mittel verursachten Müdigkeit und kalte Füße. Mithilfe eines digitalen Messgeräts in seinem Zimmer überprüfte er täglich die Temperatur, um notfalls sofort Gegenmaßnahmen ergreifen zu können.

Bis auf einen Lichtschalter, der gleich drei Lampen auf einmal anknipste, Einzelbedienungen waren hier offensichtlich nicht vorgesehen, konnte er keine weiteren Knöpfe entdecken. Er beschloss, sich auf die Suche nach der Klimazentrale zu machen, um größeren Schaden von sich abzuwenden. Den Rucksack behielt er vorsichtshalber auf, falls er unterwegs die Orientierung verlieren würde.

Alle Türen im Flur waren geschlossen. Freddys Heim ist auch dein Heim, hatte es geheißen, und er solle sich ruhig überall umsehen.

Gleich hinter der ersten Tür, günstig schräg gegenüber von seinem Zimmer gelegen, das konnte man sich gut merken, entdeckte er das Bad. Ein schwarzes Marmorwaschbecken mit vergoldeten Armaturen wurde von weißen Säulen eingerahmt. Die separate Dusche war grau gefliest, die Wanne wirkte dagegen wie ein Relikt aus vergangenen Zeiten, altmodisch geschwungen, stand sie auf vier grinsenden Mopsköpfen. Das Klo selber wiederum ähnelte einem marmornen Thron. Ob man sich dort überhaupt hinsetzen durfte, war ungewiss. Weil Holm schon mal da war, wer weiß, ob er noch mal in die Gegend kam, verrichtete er schnell stehend sein kleines Geschäft. Leider konnte er nirgends einen Spülknopf entdecken. Vielleicht gab es auch hier einen zentralen Schalter, der sowohl Licht wie Klospülung bediente. Holm knipste das Licht aus und wieder an, ohne Erfolg. Womöglich sprang die Spülung automatisch an, wenn das

Licht einige Sekunden ausgeschaltet blieb. Erneut betätigte er den Schalter und verhielt sich ruhig, als wäre er längst gegangen. Doch die Spülung ließ sich davon nicht beeindrucken. Er verließ den Raum und schloss gut hörbar die Tür. Aber nichts geschah. Nach einer Minute öffnete Holm verärgert die Tür und ging zum Waschbecken. Er wollte etwas Wasser in die Toilette geben, fand jedoch auch hier weder Knöpfe noch Hebel, sodass er schon kurz davor war aufzugeben, als er sich an die Toilette in seinem Lieblingslokal »Maredo« erinnerte. Seit dem Umbau vor einigen Jahren funktionierte das Waschbecken nämlich nur noch per Handbewegung, indem man mit der flachen Hand einmal scharf vor zwei Glasaugen unter dem Wasserhahn entlangfuhr, was Holm allerdings erst nach einigen Monaten herausgefunden hatte. Und obwohl bei diesem Modell weder unter- noch oberhalb des Hahnes Glasaugen zu erkennen waren, wedelte Holm die Armaturen und schließlich sogar das ganze Waschbecken ab, in der Hoffnung, zufällig doch auf geheime Sensoren zu treffen.

Weil auch dies nicht das Geringste bewirkte, stellte er sich breitbeinig vor den Spiegel, je mehr Fläche desto besser, dachte er, und fuhrwerkte mit weit ausgestreckten Armen hektisch in der Luft herum, es sah aus, als wollte er ein Flugzeug auf seine endgültige Parkposition einweisen. Dabei schlug er zufällig mit den Händen zusammen, worauf sich völlig überraschend sowohl Wasserhahn wie Klospülung in Betrieb setzten. Sekundenlang rauschte, gurgelte und zischte es, ehe wieder Ruhe einkehrte. Die Frage war, wie man klatschen musste, wenn er sich einmal nur die Hände waschen wollte.

Holm hatte Durst. Er verspürte auf einmal Lust auf ein kühles Glas Bier. Zwar war es erst früher Nachmittag, aber weil er hier nicht zuhause war, meinte er, völlig ungezwungen seinen Begierden nachgehen zu können. Eine neue und zweifellos nicht unsympathische Situation.

Vorsichtig ging er den Korridor entlang. Nach den Erlebnissen im Badezimmer waren abrupte Bewegungen strikt zu vermeiden. Spontanes Kratzen hinterm Ohr hätte womöglich die Sprinkleranlage ausgelöst.

Die Küche befand sich zufällig direkt neben dem Wohnzimmer, in das Holm wider Erwarten problemlos zurückgefunden hatte. Sie war auch nicht zu übersehen. Lediglich eine Art Bartresen mit vier Hockern trennte die beiden Räume. Eigentlich war kaum zu erkennen, wo das Wohnzimmer anfing und die Küche aufhörte, beziehungsweise die Küche anfing und das Wohnzimmer aufhörte. Fließende Grenzen, die ausdrückten, dass überall alles möglich war. Seitdem es auch in Restaurants Mode geworden war, verschiedene Esskulturen miteinander zu kombinieren, lebte Holm in ständiger Sorge, von unbekannten Nahrungsmitteln überrascht zu werden. Hatte er das Erscheinen der italienischen Olive im heimischen Blattsalat noch als geschmackliche Bereicherung empfunden, war das Eindringen der chinesischen Ingwerwurzel in solide Hausmannskost nicht mehr hinnehmbar. Ebenso wie er seit kurzem für die Trennkost war, plädierte er für die Wiedereinführung staatlicher Grenzen bis hin zur Kleinstaaterei.

In der Küche klatschte Holm zunächst kurz in die Hände, ob sich irgendetwas rührte.

Die Küche wirkte jedoch abweisend, als wäre sie mit sich selber beschäftigt. Einen Kühlschrank konnte er nicht sofort entdecken, da die meisten Küchengeräte zunächst nicht als Küchengeräte erkennbar waren. Die Mikrowelle ähnelte einem Fernseher, die Geschirrspülmaschine entpuppte sich bei näherer Betrachtung als Herd, während sich die Spülmaschine als Kühlschrank ausgab, wohingegen der eigentliche Kühlschrank fast unauffindbar in einen Wandschrank integriert war. Es hatte den Anschein, als würden sich die Geräte, ihrer Sonderfunktionen längst überdrüssig, langsam ineinander verwandeln. Bald könnte man fernsehen und im Hintergrund gleichzeitig beobachten, wie das Mittagessen gegrillt wurde. Ob das die Menschheit irgendwie weiterbrachte, war allerdings nicht zu beantworten.

Der Kühlschrank, in den Holm problemlos hätte hineinsteigen können, *sich im Kühlschrank umsehen* hätte gleich eine ganz neue Bedeutung erhalten, war angefüllt mit Bier-, Wein- und Schnapsflaschen. Gegessen wurde hier offensichtlich nicht mehr.

Holm zog vorsichtig eine Bierflasche heraus. Während er den Öffner suchte, bemerkte er an der Spüle einen Wasserhahn mit zwei Ventilen. Es war schockierend in einem Umfeld sich auflösender Identitäten ein Gerät zu entdecken, dass ohne Gebrauchsanweisung einfach bedient werden konnte. Es schien das einzige vernünftige Gerät in einer Wohnung zu sein, die den Kontakt zur Wirklichkeit längst verloren hatte. Holm empfand sofort warme Gefühle für diesen altmodischen Hahn.

Vor lauter Freude wusch er sich die Hände an der Spüle, wollte dann nach dem Handtuch greifen, bekam stattdessen jedoch einen Flaschenöffner zu fassen.

Da Holm es ablehnte aus der Flasche zu trinken, wer aus der Flasche trinkt, dachte er, deutet an, dass er mit der Welt grundsätzlich einverstanden ist, goss er das Bier in eine der Tassen, die offen auf der gigantischen Kaffeemaschine standen und ging rüber ins Wohnzimmer. Auch dort rauschte es kühl aus diversen Luftschlitzen heraus. Die Fenster waren fest verschlossen, als dürfe unter gar keinen Umständen Frischluft eindringen. Holm trank eine Menge Bier, das ihn rasch in eine unbegründet heitere Stimmung versetzte.

Neben der Wohnungstür fielen ihm mehrere Schalter und Regler samt digitalen Anzeigen auf. Hier müsste doch auch das Klima zu regeln sein. Allerdings gab es nirgends Hinweise, welcher Schalter für die Klimaregulierung zuständig war. Ratlos betrachtete er das Schaltbrett. Es waren nur englische Wörter zu erkennen, *volume*, *on* und *off*, *high* und *low*, mit deutschen Kunden hatte hier wohl niemand gerechnet. Fremdsprachen waren für Holm immer fremde Sprachen geblieben. Und seit im Fernsehen immer öfter englische Wörter auftauchten und selbst bei seiner Mutter erste englische Verben den Einzug der Weltmacht USA in sein Elternhaus andeuteten, lehnte Holm den Gebrauch der englischen Sprache auf dem Boden der Bundesrepublik Deutschland prinzipiell ab.

Da er keine andere Wahl hatte, beschloss er, alle Schalter hintereinander auszuprobieren, was er allerdings schnell bereute. Gleich mit dem ersten Schalter schaltete sich nämlich zu Holms Erstaunen der auf der anderen Seite des Raumes stehende Fernseher an. Ein Vorgang, der ihn nicht nur verblüffte, sondern sofort auch peinlich berührte, denn man sah zwei gut aussehende Personen mit stark geölten Körpern, die in einer durchaus fragwürdig zu nennenden Stellung heftig und vor allem lautstark kopulierten. Immerhin war es erst früher Nachmittag, also eine Zeit, in der hauptsächlich Kinder und Senioren vor den Bildschirmen saßen. Da das Kopulieren einfach kein Ende nehmen wollte und die auf nur wenige Stellungen konzentrierte Handlung von keinen Werbeblöcken unterbrochen wurde, befürchtete Holm versehentlich ein kostenpflichtiges Video aufgerufen zu haben, das ihn, beziehungsweise Freddy später teuer zu stehen kam. Woher denn die siebenundneunzig Euro kämen, würde ihn Freddy vorwurfsvoll fragen. Holm drückte den vermeintlichen Pornokanalschalter noch einmal, doch statt das Fernsehen auszuschalten, schaltete er überraschend die Musikanlage an. Zum Stöhnen gesellten sich jetzt auch noch dumpfe Bassklänge, die aus unsichtbaren Boxen von der Decke kamen und offenbar gleich die ganze Wohnung, womöglich sogar darunterliegende Wohnungen, beschallten. Es war nicht auszuschließen, dass dadurch die Klospülung, in der irrigen Annahme, beklatscht zu werden, in permanenten Spülbetrieb überging. Wenn die Nachbarwohnungen ähnlich reagieren, dachte Holm, dem der Schweiß auf der Stirn stand, wird es hier jeden Augenblick eine Überschwemmung geben. Von dieser Vorstellung in Panik versetzt, drückte er nun gleich mehrere Schalter auf einmal, worauf im Wohnzimmer sämtliche Lampen angingen und kurz darauf die Jalousien vor den Fenstern hinabsurrten, während Musik und Fernseher unbeeindruckt weiterliefen. Holm trank den Rest Bier aus.

Leider wurde es ständig kälter. Die Wohnung verwandelte sich in einen Eisschrank. Offenbar hatte er zufällig den Temperaturregler erwischt. Der genaue Hergang war jedoch nicht mehr rekonstruierbar, Holm vermutete aber, dass es zwischen dem Licht und den Jalousien passiert sein musste. Lange konnte es jedenfalls nicht so bleiben, wollte er nicht wie ein Reptil in eine Art Kältestarre verfallen. Zusammen mit dem Alkohol wäre das eine tödliche Kombination.

Holm erinnerte sich an seine Mütze, die er vorsorglich eingepackt hatte, um seine empfindliche Kopfhaut zu schonen, falls sich die Suche nach der Mey-Rose in die späten Abendstunden ausgedehnt hätte. Zum Glück hatte er den Rucksack nicht in seinem Zimmer gelassen. Rasch wühlte er die Mütze heraus und zog sie bis über die Ohren. In diesem Moment fiel sein Blick auf eine weiträumige Terrasse, die er bislang übersehen hatte. Seine letzte Chance, dem Tod durch Erfrieren zu entgehen, war die Flucht nach draußen. Dort würde er so lange bleiben, bis sich die Wohnung wieder beruhigt hatte.

Holm hatte die Terrassentür noch nicht mal ganz geöffnet, als es plötzlich anfing zu hupen, und zwar nicht nur im Wohnzimmer, sondern in der gesamten Wohnung. Ein einziges Hupkonzert, das Fernsehen und Musik spielend übertönte. Während er instinktiv Deckung hinter dem Fernseher, einem großen Flachbildschirm, suchte, vielleicht wurde hier gleich scharf geschossen, begannen zusätzlich auch die Lampen zu flackern, sodass es in einem Umkreis von zwei Kilometern fast unmöglich war, auf diese Wohnung nicht aufmerksam zu werden.

Das sieht gar nicht gut aus, dachte Holm, der immer noch hinter dem Fernseher hockte, was seine Lage allerdings auch nicht wesentlich verbesserte. Ein Mann, der mit Mütze hinter dem Fernseher hockte, machte sich automatisch verdächtig. Nachdem der erste Schrecken gewichen war, kroch Holm auf allen vieren Richtung Bad. Unklar war allerdings, was er dort wollte. Als Kind hatte er immer geglaubt, die Toilette sei der sicherste Ort auf der Welt.

Er passierte gerade die Küche, als es an der Tür klingelte. Es war nicht ganz auszuschließen, dass sich ein Nachbar von dieser ungewöhnlichen Lärmentwicklung belästigt fühlte.

Holm lugte verängstigt hinter dem Tresen hervor. Am liebsten hätte er sich in ein multifunktionales Küchengerät verwandelt und wäre für immer in der Wohnungseinrichtung verschwunden.

Während er sich wie ein alter Mann am Tresen hochziehen musste, sein Körper schien schwerer und insgesamt irgendwie unhandlicher geworden zu sein, seitdem er das letzte Mal vom Boden aufgestanden war, was ihm zu denken gab, während er sich also regelrecht hinaufstemmte, wurde ihm klar, dass die Nachbarschaft wahrscheinlich noch gar nichts vom Neuzugang im Hause wusste. Sich in dieser Situation vorzustellen, kam eigentlich nicht in Frage, weil es nun aber Sturm klingelte, hatte er keine andere Wahl, als die Tür zu öffnen. Vielleicht tropfte es schon durch die Decke.

Im Hausflur standen zwei stämmige Polizisten, die Holm mehr verblüfft als beunruhigt ansahen und dabei immer wieder irritiert in das flackernde und hupende Wohnzimmer blickten.

Wohnen Sie hier?, fragte der eine Beamte und musterte Holm streng, als wäre er mit der Gesamtsituation nicht hundertprozentig zufrieden. Und da Holm ganz ähnlich darüber dachte, referierte er in einem leicht verärgerten Unterton den Verlauf der letzten halben Stunde bis zum Aufsetzen der Mütze, um schließlich zusammenfassend zu erklären, dass von wohnen gegenwärtig nicht gesprochen werden könne, was den Beamten jedoch in keiner Weise zu beeindrucken schien, der Holm, ohne auf irgendeinen der genannten Punkte näher beziehungsweise überhaupt einzugehen, sofort nach den Personalien fragte. Nach kurzem Zögern – mit so einer Reaktion hatte er nicht gerechnet – händigte Holm den Beamten seinen Reisepass aus. Ob es an dem Foto lag, das er vor Jahren bei Foto Fix im Europa-Center aufgenommen hatte, nachdem er mit seiner Mutter im Mövenpick Restaurant über die korrekte Schnitzelpanade in heftigen Streit geraten war – es zeigte einen verwirrten und leicht mitgenommen wirkenden Mann – oder daran, dass der Pass längst abgelaufen war? Jedenfalls baten ihn die Beamten höflich, aber bestimmt, ihnen auf die Polizeiwache zu folgen, und zwar einschließlich des Rucksacks.

War Holm der Staatsgewalt bisher aus guten Gründen aus dem Weg gegangen, immer wenn er einen Polizisten sah, hatte er das Gefühl, eine Straftat begehen zu müssen, saß er nun völlig schuldlos in einem Polizeibus und wurde wie ein Krimineller zur nächsten Polizeiwache transportiert. Allerdings schien sein Verbrechen nicht so schwerwiegend zu sein, dass man ihn am Türgriff festkettete. Es war sogar insgesamt fast ein wenig zu undramatisch. Holm saß allein auf der Rückbank des Wagens, während die Beamten über ein am Wochenende bei einem Hans oder Heinz stattfindendes Grillfest sprachen, zu dem offenbar auch eine Janine eingeladen war, die die heimliche Geliebte des verheirateten Gastgebers, ebenjenes Heinz' oder Hans', war, was die Beamten zu der Schlussfolgerung führte, dass Hans oder Heinz seine Ehefrau Gundula durch die anwesende Geliebte Janine demütigen wollte. Und obwohl Holm bei alldem nicht ganz wohl zumute war, fühlte er sich im Polizeiauto als Mensch und Bürger auf einmal ernst genommen und in seiner eigenen Achtung derart gewachsen, dass er sich, als sie an einer Ampel warteten, dazu hinreißen ließ, einer jungen Frau spontan zuzuwinken, die gerade die Straße überquerte.

In der Polizeiwache, einem nüchternen Plattenbau, der Holm stark enttäuschte – hatte er insgeheim doch einen jener Gründerzeitbauten erwartet, die ihm aus den Serien »Derrick« und »Der Alte« über die Jahre vertraut geworden waren –, passierten sie eine Tür, die von einem hinter schusssicherem Glas sitzenden bierbäuchigen Beamten per Knopfdruck geöffnet wurde. Ob es wirklich Verbrecher gab, die sich mit Waffengewalt Zutritt in eine Polizeiwache verschafften?

Die Flure verströmten den Charme einer gewöhnlichen Behörde, überall Topfpflanzen und Kakteen, womöglich wurden hier nur Verkehrsdelikte behandelt, Falschparken und zu schnelles Fahren in Tempo-30-Zonen. Spätestens an dieser Stelle hätte sich jeder Einbrecher enttäuscht abgewendet.

An einer Wand hing ein großes Fahndungsplakat »Die Polizei bittet um Ihre Mithilfe«, an wen sich die Aufforderung richtete, war unklar, darunter Fotos vermisster Jugendlicher, *verschwunden seit 1994*. Holm befürchtete sofort, sein eigenes Foto zu entdecken. Vielleicht hatten seine Eltern bereits eine Vermisstenanzeige aufgegeben, weil er sich mehrere Tage nicht bei ihnen gemeldet hatte. Am Ende brachte man ihn mit Blaulicht zurück in den Rudower Klettenweg. *In Zukunft passen Sie auf Ihren Sohn bitte besser auf!*

Holms Befürchtung schien sich zunächst zu bestätigen. Als er in einen Raum geführt wurde, in dem ein sehr dicker Beamter mit Kugelschreiber im Anschlag saß und offensichtlich auf den nächsten Fall wartete – je tiefer Holm in das Gebäude eindrang, desto dicker wurden die Leute –, musste er genaue Angaben zu seiner Person machen, Name und Anschrift, ob er ledig sei und welchen Beruf er habe. Der Beamte notierte alles sorgfältig auf einem Formular, während seine Kollegen den Rucksack auseinandernahmen und den Inhalt Stück für Stück auf dem Tisch präsentierten. Doch anstatt sich, wie erwartet, über die Gründe seines Verschwindens zu erkundigen, fragte ihn der Beamte, was er in dieser Wohnung, die einem in Polizeikreisen durchaus bekannten Herrn Freddy Karsunke gehöre, zu suchen habe.

Holm, von der Frage zugleich überrascht und beruhigt, antwortete wahrheitsgemäß, dass er sich nach der Zuweisung seines Zimmers auf die Suche nach der Klimaanlage gemacht habe, um die Temperatur auf eine ihm angenehmere Höhe zu stellen. Beim Versuch, die Temperatur zu regulieren, sei ihm die Sache dann aber irgendwie aus der Hand geglitten, sodass er sich schließlich gezwungen gesehen habe, die Mütze aufzusetzen und die Terrassentür zu öffnen, um sich nicht eine schwere Erkältung zu holen.

Wie zum Beweis hüstelte er, als würden ihn in diesem Moment Ausläufer der befürchteten Erkältung streifen.

Er stehe mit der Technik praktisch seit achtunddreißig Jahren durchgehend auf Kriegsfuß, fuhr Holm aufgeregt fort, die ganze Geschichte schien immer mehr zum Schlüsselerlebnis seiner mittleren Jahre zu werden, und scheitere selbst an der Bedienung eines Mobiltelefons, wo doch schon kleine Kinder keine Probleme mehr damit hätten, weshalb er sich selbst Kleinkindern in gewisser Weise unterlegen fühle.

Weshalb er im Hochsommer eine Wollmütze bei sich führe, wollte der Beamte – ein Heinz Cibulla, wie Holm erstaunt auf einem Schild vor sich auf dem Schreibtisch las – wissen und blickte dabei interessiert, aber sachlich auf die Mütze. Heinz

Cibulla, dachte Holm, der Mann vom Grillfest. Er versuchte sich vorzustellen, wie man beschaffen sein musste, um einem Mann wie Heinz zu verfallen, kam jedoch zu keinem überzeugenden Ergebnis.

Und dann wolle er gerne noch von ihm hören, sagte Heinz Cibulla, der Holms Schweigen zu dieser womöglich fallentscheidenden Frage zur Wollmütze anscheinend bereits als halbes Eingeständnis der unlauteren Absichten, die Holm in Freddy Karsunkes Wohnung geführt hatten, bewertete, was es mit dieser Stabtaschenlampe, dem Kompass und der Gummimaske auf sich habe. Er deutete auf die drei Gegenstände, die im polizeilichen Umfeld sofort den Charakter von Tatwerkzeugen annahmen. Insbesondere die Maske der englischen Königin, Holm hatte sie schon beinahe wieder vergessen, schien auf Banküberfälle, Geiselnahmen und eben Wohnungseinbrüche hinzudeuten. Nicht mehr lange, und Holm wäre als Täter überführt. Er sah sich schon in einer Gruppenzelle zusammen mit Schwerverbrechern, tätowierten Mördern und Drogendealern, die ihn aus Langeweile regelmäßig verprügelten.

Eigentlich sei Reinhard Mey an der ganzen Sache schuld, erklärte Holm zunehmend nervöser.

Reinhard Mey?, fragte Heinz Cibulla und blickte besorgt zu seinen Kollegen.

Ja, sagte Holm, er habe nämlich ursprünglich nach Orléans fahren wollen, um eine nach Mey benannte Rose, beziehungsweise den Samen nach Deutschland zu überführen, weil die Züge an diesem Tag aber komplett ausgefallen seien, habe er sich spontan entschlossen, den Ostteil seiner Heimatstadt zu besuchen.

Er habe den Samen von Reinhard Mey nach Deutschland überführen wollen, wie das genau zu verstehen sei, und ob er dafür Kompass, Taschenlampe und Maske benötige?, fragte Heinz Cibulla.

Nicht den Samen des Sängers, korrigierte ihn Holm, sondern den Samen der nach ihm benannten Rose habe er erwerben wollen, übrigens völlig legal erwerben wollen, um seiner Heimatstadt ein neues, weithin bekanntes Symbol zu schenken. Das Brandenburger Tor sei inzwischen ja etwas in die Jahre gekommen!

Die Beamten sahen sich an. So etwas hatten sie noch nie gehört. Eine Weile blickten sie stumm auf die Gegenstände, als versuchten sie, Stabtaschenlampe, Gummimaske und Reinhard Mey gedanklich in einen sinnvollen Zusammenhang zu bringen. Insbesondere Heinz Cibullas Gesicht wirkte wie versteinert, als diensthabender Beamter musste er letztlich eine Entscheidung treffen, und die lag nach Stand der Dinge in weiter Ferne.

Holm, den die Offenbarung seiner ursprünglichen Ziele überraschend erleichterte, fühlte sich durch das anhaltende Schweigen aufgefordert, noch mehr von sich preiszugeben. Er fühlte, dass der Zeitpunkt gekommen war, seinen jahrelang gehegten Wunsch, ein Konzert Reinhard Meys zu besuchen, endlich auch schriftlich dokumentiert zu wissen.

Es sei nämlich ganz einfach so, sagte Holm und zog die Mütze herunter, vor Aufregung war ihm ganz heiß geworden, dass er schon lange ein Konzert des für ihn unbestritten größten aller deutschen Liedermacher besuchen wolle, dies aus verschiedenen Gründen bislang jedoch nicht habe in die Tat umsetzen können.

Die beiden Polizisten sahen ratlos zu Heinz Cibulla, der zunehmend leidender wirkte, da er seine Kompetenz immer mehr in Frage gestellt sah. Holms Mitteilung erschien ihm jedoch nicht so wesentlich, dass er sie auf dem Formular notieren mochte, was Holm allerdings nicht davon abhielt, gleich noch seine Mitmenschen zu beschuldigen, ihn wegen seiner Vorliebe für Reinhard Mey zu beleidigen und quasi jahrelang daran gehindert zu haben, sein Hobby in vollem Umfang auszuleben.

Reinhard Mey, meinte Heinz Cibulla, sein Gesicht klarte sich auf, als habe er eine für alle Seiten zufriedenstellende Lösung ausgemacht, sei ein durchaus ernstzunehmender Künstler, dabei blickte er ernst zu seinen Kollegen, die zustimmend nickten, er selber habe einige alte Schallplatten zuhause, fuhr er, nun zu Holm gewandt, fort, könne diese aber bedauerlicherweise nicht mehr abspielen. Ob er Namen nennen könne?

Offenbar plante Heinz Cibulla eine Anzeige wegen schwerer Beleidigung und Behinderung persönlicher Freiheit, was die Kollegen mit ungläubigem Schulterzucken zur Kenntnis nahmen.

Namen könne er keine nennen, antwortete Holm, der in diesem Augenblick bedauerte, sich nicht wenigstens an einen Nachnamen seiner früheren Widersacher erinnern zu können. Die würden sich wundern, nach über zwanzig Jahren eine Anzeige wegen Beleidigung zu bekommen. *Rückfragen nur mit Angabe des Aktenzeichens.*

Dann könne er ihm leider auch nicht weiterhelfen, sagte Heinz Cibulla und warf das Formular zum Erstaunen seiner Kollegen wie auch Holms in den Mülleimer. Beim nächsten Mal, fügte er verärgert hinzu, und wuchtete gleich mehrere Aktenordner auf einmal vor sich hin, was auch den immer noch ein wenig befremdet wirkenden Kollegen deutlich machen sollte, dass der Fall für ihn endgültig erledigt war, lassen Sie sich von Ihren Freunden die Wohnung erklären, bevor Sie irgendetwas öffnen!

Damit war Holm entlassen. Und während er sich noch wunderte, dass man ihn nicht in sein Elternhaus zurückgebracht hatte, empfand er die wiedergewonnene Freiheit plötzlich als weiteren Fortschritt auf seinem Weg in ein selbstständiges Leben. Er war umgezogen. Aber anders als früher, wo er von seinen Eltern zur Tante, von der Tante zu Ulrike und wieder zu den Eltern gezogen war, hatte er jetzt keinen mehr, der ihm helfen konnte. Es war der Umzug in die eigene Lebensweise.

12.

Noch leicht betäubt von der eigenen Zuversicht, erschien Holm abends pünktlich an seinem neuen Arbeitsplatz. Er trug einen schwarzen Anzug, der ihm eine Nummer zu groß war.

Ich hoffe, du bist in der Wohnung zurechtgekommen, sagte Freddy, der am Tresen lehnte und eine Zigarette rauchte.

Kein Problem, sagte Holm und machte eine wegwerfende Handbewegung, als wäre er schon in ganz anderen Wohnungen zurechtgekommen.

Dann bin ich beruhigt, sagte Freddy, ich wohne jetzt seit sieben Wochen da und weiß noch immer nicht, welche Knöpfe ich drücken muss.

Die Technik!, sagte Holm, den Kopf schüttelnd, als wüsste er von ähnlichen Fällen, die er allerdings nur vom Hörensagen kannte. Er hoffte, dass sie sich nie gemeinsam in der Wohnung aufhielten.

In diesem Augenblick kam die Tresenfrau zur Tür herein. Holm erstarrte. Er wusste kaum, wo er zuerst hinsehen sollte. Unter keinen Umständen durfte sie mitbekommen, dass er die ganze Zeit nur auf diesen Moment gewartet hatte.

Das ist übrigens Sabine, sagte Freddy, sie mixt die besten Drinks in der Stadt.

Ach!, rief Holm, als hätte er eben erst bemerkt, dass jemand in den Raum gekommen war.

Du übertreibst mal wieder, mein Lieber, sagte Sabine und lächelte spöttisch.

Sabine, dachte Holm, das ist also ihr Name. Es war kein

klangvoller Name, es war keine Monique, Jeanette oder Sophie. Es war ein Name, der sich nach Alltag anhörte, nach Saubermachen, Abendbrot und Einkaufen. Holm mochte den Alltag, mit einer Jeanette wäre dauernd Wochenende, womöglich sogar Samstagabend gewesen.

Und das hier ist unser neuer Frontmann Felix, sagte Freddy zu Sabine gewandt.

Ich bin die Sabine, sagte Sabine und reichte Holm die Hand. Er nahm sie sofort entgegen. Ihr kurzer, fester Händedruck signalisierte freundliche Kollegialität. Vielleicht war er ein bisschen zu freundlich und kollegial, aber vermutlich wollte sie ihre wahren Gefühle vor Freddy nicht offenbaren, um ihr gemeinsames Geheimnis nicht zu gefährden. Sabine lächelte ihn an, zeigte darüber hinaus jedoch nicht die geringste emotionale Regung, ein professionelles Verhalten, das Holm zu schätzen wusste.

Ihr werdet euch sicher noch besser kennenlernen, sagte Freddy und nahm einen letzten Zug von der inzwischen auf Kippengröße geschrumpften Zigarette, die er mit spitzen Fingern festhielt.

Ich denke, das werden wir, sagte Sabine zuversichtlich. Auch Holm lächelte, ließ aber nicht durchblicken, dass er ihre Antwort durchaus richtig verstanden hatte.

Freddy drückte die Zigarette aus. Hier hast du unser Spielgeld. Er drückte Holm ein Bündel Dollarnoten in die Hand. Du weißt, was du zu tun hast! Holm nickte knapp und steckte das Bündel mit einem Ausdruck lässiger Selbstverständlichkeit in seine Innentasche. Er war ein Mann mit einem klaren Ziel vor Augen, und das konnte er Sabine ruhig zeigen, auch wenn sich das Ziel zunächst nur zehn Meter von hier entfernt vor der Tür befand.

Während Freddy das Lokal verließ und Sabine ihren Arbeitsplatz hinter dem Tresen vorbereitete, merkte Holm, dass gerade etwas Außergewöhnliches passierte. Er merkte, wie ein Ruck durch ihn hindurchging. Der von Altbundespräsident Roman Herzog bereits in den neunziger Jahren angekündigte Ruck hatte nun endlich auch Holm erreicht und entwickelte sich unterdessen zu einem mittelschweren Beben, das weite Teile seines bisherigen Lebens zum Einsturz brachte. Und Holm sah gleichgültig zu, wie alles unterging, seine Rituale, die Tante und das gut geheizte Kinderzimmer unter dem Dach, denn am Horizont deutete sich längst etwas ganz Neues an, der Alltag mit seiner Arbeitskollegin Sabine.

Es gab jetzt keinen Zweifel mehr: Holm war verliebt. Und das Entscheidende daran war, er hatte nicht erst groß darüber nachdenken müssen. Er war einfach verliebt. Seine Tante hatte recht gehabt, man spürte es, wenn man verliebt war. Ob man sich automatisch auch in sämtliche Eigenarten der Frau verliebte, würde noch zu sehen sein. Es war jedenfalls schwer vorstellbar, dass seine Liebe auch lautes Lachen umfasste.

Weil noch etwas Zeit war, der Club öffnete erst in einer halben Stunde, setzte sich Holm an die Bar und beobachtete Sabine dabei, wie sie die Kühlfächer mit Bier- und Weinflaschen bestückte. Jede ihrer Bewegungen hatte etwas vollkommen Neuartiges, als würde Holm zum ersten Mal sehen, wie jemand Bierflaschen in einen Kühlschrank räumte. Es war nicht nur vollkommen neu, sondern auch ein wenig beunruhigend, denn wenn ihn schon schlichte Tätigkeiten derart erstaunten, wie würde es erst sein, wenn er sie näher kennenlernte. Und ein baldiges Ende war nicht abzusehen, was bedeutete, dass sich Holm in den nächsten Wochen auf einer dauernden Entdeckungsreise befinden würde. Er hatte das Gefühl, sein Leben fing noch einmal von vorne an. Glücklicherweise musste er dabei nicht noch einmal die Schulzeit durchlaufen.

Bist du eigentlich aus Berlin?, fragte Holm, um sich von seinen Beobachtungen ein wenig zu erholen.

Klar, sagte sie, während sie den Zapfhahn polierte. Sie wirkte nicht sehr gesprächig, wie sie überhaupt seit Freddys Abgang nicht den Eindruck erweckte, mehr als nur Holms Kollegin sein zu wollen. Wahrscheinlich konnte sie ihre professionelle Distanz nicht so leicht ablegen wie ein Kleidungsstück. Als Barfrau hatte sie sicher eine Menge Kerle kennengelernt, die auf ähnliche Weise Anschluss suchten. Sabine war ganz einfach vorsichtig geworden in ihrem Leben. Nicht jedem, der sie nach ihrer Herkunft fragte, öffnete sie sofort ihr Herz.

Warum fragst du?, fragte sie, sehe ich etwa nicht so aus?

Doch, sagte Holm, aber das sei heute ja eher unüblich.

So?, sagte Sabine, ohne von ihrer Arbeit aufzublicken. Das Thema schien sie nicht sonderlich zu interessieren.

Er habe nur gehört, sagte Holm, vom Thema langsam wieder abrückend, ohne sich allerdings einem anderen zu nähern, dass sehr viele aus Süddeutschland hierhergezogen seien.

Bayern!, stöhnte Sabine. Was die hier alle wollen?!

Ja, sagte Holm, das sei auch ihm unverständlich. Vor allem die Sachsen würden ihm schwer zu schaffen machen.

Und du?, fragte Sabine und blickte ihn herausfordernd an. Holm war nicht ganz klar, was sie von ihm wollte. Zum Glück kam er nicht aus dem Rheinland.

Rudow, antwortete er beiläufig, fast ein wenig gelangweilt.

Ein Westberliner, sagte sie und nickte, als hätte sie sich so etwas schon gedacht.

Holm überlegte, ob er einen Fehler gemacht hatte. Ob es günstiger war, kein Westberliner zu sein?

Und du?, fragte er schnell hinterher.

Treptow, sagte Sabine und blickte ihn selbstbewusst an. Holm wurde schlagartig klar, dass Sabine aus dem Osten stammte, die Sachsen hätte er besser nicht erwähnt, ließ sich seine Enttäuschung aber nicht anmerken und machte stattdessen ein stark beeindrucktes Gesicht, als würdigte er damit ihren Mut, nach fünfzehn Jahren deutscher Einheit immer noch zu ihrer Herkunft zu stehen. Besorgt stellte er sich vor, wie wohl seine Eltern darauf reagieren würden, wenn sie erführen, dass er sich in eine waschechte Ostberlinerin verliebt hatte. *Mit so was brauchst du hier gar nicht anzukommen!*, würde sein Vater sagen und dabei vermutlich sogar auf den Tisch schlagen. *Die wollen doch nur unser Geld!*

Da hätten sie ja wieder was gemeinsam, erklärte Holm, der jedoch weder wusste, was das *wieder* in diesem Zusammenhang zu suchen hatte, noch, wo das Gemeinsame überhaupt liegen sollte, angesichts zweier völlig unterschiedlicher Systeme wäre es selbst dem linken Flügel der Sozialdemokratischen Partei schwergefallen, irgendwelche Gemeinsamkeiten zu entdecken.

Das schien Sabine genauso zu sehen. Wo es denn da Gemeinsames gebe?, fragte sie und steckte sich kampflustig eine Zigarette an. Sie diskutiert zu viel, dachte Holm. Weil er aber nun schon mittendrin war in der Diskussion und weil er als Mann, zumal ein aus dem freien Westen stammender Mann, das Heft nicht aus der Hand geben durfte – du musst gegenüber einer Frau immer eine klare Meinung vertreten, hatte ihm sein Tante eingebläut, schob er rasch eine Erklärung nach, die auch ihn erstaunte.

Rudow, Treptow, sagte Holm.

Rudow, Treptow?, fragte Sabine verwundert.

Ja, sagte er.

Wie soll ich denn das verstehen?, sagte sie und zog nachdenklich an ihrer Zigarette. Holm genoss ihre Verwirrung, er hätte jetzt auch gerne nachdenklich an einer Zigarette gezogen, um seine Überlegenheit noch überlegener wirken zu lassen.

Rudoo, Treptoo, sagte er, seine Lippen spitzend, und lüpfte keck seine Augenbrauen. Sabine sagte daraufhin eine Weile gar nichts. Die Hand mit der Zigarette seitlich weggedreht, musterte sie Holm streng, als dächte sie intensiv darüber nach, ob sie seine Äußerung wirklich ernst nehmen sollte. Holm wiederum, von ihrem Verhalten leicht verunsichert, fragte sich, ob seine Erklärung wirklich so abwegig war, dass er derart strenge Blicke über sich ergehen lassen musste. Die Tatsache, dass sie, obwohl durch eine Mauer getrennt, in zwei Bezirken aufgewachsen waren, die mit ow endeten, war für Holm ein klarer Beweis ihrer schicksalhaften Verknüpfung über alle Mauern und Systeme hinweg. Bei Marzahn und Spandau hätte die Sache schon anders ausgesehen.

Willst du mich eigentlich verarschen?, fragte Sabine auf einmal, ihre Stimme klang nicht besonders freundlich.

Holm blickte sie ratlos an. Das Wort *verarschen* dämpfte zwar für einen Moment seine Lust weiterzureden, änderte aber erstaunlicherweise nichts an seinen Gefühlen für Sabine. Im Gegenteil. Holm empfand dieses schmutzige Wort, das ihn bei jeder anderen Frau, etwa bei Sophie oder Jeanette, sofort die Flucht hätte ergreifen lassen, sogar als durchaus zwingend, stand Sabine doch mit beiden Beinen fest im täglichen Leben. Eine Frau, deren Wortschatz auch derbe Sprüche umfasste, würde so schnell nichts aus der Fassung bringen. Und so eine Frau hatte Holm sich schon lange gewünscht. Im Grunde erwartete er, dass ähnliche Kraftausdrücke bald auch in seinem Wortschatz auftauchten, dann könnten sie sich in Zukunft gegenseitig *verarschen.*

Nein, sagte Holm, er denke gar nicht daran, sie auf den Arm zu nehmen – das Wort verarschen vermied er, um nicht gleich seine wahren Gefühle zu offenbaren, es sei ihm sogar prinzipiell unmöglich, fuhr er aufgeregt mit den Armen rudernd fort, aber sie möge sich doch bitte sehr einmal die Lage der beiden Bezirke genauer ansehen, ob ihr da nicht irgendetwas auffalle.

Für einen Augenblick schien sich Sabine wirklich die Lage

der Bezirke vorzustellen, kam aber offensichtlich zu keinem zufriedenstellenden Ergebnis.

Ja und?, fragte sie.

Holm wartete, um die Sache noch spannender zu machen. Die Bezirke, sagte er ruhig, liegen sich praktisch direkt gegenüber! Er lächelte, als hätte er gerade eine Entdeckung gemacht, die selbst von der Heimatforschung übersehen worden war.

Sabine sog heftig an ihrer Zigarette.

Ich glaub es nicht, sagte sie und schüttelte den Kopf.

Doch doch, rief Holm, seine Entdeckung begeisterte ihn zunehmend selber, ist das nicht völliger Wahnsinn?! Wir haben jahrzehntelang sozusagen Wand an Wand gelebt, und nun treffen wir uns endlich in diesem Lokal.

Wirklich toll, sagte sie und warf die Zigarette in den Aschenbecher. Er mochte ihre energischen Bewegungen. Er mochte, wie sie jetzt dastand, eine Hand in die Hüfte gestemmt, und ihn intensiv anstarrte. Es war der Beweis, dass er ihr nicht völlig gleichgültig war.

Vielleicht hätte ich mal an die Wand klopfen sollen, sagte sie, dann hätten wir uns früher kennengelernt!

Holm überlegte, wie sie das wohl gemeint haben könnte. In diesem Moment erinnerte er sich an einen Film, in dem eine Frau ähnlich erregt war und dem Mann, den sie erst vor kurzem kennengelernt hatte, eine Szene machte. Anstatt dagegenzuhalten, blieb der Mann jedoch vollkommen gelassen und hörte sich die Vorwürfe in aller Ruhe an. Mitten in eine dramatische Pause hinein sagte er dann etwas Erstaunliches: Ich liebe es, wenn du wütend bist. Daraufhin schnappte die Frau nach Luft, und wenig später lagen sie sich in den Armen.

Leider stammte der Film aus den dreißiger Jahren, und Holm war sich nicht sicher, ob solche Sätze heute überhaupt noch politisch korrekt waren. Doch die Sache war zu verführerisch und der Zeitpunkt günstig, um Sabines Gefühle endgültig auf seine Seite zu bringen.

Holm bemühte sich, genauso gelassen zu wirken, er faltete seine Hände, blickte Sabine fest in die Augen und dann teilte er ihr mit, dass er es liebe, wenn sie so wütend sei.

Ob es an seinem etwas zu sachlichen Ton lag oder daran, dass sie nicht ausreichend wütend war, jedenfalls reagierte Sabine völlig anders als erwartet. Von Luftschnappen keine Spur. Ohne darauf zu antworten, ohne Holm auch nur anzusehen, wandte sie sich wieder ihrer Arbeit zu, als hätte es Holms erste öffentliche Liebesbekundung gar nicht gegeben.

Ein oder zwei Minuten lang starrte er auf die Spirituosenwand und fühlte sich wie ein Mann, der im Spiel der Liebe gerade sein gesamtes Vermögen, nämlich sein ehrliches und tief empfundenes Wort, auf die falsche Zahl gesetzt hatte, ehe ihm klar wurde, dass nicht jede Frau bei diesen Worten automatisch nach Luft schnappte und ihm um den Hals fiel. Man musste sogar davon ausgehen, dass die meisten Frauen auf denselben Satz völlig anders reagierten. Demnach, dachte Holm, der aus seiner Schreckstarre langsam wieder herausfand und neue Hoffnung schöpfte, ist Sabines Verhalten wahrscheinlich eine eigenständige Interpretation und darf nicht grundsätzlich als Ablehnung verstanden werden. Mit anderen Worten: Wo die Frau in den dreißiger Jahren noch nach Luft schnappte, drehte sie sich unter demokratischen Verhältnissen einfach wortlos weg und widmete sich ihrer Arbeit.

Gestärkt von dieser positiven Entwicklung, schritt Holm seiner neuen Aufgabe entgegen.

Vor der Tür brannten bereits die Fackeln. Holm legte das Spielgeld griffbereit aufs Pult, blickte zur Straße und fragte sich, wie lange es wohl dauerte, bis der erste Kunde auftauchte. Und ob er diesen Kunden, selbst wenn es sich um einen reinen Biertrinker handelte, reinlassen sollte, damit nicht der Eindruck entstünde, er schrecke die Leute ab. Erst mal einen Grundstock an Gästen schaffen, dachte er, dann kann man wählerischer werden.

Leider sah es nach einer guten halben Stunde nicht danach aus, als würde sich überhaupt jemand für den Stripteaseclub interessieren. Die Leute hatten offenbar Besseres vor. Nackte Frauen standen heute jedenfalls nicht auf ihrem Programm. Langsam wurde es ungemütlich. Wenn Holm selbst an einer Aufgabe scheiterte, die hauptsächlich aus Herumstehen bestand, würde es eng werden in seinem Leben. Auch Sabine würde es sich zweifellos noch einmal genau überlegen, ob sie ihre Zukunft in die Hände eines Mannes legen wollte, der als Türsteher versagt hatte. Dabei konnte Holm nicht viel mehr tun, als zu warten. Im Warten musste er allerdings als erfahrener Mann gelten. Sein ganzes Leben hatte Holm nichts anderes getan als gewartet. Der einzige Unterschied zum früheren Warten war der, dass er jetzt dafür bezahlt wurde. Dahin musste man erst mal kommen! So weit brachten es nur sehr wenige, denn die meisten Menschen waren gezwungen, für ihr Geld hart zu arbeiten. Sie mussten von A nach B laufen oder sich etwas ausdenken, damit ihre Firma die nötigen Umsätze machte. Dagegen durfte Holm stehenbleiben, musste an überhaupt nichts denken und brachte seinen Job trotzdem voran.

Tatsächlich dachte Holm zunächst an erstaunlich wenig. Wie man derart wenig, ja eigentlich gar nichts denken konnte, war ziemlich erschreckend. Sämtliche Gedanken, sogar alle Hintergedanken waren mit einem Mal wie fortgeblasen. Es gab praktisch nichts, was Holm problematisch oder auch nur nachdenkenswert gefunden hätte. Nicht mal die alten Probleme, die ihn über die Jahre begleitet hatten, die mit Holm sozusagen groß geworden waren, hatten noch Problematisches an sich. Wenn er nun den Rest seines Lebens ohne die ihm vertrauten Probleme verbringen musste, quasi in einem Rutsch durchlebte, hätte ihm doch etwas gefehlt. Für einen Augenblick sah es so aus, als würde er die Welt einfach akzeptieren.

In diesem Moment kamen zwei junge Männer auf ihn zu.

Habt ihr schon auf?, fragte der eine, offensichtlich der Wortführer, und streckte selbstbewusst sein Kinn nach oben. Wie man so jung und gleichzeitig so selbstbewusst sein konnte, war Holm ein Rätsel.

Holm sah den jungen Mann, der vermutlich noch in die Schule ging, erstaunt an. Sein dreistes Benehmen ärgerte ihn. Ob er annehme, Holm stehe vor einem geschlossenen Club?

Sieht so aus, oder?, sagte Holm, ohne eine Miene zu verziehen. Es war schon beachtlich, was er alles konnte, wenn er mal richtig gefordert wurde.

Ach so, machte der Wortführer und lächelte verlegen, sein Selbstbewusstsein schien ihn für einen Moment verlassen zu haben, was seinen Kompagnon, einen ebenso forschen wie unbeholfen wirkenden jungen Mann, der seine Glieder vor lauter Tatendrang kaum ruhighalten konnte und sich ständig irgendwo kratzen musste, veranlasste, die Sache nun seinerseits in die Hand zu nehmen.

Und wie viel kostet das so?, fragte er, nervös um sich blickend.

Zehn Euro, sagte Holm gleichgültig, als wäre der Laden so voll, dass es auf weitere Gäste im Grunde nicht ankam.

Pro Person?, rief der Wortführer verblüfft, sein Selbstbewusstsein hatte ihn offensichtlich wiedergefunden.

Holm nickte. Er nickte mehrmals langsam und sah die beiden dabei bedeutend an, ohne selber allerdings die Bedeutung zu kennen. Das Amt des Türstehers hatte ihn bereits so fest im Griff, dass er Dinge tat oder sagte, die er sonst nie gesagt oder getan hätte. Glücklicherweise hielt das die beiden jedoch nicht davon ab, ihren Plan weiterzuverfolgen. Nachdem sie sich kurz angesehen und einverständlich genickt hatten, stimmten sie den Konditionen zu und gaben Holm wortlos das Geld.

Die Freude über seine ersten zahlenden Gäste währte allerdings nicht lange. Denn wenig später kam Freddy verärgert aus der Tür geschossen. Ob er vergessen habe, was sie neulich miteinander besprochen hätten? Mit diesen Kindern, sagte er, könne man ja keine Umsätze machen! Holm hatte kaum Zeit, sich zu wehren, denn als er zu seiner Verteidigung sagen wollte, dass diese Kinder bislang die einzigen Interessenten gewesen seien, war Freddy schon wieder verschwunden.

Das Problem sollte sich jedoch rasch von selber lösen. Je später der Abend, desto zahlreicher die Gäste. Holm bekam langsam zu tun. Bald hatte er herausgefunden, dass diejenigen, die zielstrebig auf ihn zusteuerten, Holm umstandslos zehn Euro in die Hand drückten, während der Typ »zufälliger Passant« erst darüber informiert werden wollte, was ihm für das Geld so alles geboten wurde. Dieser Typ trat häufig in Gruppen auf und sprach in diversen deutschen Dialekten, während der Zielstrebige meist gar nichts sagte und Trinkgeld gab, als wollte er Holm damit zum Stillschweigen verpflichten, obwohl Holm nicht mal wusste, wem er hätte berichten sollen. Letztlich kam es darauf aber auch gar nicht an. Es ging lediglich darum, so zu tun, als würde er selbst bei Androhung von Folter keinerlei Informationen preisgeben. Das Trinkgeld war nichts anderes als ein Zeichen der Wertschätzung, und das steigerte Holms Selbstbewusstsein derart, dass er eine Folterung klaglos hingenommen hätte.

Im Laufe des Abends wurde Holm zunehmend wählerischer. Hatte er anfangs beinahe jedem Zutritt gewährt, der älter aussah als dreißig, entschied er nun immer öfter nach persönlicher Sympathie. Bei einer anscheinend aus dem Rheinländischen stammenden Gruppe stieß diese Einlasspolitik jedoch auf erhebliche Widerstände. Während er den Ersten, einen schüchtern wirkenden Mann, sofort durchwinkte, bekamen Nummer zwei und drei Holms eisige Ablehnung zu spüren. Was das denn solle?, entfuhr es dem Vollbärtigen mit Halbglatze, zunächst mehr schockiert als verärgert, nachdem ihm die Konsequenzen vollständig klar geworden waren. Derweil winkte Holm die Nummer vier, einen zwar leicht beschränkt aussehenden, dafür aber umso begeisterungswilligeren Mann zu sich heran und ließ ihn unter den glücklicherweise kaum verständlichen Flüchen der beiden abgewiesenen Mitglieder eintreten. Als sie sahen, wie ihre Kumpels, ohne zu zögern und offenbar ohne das geringste Mitgefühl für die Zurückgebliebenen, hinter dem Vorhang verschwanden, wandten sie sich tief enttäuscht ab.

Holm fühlte auf einmal eine tiefe Zufriedenheit in sich. Er hatte Macht über Menschen. Er allein entschied, ob jemand hereinkam oder nicht. Er war es, der mit einem knappen Nein gestandene Männer zu Jungs degradierte, der Pläne mit einem Kopfschütteln über Bord warf und willkürlich Gruppen entzweite. Holm war der Mann an der Tür. Er war wie das Leben selbst, das auch Holm oft genug ohne Begründung abgewiesen hatte. Endlich konnte Holm dem Leben auf derselben Augenhöhe begegnen, und das Leben hatte gar keine andere Wahl, als ihn ernst zu nehmen.

Leider dauerte es nicht lange, und das Leben machte ihm unmissverständlich klar, wer der eigentliche Herr im Hause war. Im Strom der Passanten entdeckte Holm plötzlich einen Mann, den er beim Wochenendkurs des Versicherungsunternehmens kennengelernt hatte. Es war jener Orientale, der sich Holm aus unerfindlichen Gründen sofort angeschlossen hatte und den ganzen Kurs über nicht von seiner Seite gewichen war. Dieser Mann, den Holm schließlich schnöde und ohne ein Wort des Abschieds einfach sitzen gelassen hatte, steuerte jetzt direkt auf Holm zu, und es schien keinen Ausweg mehr zu geben, der drohenden Begegnung noch zu entgehen.

Holm rührte sich nicht, als könnte ihn seine Unbeweglichkeit vor einem Wiedererkennen bewahren. Ja, Holm hatte sogar die merkwürdige Idee, dass der Orientale an sich reglos dastehende Personen überhaupt nicht als Menschen wahrnehmen konnte, was sich allerdings sehr schnell als Irrtum erweisen sollte.

Isch glaub, misch frisst ein Pferd, rief der Mann quer über den Bürgersteig zum stocksteif dastehenden Holm. Vermutlich meinte er, mich *tritt* ein Pferd, oder doch eher, *mich streift ein Panzer*, doch seine Begeisterung über das Wiedersehen setzte sich problemlos über die Gesetze der Logik hinweg, womöglich war es ihm auch völlig egal, oder er begriff ganz einfach nicht, was er sagte. Im Orient sah man die Dinge eben viel lockerer, komm ich heut nicht, komm ich morgen.

Da steht mein Kumpel vor ein Puff und macht auf coole Typ, posaunte er weiterhin nicht nur sein misslungenes Deutsch, sondern auch die Unwahrheit in den Himmel, was Holm jetzt nur noch schwer ignorieren konnte. Er taxierte ihn, als könnte er ihn nicht sofort einordnen, und lächelte dann derart gelangweilt, dass jedem sofort klar werden musste, dass Holm an einer Wiederauffrischung der Bekanntschaft nicht das geringste Interesse verspürte. Das sah der Orientale jedoch völlig anders. Mit einem lauten *Kennst du misch denn nisch mehr* schlug er Holm mehrmals kräftig auf die Schulter und entblößte dabei ein Gebiss, das etwa ein Drittel seines Gesichts ausmachte. Isch bin Erdal, Mensch, donnerte er fröhlich und blickte begeistert um sich, als wollte er auch seine Mitmenschen an diesem großen Moment teilhaben lassen. Seine Mitmenschen interessierten sich aber zum Glück nicht sonderlich für den Mann und gingen ihrer Wege, was Erdal nicht davon abhielt, Holm weiterhin auf die Schulter zu klopfen. Besser, man erkannte ihn jetzt, ehe man blaue Flecke bekam.

Erdal!, rief Holm nun ebenfalls fröhlich, wenn auch ein wenig angespannt, denn Erdals Gebiss war noch immer entblößt, und es sah nicht danach aus, als würde er es demnächst wieder einfahren. Der Mann aus dem Hotel!

Korrekt, sagte Erdal leiser und offensichtlich zufriedener, was Holm nur kurz beruhigte, denn dann kam Erdal schon auf Holms plötzliche Flucht zu sprechen.

Du warst schnell weg, fuhr er fort, als wäre es erst gestern gewesen. Holm wusste nicht, ob der Orientale darüber traurig oder verärgert war. Erdals Gesicht hatte etwas von einem Bären, dessen psychische Verfassung äußerlich auch nur schwer zu erkennen war.

Holm nickte.

Warum?, fragte Erdal und blickte Holm ernst an. Womöglich gab es im Koran einen Paragraphen, der grußloses Verschwinden als schwere Verfehlung wertete und jeden Moment tauchten Erdals Brüder auf, irgendwelche Brüder waren in dieser Kultur ja immer in der Nähe, um Holm krankenhausreif zu schlagen.

Holm suchte verzweifelt nach einer plausiblen Erklärung, aber wie so oft fiel ihm nur seine Mutter ein.

Meine Mutter, sagte er leicht bedrückt, ohne genau zu wissen, was seine Mutter an dieser Stelle zu suchen hatte.

Was ist los mit Mama?, fragte Erdal besorgt. Holm sah betroffen zu Boden, er stützte sich sogar mit einer Hand am Pult ab, was ihm allerdings etwas übertrieben vorkam. Mit so einer Haltung konnte er jetzt nur noch schwerste Geschütze auffahren, um seine Glaubwürdigkeit zu bewahren. Er durfte Erdal keinesfalls enttäuschen.

Sie musste ins Krankenhaus, sagte Holm mit gekonnt versiegender Stimme. Er war selbst beinahe zu Tränen gerührt.

Schlimm?, fragte Erdal, sein Gesicht war leichenblass. Er schien wirklich mitzuleiden. Holm nickte und griff sich stumm an die Brust.

Krebs?, fragte Erdal.

Holm nickte erneut, obwohl er eigentlich nur einen Juckreiz verspürt hatte, fasste sich dann rasch wieder, um Mutters Lage nicht noch auswegloser zu machen. Es gehe ihr aber schon viel besser!

Daraufhin entspannten sich Erdals Gesichtszüge. Alles wird gut, sagte er und lächelte zuversichtlich. Du kannst mir alles sagen, sagte er, wir sind Kumpel. Und Kumpel halten zusammen, oder? Wieder entblößte er sein Gebiss. Es wirkte allerdings nicht mehr so bedrohlich. Holm bedankte sich, wollte die Sache aber unter keinen Umständen weiter vertiefen. Wenn er jetzt nicht handelte, würden sie den Rest des Abends über seine Mutter sprechen.

Ob er nicht Lust habe, erklärte Holm plötzlich den Tonfall wechselnd, sich nackte Frauen anzusehen. Er brauche auch keinen Eintritt zu zahlen.

Erdal sah ihn verblüfft an. Eine Weile sagte er gar nichts, als benötige er einige Sekunden, um von Holms Mutter zu nackten Frauen zu kommen. Dabei verfinsterte sich sein Gesicht jedoch überraschend. Nackte Frauen, sagte er, könne er sich nicht ansehen, solange sein Kumpel traurig sei. Dass er es tatsächlich ernst meinte, bekräftigte er mit einem außerordentlich traurigen Gesicht, dass Holm schon befürchtete, Erdal könne jeden Augenblick in Tränen ausbrechen. Vielleicht wollte er sogar eigene Trauergeschichten aus dem engsten Familienkreis beisteuern, um seine Solidarität mit Holm beziehungsweise seiner Mutter auszudrücken. Erst, als Holm ihm noch einmal nachdrücklich versicherte, dass sich der Gesundheitszustand seiner Mutter praktisch stündlich bessere, er jeden Tag mit ihrer Entlassung aus dem Krankenhaus rechne und sie es Erdal überhaupt nicht übelnehmen würde, wenn er jetzt in einen Stripteaseclub ginge, hellte sich sein Gesicht überraschend schnell wieder auf.

Nackte Frauen, ohne bezahlen?, fragte Erdal sicherheitshalber noch mal nach. Holm nickte eifrig.

Erdal rührte sich jedoch nicht vom Fleck und starrte auf den schwarzen Vorhang. Er schien angestrengt über etwas nachzudenken. Schließlich sagte er mit großem Ernst in der Stimme: Woher kennt Mama mich eigentlich?

Holm dachte kurz nach. Er dachte darüber nach, was wohl seine Mutter von einem Mann wie Erdal halten würde. Am Ende verstünden sie sich blendend. Dann sagte er, dass er seiner Mutter schon viel von ihm erzählt habe, eine Erklärung, die Erdal offensichtlich zufriedenstellte.

Mama ist eine kluge Frau, sagte Erdal noch, während er sein ohnehin schon weit geöffnetes Hemd um weitere Knöpfe öffnete und breit grinsend in den Club trat.

Doch der Abend hielt noch eine ganz andere Überraschung parat. Holm hatte sich gerade von dem Schock erholt und sein Selbstbewusstsein durch die harsche Zurückweisung einiger junger Burschen wieder aufgerichtet, als seine Stimmung schlagartig in den Keller rutschte.

Keine hundert Meter entfernt bemerkte er ein älteres Ehepaar, das gemütlich eingehakt über die Oranienburger Straße bummelte und Holm sofort an seine Eltern erinnerte. Es *waren* seine Eltern, wie er am leicht humpelnden Gang seiner Mutter erkannte, und sie kamen langsam aber zuverlässig in seine Richtung gelaufen.

Holm stand der Schweiß auf der Stirn. Er musste mehrmals intensiv hinsehen, um zu glauben, was sich dort näherte, denn seine Eltern verließen nach Holms Kenntnis nur sehr selten gemeinsam ihr Haus, und wenn, dann nur Richtung Kurfürstendamm, wo sie jahrelang aus alter Tradition im Café »Möhring« eingekehrt waren und gedeckten Apfelkuchen verzehrt hatten. Seitdem das »Möhring« jedoch einer Bankfiliale hatte weichen müssen, verließen sie Rudow noch seltener, weil sein

Vater es kategorisch ablehnte, in einem der modernen Coffeeshops stehend seinen Kaffee zu trinken. Er befinde sich schließlich nicht im Krieg, meinte er, und erwarte einen ordentlichen Sitzplatz am Fenster. Der Versuch, die Tradition in der nahen Konditorei »Leysieffer« fortzusetzen, scheiterte an dem Umstand, dass sich das eigentliche Café im ersten Stock befand, und von dort oben, erklärte sein Vater, würde man lediglich die gegenüberliegenden Häuser sehen, und um Häuser zu sehen, brauchte er nicht extra in die Stadt zu fahren und könne sich gleich in Alt-Rudow auf den Marktplatz setzen. Dass seine Eltern nachts um halb elf in einer Gegend auftauchten, die sie seines Wissens weder allein noch gemeinsam je freiwillig besuchen würden, war nicht nur ungewöhnlich, es war unfassbar!

Da seine Mutter ihr buntes Ausgehkleid trug und sein Vater den üblichen schwarzen Anzug, den er sowohl bei Beerdigungen wie bei Theater- oder Restaurantbesuchen anhatte, vermutete er, dass sie von einer Veranstaltung kamen. Irritiert erkannte er, dass seine Eltern ein Eigenleben führten, von dem Holm keine Ahnung hatte, und das schmerzte ihn. Denn noch bis vor kurzem wusste Holm über sämtliche Aktivitäten seiner Eltern bestens Bescheid, und von einer Veranstaltung im Osten hätte er zweifellos etwas erfahren.

Während seine Mutter gut gelaunt und anscheinend schon ein wenig beschwipst die Gegend studierte, merkte Holm, wie sein Schock langsam einer schweren Verärgerung wich. Er ärgerte sich, dass man es offenbar nicht mehr für nötig hielt, ihn ausreichend zu informieren. Holm hatte sogar den leisen Verdacht, seine Eltern enthielten ihm wichtige Details ihrer Wochenplanung vor, um sich langsam von ihrem Sohn zu emanzipieren. Oder anders ausgedrückt: Während ihn seine Eltern auf dem Weg zur Selbstständigkeit unterstützten und selbst so abwegigen Ideen wie der Mey-Rosenzucht nicht völlig ablehnend gegenüberstanden, arbeiteten sie heimlich an ihrer eigenen Selbstständigkeit. Während sie Holm in Frankreich wähnten, entspannten sie sich inkognito bei einer Kurzvisite in Ostberlin.

Allerdings rechneten sie nicht damit, dass Holm sie überholt hatte und sie bereits auf der Oranienburger Straße erwartete.

Lange würde es nicht mehr dauern, und der neugierig umherschweifende Blick seiner Mutter hätte ihren Sohn erfasst, der jedoch keinen Versuch unternahm, sich irgendwo zu verstecken, sondern in voller Größe und für jeden gut sichtbar am Pult stand. Beinahe vergnügt malte er sich schon das Erstaunen auf ihren Gesichtern aus, wenn sie ihn vor der Tür erblickten, als er plötzlich eine entsetzliche Vorstellung hatte. Wenn seine Mutter nun auf die Idee kam, in den Club zu gehen und dort Erdal begegnete? Denn unter bestimmten Bedingungen wie etwa reichlich genossenem Alkohol neigte seine Mutter zu überraschenden Kurzschlusshandlungen und tat Dinge, die sie normalerweise nie in Erwägung gezogen hätte. Und wenn seine Mutter erfuhr, dass Holm ihr einen schweren Brustkrebs angedichtet hatte, wäre ihr Beziehung nachhaltig gestört, im schlimmsten Fall sogar endgültig beendet.

So weit durfte es keinesfalls kommen. Aber es war bereits zu spät, irgendetwas zu unternehmen, denn in diesem Augenblick bemerkte Hella Holm ihren zwischen den Fackeln schockgefrorenen Sohn und blieb ruckartig stehen. Eine Weile starrte sie verblüfft zu ihm herüber, wirkte dann für einen Moment freudig erregt, ehe sie, schwer beleidigt, ihren Mann, der davon zunächst gar nichts mitbekommen hatte, weil er kritisch, aber wohlwollend einigen sehr kurzen Röcken hinterherblickte, mehrmals fest in die Seite stieß. Holm hatte seine Mutter natürlich sofort durchschaut. War sie erst noch überrascht, ihren Sohn, den sie in Frankreich zu wissen glaubte, hier in der Stadt anzutreffen, ärgerte sie sich schließlich darüber, dass sie über seinen plötzlichen Richtungswechsel nicht informiert worden war. Holm kannte einfach jeden ihrer Gedankengänge, noch bevor sie anfing, etwas zu denken, wusste er schon, was sie denken würde, und er wusste sogar, was sie in dieser Sekunde ihrem Mann sagte, der jetzt ebenfalls zu ihm herübersah, dabei allerdings weniger verärgert, denn verbittert wirkte. *Sieh mal da drüben*, sagte sie, *das ist doch Felix*. Nein, sie würde sogar von *ihrem Sohn* sprechen. *Das ist doch unser Sohn*, würde sie mit deutlicher Betonung auf *unser* sagen, als wäre es völlig undenkbar, dass ihr eigen Fleisch und Blut überhaupt zu einer selbstständigen Tat fähig war. Es war diese übergroße Nähe, die nicht vorhandene Distanz, es war im Grunde das Gefühl, noch gar nicht wirklich geboren worden zu sein, das Holm auf einmal nicht mehr ertrug.

Er spürte, dass etwas passieren musste. Tief in sich drinnen bemerkte er ein Rumoren. Es war das Rumoren eines seit Jahrzehnten unterdrückten Volkes, das sich nach Freiheit sehnte, auch wenn das Volk in diesem Fall nur aus einer Person bestand. Holm hatte das Gefühl, endlich einen Schlussstrich ziehen zu müssen. Er wollte sein altes Leben unwiderruflich beenden und zusammen mit seiner ersten großen Liebe Sabine einen totalen Neuanfang wagen. Dafür wäre er sogar bereit, ganz in den Osten zu ziehen. Und welcher Moment wäre geeigneter gewesen als dieser? Eingerahmt von Fackeln, an einem Pult stehend, würde er seinen Eltern feierlich verkünden, dass in ihm nach langer, vielleicht etwas zu langer Bedenkzeit der Entschluss gereift war, sein Leben künftig ohne sie zu gestalten. Die entscheidende Frage lautete jedoch: Konnte man sich eigentlich von seinen Eltern unwiderruflich trennen?

Ich dachte, du bist in Frankreich!, rief seine Mutter, noch ehe sie ganz herangekommen war, und blickte Holm vorwurfsvoll an.

Holm ließ ihren vorwurfsvollen Blick kühl an sich abprallen

und sagte nichts. Lediglich sein schwaches Lächeln deutete an, dass er sie zwar verstanden hatte, sich zu dem Fall aber nicht weiter äußern wollte. Ab sofort würde es von Holm nämlich keine Erklärungen mehr geben, sondern nur noch sachdienliche Aussagen.

Und was stehst du eigentlich hier rum?, fragte sein Vater, offenbar konnte er die Situation nicht sofort einschätzen, was ihn sichtlich verstörte.

Ich arbeite, sagte Holm und legte wie zum Beweis eine Hand aufs Pult.

Du arbeitest?, sagte sein Vater beinahe erschrocken und sah verwundert zu seiner Frau, die mit dem Thema Frankreich allerdings noch nicht fertig war.

Und seit wann bist du wieder hier?, fragte sie. Sie schien tatsächlich getrunken zu haben, was Holm an ihrer hohen Mädchenstimme bemerkte. Immer wenn seine Mutter getrunken hatte, und sei es nur ein halbes Glas Sekt, wechselte sie in eine hohe Mädchenstimme, als könne sie sich in einer anderen Tonlage ungezwungener verhalten.

Ich meine, fuhr sie fort, du hättest ja mal kurz durchklingeln können. Wolltest du in Frankreich nicht irgendwelche Rosen züchten?

In diesem Augenblick erkannte sie den Schriftzug »Gold Club« über der Tür und lächelte, als hätte sie auf einmal eine verrückte Idee.

Nein!, rief Holm so laut, als wollte er nicht nur ihre Frage beantworten, sondern gleichzeitig auch ihren Wunsch abwehren, den Club zu besuchen. Ich wollte keine Rosen in Frankreich züchten, ergänzte er noch, doch seine Mutter hatte ihre Frage bereits wieder vergessen und sah träumerisch erwartungsvoll zu ihrem Mann, der sich jedoch mehr für die technische Seite des Fackelbrandes interessierte.

Sie hat nichts verstanden, dachte Holm. Seine Mutter hatte

noch nie etwas verstanden. Er sah sie angewidert an. Holm war überrascht, dass er eine Frau, die ihn geboren und großgezogen und mit der er jahrelang im Mövenpick zu Mittag gegessen hatte, derart angewidert ansehen konnte. Irgendetwas war geschehen. Irgendetwas, das Holm noch nicht vollständig überblicken konnte.

Wo arbeitest du denn?, fragte sein Vater, dem die ganze Sache nicht geheuer war.

Hier, antwortete Holm.

Wo hier?, fragte sein Vater und blickte sich ratlos um.

Vor der Tür, sagte Holm.

Du arbeitest vor der Tür, sagte sein Vater und sah erschüttert zu seiner Frau, die seine Erschütterung allerdings nicht recht begriff.

Er sieht doch schick aus mit dem Anzug, oder?, sagte sie und blickte anerkennend zu ihrem Sohn, was ihren Mann wiederum verärgert auffahren ließ.

Schick aussehen hat nichts mit arbeiten zu tun, herrschte er seine Frau an, die sich in ihrem angeheiterten Zustand davon jedoch überhaupt nicht beeindrucken ließ.

Immerhin macht er was Sinnvolles, sagte sie und lächelte Holm an, als wäre sie mit seiner plötzlichen Umorientierung letztlich doch recht zufrieden.

Ich sehe hier keine sinnvolle Arbeit, sagte sein Vater weiterhin uneinsichtig.

Holm blickte nun auch angewidert zu seinem Vater, was ihm nach seiner Mutter schon deutlich leichter fiel. Und dann sagte er etwas Ungeheuerliches. Nicht *was* er sagte, sondern *wie* er es sagte, war das Ungeheuerliche, denn er sagte es in einer Art, dass niemand auch nur den leisesten Zweifel an der Ernsthaftigkeit seiner Aussage haben konnte. Er sagte: Ich bin Türsteher eines Stripteaseclubs, und ich bin das gerne, wenn ihr es genau wissen wollt!

Seine Eltern blickten sich ratlos an, doch während sein Vater noch um eine angemessene Haltung rang, war seine Mutter schon einen Schritt weiter.

Na also, sagte sie, wenn das mal nichts Ordentliches ist. Dabei sah sie zwar weiterhin ratlos zu ihrem Mann, als habe sie nicht die geringste Idee, was ein Türsteher war, ließ aber gleichzeitig durchblicken, dass sie doch irgendwie froh war, ihren Sohn endlich in festen Arbeitsverhältnissen zu wissen, was ihr Mann naturgemäß anders sah.

Und das nennst du Arbeit?, sagte er zu seiner Frau.

Hella Holm blickte beleidigt über ihn hinweg. Sie war, wie Holm in diesem Moment zum ersten Mal bewusst erkannte, einige Zentimeter größer als ihr Mann. Und diese Beobachtung war dermaßen schockierend, dass er sich bestürzt fragte, ob er seine Eltern achtunddreißig Jahre lang nur aus der Perspektive eines Kindes wahrgenommen hatte.

Später, nach Dienstschluss, ging Holm in den Club, um mit Sabine noch einen Absacker zu trinken. Empört sah er jedoch, dass Erdal, den er zwischenzeitlich völlig vergessen hatte, am Tresen lehnte und mit Sabine in ein Gespräch vertieft war. Beziehungsweise redete Erdal ununterbrochen auf sie ein, während Sabine die Gläser spülte und nur mit einem Ohr zuzuhören schien. Offensichtlich rechnete sich Erdal gewisse Chancen bei ihr aus, die er durch dauerndes Reden glaubte vergrößern zu können. Erdal würde einfach so lange auf sie einreden, bis sich Sabine vor Erschöpfung ergeben würde. Die Lage war durchaus ernst, denn Erdal hatte eine Menge zu erzählen. Es musste also etwas unternommen werden. Nur was, das blieb lange Zeit unklar, denn Holm befand sich erstmals in der schwierigen Lage, einen Rivalen aus dem Feld zu schlagen. Einen Rivalen, der Holm auf dem Gebiet der Redekunst nicht nur deutlich überlegen war, sondern den Holm auch noch höchstpersönlich und bei freiem Eintritt in den

Club geschickt hatte. Dass Erdal diese freundliche Geste nun so schamlos ausnutzte, war schwer zu ertragen. Holm hatte nämlich keine vergleichbaren Erzählungen auf Lager. Er war es einfach nicht gewohnt, über einen längeren Zeitraum etwas Zusammenhängendes zu erzählen. Lediglich Anekdotisches von der Tante oder seinen Eltern wusste er zu berichten. Erdal schöpfte aus den Geschichten seiner orientalischen Vorfahren, er hatte sechstausend Jahre Morgenland im Rücken, während Holm nur mit persönlichen vierzig Jahren Rudow aufwarten konnte.

Aber die Lage schien sich, ohne dass Holm irgendetwas getan hatte, nach wenigen Minuten doch noch zu seinen Gunsten zu ändern. Sabine blickte ihn nämlich in immer kürzer werdenden Abständen an, was Holm nicht gleich, aber relativ rasch als klares Hilfegesuch erkannte. Sabine hatte offensichtlich genug von »Tausendundeiner Nacht« gehört und wollte von Holm gerettet werden. Und Holm war zur Stelle. Obwohl ihm keine geeigneten Rettungsmaßnahmen einfallen wollten, brachte er sich schon mal in eine günstige Position und stellte sich dicht hinter Erdal, um in dem Augenblick, in dem Erdal kurz Luft holte, mit einer rettenden Nachricht herauszuplatzen. Zum Glück holte Erdal jedoch nicht sofort Luft, denn Holm musste noch eine Weile angestrengt nachdenken, ehe ihm die entscheidende Nachricht einfiel. Und diese Nachricht hatte es in sich. Mit dieser Nachricht konnte Holm quasi gleich zwei Fliegen mit einer Klappe schlagen. Was ihm zuvor bereits einiges Kopfzerbrechen bereitet hatte, würde sich nun mit einem Schlag lösen.

Holm wartete auf seinen Einsatz. Lässig und siegesgewiss gegen den Tresen gelehnt, lauschte er entspannt Erdals Bericht über seine Arbeit als Versicherungsvertreter, was Holm dann allerdings doch stutzig machte. Hatte er den Kurs tatsächlich beendet und arbeitete als Vertreter? Es war kaum zu glauben.

Dieser Mann, der nicht den Eindruck machte, als würde er einfachste Zusammenhänge verstehen, versicherte den Lebensabend tausender Bundesbürger. Doch letztlich spielte das keine Rolle. Eine Frau wie Sabine würde sich nicht von einem Versicherungsvertreter mit Migrationshintergrund beeindrucken lassen. Was sie suchte, war ein Mann, der fest mit beiden Beinen im Leben stand und dabei ausschließlich seine eigene Meinung vertrat.

In diesem Moment platzte es aus Holm heraus: Wollen wir morgen Nachmittag zu unserem Inder was essen? Es klang fast wie eine Drohung.

Einen Augenblick herrschte Schweigen. Stille breitete sich über die Zapfhähne. Erdal sah verblüfft zu Holm, und selbst Sabine wirkte mehr verwirrt als begeistert. Auch Holm wurden jetzt die Folgen seiner Nachricht in vollem Umfang bewusst, denn einen Inder und erst recht *ihren* Inder konnte er natürlich nicht benennen. Wenn sie zusagte, würde Holm einiges zu tun bekommen.

Erdal war der Erste, der wieder zu sich fand.

Gut, dass du da bist, sagte er und schlug Holm jovial auf die Schulter, anscheinend war das ein Teil seines Charakters. Isch hab ganz vergessen zu sagen, dass du zu meiner Hochzeit kommen musst. Ich heirate, rief er laut und warf begeistert seine Arme in die Luft. Und du musst natürlich auch kommen, wandte er sich zu Sabine und entblößte sein riesiges Gebiss. Er notierte rasch Datum und Adresse auf einem Zettel und reichte ihn Holm.

Du versprischt es mir, sagte er und quetschte Holms Hand. Holm bejahte sofort.

Jetzt muss isch gehen, sagte er, sonst wird Frau böse. Er grinste, als würde er sich im Grunde darüber freuen, dass es eine Frau gab, die böse wurde, wenn er zu spät nach Hause kam. Leicht schwankend verließ er den Club.

Holm und Sabine waren die Letzten. Bemüht, ihm nicht in die Augen zu sehen, nahm Sabine ein Bierglas und tauchte es glucksend ins Spülwasser.

Okay, sagte sie schließlich aufblickend, eigentlich sollte ich mit einem Typen wie dir nirgends hingehen, aber weil du mich gerettet hast, mach ich mal eine Ausnahme. Übermorgen Nachmittag um vier hier vor der Tür?

Holm lächelte. Er brachte keinen Ton heraus und sah sie nur an, als müsse er sich versichern, dass sie ihn eben tatsächlich angesprochen hatte. Er war so aufgeregt, wie er es noch niemals gewesen war. Zwar wusste er nicht ganz genau, was sie ihm damit sagen wollte, dass sie aber dennoch zustimmte, war selbst für Holm eine echte Überraschung.

13.

Am nächsten Morgen wachte Holm spät auf. Die Sonne schien breit und freundlich auf seinen Körper und störte sich nicht weiter an dem Mann, der an einem gewöhnlichen Werktag gegen elf Uhr immer noch im Bett lag und mit den Zehen wackelte. Aus bislang ungeklärter Ursache rutschte die Bettdecke Nacht für Nacht um einige Zentimeter nach oben und legte so seine Zehen frei, die ihn am anderen Morgen regelmäßig begrüßten. Vielleicht fehlte ihnen ganz einfach Bewegung.

Während die Zehen wackelten und die Sonne von einem wolkenlosen Himmel auf ihn herabstrahlte, war es Holm plötzlich egal, ob ihn aus dem All jemand beobachtete. Hatte er bis vor kurzem noch die Befürchtung gehabt, man könne ihn per Satellit auf seine Daseinsberechtigung überprüfen und ihm diese aus Mangel an sichtbaren Erfolgen bei der täglichen Lebensführung schließlich aberkennen, *Leider sehen wir keinen Grund, Sie weiter am Leben zu beteiligen*, sah er auf einmal mit aller Klarheit, dass eine solche Aberkennung praktisch unmöglich war. Denn selbst wenn er über Satellit beobachtet werden sollte, gäbe es niemanden, auch nicht seine Eltern, die ihn daran hindern konnten, seine einmal erreichte Position als Mensch unter Menschen aufzugeben. Holm lebte zum ersten Mal mit vollem Bewusstsein, und es war sein gutes Recht, um elf Uhr morgens im Bett zu liegen und mit den Zehen zu wackeln.

Holms neue Unbekümmertheit wurde allerdings durch die Tatsache getrübt, dass er Bauchweh hatte. Keine drückenden Schmerzen, die auf verdorbenes Essen hindeuteten, zuletzt hatte er lediglich Nüsse gegessen, da konnte so schnell nichts verderben. Er hatte auch keine Blähungen, die ihn häufig nachts heimsuchten und aus dem Schlaf hochschrecken ließen und selbst seine Tante Hedwig Rossmann einmal dazu brachten, im Nachthemd an seinem Schlafsofa aufzutauchen. Ob er auch was gehört habe? Es war kein klar lokalisierbarer Bauchschmerz, sondern eben nur ein Bauchweh, eine Art Ziehen oder Zerren, das von seinem Magen in alle Himmelsrichtungen ausstrahlte und Holm in eine sonderbare Vorfreude versetzte.

Während er noch überlegte, wie Bauchweh und Vorfreude zusammenpassten, hörte er aus dem Wohnzimmer plötzlich vertraute Musik. Das heißt, zunächst hörte er Musik, die ihm vertraut *vorkam*, weil er Vertrautes an diesem Ort überhaupt nicht erwartet hatte, bevor ihm klar wurde, dass es sich wirklich um vertraute Klänge handelte, was wiederum sofort befremdlich erschien, denn im Wohnzimmer sang kein Geringerer als Reinhard Mey, und Reinhard Mey war ein Künstler, der zu dieser vollautomatischen Wohnung einfach nicht passte. Ehe Holm also sein vertrautes Gefühl bei Liedern wie »Komm, gieß mein Glas noch einmal ein« und »Es gibt Tage, da wünscht ich, ich wär mein Hund« überhaupt genießen konnte, entstand der merkwürdige Eindruck, er höre Reinhard Mey zum ersten Mal.

Diesen Eindruck teilte auch Freddy. Denn als Holm, nachdem er rasch seine Kleider übergezogen hatte, ins Wohnzimmer kam, stand sein Arbeitgeber im blauen Morgenmantel vor der weitläufigen Sitzlandschaft und starrte verblüfft auf die Hülle der Reinhard-Mey-CD, die Holm bei der erfolglosen Suche nach einem Abspielgerät auf dem Couchtisch vergessen haben musste.

Was das denn sei?, fragte Freddy ernst, als er Holm sah, und hielt ihm die Hülle entgegen. Holm, der schon Schlimmstes befürchtete, vielleicht durfte man nichts auf die empfindliche Tischplatte legen, wollte wahrheitsgemäß antworten, dass es sich um eine normale CD-Hülle handelte, als er gerade noch rechtzeitig merkte, dass Freddys Frage weniger auf die Hülle denn auf den Inhalt abzielte. Seinem Gesicht nach zu urteilen konnte Freddy mit dieser Musikrichtung nicht allzu viel anfangen. Vermutlich lehnte er sie sogar prinzipiell ab. Verständliche Texte, dazu noch auf Deutsch gesungen, waren nichts für einen erwachsenen Mann von Welt. Die Sache sah also nicht gut aus für Holm, und Holm dachte krampfhaft nach, wie er da wieder herauskam, ohne sich nachhaltig zu blamieren.

Einen Moment überlegte er, alles abzustreiten, er könne sich auch nicht erklären, woher diese CD stamme, erinnerte sich dann aber an den Aufkleber mit seinem Namen, der die CD zweifelsfrei ihm zuordnete. Seit dem Intermezzo bei seiner früheren Freundin Ulrike hatte er sämtliche Gegenstände, einschließlich seiner Zahnbürste, mit kleinen Namensschildern versehen, um späteren Rückforderungen wirkungsvoll begegnen zu können. Abstreiten hätte also nichts gebracht. Im Gegenteil, es hätten sogar Zweifel an seiner Zurechnungsfähigkeit laut werden können.

Reinhard Mey, antwortete Holm schließlich nach längerer

Pause und machte eine abwehrende Handbewegung, als wäre ihm diese CD eigentlich nicht so wichtig.

Der sei doch neulich aus dem Fenster gesprungen, sagte Freddy und hielt die Fernbedienung Richtung Fernseher, in den offenbar der CD-Spieler integriert war. Kein Wunder, dass Holm ihn nirgends entdeckt hatte. »Der Mörder ist immer der Gärtner« tönte es nun laut aus den unsichtbaren Boxen. Freddy nickte zustimmend, als hätte er schon ähnliche Erfahrungen gemacht.

Nein, sagte Holm bestimmt, er habe keine Informationen über einen solchen Fenstersprung und halte es auch für völlig unmöglich. Vor kurzem habe er ihn noch in einer Talkshow gesehen, und da habe er keineswegs depressiv gewirkt.

Die Vorstellung, Reinhard Mey könnte zwischenzeitlich doch aus dem Fenster gesprungen sein, entsetzte Holm. Seit er nicht mehr regelmäßig die »Tagesschau« sah, ereigneten sich vermutlich die ungeheuerlichsten Sachen. Am liebsten hätte er sofort seine Mutter angerufen.

Hossa, sagte Freddy, der habe doch auch mal Hossa gesungen. Und zuletzt sei er nur noch in Baumärkten aufgetreten, da sei es begreiflich, wenn man irgendwann aus dem Fenster springe.

Holm atmete erleichtert auf. Da verwechsle er wohl jemanden, sagte er, er meine Rex Gildo und nicht Reinhard Mey! Rex Gildo sei der Mann mit dem Hossa, und der sei tatsächlich vor einigen Jahren aus dem Fenster gesprungen. Ob dies mit den Auftritten in Baumärkten zusammenhänge, könne er allerdings nicht beurteilen. Reinhard Mey, ergänzte Holm mit fester Stimme, habe es gar nicht nötig, in Baumärkten zu singen, obwohl man es nicht grundsätzlich ausschließen könne, dass er später doch mal in oder vor Baumärkten singe, was natürlich nicht automatisch zum Sprung aus dem Fenster führen müsse.

»Ich bin Klempner von Beruf«, sang Reinhard Mey jetzt, und Freddy, der zuletzt gar nicht mehr richtig zugehört hatte, bewegte den ganzen Oberkörper rhythmisch zur Musik und klopfte mit seinem Fuß den Takt dazu.

Super Musik, sagte er plötzlich, der Typ sei ein echter Könner, das höre man sofort, weshalb er ihm denn nicht eher davon erzählt habe?

Holm lächelte. Endlich war es raus, und es war überhaupt nichts Schlimmes passiert. Er war sogar ein wenig stolz, einem weltgewandten Mann wie Freddy etwas beigebracht zu haben. Holm erkannte erstaunt, dass auch er der Welt etwas geben konnte, auch wenn es zunächst nicht viel war, so war es doch ein persönlicher Beitrag. Und das war letztlich mehr, als Holm von sich selber erwartet hätte.

Kurz darauf schaltete Freddy abrupt die Musik aus und zog den Morgenmantel fest. Ob er eigentlich auch Auto fahren könne, fragte er, sachlich zu Holm blickend, als sei ihm die Begeisterung für deutsches Liedgut auf einmal peinlich.

Drei Stunden nach seiner Führerscheinprüfung war Holm in dem alten Volkswagen seiner Eltern, einschließlich seiner Eltern, testweise die Avus hinuntergefahren. Und obwohl es immer geradeaus ging und er nicht schneller als sechzig km/h fuhr, war er mit den Nerven bald derart am Ende, dass er am liebsten rechts rangefahren und zu Fuß nach Hause gelaufen wäre. Denn während sein neben ihm sitzender Vater drängte, schneller zu fahren, *mal richtig durchzutreten*, befahl seine Mutter vom Rücksitz aus in schneidendem Tonfall Mäßigung und korrekte Fahrweise. Obwohl Holm noch nicht mal die erlaubte Höchstgeschwindigkeit von hundert km/h erreicht hatte, klammerte sich seine Mutter mit beiden Händen an den Fahrersitz, als würden sie jeden Augenblick die Schallmauer durchbrechen und forderte hysterisch eine sofortige Tempodrosselung, wobei sich die Fahrerrücklehne immer weiter und schließlich bedrohlich nach hinten neigte, sodass sich Holm, um nicht in die Horizontale zu kippen, am Lenkrad festhalten musste, was zu ruckartigen Ausschlägen nach rechts und links führte und seinen Vater veranlasste einzugreifen, indem er mit einer Hand jeweils gegensteuerte, worauf seine Frau wiederum ihren Mann anblaffte, *den Jungen doch mal alleine fahren zu lassen, sonst lerne er es nie.* Nur eben nicht in dieser, wie sie meinte, halsbrecherischen Geschwindigkeit.

In Schlangenlinien und Tempo vierzig krochen sie so die Autobahn entlang und wurden nicht nur von zahlreichen wütend hupenden und an ihre Stirn deutenden Autofahrern überholt, sondern schließlich auch von der Polizei angewiesen, die Autobahn bei der nächsten Abfahrt zu verlassen. Während sein Vater lediglich stumm den Kopf schüttelte und angewidert zur Seite sah, fühlte sich seine Mutter vollständig rehabilitiert und begrüßte den breitbeinig ans Auto herantretenden Polizeibeamten durchs heruntergekurbelte Fenster schon von weitem mit einem fröhlichen Grüß Gott, obwohl weder seine Mutter noch allem Anschein nach der Polizeibeamte aus dem süddeutschen Raum stammte. Offenbar meinte sie in diesem Augenblick etwas Zünftiges sagen zu müssen, und da kam seit ihrem letzten Alpenurlaub nur das Bayerische in Frage. Zur großen Enttäuschung seiner Mutter fragte der Beamte jedoch nicht sie, sondern Holm nach den Ausweisen, obwohl seine Mutter bereits sämtliche Papiere aus ihrer Tasche gekramt hatte und damit aus dem Fenster herauswedelte. Sein Vater dagegen ignorierte die polizeiliche Überprüfung seines Sohnes vollständig und studierte stattdessen intensiv den Stadtplan, als wäre ihm die ganze Geschichte außerordentlich peinlich. Seitdem hatte Holm nie wieder ein Auto gesteuert.

Um Freddy nicht zu enttäuschen und weil Holms Leben sich momentan in einem unerwarteten Aufschwung befand, bejahte er ohne weiteres.

Dann solle er sich gleich fertig machen, sagte Freddy, mit Schlips und Kragen, in einer Stunde habe er einen wichtigen Termin am Potsdamer Platz, und dahin müsse er ihn unbedingt begleiten.

Es gab keinen Zweifel mehr, Holms erster Einsatz als Leibwächter stand auf dem Programm, und er war nicht im Geringsten darauf vorbereitet.

Zwanzig Minuten später fuhren sie mit dem Fahrstuhl in die Tiefgarage. Wie Holm schon befürchtet hatte, wartete dort kein Volkswagen, sondern ein beängstigend großer S-Klasse Mercedes. So ein Auto kannte er nur aus der »Tagesschau«, wenn die Limousinen mit Ministern und Staatssekretären ins Bundeskanzleramt hinein- und wieder herausfuhren. Meist fuhren sie so schnell hinein und wieder heraus, dass die Minister oder Staatssekretäre kaum oder gar nicht zu erkennen waren, als sollte eine Identifizierung unmöglich gemacht werden.

Freddy nahm auf dem Rücksitz Platz und vertiefte sich gleich in ein Magazin. Das ließ Holm etwas Luft, um nach dem Zündschlüsselloch zu suchen. Wahrscheinlich war es auch irgendwo integriert. Erstaunlicherweise befand es sich jedoch an der gleichen Stelle wie beim Volkswagen seiner Eltern. Holm startete den Wagen. Dass der Wagen überhaupt lief, merkte er zunächst nur an den Scheinwerfern, die sich zu Holms Verblüffung selbstständig einschalteten, und an einem Bildschirm in der Mittelkonsole, auf dem ein digitaler Stadtplan mit einem roten Pfeil aufleuchtete. Ob der Pfeil bereits das Ziel oder lediglich den gegenwärtigen Standort anzeigte, war nicht gleich zu erkennen. Holm fuhr im Schritttempo, mit vorgebeugtem Oberkörper, die Hände fest ans Lenkrad gekrallt, die Auffahrt hoch. Glücklicherweise gab es nirgendwo Pfeiler, er brauchte lediglich geradeaus zu fahren.

Draußen bemerkte er, dass sich der Pfeil leicht nach vorne

bewegt hatte. Nun war klar, dass er nur ihren Standort anzeigte. Wie Holm unter diesen Umständen zum Potsdamer Platz gelangen sollte, blieb ihm ein Rätsel. Denn sein Orientierungssinn befand sich auf der Stufe eines Kleinkindes. Selbst in Rudow, wo er den größten Teil seines Lebens verbracht hatte, verlief er sich manchmal.

In diesem Augenblick griff Freddys Hand unerwartet vor zur Mittelkonsole und drückte mehrere Knöpfe. Damit gehe es leichter, meinte er nur, ohne genaue Angaben zu machen, was denn nun leichter gehen solle, und verschwand wieder hinter seinem Magazin.

Erstmal losfahren, dachte Holm, als er mehrere Minuten ergebnislos auf irgendeine sichtbare Erleichterung gewartet hatte, damit überhaupt was passiert. Freddy durfte nicht glauben, dass er keine Ahnung hatte, wie man auf direktem Wege zum Potsdamer Platz gelangte. Im Grunde wusste er nämlich überhaupt nicht, wie man irgendwohin gelangte.

Da die Straße offenbar eine Einbahnstraße war, schloss er sich langsam einfädelnd der Allgemeinheit an. Holm fuhr weiterhin im Schritttempo, als befürchtete er bei dreißig km/h die Kontrolle über das Fahrzeug zu verlieren. Auf einmal verstand er auch die Sonntagsfahrer mit ihren Hüten.

Schon nach wenigen Metern meldete sich im Wagen eine weibliche Stimme, er solle bei der nächsten Gelegenheit nach links abbiegen. Holm erschrak fast zu Tode und folgte der Anweisung mit starr nach vorne gerichtetem Blick. Jetzt nur nicht nach hinten sehen, dachte er, mach einfach, was sie sagt und riskier hier nichts! Als die Frau ihn wenig später erneut höflich, aber bestimmt bat, nach rechts zu fahren, erkannte Holm, dass die Stimme aus einem Lautsprecher neben dem Lenkrad kam. Das beruhigte ihn allerdings nur kurz, denn die entscheidende Frage lautete: Woher wusste die Frau überhaupt, dass er zum Potsdamer Platz wollte?

Holm hatte auf einmal wieder dieses ungute Gefühl, aus dem All beobachtet zu werden. Und es war ihm plötzlich nicht mehr egal. Holm wurde von einer Frau befohlen, was er zu tun hatte, und das war dann doch ein bisschen zu viel für seinen Geschmack. Wahrscheinlich saß die Frau in Rottweil oder Böblingen in einem von der Außenwelt abgeschotteten Raum und wählte von dort die kürzeste Route zum Potsdamer Platz aus. Wusste sie eigentlich, wen sie da so flott durch die Stadt dirigierte? War ihr bewusst, dass Holm eine bedeutende Persönlichkeit des Nachtclubwesens zu einem Geheimtreffen an den Potsdamer Platz chauffierte? Dass Holm nicht nur der Fahrer dieser Limousine war, sondern gleichzeitig auch als Leibwächter dafür zu sorgen hatte, dass sein Arbeitgeber unbeschadet den Zielort erreichte? Nein, sie hatte natürlich keine Ahnung davon. Sie war eine junge Frau, studierte Romanistik im vierten Semester und jobbte nebenher als Ansagerin. Sicherheitsfragen waren ihr gänzlich unbekannt. Während sie fremde Menschen durch eine ihr vermutlich ebenso fremde Stadt lotste, dachte sie schon ans Wochenende, an Diskotheken und daran, welches Kleid sie wohl diesmal tragen würde. Auf die Idee, dass in einer Stadt wie Berlin der schnellste Weg womöglich auch der gefährlichste war, kam sie gar nicht erst. Denn in Böblingen gab es praktisch nur Kleinstkriminalität, ein Handtaschenraub im Monat.

Die Lage war also nicht ungefährlich. Wäre es etwa ausgeschlossen, dass ein Attentäter bereits an der allseits bekannten Route zum Potsdamer Platz wartete, sich hinter einer Hecke verschanzt hatte und mit abgesägter Schrotflinte Position bezog? Man kannte das von Kennedy. Eben noch freundlich in die Menge gewinkt und kurz danach eine Kugel im Kopf.

An der nächsten Kreuzung, die junge Studentin hatte ihn gerade angewiesen, nach rechts abzubiegen, fuhr Holm einfach geradeaus weiter. Drückte aufs Gaspedal und schoss über die Kreuzung hinweg. Daraufhin sagte die Frau erst einmal gar nichts. Mit Querulanten hatte sie offenbar nicht gerechnet. Entsetzt starrte sie auf ihren Böblinger Computerbildschirm und sah, wie sich der rote Pfeil in eine völlig andere Richtung bewegte. Sprachlos verfolgte sie die Fahrt eines Wahnsinnigen, blickte sich vielleicht besorgt um, ob ihr jemand helfen konnte. Womöglich hatte sie Angst um ihren Job. Wenn ihr Chef nun davon erfuhr?

Holm genoss diesen Moment, empfand sogar leichte Schadenfreude, dass man in Böblingen keine Möglichkeit sah, diesen Irren zu stoppen. Und er würde so lange geradeaus fahren, bis man auch im fernen Böblingen begriffen hatte, dass ein Mann wie Holm durch nichts und niemanden mehr aufzuhalten war. Notfalls würde er bis nach Polen fahren!

Seine Schadenfreude währte jedoch nicht lange, denn schon kurz vor der nächsten Kreuzung fand die junge Frau wieder zu sich. *Biegen Sie jetzt rechts ab*, sagte sie mit erstaunlich gefasster Stimme, ein wenig strenger als vorher, wie Holm meinte, was ihn für einen Augenblick verunsicherte. Nicht auszuschließen, dass sie irgendwann wütend wurde und ihn anschreien würde. Auch diesmal ignorierte er ihre Anweisung und hielt weiter Kurs geradeaus. Tatsächlich bewirkte sein neuerliches Fehlverhalten sofort einen rüderen Ton. *Kehren Sie um*, blaffte sie, *und biegen Sie links ab!* Es war fast ein wenig unverschämt. Sollte sich ihr Ton weiter verschärfen, würde er die Geschäftsführung anrufen. Ob das der übliche Umgangston in ihrem Hause wäre?

Derweil raste Holm ungeachtet von Ort und Zeit durch die Stadt, als gelte es, Verfolger abzuhängen. Er fuhr jetzt beinahe siebzig. Es war schon beeindruckend, wie schnell man heute fahren konnte, ohne die Geschwindigkeit überhaupt zu spüren. Ein leichter Druck aufs Gaspedal, und schon raste die Maschine mit siebzig Sachen durch die Gegend.

Holm fing langsam an, das Leben zu genießen.

Inzwischen hatte auch die Studentin die Orientierung verloren. Verzweifelt forderte sie, einmal nach links und im nächsten Moment nach rechts abzubiegen. Dann sollte man wieder umdrehen und fünfhundert Meter geradeaus fahren, ehe sie sich die Sache doch anders überlegte und einen sofortigen Linksschwenk anordnete. Die Frau wusste selber nicht mehr, was sie wollte, und das erfüllte Holm mit großer Zufriedenheit.

Ob er die Lage eigentlich noch im Griff habe?, fragte Freddy plötzlich ungehalten von der Rückbank. Holm, der zunächst einen leisen Zweifel an seinem Fahrstil herauszuhören meinte, erkannte dann aber relativ schnell, dass sein Arbeitgeber mit der Gesamtsituation nicht zufrieden war. Nach seiner Erfahrung, sagte Freddy, hätten sie längst da sein müssen. Die Lage war zweifellos ernst. Denn auch Holm wurde nun langsam bewusst, dass ihn die sture Weigerung, den Anweisungen der Frau zu folgen, dem Potsdamer Platz nicht näher gebracht hatte. Im Gegenteil. Sie befanden sich in einem tristen Industriegebiet, rechts und links verwahrloste Backsteingebäude, auf denen Bäume wuchsen. Vom glänzenden Zentrum der Hauptstadt keine Spur. Jetzt bloß nicht den Eindruck erwecken, dass man sich verfahren hatte, dachte Holm. Freddy durfte nicht glauben, dass Holm nicht jederzeit Herr der Lage war.

Er habe einen Umweg fahren müssen, sagte Holm und versuchte entspannt zu wirken. Einen Umweg?, fragte Freddy. Ja, sagte Holm, aus Sicherheitsgründen habe er nicht den direkten Weg gewählt. Welche Sicherheitsgründe?, wollte Freddy erstaunt wissen.

Holm schwieg. Den Heckenschützen mit der abgesägten Schrotflinte erwähnte er besser nicht. Und weil Holm weiter schwieg, antwortete Freddy schließlich in einem Ton, der nichts Gutes verhieß, dass sie in exakt zehn Minuten am Potsdamer Platz sein müssten, sonst würde das Geschäft platzen. Und dafür würde niemand anderes verantwortlich sein als Holm!

Leider schwieg in diesem wichtigen Moment auch Böblingen.

Langsam fuhr Holm die sechsspurige Straße entlang und hoffte auf Hilfe. Doch nichts passierte. Offenbar war die Frau beleidigt und sagte aus Trotz kein Wort mehr. Saß mit verschränkten Armen da und blieb stur. Nun tat Holm etwas Erstaunliches: Er lächelte, und zwar lächelte er Richtung Lautsprecher, in der Hoffnung, sie doch noch erweichen zu können. Wenigstens einen knappen Hinweis könnte sie ihm geben, ob er nach rechts oder links fahren sollte. Doch sie schwieg weiter. Kein Mucks war zu hören. Vielleicht fuhr er auch nur zu langsam. Vielleicht gab es gar keinen Grund, etwas zu sagen, denn weit und breit waren weder Kreuzungen noch Abzweige zu erkennen.

Während er weiter lächelte, was ihn einige Überwindung kostete, drückte er aufs Tempo. Achtzig, neunzig, schließlich raste er mit knapp hundert Stundenkilometern über die sechsspurige Straße dahin.

Zur Rechten kam eine Brücke mit zwei Türmen in Sicht. In diesem Augenblick drangen aus dem Lautsprecher die erlösenden Worte: *Biegen Sie in hundert Metern rechts ab.* Kurz und sachlich, ohne im Geringsten beleidigt zu wirken. Holm atmete erleichtert auf.

Wenige Minuten später erreichten sie den Potsdamer Platz. Vor einem Hochhaus, offensichtlich ein Hotel, verabschiedete sie die Frau mit den Worten *Sie haben Ihr Ziel erreicht.* Im selben Moment rissen zwei Hotelangestellte mit Hüten und Capes die Wagentüren auf. Während Holm sich noch fragte, ob er das Auto so einfach im Stich lassen konnte, eilte Freddy bereits auf den Eingang zu. Holm hatte keine andere Wahl, als dem freundlichen, wenn auch schwarzen Angestellten den Wagen zu überlassen, wollte er Freddy nicht verlieren.

In der Hotellobby begrüßte Freddy gerade einen rundlichen

Herrn im blauen Anzug, der einen großen Aluminiumkoffer in der Hand trug. Er schwitzte stark und wischte sich in Abständen immer wieder über die Stirn. Der Mann wirkte wie ein Vertreter, was Holm ein wenig enttäuschte. Von so einem waren jedenfalls keine Übergriffe zu erwarten. Beim Näherkommen bemerkte Holm, dass der Mann einen Ohrring trug. Vielleicht hatte er eines Tages selbst das Vertreterhafte an sich erkannt und sich einen Ring ins Ohr gehängt. Nun sah er allerdings wie ein ehemaliger Vertreter aus, der von der Bahn abgekommen war und sich in zweifelhaften Geschäften versuchte.

Drei Meter hinter ihm stand ein stark gebräunter Mann mit rasiertem Schädel. Breitbeinig, die Arme ineinander verschränkt, beobachtete er aufmerksam die Umgebung. In der Brusttasche seines Anzugs klemmte eine Sonnenbrille. Holm hielt ihn zunächst für einen Hotelgast, der zufällig in der Nähe stand und sich sein luxuriöses Quartier ein wenig genauer ansah. Nun gab es in der Lobby allerdings nicht so viel zu sehen, dass man minutenlang mit verschränkten Armen dastehen konnte. Es war sogar ziemlich ausgeschlossen, dass dieser Mann aus rein privaten Gründen seine Mitmenschen beobachtete, dafür sah er einfach zu offensiv in die Gegend. Wie ein Periskop bewegte sich sein Kopf mal in die eine und dann in die andere Richtung, ohne dass auf seinem Gesicht irgendeine emotionale Regung zu erkennen gewesen wäre.

Hier sollten zweifellos keine Urlaubseindrücke gesammelt, sondern Gefahren frühzeitig entdeckt und abgewendet werden. Dieser Mann gehörte ohne Frage zu dem Herrn mit dem Aluminiumkoffer. Er war sozusagen Holms Kollege, wie Holm nicht ohne einen gewissen Stolz erkannte. Denn es war schon etwas ganz anderes, einen sonnengebräunten und durchtrainierten Mann mit stählernem Blick zu seinem Kollegenkreis zu zählen, als eine schwergewichtige Frau wie Gesine Mugsch, mit Froschaugen und großem Busen, die ihre besten Jahre längst hinter sich hatte.

Holm verschränkte nun ebenfalls die Arme, stellte sich breitbeinig hin und betrachtete emotionslos seine Umgebung. In seiner Brustinnentasche spürte er etwas Hartes. Die Persol-Brille! Er nahm sie heraus, doch anstatt sie ebenfalls außen anzuklemmen, setzte er sie schwungvoll auf seine Nase. Das war vielleicht etwas überraschend, denn einen wirklichen Grund, in der Hotellobby eine Sonnenbrille zu tragen, gab es natürlich nicht, aber das emotionslose Beobachten klappte damit gleich viel besser: Durch die Brille fühlte sich Holm auf einmal seiner Aufgabe gewachsen. Er sah zwar weniger, wuchs aber gleichzeitig im Ansehen. Sein Kollege, der ihn bislang nicht beachtet hatte, nickte ihm sogar knapp zu, als hätte er eben erst festgestellt, dass dieser blasse, stämmige Mann mit dem schlotternden Anzug in derselben Branche arbeitete.

In diesem Moment setzten sich Freddy und sein Geschäftspartner in Bewegung und gingen, diskutierend und gestikulierend, in das weitläufige Hotelrestaurant im französischen Bistrostil. Holm und sein Kollege blieben ihnen in einigem Abstand auf den Fersen.

Die Glieder gespannt, jederzeit bereit, nach vorne zu springen und einen Gegner niederzuringen, bewegte sich Holms Kollege, nach allen Seiten sichernd, durchs Hotel.

Holm folgte ihm, spannte ebenfalls seine Glieder und ging ausgesprochen breitbeinig vorwärts. Es sah ein bisschen so aus, als hätte er in die Hosen gemacht, er sicherte aber vorsichtshalber nicht nach allen Seiten, aus Sorge, irgendwo gegenzustoßen.

Mit dieser gespreizten Gehweise geriet er jedoch sehr rasch ins Hintertreffen, und er musste sich beeilen aufzuschließen, um Freddy nicht aus den Augen zu verlieren.

Zum Glück war das Lokal dann doch nicht so weitläufig,

und Holm konnte noch sehen, wie sich Freddy und sein Geschäftspartner in eine Sitzecke zurückzogen. Sein Kollege bezog Quartier an einem nahe gelegenen Tisch mit guter Sicht auf die beiden Hauptakteure. Unschlüssig, ob er sich einfach dazusetzen sollte, ein ähnlich günstig stehender Tisch war leider von einem Pärchen besetzt, das sich an den Händen hielt und einander tief in die Augen sah, da konnte man schlecht dazwischengehen, dachte Holm eine Weile über das Für und Wider nach. Da ihm aber weder Argumente dafür noch dagegen einfallen wollten, setzte er sich schließlich auch an den Tisch, und zwar auf die andere Seite, möglichst weit weg, damit niemand auf die Idee kam, sie gehörten zusammen.

Die Bedienung brachte zwei Menükarten. Ob sie schon etwas trinken wollten, fragte sie freundlich, anscheinend glaubte sie, beide hätten sich hier zum Mittagessen verabredet. Dass sie mindestens zwei Meter auseinandersaßen und jeder dabei in eine andere Richtung blickte, fiel ihr offenbar gar nicht auf. Ein Wasser, sagte sein Kollege. Holm bestellte eine Apfelsaftschorle, groß und nicht zu kühl. Damit war wohl alles gesagt.

Die Menükarte weckte in Holm sofort Urlaubsgefühle. Soup d'oignon, Tarte flambée und Coq au vin. Er dachte auch an die Frédérik-Mey-Rose und seinen ursprünglichen Reiseplan. Dass er sich jetzt in einem französischen Restaurant befand, erschien ihm außerordentlich passend.

Ob sie schon etwas ausgesucht hätten, fragte die junge und auffallend hübsche Bedienung, als sie die Apfelsaftschorle servierte, denn noch immer war ihr nicht bewusst, dass die beiden Männer zwar an einem Tisch saßen, sonst aber ganz unterschiedliche Ziele verfolgten. Eine separate Aufnahme der Bestellungen war also nicht nur wünschenswert, sondern sogar notwendig, um nicht in Interessenkonflikte zu geraten. Als sein Kollege abwehrte, bestellte Holm rasch eine soup d'oignon.

Wenn das jetzt nicht reichte, würde er deutliche Worte finden müssen.

Die Suppe stellte sich wider Erwarten als Zwiebelsuppe heraus. Eigentlich hatte er mit einer Fischsuppe gerechnet, beziehungsweise hatte er an eine Fischsuppe gedacht, die er unbewusst auf die soup d'oignon projizierte. Und weil Holm keine Zwiebeln mochte, löffelte er lediglich den geschmolzenen Käse ab, der wie eine zähe Gummimasse auf den Zwiebeln lag.

Scheiß Franzessen, sagte sein Kollege auf einmal vollkommen unerwartet, als Holm versuchte den Käsefladen auf ein Stück Brot zu bugsieren, und schüttelte angewidert den Kopf. Holm war von der plötzlichen Anrede so überrascht, dass ihm der Käse vor Schreck in die Suppe fiel.

Holm fragte sich, was wohl passierte, wenn er von einem Leibwächter angegriffen würde. Und ob ihm dann Freddy zur Hilfe eilte? Hatten eigentlich auch Leibwächter ein Anrecht auf eigene Leibwächter?

Jeden Tag der gleiche Mist, fuhr sein Kollege schlecht gelaunt fort, große Teller und winzige Portionen, dafür bezahlste dann ein Schweinegeld!

Holm sah auf seine Suppe. Klein war die Schüssel nun nicht, mit dem Käse hätte man mehrere Abendbrote belegen können, und die Rechnung bezahlte hoffentlich Freddy.

Geht dein Chef ooch immer in diese Lokale?, fragte der Kollege und machte eine kurze Kopfbewegung rüber zur Sitzecke.

Holm hatte nicht vor, aus dem Nähkästchen zu plaudern, selbst wenn er noch gar nicht genau wusste, wo Freddy üblicherweise sein Mittagessen einnahm. Er spürte, dass eine ungute Entwicklung im Gange war. Anscheinend war sein Kollege unzufrieden und versuchte sich über die Verunglimpfung der französischen Küche mit Holm zu verbünden. Da hatte er sich allerdings den Falschen ausgesucht. Denn Holm war keineswegs unzufrieden und wollte sich auch mit niemandem verbünden. Ob ein Kontakt überhaupt wünschenswert war, war angesichts der offensichtlich schwierigen Verhandlungslage ihrer Chefs ohnehin fraglich.

Vorsorglich nahm sich Holm nun doch die Zwiebelsuppe vor, damit keine falschen Hoffnungen entstanden.

Nein, sagte Holm, dabei bemüht, nicht auf die Zwiebeln zu beißen, was gar nicht so einfach war.

Deinen Chef möchte ick ooch haben, sagte der andere in breitem Dialekt, als wären sie bereits dicke Kumpel. Holm war froh, dass er keinen Dialekt sprach.

Ja, sagte Holm. Er würde einfach immer nur Ja und Nein sagen, vielleicht verlor sein Kollege irgendwann die Lust an ihm.

Ick meine, sagte der Kollege und beugte sich über den Tisch, im Augenblick sah es nicht so aus, als würde er bald die Lust verlieren, ick hab ja nischt jegen Luxus, wirklich nich, betonte er noch und schüttelte den Kopf, um klarzustellen, dass er im Zusammenhang mit Luxus zumindest nicht zu Gewalttaten neigte, aber ick merke, wenn ick verarscht werde, weeßte, und dit is hier ne einzige Verarsche!

Holm nickte nur. Er kämpfte gerade mit dem Käse.

Weeßte, fuhr der andere fort. Holms kurze aber immerhin sichtbare Reaktion veranlasste ihn, die Beziehung auf eine neue Stufe zu stellen: Er setzte sich um, direkt neben Holm, der, über die Schüssel gebeugt, der zahllosen Käsefäden Herr zu werden versuchte, die gar kein Ende nehmen wollten. Dass man hier keine Schere dazu bekam, war eigentlich ein Skandal.

Weeßte, sagte er und rückte dicht an Holm heran, seine Nase hing fast über der Suppenschüssel, ick rieche, wenn et zu viel is, *mehr Schein als Sein*, so heeßt dit doch, oder? Ick rieche so wat sofort! Er zeigte auf seine Nase, als wollte er deutlich machen, dass er sinnlosen Überfluss tatsächlich erriechen konnte. Die täuscht mich nicht, sagte er, sein Finger deutete noch immer zur Nase, selbst dem Dümmsten musste jetzt klar sein, dass er wirklich die Nase meinte. Ick komme aus einfachen Verhältnissen, meine Mutter war Putzfrau, da lernste, wenn et nich ehrlich gemeint is.

Ob seine Mutter wohl auch so gut riechen konnte, fragte sich Holm, der inzwischen herausgefunden hatte, wie man die Fäden elegant wieder loswurde. Mit der Gabel eindrehen und sachte abziehen. Holm war es ein Rätsel, wie man so etwas riechen konnte, fragte aber vorsichtshalber nicht nach. Er roch lediglich den Käse, vielleicht weil er aus bürgerlichen Verhältnissen stammte.

Bist du schon lange dabei?, fragte sein Kollege, vom Thema Nase endlich abrückend.

Länger, sagte Holm, obwohl er nicht wusste, wo er genau lange dabei sein sollte. Bei einigen Sachen war er schon lange, bei anderen weniger lang dabei. Insgesamt konnte man also durchaus von länger sprechen.

Ick mach dit jetzt sieben Jahre, sagte sein Kollege. Holm nickte anerkennend. Wie beim »Fliegenden Holländer«, dachte er. Vielleicht wurde er bald von einer Frau erlöst, sonst müsste er noch weitere sieben Jahre ranhängen.

Und?, fragte Holm, es erschien ihm sinnvoll, an dieser Stelle auch mal eine Frage zu stellen. Hast du eine Freundin?

Sein Kollege lachte laut auf. Eine Freundin?, rief er und warf einen kurzen abschätzigen Blick zu seinem Arbeitgeber. Machste Witze? Seit zwei Monaten tu ick nichts anderes als malochen! Wie ick da ne Freundin haben soll, kannste mir mal verraten, wenn du dit weeßt.

Holm wusste es natürlich auch nicht. Besorgt überlegte er, ob er den falschen Job hatte, wenn es so schwierig war, eine Freundin zu haben. Zum Glück sah er Sabine schon aus beruflichen Gründen jeden Abend.

Ne Freundin, sagte sein Kollege auf einmal sehr leise, als sei diese Mitteilung nur für Holms Ohren bestimmt, musste beschäftigen, die will wat erleben, der darfste nicht ständig sagen, heute jehts nich, dann isse schneller weg, als du kieken kannst, weeßte?

Holm blickte betroffen. Er dachte an Ulrike. Ich weiß, sagte er. Deutlich erinnerte er sich noch an die Wochenenden, wenn er morgens aufwachte und sich ungewöhnliche Ziele ausdachte, mit denen man Ulrike überraschen konnte. Nicht nur beschäftigen musste man die Frauen, das wusste Holm inzwischen, sondern immer wieder überraschen. Es genügte eben auf Dauer nicht, ihnen ständig neue Zeitschriften vorzulegen, man musste sich auch als Mann beweisen. *Heute verspüre ich das dringende Bedürfnis, mit dem Fallschirm vom Funkturm zu springen.*

Weiter hinten bemerkte Holm plötzlich einen Mann, der auffallend interessiert zu Freddy und seinem Geschäftspartner hinüberstarrte. Er war korrekt gekleidet, Anzug und Schlips, hatte ordentlich gescheiteltes Haar und sah zunächst überhaupt nicht wie der klassische Attentäter aus. Jedenfalls schien er nicht dem linksradikalen Milieu zu entstammen, und auch ein rechter Schläger sah deutlich anders aus. Der Mann wirkte gebildet, gut erzogen und gar nicht mal unsympathisch. Unter anderen Umständen hätte Holm gerne das eine oder andere Wort mit ihm gewechselt, womöglich hätte man sogar gemeinsame Interessen entdeckt.

Doch dazu würde es vermutlich nie kommen, denn der Mann stand, halb verdeckt von einer Säule, in der Mitte des Lokals und trug eine karierte Serviette über der Hand, wie sie auch Holm und sein Kollege neben sich auf dem Tisch liegen hatten. Der Mann schien ein normaler Gast zu sein, und seine Serviette sollte offenbar etwas verdecken.

Ein Messer!, schoss es Holm sofort durch den Kopf. Die

Serviette verdeckte eine mindestens zehn Zentimeter lange Klinge. Damit war nicht zu spaßen. So eine Klinge konnte einigen Schaden anrichten, blutigen Schaden, wie Holm erschrocken erkannte. Vermutlich handelte es sich um ein Steakmesser. Der Mann hatte zunächst ein Rumpsteak bestellt, um an das erforderliche Messer zu gelangen, und nachdem er das blutige Stück Fleisch gierig aufgegessen hatte, wollte er noch mehr Blut sehen, Menschenblut. Holm sah sich beunruhigt um. Doch niemand wunderte sich über den Mann mit der Serviette. Die Kellner liefen sogar mehrmals dicht an ihm vorbei, ohne ihn auch nur anzusehen. Die Umstände, die den 11. September erst möglich gemacht hatten, eine allzu laxe Handhabung der Sicherheitsvorkehrungen, hatten sie wohl längst wieder vergessen. Seine seriöse, mitteleuropäische Erscheinung schützte ihn vor jeder Verdächtigung. Keiner kam auf den Gedanken, dass dieser Mann dort neben der Säule ein gefährlicher Psychopath war, der jeden Augenblick den inneren Kampf gegen seine frühkindlichen Prägungen verlieren und auf die Sitzecke zustürzen würde. Denn in seiner Kindheit hatte er einige schlimme Dinge erlebt. Vielleicht war er von seinem Onkel, der einen Zopf trug, unsittlich berührt, womöglich sogar vergewaltigt worden. Seitdem hasste er alle Männer mit Zopf. Und Freddy trug einen Zopf! Oder war es ganz anders? Starrte er gar nicht auf Freddy, sondern zu dem dicken Mann mit dem Aluminiumkoffer? Hatte er in seiner Kindheit bittere Erfahrungen mit dicken Männern und/oder Aluminiumkoffern gemacht? War in Wirklichkeit also gar nicht Freddy, sondern sein Geschäftspartner aufs Höchste gefährdet?

Die Situation war vollkommen undurchsichtig, zumal nicht geklärt war, wer von ihnen beiden, Holm oder sein Kollege, im Falle einer Attacke zuständig war. Sollte der Psychopath doch eher schlecht auf Männer mit Zöpfen zu sprechen sein, wäre zweifellos Holm gefordert, andernfalls könnte er ruhig sitzen bleiben und die Zwiebelsuppe beenden.

Hast du ne Freundin?, fragte sein Kollege, offenbar hatte auch er den Mann neben der Säule noch nicht bemerkt, und nahm sich ein Stück Baguette aus dem Brotkorb, der eigentlich für Holm gedacht war. Holm war jedoch viel zu abgelenkt, um sich angemessen empören zu können, denn der Psychopath bewegte sich jetzt direkt auf die Sitzecke zu. Jede Sekunde konnte etwas Furchtbares passieren. Das Attentat war praktisch nicht mehr zu verhindern. »Brutaler Mord im Luxushotel – Leibwächter sahen tatenlos zu!« Nur *was* Holm in dieser Situation tun sollte, hatte ihm niemand gesagt. Sich vor Freddy auf den Tisch werfen oder dem Mann ein Bein stellen?

Holm erkannte auf einmal, dass er Verantwortung für einen Menschen hatte, dass sich Freddy auf ihn verließ und dass er gerade dabei war, das in ihn gesetzte Vertrauen zu verspielen. Die plötzliche Verantwortung war für Holm jedoch so ungewohnt, dass er sich vor Schreck sekundenlang überhaupt nicht bewegte. Er war unfähig, auch nur den kleinen Finger zu heben, so sehr befremdete ihn diese unerwartete Aufgabe, die seinen ganzen Körper fordern würde. Denn dieser Körper hatte in den letzten achtunddreißig Jahren nicht allzu viel zu tun gehabt. Holm schleifte ihn durchs Leben, als hätte er sich irgendwann einfach an ihn gehängt und nicht mehr losgelassen. Wie festgezurrt klebte Holm auf seinem Stuhl und konnte nichts anderes tun, als zuzusehen. Das war im Grunde fast noch empörender als die Sache mit dem Brotkorb. Es war ein unglaublicher Skandal! Holm ärgerte sich dermaßen über seine Trägheit, dass er in einer spontanen Reaktion laut zu sich selbst Schluss jetzt! rief, worauf er erschrocken zusammenzuckte und sein Kollege, verblüfft über die harsche Abfuhr, War ja nur ne Frage antwortete und ein weiteres Stück Baguette aus dem Brotkorb nahm. In diesem Moment griff der

Psychopath, er stand jetzt direkt neben Freddy, nach einer am Boden liegenden karierten Serviette und überreichte Freddy mit einer förmlichen Geste sein frisches Exemplar.

Wenig später, Holm und sein Kollege hatten seither kein Wort mehr gewechselt, stumm sahen sie aneinander vorbei, jeder in eine andere Richtung, kam ein Mann an ihren Tisch, der den Kollegen mit kurzem Händedruck wortlos begrüßte. Für Holm blieb nur ein knappes Kopfnicken übrig, was Holm nach genauerer Betrachtung auch gar nicht sonderlich überraschte, denn der neue Kollege, und um einen solchen handelte es sich zweifellos, war ebenso braungebrannt wie der andere, als gehörte Sonnenbräune zwingend zum Berufsbild des Leibwächters dazu, während Holm, blass und untrainiert, anscheinend nicht als solcher erkannt wurde. Wollte er in Zukunft ebenfalls sofort erkannt und wortlos begrüßt werden, kam Holm um den Besuch eines Sonnenstudios nicht mehr herum.

Unterdessen war Freddy aufgestanden und auf dem Weg zum Ausgang. Holm, der sich gerade mit der Frage beschäftigt hatte, ob seine Kollegen wohl auch an Brust und Beinen braungebrannt waren, ob es, mit anderen Worten, notwendig war, sich im Sonnenstudio ganz auszuziehen, sprang daraufhin hektisch auf, fast hätte er noch einen Stuhl umgerissen, und eilte seinem Arbeitgeber hinterher. Erst in der Lobby, die Freddy zügig durchquerte, fing Holm sich wieder und folgte seinem Chef gemessenen Schrittes, ohne dass es wie eine Verfolgung aussah.

Freddy steuerte indes auf das Herren-WC zu, und weil er sich nicht nach ihm umsah, glaubte Holm für einen Augenblick, dass Freddy von seinem Schatten vielleicht gar nichts wusste. War es eigentlich notwendig, seinem Arbeitgeber auch auf die Toilette zu folgen? Und wenn ja, wie weit sollte er ihm da folgen, ohne ihn bei seinem Geschäft zu stören? Eine besondere Bedrohung war gegenwärtig nicht zu erkennen, bis auf den Mann neben der Säule, der sich schließlich als Kellner entpuppt hatte, empfand Holm den Aufenthalt im Hotel sogar als ausgesprochen angenehm. Die Kronleuchter, die plüschigen Sofas und die schweren Teppiche in der Lobby, das freundlich hin und her huschende Personal, an diesen Luxus konnte man sich schnell gewöhnen. Ob er jemals nach Rudow zurückkehren konnte, wurde von Tag zu Tag fraglicher.

Holm entschloss sich schließlich, Freddy zu folgen, sicher ist sicher, dachte er, außerdem hatte er sich die Toiletten noch nicht angesehen.

Im Vorraum blieb Holm stehen, weiter wollte er keinesfalls gehen, bis zu den Schüsseln brauchte man ihn nicht zu begleiten.

Überall waren kostbarste Materialien verarbeitet worden, das konnte selbst Holm sehen, edler Stein und garantiert rostfreie Armaturen. Daneben standen Orchideen in weißen Porzellanvasen, und frische Waschlappen lagen neben den Waschschüsseln. Nicht zu vergleichen mit den roten und gelben Frotteetüchern, die bei ihnen zuhause über der Heizung hingen. Von Blumen gar nicht zu sprechen. Ob er sich allerdings mit Blumenschmuck länger im Badezimmer aufhalten würde, konnte Holm nicht sicher sagen. Die Körperpflege war und blieb eine unangenehme Begleiterscheinung des Lebens, ob mit oder ohne Orchideen.

An der Zwischentür horchte er, ob etwas Verdächtiges auszumachen war. Ein metallisches Klacken etwa, wie beim Spannen eines Revolvers. Doch es war nichts zu hören, nicht mal plätschernde Geräusche, was Holm nun doch ein wenig beunruhigte. Wenigstens scheint er allein zu sein, dachte Holm, wobei nicht sicher war, wo Freddy sich jetzt genau befand. Er presste sein Ohr an die Tür. In diesem Augenblick schlug die Eingangstür auf, und herein kam der schwarze Angestellte mit seinem wallenden Cape, der ihm vorhin so freundlich die Wagentür geöffnet hatte. Holm starrte ihn an und kratzte sich, nach einer kurzen Schockphase, kurzentschlossen am Ohr, als habe er nur deshalb so nah an der Tür gestanden, um sein Ohr an der rauen Oberfläche zu reiben. Und als wäre es völlig normal, dass sich Gäste mitunter die Ohren an der Zwischentür rieben, lächelte der Schwarze und wünschte ihm einen *wunderschönen* Tag. Damit hatte Holm überhaupt nicht gerechnet, dass hier auch Hotelangestellte auf die Toilette gehen durften. Andererseits, wohin sollten sie sonst gehen? Holm befürchtete, dass er sich durch dieses Verhalten weitere Annehmlichkeiten verscherzt hatte. Ob ihm der Schwarze später noch einmal die Wagentür aufhalten würde, war ungewiss.

Um nicht erneut überrascht zu werden, stellte sich Holm ans Waschbecken und streckte seine Hände unter den Hahn, als würde er jeden Moment mit dem Händewaschen beginnen. Er brauchte jetzt nur leicht nach vorne zu kippen, um die Lichtschranke zu aktivieren. In dieser Stellung war es allerdings unmöglich, irgendwelche Geräusche hinter der Tür wahrzunehmen. Wenn nun der Schwarze in Wirklichkeit gar kein Hotelangestellter war! Hatte er es nicht ein wenig übertrieben mit seiner Freundlichkeit?

Holm hoffte inständig, dass bald jemand zur Tür hereinkam, damit er wieder seine alte Position an der Zwischentür einnehmen konnte.

Tatsächlich ging kurz darauf die Tür auf. Holm kippte vor, und im selben Moment rauschte das Wasser über seine Hände. Im Spiegel sah er einen südländisch wirkenden Mann mit kräftigem Bartwuchs, der, ohne zu grüßen, hinter ihm vorbeirannte, als verfolge er einen bestimmten Plan. Holm wandte sich sofort um und drückte sein Ohr an die Zwischentür. Er hatte einen Fehler gemacht, dass er Freddy nicht doch aufs WC gefolgt war. Dieser Mann, der alle Merkmale eines islamischen Extremisten trug, würde sicher nicht lange fackeln und sein Opfer ohne Vorwarnung einfach umbringen. So schnell konnte Holm gar nicht reagieren, wie er Freddy das Messer in die Rippen stoßen würde.

Merkwürdigerweise war aber noch immer nichts zu hören. Was Holm kurz zu der Hoffnung verleitete, dass es sich der Mann noch einmal anders überlegt hatte, stellte sich rasch als gefährlicher Irrtum heraus. Die Tür schloss nämlich so dicht, dass Geräusche überhaupt nicht nach außen dringen *konnten*. Wahrscheinlich ist es längst passiert, dachte Holm.

Ehe er sich versah, hatte er die Tür aufgerissen und trat in den Raum. An den Pissoirs standen der Schwarze und der islamische Extremist friedlich in derselben Tätigkeit vereint. Freddy war nirgends zu sehen. Offenbar war er in einer der Kabinen. Holm atmete erleichtert auf. Als der Schwarze Holm sah, lächelte er wieder und nickte ihm sogar aufmunternd zu, als solle er sich ein Herz fassen und sich an die noch freie Schüssel direkt zwischen sie stellen. Vermutlich konnte er gar nicht anders, als dauernd zu lächeln. Der Schwarze an sich ist eben ein geselliges Wesen, dachte Holm, und selbst beim Wasserlassen schart er gerne Leute um sich. Obwohl sie in ihrer Geschichte Unterdrückung und Herabsetzung ertragen mussten, hatten sie ihre Lebensfreude nicht verloren. Das war fraglos anzuerkennen.

Nun verspürte Holm allerdings kein entsprechendes Bedürfnis, wollte den Mann aber nicht enttäuschen. Irgendwann musste man eben auch mal auf ihn zugehen. Also knöpfte Holm sich notgedrungen die Hose auf und stellte sich zwischen die beiden Männer. Während es dem Orientalen nur so herausspritzte, wie Holm leicht verstört bemerkte, das hätte er sich gerne genauer angesehen, traute sich aber nicht, direkt hinzuschauen, womöglich gab es im Koran eine Passage, die den Blick aufs männliche Geschlecht verbot, schnell hätte er irgendwelche Brüder am Hals, kam es beim Schwarzen lediglich in Intervallen, dann aber mit einem derartigen Druck, dass Holm einen leichten Sprühregen auf seinem Handrücken zu spüren meinte. So verschieden waren eben die Kulturen.

Was Holm schon geahnt hatte, seine Blase war vollkommen leer, nicht einen Tropfen brachte er heraus. Dies war angesichts des vitalen Gesprudels zu beiden Seiten nicht nur bitter, es war auch noch höchst unangenehm und fast schon peinlich, musste es für die beiden Männer doch so aussehen, als wäre er nicht Herr über seine körperlichen Bedürfnisse und ging nur aus einer vagen Vermutung heraus auf die Toilette. Jetzt einfach wieder einzupacken und ergebnislos abzuziehen, kam für Holm jedoch nicht in Frage. Es hätte den Orientalen ein weiteres Mal vom Niedergang der westlichen Kultur überzeugt. Nein, Holm blieb stehen und wartete. Holm stand sozusagen stellvertretend für die westliche Kultur und wartete.

Sie haben eine schöne Zeit bei uns?, fragte der Schwarze plötzlich in einem tiefen Bass und sah Holm von oben herab an. Anscheinend hatte er mitbekommen, dass Holm einige Startprobleme hatte, und versuchte die Situation ein wenig zu entkrampfen.

Holm blickte weiter geradeaus, als hätte er nichts gehört. Ob er darauf antworten sollte? Und was meinte er überhaupt mit bei uns? Von schön konnte gegenwärtig nicht die Rede sein. Eingepfercht zwischen zwei fremden Kulturen, fühlte Holm lediglich sein Unvermögen, in angemessener Weise mitzuhalten. Außerdem ging es niemanden etwas an, ob er hier eine schöne Zeit verbrachte oder nicht. Auch seine Mutter hatte ihn gefragt, ob er denn glücklich sei, was schließlich dazu führte, dass er ausgesprochen unglücklich wurde, obwohl es dafür nicht den geringsten äußeren Anlass gab.

Noch ehe Holm reagieren konnte, zog der Schwarze die Hose zu und verließ den Raum, was bei Holm schwere

Schuldgefühle verursachte. Ob er stattdessen dem Orientalen nett antworten sollte?

Dazu kam es jedoch glücklicherweise nicht. Denn in diesem Moment ging eine Kabinentür auf und Freddy eilte, einen kurzen, aber keineswegs erstaunten Blick auf Holm werfend, aus der Toilette.

Als sie das Hotel verließen, stand zu Holms Überraschung bereits ihr Wagen vorm Eingang. An der geöffneten Fahrertür wartete, wie immer freundlich grinsend, der Schwarze.

Ich hoffe, es hat Ihnen bei uns gefallen, sagte er und zwinkerte Holm zu, während er einstieg. Holm wollte ihm etwas Aufbauendes sagen, aber da hatte der Schwarze schon die Tür zugeschlagen.

Als Holm losfuhr, sah er den Schwarzen im Rückspiegel hinterherwinken. Holm winkte zurück und lächelte hilflos. Dass sie trotz ihrer schweren Geschichte immer noch freundlich blieben, war eigentlich ein Wunder.

14.

Sofort nach ihrer Rückkehr ging Holm rüber ins Hotel »Taunus«. Er wollte Elie von den neuesten Entwicklungen berichten.

Als er den Hotelparkplatz überquerte, war Holm plötzlich sinnlos glücklich.

Herr Glick sei nicht auf seinem Zimmer, sagte der Mann an der Rezeption kurz angebunden und wandte sich ungerührt wieder seiner Zeitung zu. Das hatte Holm fast schon befürchtet. Ob er stattdessen dem Mann rasch von seinen Erlebnissen erzählen sollte, ehe er innerlich abgekühlt war?

Enttäuscht verließ Holm das Hotel und schlenderte Richtung Monbijou-Park.

Am Parkeingang sah er einen Vater, der seinem kleinen Sohn gerade erklärte, was man im Park alles machen konnte, spazieren gehen, sitzen und spielen. Der Sohn nickte interessiert, schien aber nicht ganz zufrieden mit dieser Erklärung. Ob man auch nur spielen könne, fragte er schließlich nach einer Weile intensiven Nachdenkens und blickte den Vater groß an. Der lachte laut auf und fuhr seinem Sohn stolz übers blonde Haar.

Holm hatte auf einmal Sehnsucht nach einfachen Erklärungen. Er wollte auch am Parkeingang stehen und Kindern erklären, was man hier alles machen konnte. Und er wollte ihnen genauso stolz über die Köpfe fahren.

In leicht gedrückter Stimmung ging Holm an der Spree entlang. Dass sich Glücklichsein und Niedergeschlagenheit so schnell abwechselten, empfand er als Zumutung. Wieso konnte man eigentlich nicht mal zwei Stunden am Stück glücklich sein? Oder das Glücksgefühl einfach bestimmen? *Zwischen fünfzehn und siebzehn Uhr werde ich heute glücklich sein!*

Auf dem Wasser tuckerten vollbesetzte Ausflugsdampfer vorbei. Stadtführer rasselten die Fakten zur Museumsinsel herunter. *Hier das Bodemuseum und dort sehen Sie das Pergamonmuseum.* In den Gesichtern der Passagiere spiegelte sich das Desinteresse von Pauschalreisenden, die sich schon auf das Abendessen freuten.

Weiter vorne bemerkte Holm einen künstlich aufgeschütteten Strand mit Palmen, Biergartenbänken und Liegestühlen. Eine Holzhütte diente als Bar. Junge Frauen in Bikinis liefen zu Sambarhythmen mit Cocktails über den Sand. Holm fragte sich, ob man sich heutzutage nur noch in Kunstwelten richtig entspannen konnte. Genügte den jungen Leuten nicht mehr eine gewöhnliche Wiese und Vogelgezwitscher? Vielleicht wurde er langsam alt.

Holm wollte sich gerade abwenden, als er in einem Liegestuhl einen reglos vor sich hin stierenden Mann in kariertem Hemd entdeckte. Bei genauerem Hinsehen erkannte er, dass es niemand anderes war als Elie Glick.

Freudig erregt eilte er zu ihm hin und platzte, noch atemlos, sofort mit der Hauptnachricht heraus: dass er zum ersten Mal in seinem Leben richtig verliebt sei und zwar in die Barfrau Sabine, mit der er bereits eine Verabredung habe.

Elie reagierte zunächst überhaupt nicht, sah weiter starr geradeaus, als hätte er Holm gar nicht bemerkt. Elie, der sonst immer neugierig teilnahm am Weltgeschehen, wirkte in sich gekehrt und lustlos.

Holm spürte, dass etwas passiert sein musste. Er wollte etwas sagen, wusste aber nicht genau, was. Er hatte auf einmal das starke Bedürfnis, Elie irgendwie zu helfen. Holm verspürte Mitleid, konnte es aber nicht ausdrücken. Wie zeigte man überhaupt einem anderen Menschen, welche Gefühle man für ihn hegte? Als vor Jahren die Mutter eines Klassenkameraden gestorben war, war er ihm monatelang aus dem Weg gegangen, nur um nicht etwas Anteilnehmendes sagen zu müssen. Dass er jetzt nicht fortlief, musste schon als Fortschritt betrachtet werden.

Ist sie denn auch in Sie verliebt?, fragte Elie plötzlich, ohne seine Blickrichtung im Geringsten zu verändern.

Holm sah ihn erschrocken an. Die Frage kam so unerwartet, dass er eine Weile brauchte, um auch ihren Inhalt zu begreifen. Und der hatte es zweifellos in sich! Denn in der Tat konnte man beim derzeitigen Stand der Entwicklung noch nicht sicher behaupten, dass Sabine genauso verliebt war wie Holm. Im Grunde gab es bis auf die Zusage zum gemeinsamen Essen kein klares Zeichen einer unverbrüchlichen Zuneigung oder auch nur einen Hinweis, ob sie überhaupt etwas für ihn empfand. Dass man bei solch wichtigen Fragen auf bloße Vermutungen angewiesen war, war eigentlich nicht akzeptabel. Vielleicht reagierten Frauen aus dem Osten auch ganz anders als ihre westlichen Geschlechtsgenossinnen, obwohl Holm noch nicht mal klar sagen konnte, wie westliche Frauen reagierten. Da müsste man eigentlich zunächst ansetzen, dachte Holm.

Sie kommt aus dem Osten, sagte Holm vorsichtig, als hoffte er insgeheim, dass in dieser Aussage bereits die halbe Antwort enthalten war. Und wirklich, Elie hob langsam den Kopf und blickte ihn aus seinen blauen Adleraugen an. Aus dem Osten? Er lächelte schwach, fast wehmütig, als löse das Wort *Osten* eine Kette Erinnerungen in ihm aus.

Wissen Sie, sagte er dann, er taute jetzt zunehmend auf, früher habe ich in der DDR gelebt, nicht weit von hier in der Linienstraße. Er strich sich nachdenklich übers knochige Gesicht. Ich war verheiratet, aber unglücklich, ich wollte die Welt sehen. Deshalb bin ich eines Tages einfach abgehauen, wupp über die Grenze, bei Nacht und Nebel sozusagen. Er grinste, als freute er sich noch heute über den gelungenen Coup. Quer durch Europa bin ich gereist, bis runter nach Spanien. Die Sonne, die Menschen, das alles hat mir so gut gefallen, dass ich dort geblieben bin, über zehn Jahre! Er nickte und sah in die Ferne. Ich habe in einer Gärtnerei gearbeitet, er hob seine Hände, hielt sie wie zum Beweis in die Luft, damit habe ich mein Geld verdient, rechtschaffen und ehrlich. Die Gärtnerei hat schließlich sogar mir gehört. Eigentlich wollte ich nie wieder zurück nach Deutschland. Er hielt kurz inne, als wollte er sich seiner damaligen Motive noch einmal genau vergewissern. Aber vor ein paar Jahren hat es mir einen Stich gegeben. Er deutete auf sein Herz. Hier hat es wehgetan, verstehen Sie? Holm nickte. Auch ihn stach es manchmal am oder im Herzen.

Deshalb bin ich vor zwei Jahren wieder zurückgekommen. Und wissen Sie was, sagte er und sah Holm beinahe flehend an, ich bin immer noch nicht angekommen. Ich laufe herum, den ganzen Tag laufe ich hier durch die Gegend, aber ich finde mich nicht mehr zurecht.

Holm blickte ihn fassungslos an. Zu seinem Erstaunen wusste er sofort, was Elie meinte. Herumlaufen, im Grunde tat er seit Jahren nichts anderes. Dass es noch jemanden mit ganz ähnlichen Problemen gab, war neu für Holm. Er verstand Elie, er verstand ihn nur allzu gut. Doch auf einmal war es ihm peinlich. Die überraschende Nähe zu einem Menschen, der nicht in einem verwandtschaftlichen Verhältnis zu ihm stand, war Holm unangenehm, und er reagierte auf eine Art, die ihn schon im selben Moment ärgerte: Er lächelte verkrampft, so als hätte er mit all dem nicht das Geringste zu tun.

Aus dem Osten kommt die Frau?, fragte Elie, abrupt das Thema wechselnd, anscheinend hatte er Holms Unbehagen an der Sache bemerkt, was Holm wiederum sofort leidtat. Er wollte ihm sagen, dass er mit ihm fühle, er wollte ihm irgendetwas Gutes tun, aber stattdessen nickte er nur und brachte keinen einzigen Ton heraus.

Wenn Sie die Frau lieben, sagte Elie, müssen Sie etwas Starkes tun, damit sie merkt, was los ist, verstehen Sie?

Etwas Starkes tun? Holm sah ihn hilflos an.

Ja, sagte Elie, etwas Großes, etwas Unerwartetes! Und warten Sie nicht zu lange damit, sonst denkt sie noch, Sie sind ein Waschlappen. Ost-Frauen mögen es direkt, ich kenne sie, ich war achtzehn Jahre mit so einer Frau verheiratet.

Groß, unerwartet, direkt – Holm wusste gar nicht, ob er überhaupt dazu in der Lage war, etwas Großes zu leisten, das gleichzeitig noch unerwartet und direkt sein musste. Ob eine West-Frau genauso viel von einem Mann verlangte? Und ob es nicht prinzipiell einfacher wäre, sich gleich als Waschlappen vorzustellen, dann brauchte man mit diesem unerwartet großen Schwachsinn gar nicht erst anzufangen?

Nun war es aber leider so, dass er verliebt war. Und es war

leider so, dass er den Zeitpunkt, sich als Waschlappen vorzustellen, versäumt hatte. Er war nun quasi gezwungen, den direkten Weg zu Sabines Herz zu nehmen. Holm war sich jetzt ganz sicher: Sabines distanziertes Verhalten war nichts anderes als der heimliche Wunsch nach einer starken Geste, die jeden Zweifel an seinen Gefühlen für sie endgültig beseitigte.

Und denken Sie immer daran, sagte Elie und blickte einer jungen Frau im gelben Bikini hinterher, mit Frauen ist es wie bei einer militärischen Operation: Wer unterlegen ist, und der Mann *ist* unterlegen, muss immer als Erster angreifen!

Am Abend verließ Holm pünktlich die Wohnung und marschierte entschlossen über die Oranienburger Straße. Die meisten Passanten wichen schon zur Seite, wenn sie seinen entschlossenen Blick sahen. Eine Frau drängte er einfach auf die Straße, ohne sich dafür zu entschuldigen. Holm hatte keine Zeit für die Feinheiten des zwischenmenschlichen Verkehrs, er befand sich mitten in einer militärischen Operation, und da durfte ihm niemand mehr in die Quere kommen.

Als er den Club betrat, stand Sabine bereits hinter dem Tresen und polierte die Gläser. Einen Moment stockte Holm, sicherte das Gelände, ob noch jemand da war. Aber sie waren allein. Nur er und Sabine. Mann und Frau. Zwei Menschen, die sich in einem dunklen Club in der Mitte Berlins gegenüberstanden. Sie kannten sich kaum, und doch waren sie einander sehr nah. Verbunden nur durch ein unsichtbares Band namens Liebe. Und es war jetzt an Holm, einen Anker auszuwerfen, um ihrer Liebe sicheren Halt zu geben.

Sabine hatte ihn nicht bemerkt. Mit durchgedrücktem Kreuz, die Augen geradeaus, schritt er den Tresen ab. Erst, als er unmittelbar vor ihr stand, sah sie erschrocken zu ihm auf. Ja, sie sah zu ihm auf, und Holm blickte ihr jetzt streng und direkt in die Augen. Sie habe ihn gar nicht kommen sehen, sagte Sabine noch, da hatte Holm schon seine Hand an ihrem Rücken, drückte sie energisch an sich, und ehe sie in der Lage war, sich zu wehren, küsste er sie hart auf den Mund.

Sekundenlang passierte überhaupt nichts, ihre Gesichter waren starr gegeneinandergepresst, als finde irgendeine Energieübertragung statt, die nur bei völliger Bewegungslosigkeit Aussicht auf Erfolg hatte, bis sich Sabine, unwillig stöhnend, aus seiner Umklammerung löste und Holm von sich stieß. Als sie empört aufsah und ihm schließlich sogar ein wütendes Was denkst du dir eigentlich dabei? an den Kopf warf, wusste Holm, dass er sie endgültig gewonnen hatte.

15.

Am nächsten Tag war Holm früher auf den Beinen als sonst. Ein geeigneter Inder musste gefunden werden, immerhin hatte er Sabine versprochen, zu seinem Lieblingsinder zu gehen, und dieses Versprechen war in jedem Fall einzuhalten. Ein Grieche hätte ihr Vertrauen in ihn zweifellos stark beschädigt. Und obwohl es ihm peinlich war, wollte er zuvor noch rasch in ein Sonnenstudio gehen. Sabine durfte ruhig sehen, dass er viel Wert auf sein Äußeres legte. Es war so viel auf einmal, dass ihm vor Freude ganz schwindelig wurde. Früher hätte er bei dieser Vielzahl von Unternehmungen weder aus noch ein gewusst, vermutlich hätte er sich sogar ins Bett gelegt und die Decke über den Kopf gezogen. Heute aber empfand er diese Vorhaben als Herausforderung und Bestätigung dafür, dass sein Leben endlich einen ordentlichen Rahmen erhalten hatte.

Allerdings war er dann doch froh, dass ihn Freddy nicht zusätzlich als Leibwächter brauchte. Freddy war für einige Tage *geschäftlich* verreist, wie er sagte, und Holm könne ruhig sein Auto benutzen, wenn er etwas *Dringendes* zu erledigen habe.

Etwas *Dringendes* könnte sich schon sehr bald ergeben. Bereits heute Nachmittag könnte er Sabine mit dem Mercedes abholen, heruntergelassene Scheiben und Reinhard Mey auf voller Lautstärke inklusive. Man würde erstmal eine Runde um den Block fahren, um in Stimmung zu kommen. Auf diese Weise würde Sabine erfahren, dass Holm kein gewöhnlicher Türsteher war, sondern ein Mann mit Charakter und nicht unbeträchtlichem Vermögen, das er durchaus bereit war, auch in eine Frau zu investieren. Wenn nötig sogar in großem Stil. Geiz war eine Eigenschaft, die ihm fremd war, und bei guter Führung waren kostspielige Markenartikel aus der Modewelt nicht völlig ausgeschlossen. Diese Idee hatte leider einen Haken: Vor dem Lokal würde sicherlich kein freundlicher Schwarzer warten, um das Auto zu parken.

Während Holm durch das Viertel streifte und gleichzeitig ein indisches Restaurant *und* ein Sonnenstudio suchte, erinnerte er sich an ein Lokal auf der Oranienburger Straße, nur wenige hundert Meter vom Club entfernt. Jedes Mal, wenn er daran vorbeilief, kam ein dunkelhäutiger Kellner aus der Tür geschossen und drängte ihn, etwas zu essen. Ein idealer Standort, um in vertrauter Umgebung einen gemütlichen Nachmittag zu verbringen.

Über dem Eingang stand *Amrit – indische Spezialitäten*, seine Erinnerung hatte also nicht getrogen. Es dauerte keine Minute, als der dunkelhäutige Kellner herausstürzte. Gutes Essen, kommen Sie!, rief er und winkte ihn hektisch heran, als würde das Essen schon in einer halben Stunde deutlich schlechter sein. Ob er Holm wiedererkannte? Jedenfalls wirkte er keineswegs erstaunt, als Holm nachgab und hineinging, um sich die Räume etwas genauer anzusehen.

Das Lokal war fast leer. Kein Wunder, dass der Mann langsam nervös wurde. Allerdings war es noch nicht einmal elf Uhr.

Zahlreiche Buddhas und exotisch bunte Wandteppiche verbreiteten eine indische Atmosphäre. Der Orient nahm Holm sofort gefangen. Endgültig zu einem authentischen indischen Erlebnis wurde das Restaurant durch die Kellner, die tatsächlich alle aus Indien zu stammen schienen. Sechs oder sieben erwachsene Menschen, die ihr Heil im Land von Hänsel und Gretel suchten. Was sie wohl dachten über ihn und all die anderen blassen Gestalten? Waren ihre Gedanken genauso exotisch bunt wie die Wandteppiche?

Ob er allein sei oder zu zweit?, wurde Holm in tadellosem Deutsch von einem Inder gefragt. Jetzt sei er allein, antwortete Holm, wolle aber nicht essen, sondern sich nur mal umsehen, worauf ihn der Inder fröhlich anlächelte und ihm einen Platz am Fenster anbot. Offenbar sprach und verstand der Mann lediglich Restaurantdeutsch, alles andere war ihm unbekannt. Wie Holm das Lokal vor Sabine als Lieblingsinder ausgeben sollte, war noch völlig ungewiss. Selbst schlichteste Instruktionen würde der Mann nicht begreifen. Darin lag aber auch eine Chance, egal was Holm später sagte, der Kellner würde in jedem Fall freundlich lächeln. Diesen Mann musste man sich unbedingt warmhalten. Denn wenn er sich in fünf Stunden noch an Holm erinnerte, wäre das ein weiterer Pluspunkt. Womöglich wurde man dann mit Handschlag begrüßt.

Ob er heute Nachmittag auch da sei, fragte Holm. Er versuchte den Kellner in ein längeres Gespräch zu verwickeln, damit dieser sich später an ihn erinnerte, wohlwissend, dass ihm die Wortfolge nicht das Geringste sagte. Einen Moment schien der Kellner wirklich über die Frage nachzudenken, schließlich reichte er Holm breit grinsend die Menükarte und erklärte stolz, dass man hier den ganzen Tag über essen könne. Holm nickte zufrieden und überflog rasch das Angebot, um den Eindruck zu vermitteln, als habe er eben tatsächlich die Karte angefordert. Der Inder lächelte dankbar, anscheinend froh, richtig reagiert zu haben. Wenn Holm jetzt noch seinen Namen erfuhr, konnte nachher eigentlich nichts mehr schiefgehen. Ihr Name?, fragte Holm und deutete vorsichtshalber mit dem Finger auf ihn. Der Mann sah ihn überrascht an. Das Wort schien er zu kennen. Mein Name?, fragte er, er wollte wohl sichergehen, dass kein anderer Name gefragt war. Holm bejahte und zeigte mit dem Finger auf sich. Mein Name ist Felix, sagte er langsam. Und dein Name ist? Besser, man wurde gleich persönlich, damit es später nicht zu Irritationen kam. Dass er ihn duzte, würde der Inder ohnehin nicht bemerken. Dein Name ist…, sagte Holm, der Mann brauchte praktisch nur noch seinen Namen einzusetzen. Mein Name ist… Er sagte etwas, das wie *Ahui* klang, dann lachte er wie ein Kind. Ob er auch rot wurde, war wegen der dunklen Hautfarbe nicht zu erkennen.

Ahui?, fragte Holm. Der Mann nickte eifrig und wiederholte seinen Namen, der, wie Holm jetzt feststellte, allerdings nur sehr fern an Ahui erinnerte. Offensichtlich genügte aber schon die akustische Ähnlichkeit, um den Inder glücklich zu stimmen.

Diese Informationen mussten für ein Lieblingslokal eigentlich reichen. Holm bedankte sich und ließ den verdutzten Kellner im Restaurant zurück.

Kurz darauf entdeckte er ein Sonnenstudio, das von außen nur schwer erkennbar war, lediglich eine stilisierte Sonne und der Slogan »Auf der sicheren Sonnenseite!« wiesen auf die Existenz eines solchen Studios hin. Eine schmale Treppe führte in einen überraschend hellen und großzügigen Raum im Souterrain. Die Kabinen waren kreisförmig angeordnet, in der Mitte befand sich eine grasgrüne Sitzgruppe, auf der ein Mann saß und in einer Zeitschrift blätterte. Davor plätscherte ein Plastikbrunnen. Am Empfang begrüßte Holm eine angemessen gebräunte junge Frau mit gebleichten Haaren und

Piepsstimme. Sie wunderte sich überhaupt nicht, dass Holm in ihr Sonnenstudio kam, als hätte sie seit Jahren fest mit seinem Erscheinen gerechnet. Das gab ihm etwas zu denken.

Wie man am schnellsten braun werde, fragte Holm die junge Frau, deren ein wenig einfache Art ihn seltsamerweise erregte.

Das hänge von seinem Hauttyp ab, piepste sie, ob er empfindliche oder ebend weniger empfindliche Haut habe. Dieses *Ebend* im Zusammenhang mit ihrer Piepsstimme fesselte ihn so sehr, dass er kaum wahrnahm, was sie sonst noch sagte. Offenbar zogen ihn Fehler oder leichte Behinderungen stark an. Dass Sabine schwach lispelte, wurde ihm erst jetzt klar. Vielleicht war das der Grund, weshalb es mit Ulrike letztlich nicht funktioniert hatte, es waren bei ihr keinerlei Behinderungen zu erkennen gewesen.

Bei Hauttyp drei oder vier, sagte sie, ohne auch nur zu ahnen, welcher Typ da in Wirklichkeit gerade vor ihr stand und sich so seine Gedanken machte, empfehle sie den Turbo XL, andernfalls würde sie den Softbräuner nehmen, der sei für Einsteiger ideal.

Ob sie eine persönliche Empfehlung für ihn habe?

Holm stellte sich vor, wie sie seinen Penis in den Mund nahm, und zwar vor den Augen des Mannes, der weiter ungerührt in seiner Zeitschrift blätterte, als wäre das überhaupt nichts Besonderes. Was war nur in ihn gefahren? Sex in der Öffentlichkeit hatte bislang nicht zu seinen bevorzugten Fantasien gehört.

Sie würde den Softbräuner empfehlen, sagte sie, weiterhin ernst bei der Sache, Holm schämte sich, dass er sie gleichzeitig derart missbrauchte, er sei wohl eher der empfindliche Typ.

Dass er der empfindliche Typ war, passte Holm jetzt überhaupt nicht. Er habe nicht viel Zeit, sagte er, ob es auch etwas Schnelleres gebe?

Notfalls ginge auch der Intensiv-Plus, meinte sie, für die schnelle Urlaubsbräune.

Da brauchte man also gar nicht mehr in den Urlaub zu fahren, sagte Holm.

Sie blickte ihn erstaunt an. Auf diesen Gedanken war sie offensichtlich noch nie gekommen.

Kabine sieben, erklärte sie schließlich und reichte ihm eine Chipkarte für den Automaten. Wie in der Autowaschanlage, dachte Holm. *Ziehen Sie die Bremse und klappen Sie die Seitenspiegel ein.*

In der Kabine roch es nach Desinfektionsmittel. Es war so eng, dass er sich kaum umdrehen konnte. Die Tür war nicht abschließbar, was Holm gleich seltsam vorkam. Wartete der Mann auf der Sitzgruppe nur auf den geeigneten Moment, um einen kurzen Blick hineinzuwerfen?

Die Sonnenbank ähnelte einem avantgardistischen Sarg. In naher Zukunft würden die Toten mit Intensiv-Plus-Bestrahlung dauerhaft haltbar gemacht werden, geruchlos, ohne Verlust der äußeren Form, *geeignet auch für die Heimbestattung.*

Während er sich langsam auszog, horchte er an der Tür, ob jemand in der Nähe war. Einen Moment überlegte er, die Unterhose vorsichtshalber anzulassen. Das hätte den Fokus später aber noch deutlicher auf seinen Intimbereich gelenkt: wie eingerahmt von sonnengebräunter Haut, wäre seinem Geschlecht eine Bedeutung zugekommen, die ihm zweifellos nicht zustand.

Als er ganz nackt war, schob er die Chipkarte in den Automaten und legte sich in den aufglimmenden Sonnensarg. Glatt und kühl fühlte es sich an. Er hatte die Augen geschlossen und versuchte, an irgendetwas zu denken. An Rudow, an seine Eltern, an Tante Hede in der Fritz-Erler-Allee. Doch die Erinnerungen wirkten seltsam blass, wie auf einem alten Foto. Er hatte sogar Mühe, sich an das Gesicht seiner Mutter zu erinnern, obwohl er seiner Mutter doch achtunddreißig Jahre lang beinahe täglich ins Gesicht gesehen hatte. Zu seinem Erstaunen beunruhigte Holm das aber gar nicht. Im Gegenteil, er war froh, dass er sich an seine Mutter nicht mehr so genau erinnern konnte. Es war wie ein weiterer Schritt auf dem steinigen Weg des Erwachsenwerdens. Völlig entspannt war er jetzt, merkwürdigerweise aber kaum erwärmt von den Strahlen, schien er im gleißenden Licht zu schweben. Er dachte an nichts mehr. Die Gedanken waren verschwunden. Holm befand sich im Einklang mit der Welt. Wie erlöst von allen Problemen, schmurgelte er vor sich hin. Nichts als Stille um ihn herum. Endlich Ruhe!

Es war eigentlich zu ruhig. Irgendetwas hätte man hören *müssen*. Schritte oder das Plätschern des Brunnens. Die Stimme der Piepsmaus!

Wie erlöst von allen irdischen Problemen, kam es Holm plötzlich siedend heiß in den Sinn. Auf einmal wurde ihm ganz anders. Er fing an zu schwitzen. Zumindest glaubte er, dass er schwitzte. Etwas Furchtbares geschah mit ihm. Holm starb! Oder war er längst gestorben? Befand er sich bereits im Jenseits? Dort, wo alle Probleme vergessen waren. Gebräunt, aber tot. Vielleicht hätte er doch auf die Frau hören sollen. Das Intensiv-Plus-Programm war einfach zu stark für ihn gewesen. Wie lange lag er überhaupt schon da? Fünf Minuten oder eine Stunde? Er hatte kein Zeitgefühl mehr, das war zweifellos kein gutes Zeichen. Hieß es nicht immer, dass Sterbende jegliches Zeitgefühl verlieren?

Probehalber versuchte er, die Finger seiner rechten Hand zu bewegen. Sie ließen sich problemlos bewegen. Von der linken Hand konnten ebenfalls deutliche Signale vermeldet werden. Als er nun genauso erfolgreich mit den Zehen wackelte, wusste Holm, dass ihm der Tod vorerst erspart geblieben war.

Wie es ihm denn gefallen habe, fragte die Piepsmaus, während er am Empfang zahlte. Holm blickte sie irritiert an.

Er könne sich gerne noch an den Brunnen setzen und ein wenig entspannen, meinte sie in vollem Ernst.

Holm bedankte sich, er habe sich jetzt erstmal genug entspannt, und floh die Treppe hinauf.

Draußen empfing ihn ein überraschend kühler Wind. Sein ganzes Gesicht schien zu glühen.

Irgendetwas fehlte noch. Etwas, das Sabine unmissverständlich klarmachte, *wie* entschlossen er war. Als Holm nachmittags die Wohnung verließ, hatte er die Idee, ihr Blumen zu schenken, nachdem er mit flüssiger Seife in der Familienpackung bereits schlechte Erfahrungen gemacht hatte. Dreißig rote Rosen, ein deutlicherer Hinweis auf seine emotionale Verfassung war kaum denkbar.

Da wird sich Ihre Frau aber freuen, sagte die Blumenverkäuferin, als sie die Rosen in eine Cellophanhülle wickelte. Holm wollte sie korrigieren, erkannte aber gerade noch rechtzeitig, dass es der Blumenverkäuferin wahrscheinlich egal war, dass Sabine rein zeitlich betrachtet gar nicht seine Frau sein konnte. Gänzlich unangenehm war es Holm jedoch nicht, dass ihn die Verkäuferin so ohne weiteres in den Stand der Ehe beförderte. Niemand hatte es bislang für möglich gehalten, dass er für eine Ehe überhaupt in Frage kam. Und nun dies! Auf einmal schien alles möglich zu sein, und sogar eine Ehefrau traute man ihm jetzt zu. Selbst Holm empfand den Gedanken an eine Eheschließung nicht mehr als völlig abwegig. Und seit die Blumenverkäuferin, eine Frau, die er in seinem Leben noch nie gesehen hatte, wie selbstverständlich davon ausging, dass er verheiratet war, musste nun von einer gewissen Dringlichkeit in dieser Angelegenheit gesprochen werden.

Sabine war nirgends zu sehen, als Holm pünktlich zur verabredeten Zeit vor dem Club erschien. Nervös auf und ab schreitend fragte er sich besorgt, ob er mit dem Kuss gestern vielleicht ein wenig übertrieben hatte. War er möglicherweise etwas zu deutlich geworden?

Auf der gegenüberliegenden Straßenseite winkte ihm der Wurstverkäufer durch seine Wurstbudenluke zu. Seit Holm als Türsteher arbeitete, winkte der Wurstverkäufer regelmäßig kollegial über die Straße. Und ebenso regelmäßig ignorierte ihn Holm, weil er sich keineswegs als Kollegen betrachtete.

Nach einer Viertelstunde hatte sich das nervöse Aufundabschreiten erschöpft. So lange konnte man gar nicht nervös sein. Inzwischen war Holm nämlich so verärgert, dass er nach ganz anderen Ausdrucksmöglichkeiten suchte. Den Strauß Rosen einfach auf die Straße zu werfen, kam aber wegen des hohen Preises nicht in Frage. Obwohl er gerne mal einen Blumenstrauß auf die Straße geworfen hätte! Allerdings wäre der Wurstverkäufer sein einziger Zeuge gewesen, und das erschien Holm etwas unbefriedigend.

Mit zwanzigminütiger Verspätung tauchte Sabine schließlich doch noch auf.

Hoffentlich wartest du nicht schon lange, sagte Sabine offenkundig ohne schlechtes Gewissen. Sie wirkte nicht abgehetzt, trug dafür aber einen Lippenstift, was Holm wieder gnädiger stimmte. Ich hab den Termin ehrlich gesagt verschlafen, sagte sie. Warst du im Sonnenstudio? Sie blickte ihn amüsiert an.

Holm verneinte schulterzuckend. So was käme für ihn überhaupt nicht in Frage!

Ich dachte nur, weil du so rot im Gesicht bist.

In diesem Augenblick riss er die Rosen hoch. Die sind für dich!, erklärte er feierlich. Sabine machte ein anerkennendes Gesicht.

Ganz schön üppig, sagte sie nur. Es war zwar nicht exakt die Reaktion, die Holm erwartet hatte, aber vermutlich wollte Sabine ihre Gefühle einfach nicht auf offener Straße zeigen.

Man könnte fast meinen, sagte sie schmunzelnd, dass du mir einen Antrag machen willst.

So hatte das Holm noch gar nicht gesehen. Er fragte sich, was ihr Schmunzeln zu bedeuten hatte. Dass Sabine überhaupt auf diesen Gedanken gekommen war, bewertete Holm jedenfalls als positiv. Ob sie sich eine Ehe mit Holm vorstellen konnte?

Man muss ja nichts überstürzen, sagte Holm und schmunzelte auch.

Sabine lachte kurz auf.

Die ganze Geschichte entwickelte sich außerordentlich erfreulich.

Sie gingen zum Restaurant. Aus der Tür kam diesmal kein indischer Kellner geschossen, was Holm sofort stark verärgerte. Wenn man die Inder mal brauchte, blieben sie einfach weg!

Hier ist heute wohl Land unter, sagte Holm mehr zu sich selbst, als sie das Lokal betraten. Tatsächlich brummte der Laden, die meisten Tische waren besetzt. Viel junges Volk, Gruppen, vereinzelt auch Paare.

Normalerweise sitze ich immer dahinten. Holm deutete auf einen Tisch am Fenster, wo zwei ältere Ehepaare stumm über ihre Stadtpläne gebeugt saßen. Es sah nicht so aus, als würden sie in den nächsten zwei Minuten gehen.

Macht ja nichts, sagte Sabine gleichgültig. Anscheinend nahm sie die Sache nicht ernst.

Nicht so Holm. Sich einfach irgendwohin zu setzen, kam gar nicht in Frage! Er wollte einen ordentlichen Platz mit Blick auf die Straße haben. Notfalls müsste man eben die Ehepaare bitten, die Stadtpläne an einem anderen Ort zu studieren. Ein indisches Lokal war nun mal kein Lesesaal. Wo war eigentlich Ahui? Holm blickte sich um. Zwar entdeckte er mehrere Kellner, ein Mann, der Ahui ähnelte, war jedoch nicht zu erkennen. Die meisten Inder glichen sich ohnehin wie ein Ei dem anderen. Das hätte er vorher wissen müssen, dass man Inder praktisch nicht unterscheiden konnte.

Wie wär's mit dem dort? Sabine zeigte auf einen Tisch neben einer Gruppe ausgelassen scherzender Jugendlicher. Vermutlich waren sie sogar betrunken.

Holm schüttelte energisch den Kopf. Neben jungen Leuten wolle er auf gar keinen Fall sitzen, da wisse man nie, ob sie einem nicht aus Spaß das Bier über die Hose schütteten. Sabine verdrehte genervt die Augen.

Ich werde mal den Chef rufen, beschloss er. Jetzt einfach aufzugeben, hätte man ihm zweifellos als Schwäche auslegen können.

Er winkte einem Kellner, der gerade vollbeladen mit Tellern an ihnen vorbeilief. Wo hier der Chef sei? Der Mann sah Holm nicht einmal an.

Weiter hinten standen einige Kellner, die offensichtlich nichts zu tun hatten. Als Holm sich bemerkbar gemacht hatte, kam einer von ihnen ohne Eile näher. Ob er den Chef rufen könne, sagte Holm streng, aber noch nicht unhöflich. Der Mann durfte ruhig wissen, dass Holm mit der derzeitigen Lage nicht vollkommen zufrieden war. Der Kellner blickte ihn hilflos an, vermutlich sprach er nur Indisch, und winkte einem Kollegen. Es war schon erstaunlich, wie man in diesem Land eine Arbeitserlaubnis erhielt, ohne ein Wort Deutsch sprechen zu können.

Sind Sie der Chef?, wollte Holm von ihm wissen. Langsam wurde er lauter.

Haben Sie reserviert?, fragte der Mann akzentfrei.

Ich sitze immer an diesem Tisch dort, sagte Holm nach einer kurzen Schrecksekunde. Insgeheim hoffte er, dass man ihn auch nicht von anderen Deutschen unterscheiden konnte.

Der Tisch ist leider belegt, sagte der Mann unbeirrt freundlich. Anscheinend interessierte ihn Holms Kundenvita nicht im Geringsten. Dass dort belegt war, hatte er im Übrigen auch schon erkannt. Womöglich saßen hier nur Touristen, Einwegkunden, die man ohnehin nie mehr wiedersah. Da brauchte man sich die Gesichter gar nicht erst zu merken.

Die Situation wurde zunehmend ungemütlich. Sabine musste ja denken, dass man Holm hier überhaupt nicht kannte. Allerdings hatte er noch einen Trumpf im Ärmel.

Und wo ist Ahui?, fragte Holm, dabei nickte er Sabine vielsagend zu. Es musste deutlich werden, dass bereits Namen gefallen waren. Man kannte sich längst persönlich.

Ahui?, fragte der Inder. Er sah seinen Kollegen an, der natürlich auch keine Ahnung hatte.

Ahui, wiederholte Holm, der Mann mit den schwarzen Haaren.

Beide Kellner blickten sich erstaunt auf die Haare. Bis dann dem einen, und zwar ausgerechnet dem ohne Deutschkenntnisse, ein Licht aufging. Nervös redete er auf seinen Kollegen ein und zeigte immer wieder hektisch zum verglasten Anbau neben dem Hauptraum. Es waren kaum einzelne Worte zu verstehen. Wie man so eine Sprache erlernen sollte, war Holm vollkommen schleierhaft.

Ahui!, rief er schließlich begeistert und wies eifrig nickend zum Anbau. Er forderte sie per Winkzeichen auf, ihm zu folgen. Offenbar bediente Ahui nachmittags nur im Anbau. Einen Moment befürchtete Holm, dass Ahui ihn nicht wiedererkannte, eine Sorge, die sich jedoch sehr bald als unbegründet erweisen sollte, denn der Kellner bot ihnen einen winzigen Zweiertisch unmittelbar neben einer blubbernden Brunnenschale an. Ahui!, sagte er und deutete auf den Brunnen.

Holm bedankte sich. Bei diesem Völkchen darf man nicht lockerlassen, sagte er, während sie sich auf die Stühle zwängten. Er legte den Rosenstrauß im Brunnen ab. Zu seiner Verwunderung hatte er ihn die ganze Zeit selbst tragen müssen, wogegen eigentlich nichts zu sagen war. Was letztlich zählte, war die Geste. Als moderner Mann maß man solchen Details keine sonderliche Bedeutung mehr zu.

Und wo ist nun Ahui?, fragte Sabine. Holm lächelte und klopfte auf den Brunnenrand.

Ahui heißt Brunnen auf Indisch!

Sie studierten die Karte. Das Angebot umfasste mehr als zehn Seiten, wobei nicht gleich klar wurde, wo die Vorspeisen aufhörten und die Hauptspeisen anfingen. Vom Dessert ganz zu schweigen.

Ob der Inder überhaupt so etwas wie Vorspeisen kannte, war ungewiss. Es musste befürchtet werden, dass Sabine ganz ähnliche Eindrücke hatte und Holm jeden Augenblick bat, ihr die indische Küche zu erläutern.

Kennst du eigentlich Indien?, fragte Holm, um etwas Zeit zu gewinnen.

Sabine sah ihn mit einer Mischung aus Staunen und Unverständnis an. Erst da erkannte er, wie dumm, ja unsensibel seine Frage war. Als Ostdeutsche hatte sie früher natürlich keine Möglichkeit gehabt, in ferne Länder zu reisen. Bulgarien und Rumänien, die sozialistischen Bruderländer, mehr war nicht drin gewesen.

Nein, sagte sie, sollte ich das? Sie wirkte beleidigt.

Auf keinen Fall!, schmetterte Holm ihre Frage mit einer Vehemenz ab, als wäre Reisen, insbesondere zum indischen Subkontinent, ohnehin überflüssig.

Reisen wird ja vollkommen überbewertet, sagte Holm, Immanuel Kant hat Ostpreußen bekanntlich auch nie verlassen.

Ist das so?, fragte Sabine.

Ja, sagte Holm. Kant hat mal englischen Besuchern eine Londoner Brücke beschrieben, als sie hörten, dass er noch nie in London gewesen war, haben sie ganz schön geguckt.

Komischer Typ, sagte Sabine. Es war nicht ganz klar, wie sie das meinte.

Man muss also nicht unbedingt nach London fahren, sagte Holm, um eine Londoner Brücke beschreiben zu können.

Irgendwie beruhigend, sagte Sabine, während sie orientierungslos in der Karte hin und her blätterte, anscheinend suchte sie auch nach den Hauptspeisen, ich nehme an, *du* warst schon mal in Indien.

Holms Blick schweifte nachdenklich durch den Raum. Vorbei an vergoldeten Buddhas und Holzelefanten, an Wandteppichen und Bildern mit ländlichen Motiven, indischen Kriegern, die Jagd auf halb nackte Eingeborene machten. Hunderte Eindrücke drängten sich ihm auf, leider nur sehr wenige, die etwas mit Indien zu tun hatten. Er konnte Sabine jetzt unmöglich enttäuschen, so lange wie er nun schon nachdenklich durch den Raum sah. Irgendetwas Verwertbares aus einer Fernsehsendung musste es doch geben. Hatte er sich nicht regelmäßig das Auslandsjournal angesehen? Erschrocken stellte er fest, dass nur wenig haften geblieben war in seinem Gedächtnis. Dreißig Jahre fernsehen hatten praktisch keine Spuren bei ihm hinterlassen. Die Bilder waren nur so durchgerauscht. Lediglich an Horst Tappert als Inspektor Derrick in der gleichnamigen Krimiserie konnte er sich noch gut erinnern. Das brachte ihn jetzt allerdings auch nicht weiter.

Selbstverständlich, sagte Holm, mehrmals sogar, fügte er noch hinzu, damit es nicht so aussah, als reise er einfach planlos durch die Welt. Hier saß ein Mann, der sich seine Reiseziele nicht von günstigen Angeboten diktieren ließ. In diesem Augenblick erinnerte er sich an die Beatles, wie sie mit zotteligen Haaren und glasigen Blicken um einen halbnackten Brahmanen herumsaßen. Ob er das vielleicht erwähnen sollte?

Nach Indien will ich auch mal, sagte Sabine. Es hörte sich

fast so an, als hätte sie bereits sämtliche Kontinente bis auf Indien vollständig abgegrast.

Holm lächelte jovial. Ein schwieriges, aber auch ein faszinierendes Land, ich bin mal fünf Wochen mit der Bahn durch den Süden gereist. Krampfhaft suchte er nach originellen Details, die Indien für Sabine nacherlebbar machten. Aber der Süden war noch dunkler als der Norden. Und den Norden kannte er auch nicht.

Plötzlich hatte er das Bild einer weißen Kuh vor Augen, wie sie mitten auf einer lärmenden Straße stand und irritiert um sich glotzte. Vermutlich wunderte sie sich, wieso sie niemand über den Haufen fuhr.

Was mich am meisten erstaunt hat, sagte Holm mit erstauntem Gesicht, waren die vielen Kühe auf der Straße.

Kühe sind heilig in Indien, sagte Sabine, die sich mit diesem Thema offenbar gut auskannte.

Die Frage ist, sagte Holm, woher die Kühe das wissen? Er bedauerte, dass es nicht auch in Deutschland heilige Tiere gab. Heilige Schafe auf dem Potsdamer Platz. Leider wurde hier alles Heilige in Kirchen verbannt.

Sie ahnen es, sagte Sabine.

Dass sie Kühe sind oder dass sie heilig sind?, fragte Holm.

Beides, sagte Sabine.

Ich denke, sagte Holm, sie wissen überhaupt nicht mehr, dass sie Kühe sind. In Bombay stehen sie mitten im dicksten Verkehr. Wahrscheinlich halten sie sich für Autos!

Du warst in Bombay, sagte Sabine überrascht.

Eine Woche sogar!

Hast du Tote gesehen? Die Leute sollen ja auf der Straße sterben.

Man kommt gar nicht daran vorbei, erklärte Holm mit der Sachlichkeit eines Indien-Kenners.

Ich verstehe nicht, sagte Sabine, weshalb sich die Regierung nicht darum kümmert. Die kann man doch nicht einfach da liegen lassen. Das riecht doch bestimmt.

Es stinkt, sagte Holm. Weißt du, warum die Inder ihr Essen so scharf würzen?

Sabine blickte ihn erwartungsvoll an.

Weil das Fleisch in der Hitze schnell verkommt, die Schärfe mindert den Verwesungsgeschmack.

Das ist ja ekelhaft!, sagte Sabine und machte ein angewidertes Gesicht.

Andere Länder, andere Sitten, bemerkte Holm ungerührt.

In diesem Moment fiel ihm die Tageskarte in die Hand. *Alle Mittagsgerichte werden mit einer Gemüsesuppe, Brot, Reis und frischem Salat serviert.* Die Karte war bis siebzehn Uhr gültig, alle Gerichte kosteten nicht mehr als sechs Euro. *Chicken Sabzi, Hühnerfilet in spezieller Rahmsoße* oder *Chicken Vindaloo, südindische Hühnchenspezialität mit gebackenen Kartoffeln.*

Ich empfehle übrigens Chicken Vindaloo, sagte Holm, eine südindische Hühnchenspezialität mit gebackenen Kartoffeln, damit kannst du nichts falsch machen. Die Kartoffeln als geschmackliche Brücke zum indischen Subkontinent, damit konnte auch Holm nichts falsch machen.

Wenn du das empfiehlst, sagte Sabine, kann ich wohl nicht nein sagen, oder?

Holm lächelte zufrieden und winkte dem Kellner. Als Holm ihm ausführlich und ohne dabei auf die Karte zu sehen das Gericht nannte, wollte der lediglich die Nummer wissen und ob es scharf sein sollte oder nicht.

Während sie aßen, das südindische Hühnchen schmeckte seltsamerweise nach Fisch, was Holm aber unerwähnt ließ, womöglich war genau das die Spezialität, kam Holm die Idee, mit Sabine am Sonntag, ihrem freien Tag, eine kleine Spritztour in Freddys Wagen zu unternehmen. Er könnte ihr einmal den Westteil der Stadt zeigen, warum in die Ferne schweifen, dachte er, wenn es in der Nachbarschaft auch Neues zu entdecken gibt. Mit Kühen war allerdings nicht zu rechnen. Auf diese Weise würden sie sich gleich etwas näherkommen. Im Auto trennte sie praktisch nur die Handbremse, da waren auch zufällige Übergriffe denkbar. Sabine kurz auf den Schenkel fassen, während er ihr auf dem Stadtplan den Verlauf des Kurfürstendamms erläuterte. Bei einer weiterhin positiven Entwicklung, und dieser Nachmittag konnte schon jetzt als Erfolg verbucht werden, käme sogar ein Besuch bei der Tante in Frage, deren Urteil er am meisten vertraute. Wenn seine Tante erfuhr, dass er eine Freundin hatte, wäre sie Holm sicherlich auch nicht mehr böse. Kaffee und Kuchen in Tantes Wohnzimmer, dann müsste selbst Sabine erkennen, wie ernst es Holm mit ihr war.

Davon durfte Sabine aber vorerst nichts wissen. Alles musste wie zufällig aussehen, aber nichts durfte dem Zufall überlassen werden.

Findest du nicht auch, sagte Sabine, nachdem sie ihr Essen fast gleichzeitig beendet hatten, auch hier war man offensichtlich auf derselben Wellenlänge, wie Holm erfreut feststellte, dass das Huhn irgendwie nach Fisch geschmeckt hat?

Das ist völlig korrekt, sagte Holm. Leugnen war nicht möglich, wer fünf Wochen durch Indien gereist war, der musste auch Fisch herausschmecken können. Es *ist* Fisch!, sagte er und lächelte souverän. Es war schon erstaunlich, wie locker ihm der größte Unfug über die Lippen kam. Man musste nur einmal damit anfangen, dann lief es praktisch wie von selbst. Langsam ahnte er, dass man im Leben etwas darstellen konnte, ohne innerlich damit übereinzustimmen. Irritierend daran war, dass es einem auch abgenommen wurde.

Es war *Fisch*?, fragte Sabine schockiert, was Holm nun doch ein wenig übertrieben fand.

Du hast aber von einer südindischen Hähnchenspezialität

gesprochen, wenn ich mich recht erinnere. Anscheinend fühlte sie sich hintergangen.

Ja, sagte Holm, immer noch entspannt, es war fast nicht zu glauben, wie entspannt er war! Chicken Vindaloo ist eine Art Falscher Hase.

Falscher Hase?

Falscher Hase, sagte Holm, ist ja auch kein Hase, sondern ein Hackbraten.

Chicken Vindaloo ist also ein Fischgericht?, fragte Sabine sicherheitshalber noch einmal nach.

Chicken Vindaloo, sagte Holm, ist Falscher Hase auf Indisch.

Sekundenlang herrschte gespanntes Schweigen. Sabine sah ihn ernst an. Es war nicht klar, ob sie ihm nun böse war oder nicht. Die Lage war außerordentlich unübersichtlich.

Doch auf einmal entkrampfte sie sich, und ein breites Grinsen schob sich in ihr Gesicht. Du bist wirklich amüsant, sagte sie und nickte anerkennend. Ich habe lange nicht mehr einen so lustigen Typen kennengelernt.

Holm lächelte verschämt in sich hinein. Das hatte vorher noch nie eine Frau zu ihm gesagt.

16.

Noch am selben Abend lud er Sabine zu einer sonntäglichen Spritztour ein. Sabine hatte keine andere Wahl, als seine Einladung anzunehmen, denn er drohte ihr, andernfalls nur noch fünfzigjährige Männer mit Bierbäuchen und fragwürdiger Freizeitkleidung in den Club zu lassen. Eine Drohung, die ihre Wirkung nicht verfehlte und Sabine sogar zur Herausgabe ihrer Privatadresse veranlasste. Den Zettel verwahrte Holm wie einen wertvollen Schatz in seiner Brieftasche.

Kaum fünf Stunden hatte er in der Nacht geschlafen, und doch fühlte er sich am nächsten Morgen schon um acht Uhr vollkommen ausgeruht. Waren früher neun Stunden Schlaf gerade ausreichend gewesen, um eine halbwegs akzeptable Tagesform zu gewährleisten, benötigte er jetzt nur noch knapp die Hälfte. Wie Napoleon, der mit nur vier Stunden Schlaf ausgekommen war, so hatte nun auch Holm endlich keine Zeit mehr, sein Leben im Bett zu vergeuden.

Noch im Schlafanzug rief er seine Tante an. Es war Viertel nach acht, wie jeden Morgen ging Hede zu dieser Uhrzeit vom Schlafzimmer in die Küche, um das Kaffeewasser aufzusetzen, und dabei passierte sie um exakt acht Uhr fünfzehn das Telefon. Rossmann, krächzte es schon nach einmaligem Tuten durch den Hörer. Hede wirkte zunächst reserviert, mit Holms Anruf hatte sie so bald offenbar nicht gerechnet. Als sie jedoch hörte, dass er eine »sehr ernste« Beziehung mit einer Frau aus dem »Gastronomiegewerbe« habe und eine spätere Heirat »nicht völlig« ausgeschlossen sei, taute sie langsam auf. Mit dem Hinweis, dass er eigentlich nur noch auf ihre »Abnahme« warte, um endgültig »Ernst« zu machen, hatte er seine Tante so weit, dass sie ihn und Sabine für den kommenden Sonntag zu Kaffee und Kuchen zu sich nach Hause in die Gropiusstadt einlud.

Holm war so aufgeregt, dass er am liebsten sofort Sabine angerufen hätte. Aber schließlich sollte es eine Überraschung sein.

Vor dem Badezimmerspiegel machte er eine erstaunliche Entdeckung: Sein ganzer Körper war rot wie ein Truthahnhals. Anscheinend nahm er Holms Bemühungen um ein attraktiveres Äußeres übel. Ob es auch Bleichstudios gab, der Turbo XL für die schnelle Arbeitsblässe? Bei dieser Gelegenheit entdeckte Holm noch etwas ganz anderes: einen Bauch. Kein kleines Pölsterchen, sondern einen beachtlichen Bauch, der bei lockerer Haltung zu einem regelrechten Bierbauch wuchs, obwohl Holm doch bis auf wenige Male kaum Bier getrunken hatte. So einen Bauch hatte er jedenfalls noch nie an sich gesehen, dass er ihn ausgerechnet jetzt entdeckte, wo er eine neue Freundin hatte, war außerordentlich ärgerlich. Liebe machte offensichtlich, was ihm sonst nie aufgefallen wäre. Das hatte andererseits auch sein Gutes, denn wenn er nicht verliebt gewesen wäre, hätte er bald vermutlich ausgesehen wie eine schwangere Frau.

Während Holm in seinem Zimmer stand und nachdenklich in den Park hinabblickte, kam ihm die Idee, ab sofort täglich eine Runde zu joggen, dann würde der Bierbauch in null Komma nichts wieder zu einem kleinen Pölsterchen schrumpfen.

Er zog seine kurze Schlafanzughose wieder an, dazu eine Baumwolljacke mit Kapuze, die er im Kleiderschrank gefunden hatte, damit man ihn nicht erkannte, und ging sportlich federnd hinunter zum Park.

Holm war nicht mal hundert Meter gelaufen, als ihm ein anderer Jogger entgegenkam. Breites Boxergesicht, bullige Figur, anscheinend ein Araber oder Türke, er trug ebenfalls eine Kapuze über dem Kopf. In dem Moment, als sie sich passierten, nickte ihm der Türke kumpelhaft zu. Holm blieb sofort stehen und zog sich die Kapuze vom Kopf. Auf solche Kumpels konnte er gut verzichten. Dann wollte er lieber aussehen wie eine schwangere Frau.

Langsam ging er über die Oranienburger Straße zurück, als sein Blick auf ein Plakat fiel: *Reinhard Mey – Live im Tempodrom* stand dort groß, darunter ein Foto von Reinhard Mey in Lederjacke und T-Shirt. Ein kleiner Zettel mit aufgemaltem Pfeil wies zu einem Kiosk: *Restkarten hier erhältlich!* Holm sah wie erstarrt auf das Plakat. Gleich mehrmals las er den Hinweis auf die Restkarten, als müsse er sich vergewissern, dass es wirklich stimmte. Vor über einem Jahr hatte er erstmals die Ankündigung des Reinhard-Mey-Konzerts in der Zeitung gelesen. Doch wieder war er davor zurückgeschreckt, sich eine Karte zu kaufen, aus Sorge, dass man ihn auslachen könnte. Zwanghaft stellte er sich jedes Mal vor, wie ihn alte Klassenkameraden vor der Konzerthalle empfingen und wegen seiner Vorliebe verspotteten. *Schlappschwanz* riefen sie und immer wieder *Du alte Memme.* Mit faulen Eiern und Tomaten bewarfen sie ihn, und später konnte er nicht mehr durch sein Viertel gehen, ohne von wildfremden Menschen gehänselt zu werden.

Aber der Wind hatte sich unterdessen gedreht. Holm war es plötzlich egal, ob er gehänselt oder mit faulen Eiern beworfen wurde. Zum ersten Mal hatte er das Gefühl, seinen Neigungen ungehindert folgen zu können. Und er empfand jetzt sogar Vergnügen bei der Vorstellung, dass ihn auf der anderen Straßenseite Klassenkameraden dabei beobachteten, wie er in den Kiosk ging, um sich Karten für das Reinhard-Mey-Konzert zu besorgen.

Das Konzert war in einer Woche. Zeit genug, um sich innerlich darauf vorzubereiten. Ein Festtag würde es sein, die endgültige Wende zu einem neuen Leben, und Sabine und Elie sollten ihn begleiten.

Zum Glück hatte er seine Brusttasche mit Geld und Papieren dabei. Als er den Laden betrat, sah er eine erschrockene ältere Frau, die noch nicht sicher war, ob dieser Mann in Schlafanzughose und Kapuzenjacke nur Schnaps und Zigaretten verlangen würde oder vielmehr die gesamten Einnahmen des Vortages. Einen Augenblick stand Holm an einer Weggabelung seines Lebens, und ob er den kriminellen Weg einschlagen würde oder einen anderen, war nur eine Frage von wenigen Sekunden.

Erst, als Holm nach den Reinhard-Mey-Karten fragte, atmete die Frau erleichtert auf. Er kaufte drei Karten und bezahlte in bar.

Zuhause ließ er die Eintrittskarten nicht mehr aus der Hand. Immer wieder las er sich laut die Daten vor. Ort, Zeit und Sitzplatznummern. Doch sooft er sie auch wiederholte, es wollte einfach nicht in seinen Kopf gehen.

Keine Minute später als zwölf Uhr klingelte Holm am Sonntagmittag bei *S. Fleischmann.* Zur Feier des Tages trug er einen cremefarbenen Anzug mit rosa Krawatte. Einen Strohhut hatte er in Freddys Wandschrank leider nicht entdecken können.

Sabine staunte nicht schlecht, als sie mit zehnminütiger Verspätung in der Tür erschien. Sie sah nicht anders aus als sonst, Jeans und Bluse, zumindest hatte sie sich geschminkt. Ob es etwas zu feiern gebe, fragte sie und griff sofort nach dem Schlips, um auf der Rückseite nach der Marke zu sehen. Er mochte ihre zupackende Art. War es nicht auch ein Zeichen ihres Vertrauens?

Armani!, sagte sie und machte ein beeindrucktes Gesicht.

Klar, antwortete Holm, obwohl er Armani nicht kannte.

Nur das Beste für den Herrn, wie? Sie grinste verschmitzt, was Holm etwas unpassend fand.

Er hatte das Auto in der Einfahrt geparkt. Hier durfte man nicht zu kleinlich sein. Sabine wollte gerade daran vorbeilaufen, als Holm die Beifahrertür öffnete.

Ist das dein Wagen?, fragte sie. Sie wirkte schockiert, was Holm ein wenig beleidigte. Traute sie ihm so ein Auto etwa nicht zu? Er bejahte schließlich, nachdem er sich kurz überlegt hatte, die Wahrheit zu sagen. Er schien jetzt dauernd vor irgendwelchen Weggabelungen zu stehen und musste Entscheidungen von erheblichem Gewicht treffen. *Als Bundeskanzler treffe ich Entscheidungen am Fließband, und da können dann schon mal Fehler passieren*, hatte Helmut Kohl einem Journalisten im deutschen Schicksalsjahr 1990 geantwortet. Holm war wie

Bundeskanzler Helmut Kohl, er regierte sein Leben, das sich ebenfalls in einem gewaltigen Umbruch befand, und dabei passierten dann eben auch mal Fehler. Man durfte nur das Ganze nicht aus den Augen verlieren. Und das Ganze hieß in diesem Fall nun mal Sicherung und Ausbau der Beziehung zu Sabine.

Ob er geerbt habe, fragte sie, während sie in den Wagen stiegen. Holm setzte umständlich zurück, dabei hätte er fast einen alten Mann gerammt, der wütend mit seinem Stock in der Luft fuchtelte.

Ich habe früher Versicherungen verkauft, sagte Holm, er hatte aufs Gaspedal gedrückt und dabei eine rote Ampel überfahren, weil er befürchtete, der alte Mann könnte hinter ihnen her laufen und das Auto demolieren. Alte Leute hatten bekanntlich nichts mehr zu verlieren. Dass sie so selten Autos demolierten, war eigentlich erstaunlich.

Du bist ein Vertreter?, fragte Sabine, anscheinend hatte sie von dem nur knapp vermiedenen Anschlag nichts mitbekommen.

Ich *war* ein Vertreter, korrigierte er Sabine. Sie wirkte nicht gerade begeistert, was Holm überhaupt nicht verstehen konnte. War das nicht ein solider Beruf? Ein Beruf mit Zukunftsperspektive? Man verkaufte Rentenzusatzversicherungen und sicherte dadurch den Lebensstandard wildfremder Menschen im Alter. Man verhinderte, dass die Alten frustriert auf die Straße liefen und ziellos Autos zertrümmerten. Das beeindruckte Sabine jedoch nicht im Geringsten. Soziale Verantwortung war im Osten offensichtlich unbekannt.

Erdal und ich waren früher Kollegen, sagte Holm, und wir haben einen Haufen Geld damit verdient. Wir hätten praktisch täglich Champagner trinken können! Aber man muss ja auch an die Dritte Welt denken.

Erdal?, fragte Sabine, hat der uns nicht zu seiner Hochzeit eingeladen?

Holm erschrak. Die Einladung hatte er vollkommen vergessen. Das fehlte noch, dass sie mit irgendwelchen Türken Hammelfleisch aßen. War die Hochzeit nicht am selben Tag wie das Konzert? Allerdings sollte das Fest schon nachmittags beginnen. Viel Lust, Erdal wiederzusehen, hatte er zwar nicht, aber eine authentische türkische Hochzeit würde Sabine vermutlich stärker beeindrucken als der Besuch bei seiner Tante in Gropiusstadt. Nun war er schon in Indien gewesen, da konnte man schnell noch mal bei den Muslimen vorbeischauen, bevor man sich bei deutschem Liedgut entspannte. Zeugte es nicht von Toleranz und Weltgewandtheit, wenn man am selben Tag zwei so unterschiedliche Kulturen hintereinander erlebte? Schließlich hatte auch der Türke sein gutes Recht, in Deutschland türkische Hochzeiten zu feiern. Da durfte man nicht engstirnig sein. Wozu lebte man sonst in der Hauptstadt? Nur weil einige islamische Terroristen die Welt in Angst und Schrecken versetzten, hieß das noch lange nicht, dass alle Moslems Plastiksprengstoff mit sich herumtrugen. Hier war der kühle Kopf gefragt.

Auch ein Türke kann ein Kollege sein, erklärte Holm ernst.

Was du nicht sagst, sagte Sabine.

Jaja, sagte Holm. So ist das nun mal!

Die Fahrt ging nach Westen. Und obwohl aus Böblingen keinerlei Hinweise kamen, fuhr sich das Auto fast wie von allein. Der Mercedes ahnte vermutlich, wie er am schnellsten in den Westen kam. Kurz vorm Potsdamer Platz war Holm in einer derartigen Festlaune, dass er sich spontan entschloss, das Radio einzuschalten. Leider hatte er einen Sender erwischt, der offenbar nur für Jugendliche und mental stark zurückgebliebene Erwachsene gedacht war. Schlichteste Rhythmen und wummernde Bässe. All das in einer ohrenbetäubenden Lautstärke. Es war nicht auszuschließen, dass einige Zuhörer später Frauen vergewaltigten. Und weil er weder wusste, wie man umschalten noch die Lautstärke regulieren konnte, ließ Holm das Seitenfenster runter, um den Druck auf seine Ohren etwas zu mindern. An der nächsten Ampel kassierte er deshalb die bösen Blicke einiger Autofahrer. Wahrscheinlich hielten sie ihn für einen gewaltbereiten Russen aus dem Zuhältermilieu.

Sabine bewegte derweil rhythmisch ihren Oberkörper und schlug sich wild auf die Schenkel, während Holm schnell rechts abbog, um auf die weitgehend ampelfreie Straße des 17. Juni zu gelangen. Mit so einer Musik hatte sie bei Holm zweifellos überhaupt nicht gerechnet. Wie er da die Reinhard-Mey-Karten rechtfertigen sollte, war ihm noch völlig schleierhaft. Immerhin schien ihr die Fahrt sichtbares Vergnügen zu bereiten, und Holm drückte jetzt sogar noch aufs Gaspedal, in erster Linie allerdings, um möglichst schnell irgendwo anzukommen und den Zündschlüssel herausziehen zu können. Sein Ziel war ihm auf einmal sonnenklar: Es lautete City West, es lautete unmissverständlich Kurfürstendamm!

Eigentlich bist du ein Rock'n'Roller, schrie Sabine, während Holm mit Tempo achtzig in den Großen Stern hinein- und, nur mühsam die Spur haltend, auf der anderen Seite wieder herausfuhr. Beinahe hätte er ein Fahrzeug der Berliner Stadtreinigung gestreift, das in Schrittgeschwindigkeit die Siegessäule umrundete. Ein Reinigungsfahrzeug hatte er hier nämlich noch nie beobachtet, und dass die Berliner Stadtreinigung nun auch sonntags arbeitete, war so ungewöhnlich, dass Holm minutenlang mit der Frage beschäftigt war, ob da womöglich ein terroristischer Anschlag auf die Siegessäule vorbereitet wurde. *Eine Stunde fuhr das Fahrzeug weitgehend unbemerkt um die Siegessäule, ehe die Bombe hochging!* Das entscheidende Wort lautete hier *weitgehend.*

Erst am Ernst-Reuter-Platz wurde Holm bewusst, was Sabine eben gesagt hatte. War er ein Rock 'n' Roller? Er wusste nicht, ob es gut oder schlecht war, ein Rock 'n' Roller zu sein. Er wusste nicht mal, was das war: ein Rock 'n' Roller. Langhaarige Männer, die auf der Bühne Gitarren zertrümmerten? Männer mit engsitzenden Hosen und fragwürdigen Hüftschwüngen, die feuerspeiende Drachentattoos auf ihren muskulösen Oberarmen trugen? Jedenfalls schien Sabine genau zu wissen, was sie sagte, angesichts ihres zuckenden Körpers war es sogar ziemlich wahrscheinlich, dass sie ein exaktes Bild eines Rock 'n' Rollers vor Augen hatte. Und es sah nicht danach aus, als würde sie damit irgendetwas Negatives verbinden.

Eigentlich hast du recht!, schrie Holm jetzt zurück, er raste in die Hardenbergstraße, vorne tauchte schon die Gedächtniskirche auf. Sabine lächelte ihn an und rotierte dabei heftig mit dem Kopf, was nicht ganz ungefährlich aussah. Ich bin ein Rock 'n' Roller, dachte Holm. Eigentlich bist du tatsächlich ein Rock 'n' Roller! In diesem Moment spürte er, dass etwas Großartiges passiert war. Nur konnte er noch nicht sagen, was, dafür war es einfach ein bisschen zu unübersichtlich.

Sie stoppten vorm Hotel Kempinski. Holm drückte dem verdutzten Hotelangestellten, einem arabisch aussehenden Mann, den Wagenschlüssel in die Hand.

Was willst du denn in einem Hotel?, fragte Sabine, während er die Stufen hinaufeilte, als könne er es kaum noch erwarten, ins Hotel zu kommen. Holm hatte ihr nur zeigen wollen, wie selbstverständlich er vor einem Luxushotel parkte und Ausländern seinen Wagen anvertraute. Nun musste er allerdings zwangsläufig auch in das Hotel gehen, sonst hätte er seinen Wagen sofort wieder wegfahren müssen.

Das wirst du schon noch sehen, sagte Holm.

In der Lobby versuchte er, sich kurz einen Überblick zu verschaffen. Sie war gar nicht so anders wie die, die er vor wenigen Tagen mit Freddy kennengelernt hatte. Vorne die Rezeption, rechts die Bar und links müsste nun eigentlich das Restaurant zu sehen sein. Stattdessen ging dort ein schlauchartiger Gang ab. Weil er nicht länger in der Lobby stehen konnte, ohne aufzufallen – so viel zu sehen gab es hier schließlich auch nicht –, beschloss er, den Gang hochzugehen mit der vagen Hoffnung, nicht in der Wäschekammer zu landen. Sein Wagemut, anders war es nicht zu bezeichnen, sollte sich sehr schnell auszahlen. Nach wenigen Metern erreichten sie das Restaurant, das sie allerdings durch die Hintertür betraten.

Willst du *hier* etwa essen?, fragte Sabine, sie blickte sich kritisch um, als sei ihr das ganze Umfeld suspekt. Holm schüttelte energisch den Kopf, obwohl er durchaus schon wieder essen konnte, aber man musste eben auch spontan umdisponieren können. Zufällig standen sie neben dem Ausgang zur Straße. Holm verließ rasch das Lokal.

Draußen sah ihn Sabine an, als sei ihr nicht ganz klar, was diese Aktion bezwecken sollte. Holm deutete auf seinen Wagen, der von dem Hotelangestellten gerade in die richtige Position gefahren wurde.

So kann man günstig parken, sagte er lässig. Er war erstaunt, dass plötzlich alles so reibungslos klappte. Als bewegte er sich schon seit Jahren wie selbstverständlich mitten im Leben.

Sie standen am Kurfürstendamm, Ecke Fasanenstraße. Holm war froh, wieder im Westen zu sein. Er fühlte auf einmal so etwas wie Dankbarkeit. Er war dankbar, einen Ort zu haben, an den er zurückkehren konnte. Holm war dankbar, dass die Häuser, die er so lange kannte, immer noch dort standen, als existierten sie einzig zur Vergewisserung der eigenen Herkunft. Am liebsten wäre er in jedes Haus hineingegangen. Hineingegangen und wieder herausgegangen. Holm hätte sich persönlich bei jedem Haus bedankt. Hatte sich eigentlich schon irgendjemand mal bei Gebäuden bedankt?

Und jetzt?, fragte Sabine. Was wollen wir jetzt machen?

Holm sah sie verunsichert an. Musste man dauernd etwas machen? Konnte man nicht einfach nur dastehen und die Welt auf sich wirken lassen?

Das ist der Kurfürstendamm, sagte Holm stolz, als gehörte die Straße praktisch ihm.

Sabine lachte laut auf. Das hätte ich jetzt nicht vermutet, sagte sie.

Siehst du, sagte Holm, deshalb erzähle ich es dir.

Und was willst du mir nun zeigen?, fragte Sabine, als sei ihr der Kurfürstendamm nicht genug.

Konnte sie nicht froh sein, aus ihrem Umfeld endlich mal rausgekommen zu sein? Musste man gleich nach Amerika fliegen? Auf dem langen Weg nach Westen legte man eben einen Zwischenstopp in West-Berlin ein. Von West-Berlin war es dann nur noch einen Katzensprung nach New York. Hieß es nicht immer: Berlin – das deutsche New York?

Hier gibt's ja nur Geschäfte, sagte Sabine und blickte sich gelangweilt um.

Was soll es denn sonst geben?, fragte Holm. Es war schwer vorstellbar, dass es in einer Geschäftsstraße noch anderes als Geschäfte geben konnte. Hatte Sabine womöglich etwas gegen Konsum? Sehnte sie sich in die Mangelwirtschaft ihres sozialistischen Heimatlandes zurück? Holm überlegte, ihr einmal die Feinschmeckerabteilung des KaDeWe zu zeigen. Tausendsechshundert Käsesorten, von der Wurst ganz zu schweigen.

So spannend sind Geschäfte ja auch nicht, sagte sie.

Heute ist verkaufsoffener Sonntag, erklärte Holm, als hätte er persönlich auf die Öffnung der Geschäfte gedrungen. Das musste man nun auch nutzen. Holm verspürte den Wunsch, Sabine etwas zu schenken. Einen Hut oder Strümpfe. Auf der anderen Straßenseite kannte er ein Strumpfgeschäft, da war er mal mit seiner Tante gewesen. Wenn Sabine dieselben Strümpfe wie Tante Hede trug, würde das seine Tante vermutlich gleich für sie einnehmen.

Ich kenne ein schönes Geschäft, sagte er.

Wenn du meinst, sagte Sabine.

Sie überquerten die Straße.

Hier war früher mal ein Kino, sagte Holm, um ein wenig von den Geschäften abzulenken. Er wies auf das weiße Gründerzeithaus an der Ecke. Über dem Eingang hatte bis vor kurzem noch der alte Kinoname ASTOR geprangt. An dessen Stelle hing jetzt der Namenszug einer amerikanischen Modemarke.

Wenn ich Regierender Bürgermeister wäre, sagte Holm, würde ich den Laden einfach rauswerfen und das Kino wieder einbauen. Den Saal gibt es nämlich noch! Er blickte triumphierend zu Sabine.

Wenn ich Bürgermeisterin wäre, sagte Sabine, würde ich allen Obdachlosen Wohnungen schenken.

Holm sah sie irritiert an. Was das mit dem Kino zu tun hatte, wusste er nicht.

Im Strumpfladen ging er sofort zur Verkäuferin. Er suche eine bestimmte Strumpfhose, irgendetwas mit Grapefruit. Die Verkäuferin trug eine gewaltige Brille mit Goldrand, wahrscheinlich konnte sie damit jede Masche einzeln betrachten. Er erinnerte sich, dass seine Mutter Strumpfhosen in Grapefruitlook bevorzugte. Und da seine Mutter die Schwester von Tante Hede war, nahm er an, dass seine Tante dieselbe Vorliebe hatte.

Mit Grapefruit? Die Verkäuferin blickte ihn entsetzt an, was allerdings auch an der Stärke ihrer Brillengläser liegen konnte. Sie sah praktisch dauernd entsetzt aus.

Ich hab was mit Aloe Vera da, sagte sie, aber Grapefruit? Sie sah sich fast panisch im Laden um.

Holm wandte sich zu Sabine, die derweil lustlos in einem Prospekt blätterte.

Sie hätte eine Strumpfhose mit Aloe Vera da, sagte er leise.

Sabine blickte ihn amüsiert an. Und die willst du dir kaufen?

Der Gedanke, eine Strumpfhose zu tragen, lag ihm fern.

Er wolle sie ihr schenken, meinte er.

Mir?, fragte Sabine. Eine Strumpfhose mit Aloe Vera?

Sie schützt und pflegt gleichzeitig die Beine, erklärte Holm.

Glaubst du, sagte Sabine auf einmal sehr ernst, dass ich mir keine eigene Strumpfhose leisten kann?

Holm verstand die Frage zuerst nicht. Nachdem er sie aber auch nach einigen Sekunden lediglich nur halb zu verstehen glaubte, lenkte er schließlich ein. Also keine Strümpfe?

Sabine schüttelte den Kopf. Dann verließen sie das Geschäft.

Eine Weile gingen sie stumm nebeneinander her. Holm traute sich nicht mehr, ihr bestimmte Gebäude näherzubringen. Dabei hätte er viel zu sagen gehabt. Über jedes zweite Haus konnte er eine Geschichte erzählen. Stattdessen suchte er verzweifelt nach konsumkritischen Bemerkungen. Leider fiel ihm nicht das Geringste dazu ein. Eigentlich ein Skandal, dachte er, dass man alles so hinnahm.

Ich habe Durst, sagte Sabine, sie wollten gerade die Joachimstaler Straße überqueren. Das ist doch ein Wort zur rechten Zeit, dachte Holm, der sich schon ausgemalt hatte, wie sie weiter wortlos den Kurfürstendamm hinaufgingen, über den Tauentzien, die Kleist- und Bülowstraße bis nach Kreuzberg marschierten, um dort zwischen Türken Bier aus der Flasche zu trinken.

Wie wäre es mit dem Café »Kranzler«?, schlug Holm vor und deutete auf das tortenförmige Eckgebäude mit den rotweißen Markisen über einer Modeboutique. Vor einigen Jahren wäre das »Kranzler« beinahe einem Geschäftszentrum zum Opfer gefallen. Nach einem hart umkämpften Kompromiss war schließlich nur noch der obere Teil mit der umlaufenden Galerie übrig geblieben. Nun galt es, die letzten Reste des alten West-Berlins durch Solidaritätsbesuche vor dem Untergang zu bewahren.

Ich dachte, das wäre längst geschlossen, sagte Sabine. Holm war sich nicht sicher, ob sie den Weiterbetrieb nun bedauerte oder nicht. Hier durfte sie sich nicht zu viel herausnehmen. Sonst würde er das Gespräch einmal dezent auf die Sprengung des Stadtschlosses lenken.

Auf dem Balkon waren die meisten Tische frei. Sie setzten sich mit Blick auf die Gedächtniskirche. Holm legte den Arm übers Geländer und ließ seine Hand lässig herabbaumeln. Souverän sollte das aussehen, es war aber auch unbequem. Mit der freien Hand studierte er die Getränkekarte, was sich als nicht ganz einfach herausstellte. Umblättern war praktisch nicht möglich. Nach Lage der Dinge brauchte er das aber überhaupt nicht, denn zufällig hatte er die richtige Seite aufgeschlagen. Deinhard Cabinet oder Prosecco »Gerry Weber« lautete die entscheidende Frage. Denn ein Glas Sekt durfte es zur Feier des Tages schon sein.

Ich nehme ein Bier, sagte Sabine.

Wir sollten mit Sekt anstoßen, entgegnete Holm.

Ich habe jetzt aber Lust auf Bier, sagte sie starrsinnig. Ob sie ihm immer noch wegen des Kinos grollte?

Meinetwegen können die Obdachlosen auch kostenlos das Kino besuchen, versuchte Holm einzulenken.

Welches Kino?, fragte Sabine.

Ach egal, sagte Holm, die Geschichte jetzt bloß nicht weiter vertiefen, dachte er. Es war ihr wohl doch nicht so wichtig gewesen.

Mit Bier wird mir nicht feierlich zumute, sagte Holm.

Was gibt es denn zu feiern?, wollte Sabine wissen. Sie wirkte schon etwas aufgeschlossener.

Das verrate ich dir später, antwortete Holm und bestellte, die günstige Stimmung nutzend, zwei Gläser Prosecco »Gerry Weber«. Das klang irgendwie international. Es klang nach New York und Berlin.

Viel los ist ja nicht hier, meinte Sabine, während sie auf die Straße hinuntersah.

Viel los war hier tatsächlich nicht. Und ausgesprochen ruhig war es auch.

Es ist Sonntag, entgegnete Holm, das Argument leuchtete sogar ihm selber ein.

Aber die Geschäfte haben doch alle auf, gab sich Sabine weiter unzufrieden.

Die Leute sind vermutlich alle in den Geschäften. Holm hatte langsam keine Lust mehr, sich weiter auf diesem Niveau zu unterhalten. Außerdem hatte er den Verdacht, dass die Kritik am Kurfürstendamm insgeheim ihm selber gelten könnte. War etwa auch mit ihm nicht viel los?

Die Getränke kamen. Als sie anstießen, blickte Holm feierlich zu Sabine. Auf uns, sagte er. Die Gläser klangen dumpf, als wären sie aus Plastik.

Wo wohnst du eigentlich?, fragte Sabine, den feierlichen Moment brutal unterbrechend.

Holm nahm einen großen Schluck, fast hätte er das Glas in einem Zug geleert. Dass er bei Freddy wohnte, durfte er unter keinen Umständen erwähnen.

In Rudow, sagte er schließlich, nur um irgendetwas zu sagen.

Sabine sah ihn erstaunt an. Und von dort fährst du jeden Tag zur Oranienburger?

Ich habe ein Haus, sagte er unvorsichtigerweise, und wie von Sinnen fügte er noch hinzu, dass er es ihr später ja mal zeigen könne, worauf Sabine nur matt lächelnd eine Augenbraue hob, als würde sie Holm kein Wort davon glauben. Sie war insgesamt einfach einen Tick zu kritisch. Und genauso wenig wie sie akzeptierte, dass auf einer Geschäftsstraße nun mal eingekauft werden musste, akzeptierte sie, dass ein Mann etwas mehr bieten sollte als das intellektuelle Gespräch. Ein

Wohlfühlpaket für Geist und Körper! Denn wer war es, der den Prosecco »Gerry Weber« bezahlte und für eine bequeme An- und Abreise sorgte? Dabei stand der Hauptprogrammpunkt des Tages erst noch bevor: Kaffee und Kuchen mit Blick auf die Gropiusstadt. Danach würde die Augenbraue zweifellos unten bleiben.

Als Sabine auf die Toilette verschwand, schob Holm rasch das Reinhard-Mey-Ticket unter das Sektglas. Nach einer Weile kamen ihm jedoch starke Bedenken, ob sie das Ticket überhaupt bemerken würde. Wenn sie nun weitsichtig war! Um ganz sicherzugehen, lehnte er das Ticket gegen die Blumenvase, die er zur Sicherheit unmittelbar neben das Sektglas stellte.

Da drin sitzen echt nur alte Leute, sagte Sabine, von der Toilette zurückkehrend, und machte ein leicht angewidertes Gesicht. Als wenn Holm etwas für die zunehmende Vergreisung der Gesellschaft könnte. Irgendwo mussten diese Leute ja sitzen.

Wie erwartet entdeckte sie sofort das Ticket. Reinhard Mey?, fragte sie unsicher.

Ja, sagte Holm. Nächste Woche, und wir werden dabei sein. Er machte eine Pause, damit sie die Überraschung verarbeiten konnte. Es wurde eine sehr lange Pause. Vielleicht ist es alles ein bisschen zu viel für sie, dachte er, und als er fast nicht mehr mit einer Reaktion rechnete, meinte sie: Ehrlich gesagt, ich weiß nicht so genau. Kein Problem, schnitt Holm ihr das Wort ab, du brauchst dir wirklich keine Gedanken über das Geld zu machen. Sieh dich einfach als eingeladen! Er nahm die Karte wieder an sich und steckte sie, zufrieden lächelnd, in seine Brusttasche.

Sie fuhren nach Süden. Holm nahm dieselbe Route wie der Linienbus, um nicht die Orientierung zu verlieren. Es war erstaunlich, wie schnell man in Rudow war, wenn man ein Auto hatte. Über die Jahre hätte er viel Zeit sparen können, aber die gesparte Zeit hätte sich dann zu seinen ohnehin schon weitgehend unausgelasteten Stunden hinzuaddiert. Das wäre kaum zu verkraften gewesen.

Hier wohnst du?, fragte Sabine, als er in den Klettenweg einbog und langsam die Straße entlangrollte. Am liebsten hätte er noch den Motor ausgeschaltet. Hoffentlich waren seine Eltern nirgends zu sehen.

Dort drüben, sagte er und deutete vorsichtig auf das weiße Haus mit den Kletterrosen am Eingang.

So ein riesiges Haus!, rief Sabine, zum ersten Mal sah er sie wirklich begeistert. Es war eigentlich schade, dass man die Sache jetzt nicht weiterverfolgen konnte. Was hätte sie erst zum Garten gesagt.

Und du wohnst ganz alleine hier? Die Frage zielte offenbar auf mögliche Konkurrentinnen, ob er ihr irgendetwas verschwiegen hätte. Eine Frau mit zwei Kindern.

Klar, sagte Holm, als wäre das völlig natürlich. Hier war eben Geld im Spiel, und das konnte man ruhig auch zeigen.

In diesem Augenblick kam sein Vater mit einer langen Leiter aus der Tür und lehnte sie gegen die Hauswand. Ausgerechnet in dieser heiklen Minute musste er die Rosen beschneiden, und es war abzusehen, dass auch seine Mutter demnächst aus der Tür trat, um die Aktion zu überwachen. Denn sein Vater hatte die Angewohnheit, Pflanzen so lange zu beschneiden, bis kaum noch etwas von ihnen übrig war.

Wer ist das denn?, fragte Sabine. Es war schwer zu leugnen, dass diese Person irgendetwas mit seinem Haus zu tun haben musste. Wo Gefahr droht, wächst das Rettende auch, dachte Holm, dem gerade eine rettende Idee einfiel. Der Hausmeister, antwortete er, Hans-Peter Blobel. Hans-Peter Blobel war ein Nachbar, der sich bei seinen Eltern dauernd über die laute Musik ihres Sohnes beschwerte, dabei hörte Holm lediglich leise Reinhard Mey. Indem er Hans-Peter Blobel zu seinem Hausmeister degradierte, versuchte er sich nachträglich an ihm zu rächen. Bedauerlich nur, dass Herr Blobel davon nie etwas erfahren würde.

Hans-Peter kümmert sich um die Rosen, erklärte Holm, wächst ja wie Unkraut, das Zeug.

Nun kam auch seine Mutter aus der Tür. Sie trug eine Schürze und dirigierte seinen Vater, der inzwischen unter dem Dach angekommen war, zu den in Frage kommenden Zweigen. Nach links und nach rechts zeigte sie, und dabei rief sie ihm ständig etwas zu.

Und diese Frau da?, fragte Sabine. Nicht ganz zu Unrecht.

Diese Frau?, fragte Holm. Er kniff die Augen zusammen, als würde er sich die Person etwas genauer ansehen. Kenne ich nicht, erklärte er schließlich.

Sabine blickte ihn vorwurfsvoll an. Wollen wir nicht wenigstens mal halten?

Holm verneinte energisch. Wir haben eine Verabredung mit meiner Tante, sagte er und drückte aufs Tempo, während er seinen Kopf leicht einzog.

Ob er denn gar nicht wissen wolle, sagte Sabine, sie wirkte ziemlich erregt, was diese Frau da in seinem Haus zu suchen habe?

Holm sah starr geradeaus. Seit dreißig Jahren stellte er sich dieselbe Frage, und bis heute hatte er keine zufriedenstellende Antwort darauf erhalten. Jetzt wollte er es auch nicht mehr wissen.

Erst, als sie die Fritz-Erler-Allee erreichten, entspannte er sich wieder. Auf dem Bürgersteig entdeckte er Erika Hallstein-Brökel, eine von Tantes Kaffeeklatschdamen. Sie hatte mal ein Auge auf Holm geworfen, und Holm, der damals mit Frauen noch nicht viel zu tun gehabt hatte, hatte ein schüchternes

Auge zurückgeworfen, in der vagen Hoffnung, von einer erfahrenen älteren Frau behutsam in die Welt der körperlichen Liebe eingeführt zu werden. Bis auf ein gemeinsames Wurstessen im Einkaufszentrum war aber nichts passiert. Als Holm nämlich sah, wie gierig Erika Hallstein-Brökel ihre Thüringer Bratwurst verschlang und dabei auch noch ein erschreckend dämliches Gesicht machte, nahm er von dieser Welt zunächst wieder Abstand.

Erika Hallstein-Brökel war mit einer prall gefüllten Jutetasche – oben ragten verräterische Flaschenhälse heraus – offenbar auf dem Weg zu einem Altglas-Container. Sie hatte sich nur rasch etwas übergezogen, falls man doch eine Bekannte träfe, brauchte man wenigstens nicht die Straßenseite zu wechseln, ein zerknautschter Rock, dazu weiße Turnschuhe, die mindestens eine Nummer zu groß waren. Mit ihrer windschiefen Frisur wirkte sie beinahe fürsorgebedürftig. Länger unterwegs sein durfte sie in diesem Aufzug nicht.

Holm drosselte das Tempo, fuhr schließlich auf gleicher Höhe neben ihr her. Als er ihr zuwinkte, nahm sie jedoch keine Notiz von ihm. Selbst als er sein Fenster herunterließ und über die Straße grüßte, sah sie nur kurz zu ihm rüber und schüttelte empört den Kopf, als hätte ihr ein Fremder einen unsittlichen Antrag gemacht. Ganz aufgegeben hatte sie sich wohl noch nicht.

Dass Erika Hallstein-Brökel Holm nicht wiedererkannte, erschütterte ihn so sehr, dass ihn sofort heftige Zweifel befielen, ob sein Aufbruch in ein selbstständiges Leben wirklich der richtige Weg für ihn war. Vielleicht lag es auch nur am Auto. Sie rechnete einfach nicht damit, dass Holm in einem S-Klasse Mercedes saß.

Er parkte an dem grauen Hochhaus, in dem seine Tante wohnte.

Und wir wollen jetzt wirklich zu deiner Tante?, fragte Sabine, als sie am Eingang standen, während Holm auf die Uhr sah und nervös darauf wartete, dass der Zeiger auf sechzehn Uhr rückte.

Du wirst Tante Hede mögen, sagte er, außerdem sei es besser, wenn man sich in diesem frühen Stadium kennenlerne, dann könnten notfalls noch Dinge zurechtgerückt werden.

Dinge zurechtgerückt werden?, fragte Sabine.

Aber da war es sechzehn Uhr, und Holm drückte die Klingel.

Du siehst ja schlecht aus!, rief seine Tante sofort, sie hatte die Wohnungstür noch nicht mal ganz geöffnet. Geht es dir etwa nicht gut? Sie starrte entsetzt zu Holm und kurz darauf mit prüfend skeptischem Blick zu Sabine. Holm lachte verlegen, ging aber nicht weiter darauf ein und stellte Sabine vor.

Soso, Frau Fleischmann heißen Sie, wiederholte die Tante sachlich, dann wollen wir mal sehen.

Hede bat beide herein und ging vor ihnen ins Wohnzimmer. Sie trug ein zitronenfarbenes Kleid, das er nicht kannte. Auch die hochhackigen Schuhe waren neu. Offensichtlich hatte sie Holms Auszug veranlasst, ihre Erscheinung zu überarbeiten und damit den neuen Lebensabschnitt für jedermann kenntlich zu machen. Aber es kam noch viel schlimmer. Auch im Wohnzimmer war kaum etwas beim Alten geblieben. Bis auf zwei Stühle und die Stehlampe war die Einrichtung komplett erneuert worden. Alles war hell und modern. Am meisten schmerzte ihn jedoch das Fehlen seines Sofas, auf dem Holm einige sehr intensive Stunden verbracht hatte. An dessen Stelle stand jetzt eine schwarze Ledercouch mit Chromrahmen. Leben konnte man darauf jedenfalls nicht mehr.

Hatte man vorher den Eindruck gehabt, in der Wohnung einer Frau zu sein, deren Leben im Wesentlichen abgeschlossen war, sah es nun plötzlich so aus, als wolle diese Frau noch einmal von vorne beginnen. Holm konnte nicht glauben, was er da sah, und dass seine Tante ohne Rücksprache mit ihm zu neuen und anscheinend unbequemen Ufern aufgebrochen war, empfand er als außerordentlich beleidigend. Wenigstens das Sofa hätte man retten können!

Setzen Sie sich doch, sagte Hede und wies Sabine den Platz auf der Ledercouch zu, unmittelbar vor der reichlich gedeckten Kaffeetafel. Holm setzte sich ohne konkrete Einladung auf einen der übrig gebliebenen alten Stühle, der zu dem polierten Holztisch nicht mehr so recht passen wollte. Weil seine Tante es nicht für nötig zu halten schien, Holm über die veränderten Gegebenheiten zu informieren – kein Wort fiel zum Beispiel über den Verbleib des Sofas –, weigerte er sich, neben Sabine zu sitzen, um die Einrichtung damit nicht auch noch stillschweigend hinzunehmen. Sein Protest blieb von der Tante allerdings unbemerkt, nur Sabine blickte ihn vorwurfsvoll an, wenn auch aus ganz anderen Gründen. Die Tante setzte sich wie selbstverständlich neben Sabine, sie fand es nicht mal verwunderlich, dass Holm abseits vom Geschehen auf dem Stuhl saß.

Und Sie sind also die Zukünftige meines Neffen?, fragte Hede mit spitz vorgestrecktem Kinn und zupfte ihr Kleid übers Knie. Dass sie ihn als ihren »Neffen« bezeichnete, verhieß schon mal nichts Gutes.

Sabine bewegte sich eine Weile überhaupt nicht, sodass Holm Sorge hatte, sie könnte sich vielleicht verrenkt haben. Dann sah sie zunächst kurz und sehr ernst, man könnte auch sagen böse zu Holm, der bis dahin ja noch gar nichts gesagt hatte, um sich im selben Augenblick mit dem liebenswürdigsten Lächeln seiner Tante zuzuwenden.

Wir sind Arbeitskollegen, erklärte Sabine der jetzt doch ein wenig überraschten Tante.

Ach so?, sagte diese und sah nun ebenfalls streng zu Holm. Mir liegen da andere Informationen vor.

Wie sich die Stimmung innerhalb weniger Sekunden so vollständig gegen einen Mann richten konnte, der lediglich stumm auf einem alten Stuhl saß, war beängstigend. Er konnte sich gar nicht erklären, weshalb man ihn auf einmal für alles verantwortlich machte. Und was bedeutete in diesem Zusammenhang »Arbeitskollege«? Warum leugnete sie eigentlich weiterhin ihre Gefühle für Holm? Wäre dies nicht der geeignete Rahmen, endlich ein klares Bekenntnis abzulegen? Holm war ein geduldiger Zeitgenosse, aber selbst bei ihm war irgendwann Feierabend.

Ihr Neffe, sagte Sabine, auch sie schien nun langsam Tante Hedes Vokabular zu übernehmen, wie Holm leicht beunruhigt bemerkte, ihr Neffe ist ein netter Kerl.

Das war zwar noch nicht genau das, was er hören wollte, ging aber in die richtige Richtung.

Und Sie arbeiten in einem Restaurant?, fragte die Tante. Als Bedienung? Sie zupfte wieder an ihrem Kleid, obwohl es da nachweislich überhaupt nichts zu zupfen gab. Auch Holm hätte jetzt gerne an etwas gezupft. Stattdessen lockerte er seine Krawatte, die ihm langsam, aber sicher den Hals zuschnürte.

Nicht direkt, sagte Sabine. Holm sah auf das Gemälde mit der italienischen Landschaft über der Couch, ein idyllischer Fluss, im Hintergrund eine pompöse Villa, vorne kauerten zwei Gestalten im Schatten. Am liebsten hätte er sich danebengekauert.

Ich arbeite in einem Club.

Mein Neffe erzählt mir ja nichts mehr, beschwerte sich die Tante, Holm geflissentlich ignorierend. Sie zuckte mit den Schultern, als wäre ihr sein Verhalten vollkommen unverständlich.

In einem Club arbeiten Sie also, sagte die Tante, das ist ja interessant. Holm wusste genau, was die Tante jetzt dachte, dass ein Club kein Ort war für einen erwachsenen Mann.

Dann sind Sie abends wohl nie zuhause, wie?

Holm war sich sicher, dass seine Tante eine Frau, die abends arbeitete, unter keinen Umständen akzeptieren würde. In einer Partnerschaft allein Abendbrot zu essen, kam für die Tante überhaupt nicht in Frage. Wenn Holm ihr nun noch erzählte, dass er ebenfalls abends arbeitete, wäre die Kaffeestunde sofort beendet.

Gegen drei ist meistens Schluss, sagte Sabine, spätestens um halb vier sind wir dann draußen.

Tante Hede wandte sich überrascht zu Holm. Du auch?

Holm tat, als hätte er nichts gehört. Er sah immer noch auf die italienische Landschaft und studierte die unterschiedlichen Grünschattierungen oberhalb des Flusslaufes. Es war immer wieder erstaunlich, mit was sich der Mensch so alles beschäftigen konnte. Später würde er sich die Villa vornehmen.

Felix steht draußen vor der Tür, sagte Sabine, immerhin konnte sie sich noch an seinen Vornamen erinnern. Sie war sich über die Konsequenzen dieser Aussage offenbar nicht ganz im Klaren. Er hätte sie vorher instruieren müssen!

Um halb vier?, rief seine Tante entsetzt. Dass man um halb vier Uhr morgens draußen vor einer Tür stehen konnte, lag außerhalb ihrer Vorstellungskraft. Tante Hedes Leben spielte sich im Wesentlichen zwischen den Öffnungszeiten des Einkaufszentrums ab. Davor oder danach blieb man besser zuhause.

Man kann aber länger schlafen, schaltete sich Holm nun vorsichtshalber doch ein. Dieses Argument überzeugte die Tante jedoch keineswegs.

Länger schlafen, sagte sie, was soll denn das heißen?

Das heißt, sagte Holm – eigentlich hatte er keine Lust, sich in Details zu verlieren –, dass man erst abends wieder da sein muss und den Tag frei gestalten kann.

Frei gestalten? Tante Hede blickte empört zu Sabine. Ist das denn gesund?

Man gewöhnt sich dran, antwortete Sabine.

Und wann essen Sie zu Abend? Sie war besorgt, dass Holm nicht mehr ausreichend zu essen bekam. Das musste man Hede zugutehalten, dass ihr das Schicksal von Holm nicht gleichgültig war.

Im Club, sagte Sabine, gibt es was für die Angestellten, einfache Gerichte, aber man wird satt.

Man wird satt? Die Tante schüttelte den Kopf, als wären das Horrorgeschichten aus einer ihr vollkommen fremden Welt. Einer Welt jenseits der gewohnten Öffnungszeiten. Sie bewegte ihre Lippen fischartig vor und zurück, ein deutliches Zeichen, dass sie mit dem Informationsfluss noch nicht zufrieden war. Wenn sie sich jetzt ans Haar fasste, um irgendeine Locke glatt zu streichen, musste jeden Augenblick mit einer Nachfrage gerechnet werden. Da fasste sie sich schon ans Haar.

Was ist das überhaupt für ein Club?, fragte sie und setzte sich, ihr Kleid straff ziehend, neu hin, als wollte sie damit eine weitere Fragerunde eröffnen. An dieser Stelle hätte Holm das Gemälde am liebsten von der Wand gerissen und sich über den Kopf geschlagen.

Ein Stripteaseclub, erklärte Sabine beiläufig, als spielte das im Grunde keine Rolle.

Einen Moment herrschte totale Stille. Nicht mal der Kühlschrank war zu hören. Holm saß reglos da, als könnte er damit die Zeit anhalten. Leider wusste er nicht, wie man sie wieder zurückdrehen konnte.

Ich habe übrigens Zitronenkuchen gebacken, sagte die Tante, als hätte sich das Thema bereits seit längerem angekündigt. Sie mögen doch Zitronenkuchen, oder?

Mit starren Gesichtszügen nahm sie das Kuchenmesser und beugte sich über den Kuchen. Das Messer schwebte sekundenlang ruhig über der Zuckerglasur.

Könntest du uns bitte Kaffee einschenken und die Milch aus der Küche holen, sagte die Tante zu Holm und senkte das

Messer in den Teig. Das ganze Wohnzimmer atmete spürbar auf.

Obwohl klar war, dass sie Holm mit der Aufgabe betraut hatte, blieb Holm sitzen und beobachtete die Tante dabei, wie sie den Kuchen halbierte, viertelte und schließlich in gleich große Achtel schnitt. Es war nicht einzusehen, dass Hede ihn vor den Augen Sabines in einer derartigen Weise herumkommandierte. Immerhin war er hier jetzt ebenfalls zu Gast, angesichts der Einrichtung sogar mehr Gast als jemals zuvor, da konnte er schon erwarten, dass sie sich auch um ihn bemühte. Da es nach einer Kursänderung seitens der Tante gegenwärtig aber nicht aussah, beschloss Holm doch zu reagieren, allerdings in umgekehrter Reihenfolge. Er ging zunächst in die Küche und holte die Milch. Dabei fiel ihm auf, dass Tante Hede in seiner Gegenwart noch nie Zitronenkuchen gemacht hatte. Ja, er glaubte sich sogar an ein klares Wort gegen Zitronenkuchen erinnern zu können. Gingen bei der Neuausrichtung ihres Wohn- und Bekleidungsstils etwa auch alte Überzeugungen über Bord?

Die Tante veränderte sich mit einer Geschwindigkeit, dass Holm alt und unbeweglich dagegen wirkte.

Nachdem er den Kaffee eingeschenkt hatte, entspannte sich die Lage ein wenig. Der Zitronenkuchen schien die Tante in eine beunruhigend heitere Stimmung zu versetzen.

Wissen Sie, sagte sie plötzlich zu Sabine, Hede sprach mit vollem Mund, auch hier hatte sich einiges verändert, früher war ich mal Nacktmodell. Ich hatte einen ziemlich knackigen Körper.

Holm traute seinen Ohren nicht. War das überhaupt noch seine Tante, die da vor ihm saß? Tante Hede, ein Nacktmodell? Er kaute langsam seinen Kuchen, jeden Krümel zerkaute er einzeln, als wollte er sich bewusst machen, dass er nicht träumte.

Sabine wirkte neugierig, aber keinesfalls abgeschreckt.

Ich hatte mal einen Freund, der war Maler, fuhr die Tante sorglos plaudernd fort. Er war so begeistert von meiner Figur, dass er mich dauernd malen wollte. Ich hätte so eine knabenhafte Figur meinte er, kleine Brüstchen und einen strammen Po! Sie kicherte spitz und schob sich ein neues Kuchenstück in den Mund. Holm kaute selbstvergessen immer noch auf dem ersten Stück, sein Bewusstsein hatte erhebliche Schwierigkeiten, ihm irgendetwas bewusst zu machen.

Und wie alt waren Sie da?, fragte Sabine, sie fing an, sich ernstlich für die Geschichte zu interessieren, was Holm gar nicht recht war. Mehr wollte er von seiner Tante unter keinen Umständen erfahren.

Einundzwanzig, sagte die Tante. Blutjung, aber scharf wie Chili! Sie lachte laut auf, als wäre ihr die Vorstellung selber ein wenig unheimlich.

Es sind sogar andere Maler gekommen, Freunde und Bekannte meines Freundes aus der Akademie! Sie betonte *Akademie*, als wäre ihr Körper damit fast schon museumsreif.

Mir hat das wahnsinnig viel Spaß gemacht, mich auszuziehen und vor wildfremden Menschen zu posieren, mit ihren Lippen inszenierte sie das Wort so, dass dieser Moment regelrecht sichtbar wurde. Ich habe mich richtig als Frau gefühlt, verstehen Sie? Es gibt ja nichts Besseres als unseren Körper.

Holm versuchte sofort, an etwas anderes zu denken. Jetzt bloß nicht an die Tante denken, dachte er. Er dachte an Schnee und Eis, er dachte an Wintermantel, Pelzmütze und Handschuhe, an Nordnorwegen dachte er und an arktische Kälte, an Iglus, Pinguine und Eskimos. Und weil er nicht weiterkam, dachte er hektisch an weiße Robbenbabys, die gerade von Robbenjägern erschlagen wurden, und da tauchte im Hintergrund plötzlich Brigitte Bardot auf, die in einem weißen Pelzmantel vor ihm posierte. Und weil Holm seinen Blick einfach nicht abwenden konnte, öffnete Brigitte Bardot ihren Pelzmantel. Sie war nackt, und als er aufsah, erkannte er, dass vor ihm nicht Brigitte Bardot stand, sondern die Tante.

Gibt es denn noch diese Bilder von Ihnen?, fragte Sabine, die es offenbar kaum erwarten konnte, Tante Hede nackt zu sehen. Holm hätte mit ihr niemals hierherkommen dürfen. In wenigen Minuten würde man Aktbilder der Tante betrachten, und Holm konnte nichts dagegen unternehmen.

Ehrlich gesagt, ich weiß es nicht, sagte die Tante. Und das ist auch gut so, dachte Holm. Schließlich konnte man ja nicht alles wissen. Vielleicht hängt noch das eine oder andere Bild bei diesen Malern. Die Bilder, die mir mein Freund damals geschenkt hat, hat mein Ehemann alle aus Eifersucht zerstört. Wahrscheinlich konnte er es einfach nicht ertragen, dass ich vor ihm auch noch ein Leben gehabt habe.

Der gute Jürgen, dachte Holm, er hatte ihn immer unterschätzt. Dass er zu so etwas fähig war, rehabilitierte ihn natürlich sofort.

Das gibt es ja nicht!, rief Sabine sichtlich verärgert.

Dabei kannte sie Jürgen doch überhaupt nicht. War Eifersucht inzwischen etwa auch verboten?

Die Männer glauben wirklich immer noch, fuhr Sabine erregt, fast außer sich fort, dass sie unser Leben bestimmen können. Die müssen doch froh sein, wenn wir überhaupt noch was mit ihnen zu tun haben wollen.

Sehr richtig, ergänzte die Tante und stach in den Zitronenkuchen. Die Männer dürfen sich nicht mehr alles erlauben, sonst sind sie nämlich bald weg vom Fenster. Das Kuchenstück landete mit einer schwungvollen Bewegung in ihrem Mund.

Niemand kann doch von uns verlangen, sagte Sabine, sie stach jetzt auch in den Kuchen, dass wir unser Leben zugunsten eines anderen einfach aufgeben, wir leben doch nicht mehr im Mittelalter!

Holm war sehr still geworden. Er bemühte sich, nicht aufzufallen, und aß den Kuchen so langsam, dass es eine halbe Minute dauerte, bis der Kuchen vom Teller in seinen Mund gelangte. Leider spürte er in seinem rechten Fuß ein leichtes Kribbeln. Lange konnte er nicht mehr so ruhig dasitzen.

Sehr richtig, sagte die Tante energisch, sie war nun ganz Hedwig Rossmann, warum sollen wir uns eigentlich dauernd anpassen? Ich finde, langsam sind die Männer mal an der Reihe. So geht es ja nicht weiter.

Sehr richtig, sagte auch Sabine, und seit der Mann der Bundeskanzlerin ein Damenprogramm absolviert, während sie mit den Staatschefs verhandelt, sind wir auf dem richtigen Weg.

In diesem Augenblick stampfte Holm mit dem rechten Fuß auf, wobei seine Kuchengabel klirrend zu Boden fiel.

Alle Blicke richteten sich empört auf Holm, selbst die beiden friedlich kauernden Figuren im italienischen Landschaftsgemälde schienen ein wenig ungehalten zu ihm hinunterzusehen. Holm lächelte und nickte zustimmend. Eine Katastrophe konnte damit gerade noch abgewendet werden.

Kommen Sie eigentlich auch aus Berlin?, fragte die Tante, nachdem in den zur Debatte stehenden Fragen Übereinstimmung erzielt worden war.

Holm hatte auf einmal den dringenden Wunsch, sich im Schlafzimmer einzuschließen. Seit fünfzehn Jahren weigerte sich seine Tante beharrlich, die deutsche Einheit auch innerlich zu vollziehen. Wenn sie erfuhr, dass Sabine aus dem Osten stammte, wäre der weibliche Schulterschluss schnell beendet.

Ja, sagte Sabine, und als würde das längst nicht ausreichen, musste sie noch den Bezirk nennen.

Treptow?, wiederholte die Tante und machte ein irritiertes Gesicht, kurz sah es tatsächlich nach einem Stimmungsumschwung aus. Holm wusste schon nicht mehr, wo er noch hinsehen sollte, ohne dass es irgendwie als störend empfunden werden könnte.

Das ist doch im Osten, oder?

Sabine bejahte. Holm hielt den Atem an. Daraufhin stellte die Tante ihren Kuchenteller auf den Tisch und klatschte spontan in die Hände.

Bin ich dankbar, sagte sie, dass ich endlich mal jemand aus dem Osten kennenlerne! Sie wirkte regelrecht erschüttert vor Glück, was Holm nicht im Geringsten nachvollziehen konnte. Aber er hatte längst aufgehört, irgendetwas begreifen zu wollen.

Nun sind wir schon so lange wieder in *einer* Stadt, sagte sie, und kennen uns immer noch nicht richtig.

Es dauert eben länger, als wir alle angenommen haben, sagte Sabine.

Besser später als nie!, rief Tante Hede.

Ein paar Unterschiede können ruhig sein, meinte Sabine. Das muss ja nichts Schlechtes sein.

Jedenfalls bin ich froh, sagte Hede und blickte Sabine zufrieden an, dass Sie inzwischen genauso denken wie wir hier im Westen. Ich finde, darauf müssen wir anstoßen.

Sie stand auf und lief hektisch zu einer Kommode, wo sich jetzt offenbar die Spirituosen befanden. Dann kehrte sie mit drei Gläsern und einer Flasche Eierlikör zurück.

Ein kleines Likörchen kann ja nie schaden, sagte die Tante und reichte jedem ein bis zum Rand gefülltes Glas. Dass sie Holm trotz allem wieder in ihren Kreis aufnahm, musste als großer Fortschritt gewertet werden.

Sie standen feierlich um den Tisch herum.

Auf die Wiedervereinigung!, sagte Hede ihr Glas erhebend. Sabine war der feierlichen Stimmung nicht ganz gewachsen und hatte eine Hand in der Hose vergraben.

Ich heiße übrigens Hedwig, sagte Hede und neigte sich vertraulich zu ihrer neuen Freundin aus dem Osten. Sie stießen an, und während Sabine lediglich vorsichtig nippte, leerten Holm und seine Tante ihre Gläser in einem Zug.

Nach drei Gläsern Eierlikör – die Tante hatte jedes Mal sofort wieder nachgefüllt, man stand immer noch um den Tisch herum, wobei Hede von Glas zu Glas feierlicher zumute wurde, es war nicht auszuschließen, dass bald auch Tränen der Rührung fließen würden, als würde ihr der Tag der Einheit erst jetzt vollkommen bewusst – spürte Holm, dass der Zeitpunkt gekommen war, endlich auch mal wieder etwas zu sagen.

Ich glaube, wir müssen aufbrechen, sagte Holm und wusste sich mit Sabine in schöner Übereinstimmung. Sie lächelte ihm dankbar zu, was Holms Stimmung gleich erheblich verbesserte.

Man soll eben gehen, wenn es am schönsten ist, sagte Tante Hede bedauernd, trotz erheblichen Alkoholkonsums aber glücklicherweise einsichtig. Jedenfalls machte sie keinen Versuch, die beiden zum Bleiben zu überreden.

Im Flur verabschiedeten sie sich. Als Sabine schon aus der Tür war, nahm die Tante Holm beiseite.

Dass du dir mal eine Stripteasetänzerin angelst, flüsterte sie leicht schwankend, hätte ich nie für möglich gehalten. Jetzt bist du endlich ein richtiger Mann. Ich bin stolz auf dich, mein Junge!

17.

Kommen Sie bitte morgen um elf Uhr ins Café »Hackescher Hof«. Ich habe eine Überraschung für Sie.

Holm hatte den Zettel persönlich an Elies Zimmertür im Hotel geklebt, um ganz sicher zu sein, dass ihn die Nachricht erreichte.

Nun saß er pünktlich um elf Uhr im Café und hoffte, dass Elie die Nacht nicht woanders verbracht hatte.

Als dieser zwanzig Minuten später noch immer nicht da war, befürchtete Holm, dass Elie ihm die Bitte, ins Café zu kommen, womöglich übelnahm. Vielleicht hatte Elie auch einfach keine Lust auf derartige Spielchen. Denn weshalb sollte sich ein erwachsener Mann von einem anderen erwachsenen Mann eigentlich überraschen lassen? Wie würde es aussehen, wenn der Vorstandsvorsitzende von BMW dem Vorstandsvorsitzenden von Mercedes eine Mitteilung zukommen ließ: Kommen Sie bitte morgen um elf Uhr in mein Büro, ich habe eine Überraschung für Sie?

Nun war Holm zwar nicht der Vorstandsvorsitzende von BMW, und trotz erheblicher Fortschritte bei der selbstständigen Lebensführung war die Wahrscheinlichkeit, jemals Vorstandsvorsitzender von BMW zu werden, relativ gering, so konnte dennoch nicht geleugnet werden, dass Holm und Elie ihrem Leben in gewisser Weise vorstanden. Und in dieser Position gehörte es sich nun einmal nicht, den anderen mit vagen Versprechungen irgendwohin zu locken. Was einzig zählte, waren Fakten: *Reinhard-Mey-Ticket, Übergabe elf Uhr, Café »Hackescher Hof«*.

Je länger Holm auf Elie wartete, desto peinlicher wurde ihm die ganze Warterei. Nicht mehr allein die Tatsache, dass er Elie überraschen wollte, sondern das Warten an sich war es, das ihn zunehmend belastete. So lange konnte man im Grunde nur auf eine Frau warten. Was die Leute wohl dachten, wenn sich ein älterer Herr statt einer rassigen Blondine an seinen Tisch setzte?

Um Viertel vor zwölf, Holm hatte inzwischen zwei Tassen Kaffee und einen doppelten Espresso getrunken, ging er schließlich zu einem Glas Wein über und ließ sich die Menükarte bringen, damit die Bedienung nicht glaubte, er sei versetzt worden. Nein, Holm hatte von Anfang an Größeres im Sinn gehabt, und der Wein signalisierte der Kellnerin unmissverständlich, dass er seinen Aufenthalt unabhängig von äußeren Bedingungen weiter auszudehnen plante. Wer jetzt noch kam, kam rein zufällig hierher.

Und wirklich, Holm wollte gerade eine umfangreiche Bestellung aufgeben, als Elie, unvermutet und nun tatsächlich völlig überraschend, doch noch auftauchte. Noch ehe Holm ihn bitten konnte, Platz zu nehmen, saß Elie schon und starrte stumm einer rothaarigen Frau hinterher.

Was für eine Überraschung?, fragte Elie tonlos, ohne Holm dabei anzusehen. Elie wirkte ernst und konzentriert. Offenbar nahm er die Sache sehr wichtig. Holm fiel auf, dass er Elie noch nie hatte lachen sehen. Nicht mal gegrinst oder geschmunzelt hatte er, als könnte ihn jedes Lachen, Grinsen oder Schmunzeln auf dem Weg in sein altes Leben wieder zurückwerfen.

Holm schämte sich plötzlich, dass er Elie wegen eines Reinhard-Mey-Konzerts hierherbestellt hatte. Es kam ihm auf einmal unbedeutend und sinnlos vor.

Ich habe Sie nirgends gefunden, bemühte sich Holm seine Vorgehensweise zu erläutern.

Welche Überraschung?, erneuerte Elie seine Frage. Er blickte Holm an.

Eigentlich hat es ja auch noch Zeit, sagte Holm.

Welche Überraschung?, fragte Elie erneut.

Ich dachte nur.

Welche Überraschung?

Dass es besser wäre.

Welche Überraschung?

Wenn ich Sie rechtzeitig darüber informiere, sonst – Holm sah abwartend zu Elie –, sonst käme die Überraschung – Holm wartete erneut – vielleicht etwas zu überraschend, und Sie hätten sich schon was vorgenommen, fügte er schnell noch hinzu.

Elies Blick schien Holm zu durchbohren. Er fixierte ihn wie ein Raubvogel, wobei ungeklärt blieb, ob der Raubvogel hungrig war oder einfach nur neugierig.

Ich nehme mir nie etwas vor, sagte Elie schließlich streng und wandte seinen Blick wieder ab.

Holm atmete tief durch. Während Elie mit schräggestelltem Kopf dem Nachbartisch lauschte, fragte sich Holm, ob es überhaupt ratsam war, ihm die Karte für ein Konzert zu schenken, das erst am Wochenende stattfand.

Wir könnten uns Ende der Woche im Hotel verabreden, schlug Holm vor, dann könnte ich Sie dort überraschen.

Die Idee kam ihm außerordentlich gelungen vor. Es blieb eine Überraschung, hatte aber gleichzeitig einen spontanen Charakter.

Ende der Woche?, fragte Elie mit zusammengekniffenen Augen.

Holm nickte zuversichtlich.

Seien Sie doch nicht kindisch!, entgegnete Elie scharf. Holm wusste gar nicht, wie ihm geschah. Er wollte lediglich auf ihn zugehen, und das war weitaus mehr, als er sich normalerweise bewegte.

Nun rücken Sie schon raus mit Ihrer Überraschung, sagte Elie wieder etwas zugänglicher. Offensichtlich war ihm seine harsche Reaktion jetzt selber unangenehm. Ich kann es ja kaum noch erwarten.

Holm holte die Karte aus seiner Brusttasche und überreichte sie Elie.

Elie sah einen Augenblick staunend auf die Karte, drehte und wendete sie, als wisse er nicht so genau, was er damit anfangen sollte.

Reinhard Mey?, sagte er und sah verblüfft zu Holm.

Mein Lieblingssänger, erklärte Holm. Es kam ihm ganz leicht von den Lippen, als hätte er nie irgendwelche Probleme damit gehabt.

Und?, fragte Elie.

Und was?, fragte Holm.

Was soll ich mit dieser Karte?, fragte Elie verunsichert. Seine Augen waren erneut zusammengekniffen, als wollte er sich vor etwas schützen.

Ich möchte mit Ihnen in das Konzert gehen, sagte Holm nun selbst ein wenig verunsichert.

Elie blickte abrupt zu Boden und fixierte einen bestimmten Punkt. Als er wieder aufsah, war sein Gesicht völlig verändert.

Mit mir?, fragte er schüchtern. Er wirkte wie ein Mann, dem nach Jahren der Einsamkeit plötzlich wieder die ganze Aufmerksamkeit eines Menschen zuteilwurde.

Mit Ihnen und Sabine, sagte Holm.

Für wenige Sekunden schien ein Lächeln aus Elies Gesicht zu drängen.

Das geht nicht!, wiegelte er brüsk ab und versteinerte.

Ich wollte Ihnen die Karte schenken, versuchte Holm es weiter. Seine Ausdauer war ihm selber ein wenig unheimlich.

Ich lasse mir nichts schenken, sagte Elie verärgert und blickte an Holm vorbei.

Warum denn nicht?, fragte Holm.

Es geht eben nicht, sagte Elie, er hielt verzweifelt nach irgendetwas Ausschau, was sein Interesse fesselte. Sie begeben sich in eine Abhängigkeit, wenn Sie sich was schenken lassen, verstehen Sie das nicht?

Holm hatte keine Ahnung, was er meinte. Sein ganzes Leben hatte er sich etwas schenken lassen. War es verwerflich, abhängig zu sein? War man nicht immer irgendwie abhängig, beispielsweise von seinen Launen? Jeden Morgen beim Aufwachen fragte sich Holm, welche Grundlaune ihn heute durch den Tag begleitete. Holms Grundlaunen waren wie alte Kameraden, die er seit achtunddreißig Jahren kannte. Man mochte sich, musste aber nicht jeden Tag mit denselben zusammen sein.

Ist das denn schlimm, abhängig zu sein?, fragte Holm, den der Gedanke, morgens ohne eine bestimmte Grundlaune aufzuwachen, mit Sorge erfüllte.

Möchten Sie nicht frei sein?, entgegnete Elie. Er sah Holm auf einmal an, als wäre er an einer Antwort stark interessiert.

Holm hatte sich diese Frage noch nie gestellt. Hieß das nicht andersherum, dass er in einem Gefängnis lebte?

Tatsächlich verspürte er seit einiger Zeit den Wunsch nach einer gewissen Selbstständigkeit. Dabei wollte er aber nicht völlig frei sein, sondern lediglich die Möglichkeit haben, auch mal Entscheidungen ohne Rücksprache zu treffen. Mit anderen Worten: Holm würde das Gefängnis schon gerne verlassen, allerdings bei offenem Vollzug.

Ich sehe da keinen Widerspruch, sagte Holm, frei zu sein und sich etwas schenken lassen zu können.

Elie sah ihn erstaunt an. So, sagte er, Sie fühlen sich also nicht in der Pflicht?

Nein, sagte Holm, selbst überrascht von dieser Erkenntnis, es war fast beunruhigend, zu welchen Erkenntnissen er innerhalb kürzester Zeit gelangte, wenn er mal mit einem geistig ebenbürtigen Partner sprach. Er wollte gar nicht wissen, was er noch alles erkennen würde, wenn er öfter mit ihm redete.

Und weshalb sollte ich mir von Ihnen etwas schenken lassen?, wollte Elie wissen.

Holm dachte einen Moment nach. Er merkte, dass dies ein besonderer Augenblick war, und er merkte auch, dass er diesem Augenblick kaum gewachsen war. Dann sagte er etwas, was noch vor zwei Wochen vollkommen undenkbar gewesen wäre.

Weil Sie mein Freund sind.

Das Blut schoss ihm in den Kopf. Der Satz erschien ihm auf einmal wie eine ungeheure Behauptung, eine Behauptung, die durch nichts anderes abgesichert war als ein vages Gefühl.

Elie blieb stumm. Er starrte reglos auf die Karte. Seine Hände zitterten schwach. Auch Holm war ergriffen von diesem Moment. Er wusste nicht, ob er jemals wieder etwas zu Elie sagen könnte.

Schließlich blickte Elie auf, sah Holm direkt und mit weit geöffneten Augen an. Kann ich einen Schluck von Ihrem Wein haben?, fragte er sachlich.

Ja, sagte Holm und reichte ihm ohne weiteres das Glas.

Mitte der Woche bestellte Freddy Holm in sein Büro im »Gold Club«. Holm hatte sofort die schlimmsten Befürchtungen, denn es wäre viel leichter gewesen, zuhause mit ihm zu reden. Entsprechend nervös ging er mittags über die Oranienburger Straße zum Club.

Nach mehrmaligem Klopfen öffnete die Putzfrau endlich die Tür.

Wir haben geschlossen, sagte sie und machte Anstalten, die Tür wieder zu schließen. Das ging Holm nun doch langsam gegen den Strich, dass sie ihn noch immer nicht erkannte.

Wissen Sie eigentlich, wer ich bin?, herrschte er die Frau an, die sich davon jedoch überhaupt nicht beeindrucken ließ.

Nein, sagte sie in einem kecken, einem allzu kecken Tonfall. Wer sind Sie denn?

Holm war sprachlos vor so viel Unverfrorenheit. Wer ich bin?, hielt er in der nötigen Schärfe dagegen und sah sie drohend an. Mehr, als sie drohend anzusehen, konnte er leider nicht tun. Ich stehe hier den ganzen Abend bis morgens um zwei vor der Tür! Noch persönlicher wollte er in dieser Situation keinesfalls werden.

Die Frau lachte, als hätte er gerade einen derben Witz erzählt.

Tut mir leid, krächzte sie, schweratmig ihren Nasenschnodder hochziehend. Es war unfassbar, was einem hier geboten wurde.

Aber viele Männer stehen abends vor Tür und wollen rein. Ganz normal!

Diese Person scheint auch noch aus Polen zu kommen, dachte Holm. Seit die Polen der Europäischen Union beigetreten waren, zeigten sie langsam ihr wahres Gesicht. Und das hatte für die Deutschen offensichtlich nur Häme zu bieten. Dabei musste klar gesagt werden, dass Polen ohne deutsche Fürsprache heute zum Einflussbereich Russlands gehörte. Ob sie Holm unter diesen Bedingungen immer noch ausgelacht hätte, durfte bezweifelt werden. Aber für Europapolitik war jetzt nicht der richtige Zeitpunkt.

In diesem Augenblick bemerkte Holm, dass er die Frau gar nicht kannte. Anscheinend war sie erst kürzlich neu eingestellt worden.

Nachdem er ihr in zwei kurzen Hauptsätzen erklärt hatte, wer er war und was er wollte, ließ sie ihn schließlich passieren.

Zunächst hörte er gar nichts, als er an Freddys Büro klopfte. Erst nach einigen Sekunden schallte ein knappes *Moment noch!* durch die Tür. Offenbar hatte man gerade Wichtigeres zu tun.

Neben der Tür stand ein ausrangiertes Sofa, das Holm dort zuvor nie gesehen hatte. Es ähnelte auf verblüffende Weise dem alten Sofa seiner Tante. Es sah aus wie *sein* Sofa! Selbst die beiden durchgescheuerten Sitzflächen, die linke etwas mehr als die rechte, ließen kaum noch Zweifel daran, dass Holms und Tantes Sofa eine zweite Karriere als Vorzimmergarnitur eines Stripteaselokals erlebte. Wie war das möglich? Hatte die Tante das Sofa doch in ihrem Keller gelagert und es nun aus Sorge, Holm könne es als Türsteher nicht bequem genug haben, in den Club schaffen lassen? An Zufall mochte er hier nicht mehr glauben.

Doch anstatt sich zu setzen und sitzend alte Zeiten wieder aufleben zu lassen, blieb Holm davor stehen. Es ist sinnlos, dachte er, irgendetwas wieder aufleben zu lassen. Dafür stand das Sofa einfach an der falschen Stelle.

Wenig später ging die Tür auf, und ein junger, bulliger Mann, Kopf, Hals und Schultern bildeten praktisch eine Linie, kam grußlos an ihm vorbei.

Im Büro warteten Freddy und Dodo. Freddy saß wie üblich an seinem Schreibtisch und rauchte eine Zigarre, eine Montecristo Torpedo, wie Holm sofort fachmännisch erkannte. Auch im »Paten« wurde bei wichtigen Treffen gerne Zigarre geraucht. Später fand man einen der Gesprächspartner, meist von Kugeln durchsiebt, im Rinnstein liegen.

Freddy bat Holm höflich, sich zu setzen. Diesmal durfte Holm direkt an den Schreibtisch, was ihn ein wenig bedenklich stimmte. Zum Glück wurde ihm keine Zigarre angeboten.

Dodo blätterte gelangweilt in einem Pornomagazin, das Holm ebenfalls gleich fachmännisch erkannte. Darüber hatte er im Badezimmer immer seine Exerzitien getrieben. Zigarren und Pornohefte, viel mehr kannte er nicht, nach achtunddreißig Jahren Leben im Grunde eine Katastrophe.

Während Freddy rauchte, fixierte er Holm, der sich, mangels Zigarre und Pornomagazin, den Schreibtisch etwas näher ansah. Weil es dort bis auf Rechnungen und gelbe Merkzettel mit Notizen – hinter jeder ein dickes Ausrufezeichen für die höchste Dringlichkeitsstufe, Holm hatte seine Notizen noch nie mit Ausrufezeichen versehen, ein deutlicher Hinweis, dass es bei ihm nirgends drängte –, weil es also nichts zu sehen gab, ließ er seinen Blick gleichgültig durch den Raum schweifen.

Kurz überlegte Holm, ob *er* vielleicht etwas sagen sollte. Aber was sollte man jetzt schon groß sagen?

Du weißt, warum du hier bist?, fragte Freddy plötzlich und blies eine außergewöhnlich gelungene Rauchwolke in die Luft.

Nein, antwortete Holm wahrheitsgemäß. Niemand hatte ihm vorher etwas gesagt.

Unsere Umsätze sind nicht zufriedenstellend, sagte Freddy und zog sehr langsam an der Zigarre.

Ach, machte Holm, er war sich nicht sicher, ob dies mehr ein erstauntes oder entsetztes *Ach* war. Dafür benötigte er einfach genauere Informationen.

Ich hab mir das jetzt eine Weile angesehen, fuhr Freddy, weiterhin vage bleibend, fort.

Und?, fragte Holm. Es war ein abrupt hingeschleudertes, ein fast schon forderndes Und.

Eigentlich dachte ich, dass wir uns verstanden hätten, sagte Freddy.

Dodo nickte im Hintergrund, ohne von seinem Magazin aufzusehen. Es war nicht klar, wem er zunickte, dem Heft oder Freddys Meinung, obwohl immer noch nicht deutlich geworden war, welche Meinung hier eigentlich gemeint war.

Wir fahren bei den Getränken einfach zu wenig Umsatz, rückte Freddy endlich mit den ersten Details heraus.

Holm ahnte jetzt, wohin die Reise gehen sollte. Und es sah zweifellos nicht nach einer Vergnügungsreise aus. Holms Sitzfläche fühlte sich unangenehm feucht an. Er klebte förmlich auf seinem Plastikstuhl. Womöglich hatte man ihn festgeklebt und ließ nachher irgendwelche Dämpfe in den Raum.

Was wir brauchen, sagte Freddy, ist eine härtere Türpolitik. Mit Biertrinkern kann ich keinen Nachtclub führen, verstehst du?

Ja, sagte Holm. Es war nicht zu leugnen, dass er gemeint war.

Langsam rückte Holm ins Scheinwerferlicht des Geschehens, und was man dort sah, war ein Mann mit feuchten Hosen und hängenden Schultern, der keine stichhaltigen Argumente zu seiner Entlastung parat hatte. Leider konnte er sogar überhaupt nichts dazu sagen. Ob er Freddy stattdessen mal nach der Uhrzeit fragen sollte?

Ich denke, sagte Freddy, er paffte mehrmals rasch an der Zigarre, als versuchte er, sich vor dem entscheidenden Satz noch schnell mit Rauch zu umhüllen. Ich denke, es ist besser, wenn wir uns trennen.

Für einen Moment war Freddy tatsächlich in einer Wolke verschwunden. Holm sagte erst mal nichts. Vielleicht taucht Freddy ja nie wieder auf, dachte er.

Natürlich bekommst du dein restliches Gehalt, sagte Freddy. In diesem Augenblick kam ein Briefumschlag aus der Wolke.

Und ehe ich es vergesse, fügte er beiläufig hinzu, wenn du meine Wohnung verlässt, leg den Schlüssel einfach auf den Tisch.

Damit war er entlassen, ohne dass er Freddy noch einmal gesehen hatte.

Zum zweiten Mal in seinem Leben war Holm gefeuert worden. Und wieder interessierte sich keiner für sein weiteres Fortkommen. Ausgemustert und auf die Straße gestellt wie ein altes Möbelstück.

In der Wohnung packte er seine Siebensachen, zog wieder Jeans und T-Shirt an, schulterte den Rucksack und machte sich auf den Weg.

18.

Es war Mittagszeit. Holms Eltern und Tante Hede schliefen oder waren gerade dabei, ins Bett zu gehen. Ins Hotel konnte er nicht zurück, trotz seines Gehalts wäre das Geld schon nach wenigen Tagen weg gewesen. Es blieb nur Sabine. War es nicht ohnehin langsam an der Zeit, Nägel mit Köpfen zu machen und ihr Leben endlich auf eine gemeinsame Basis zu stellen?

Sabine wollte es erst gar nicht glauben, als Holm durch die Gegensprechanlage seinen Namen nannte, öffnete die Tür dann aber doch. Holm hatte ihr eine rote Rose und ein biologisch abbaubares und daher leider kaum duftendes Stück Seife gekauft. Als er der Blumenverkäuferin Sinn und Zweck seines Blumengeschenkes erläuterte, hatte sie ihm wider Erwarten zu einer einzelnen Rose geraten. Ein Strauß roter Rosen sei eine Absichtserklärung, meinte sie, eine einzelne Rose dagegen eine Liebeserklärung. Wenn Holm das vorher gewusst hätte, hätte er neulich sofort zur Einzelrose gegriffen und sich die Absichtserklärung gespart. Weil ihm eine einzelne Rose etwas wenig vorkam, hatte er vorsichtshalber noch eine Seife erworben. Man konnte schließlich nicht wissen, ob Sabine der gleichen Ansicht war wie die Blumenverkäuferin.

Derart präpariert, betrat Holm zum ersten Mal die Wohnung von Sabine.

Sabine sah noch leicht mitgenommen aus von der letzten Nacht. Um halb fünf waren sie erst aus dem Club gekommen. Sie trug eine kurze Sporthose und das Trikot der deutschen Nationalmannschaft. Dass Sabine ein Fußballfan war, hatte sie bislang mit keinem Wort erwähnt.

Die Rose stellte sie gleich in eine aufgeschnittene Milchtüte, die als Blumenvase diente. Ob sie irgendetwas Bestimmtes dabei empfand, war leider nicht zu erkennen. Dagegen hatte er mit der Seife offensichtlich ins Schwarze getroffen.

Ahava, rief sie begeistert, die beste Seife, die ich kenne!

Wahrscheinlich wirkte da noch die Mangelwirtschaft ihres sozialistischen Heimatlandes nach. Seife konnte man schließlich immer gebrauchen.

Habe ich irgendwas nicht mitbekommen?, fragte Sabine, als Holm seinen Rucksack im Flur abstellte. Willst du wandern gehen?

Holm blickte sie überrascht an. Wie sie das meine?

In der Stadt geht man ja normalerweise nicht wandern, sagte Sabine.

Normalerweise verliere man auch nicht von heute auf morgen seinen Job, entgegnete Holm. Der Rucksack sei quasi Ausdruck seiner momentanen Obdachlosigkeit.

Freddy hat dich gefeuert?, sagte sie so laut, dass es bis auf den Hof zu hören war.

Holm bejahte, fügte jedoch noch abmildernd hinzu, dass man es auch als schicksalhafte Fügung begreifen könne.

Schicksalhafte Fügung? Sabine sah ihn erstaunt an.

Seine innere Ruhe bei diesem durchaus schwerwiegenden Fall kam ihm jetzt selbst etwas merkwürdig vor. Erst jetzt begann er zu begreifen, dass tatsächlich ihm persönlich gekündigt worden war.

Ja, sagte Holm, der sich seinen plötzlichen Schock jedoch nicht anmerken ließ. Hier durfte man nun keinesfalls hektisch reagieren. Souveränität war das Gebot der Stunde. Ohne die Kündigung, sagte er vollkommen gelassen, wäre ich nicht so schnell zu dir gekommen. Ich finde, dies ist ein klares Zeichen, dass wir uns privat ein wenig näherkommen sollten.

Sabine lächelte amüsiert. Was es da zu lachen gab, konnte sich Holm allerdings nicht erklären.

Soso, sagte sie, du willst mir also privat näherkommen.

Ja, sagte Holm. Er musterte ihr Nationaltrikot. Wir müssen uns mal unterhalten.

Unterhalten, sagte Sabine mit spöttischem Blick.

Wir sollten über unsere Zukunft sprechen.

Über *unsere* Zukunft?

Ich meine, Holm räusperte sich, so weitergehen kann es ja auch nicht. Die Wohnungsfrage ist zum Beispiel immer noch offen.

Die Wohnungsfrage?, wiederholte Sabine. Ich dachte, du hast ein Haus!

Natürlich, sagte Holm. Das Haus hatte er völlig vergessen. So ein großes Haus konnte man unmöglich einfach vergessen.

Der Hausmeister, sagte Holm. Er wusste nicht genau, was der Hausmeister an dieser Stelle sollte.

Was ist mit dem Hausmeister?, fragte Sabine.

Der Hausmeister, sagte Holm, der Hausmeister streicht gerade das ganze Haus.

Und deshalb kann man jetzt nicht drin wohnen, oder wie? Sabines dauernde Skepsis grenzte zunehmend an Nötigung. Wieso konnte sie ihm eigentlich nicht einfach mal glauben?

Richtig, sagte Holm, der Hausmeister streicht das Haus nämlich auch von innen. Von innen und außen sozusagen.

Sabine verschränkte die Arme und spitzte den Mund. Das kannte Holm bereits von seiner Tante. Hede spitzte auch immer den Mund, wenn sie Holms Erklärungen nicht hundertprozentig folgen konnte.

Und wie lange wird das Streichen von innen *und* außen ungefähr dauern?

Holm dachte nach. Wie lange so ein Hausanstrich dauerte, wusste er nicht. Das hing von einer Menge Faktoren ab. Das Wetter spielte eine Rolle, die Farbe musste ausreichend vorhanden sein, und dann waren da noch die weichen Faktoren.

Sollte der Hausmeister beispielsweise erkranken oder mitten im Anstrich sterben, wäre mit einer erheblichen Verzögerung oder sogar einem Abbruch zu rechnen. Mit Todesfällen musste praktisch ständig gerechnet werden.

Ich denke, sagte Holm schließlich, in drei bis sieben Wochen könnte es zu schaffen sein.

Okay, sagte Sabine, du kannst hier einige Tage wohnen, danach musst du sehen, wo du bleibst.

Das war ein klares Wort, und es war weitaus mehr, als er anfangs gehofft hatte. Im Grunde war es die indirekte Zusage, dass er so lange bleiben konnte, wie er wollte.

Aber glaub nicht, sagte Sabine, während sie endlich ins Wohnzimmer gingen, dass ich mich groß um dich kümmern kann. Ich hab viel zu tun.

Kein Problem, erwiderte Holm gut gelaunt, ich bin stumm wie ein Grottenolm.

Das Wohnzimmer dämpfte seine gute Laune jedoch sofort. Im ganzen Raum herrschte das pure Chaos. Aktenordner, Bücher, Wäschehaufen und auf dem Boden verteilte Zeitungen. Auf dem Esstisch, der gleichzeitig als Schreibtisch diente, schmutziges Geschirr, Tassen und Teller, mittendrin ein Computer umlagert von Zeitschriftenstapeln. Neben dem Fernseher, der auf einer Kiste stand, eine Staffelei mit einem halbfertigen Aquarell. Zu sehen waren eine Blumenwiese, ein Baum und ein gewaltiger Himmel. An den Wänden hingen ebenfalls selbstgemalte Bilder, deren Motive sich überraschend ähnelten. Befand sich Sabine womöglich in psychotherapeutischer Behandlung? *Malen Sie sich einfach Ihre Probleme von der Seele!* Dass der Himmel so groß geraten war, stimmte Holm etwas bedenklich. Sehnte sie sich nach Freiheit?

Am Fenster ein dichter Urwald, große und kleine Pflanzen, nicht auszuschließen, dass da wilde Tiere lebten.

Auf dem Sofa, das aussah, als hätte es zwei Weltkriege überstanden, vermutlich hatte dort schon die Rote Armee genächtigt, lag eine zerwühlte Wolldecke.

Es sah aus wie ein Zeltlager. Mit seinem Rucksack war Holm also nicht ganz falsch.

Ich hab es nicht geschafft aufzuräumen, sagte Sabine entschuldigend. Immerhin war es ihr nicht völlig entgangen, dass sich die Wohnung in einem kritischen Zustand befand.

Setz dich ruhig irgendwo hin, ergänzte sie.

Ich werde es mir zwischen den Zeitungen bequem machen, sagte Holm.

Auf dem Sofa kannst du heute Nacht übrigens schlafen, stellte sie sicherheitshalber schon mal fest. Ob sie annahm, er könnte versehentlich zu ihr ins Bett steigen? Holm würde es natürlich nicht gleich darauf anlegen. Er würde noch ein wenig abwarten, sich sozusagen *einwirken* lassen in die neue Umgebung, bis Sabine gar nicht mehr anders konnte, als ihn zu sich ins Bett zu rufen. Klar war nämlich auch: Holm würde nicht ewig auf dem Sofa am Rande des Urwalds kampieren.

Während sich Holm spontan doch für das Sofa als Sitzplatz entschieden hatte, inzwischen hatte er eine Menge dazugelernt, Spontaneität war längst ein fester Bestandteil seines Alltags geworden, arbeitete Sabine am Computer. Eine Weile saß er einfach nur da und überdachte sein Leben. Im Prinzip sah es gar nicht so schlecht aus. Er hatte eine Frau mit regelmäßigem Einkommen, er hatte einen richtigen Freund und am Sonntag ging er zu einer türkischen Hochzeit und danach ins Reinhard-Mey-Konzert. Dass er keinen Job mehr hatte, erschien ihm nun nicht mehr so wichtig. War ein soziales Netzwerk nicht viel wichtiger als eine Festanstellung? Holm überlegte sogar, ob er seine alte Idee eines Reinhard-Mey-Rosenladens doch verwirklichen sollte. Ein Fan-Shop gleich neben dem »Gold Club«! Beim Kauf eines Rosenstraußes war der Eintritt zum Club inklusive. Denn ganz ohne eigenes Geld ging es leider auch nicht.

Willst du ein Bier?, fragte Sabine ohne von ihrer Arbeit aufzusehen. Es war zwar erst früher Nachmittag, aber da Holm heute nichts Wichtigeres mehr vorhatte, war der Gedanke an ein Bier nicht ganz abwegig. In gewisser Hinsicht hatte das Biertrinken am Nachmittag sogar den Beigeschmack des Abenteuerlichen. Zeigte es nicht, dass Holm bei seiner Lebensgestaltung einen vollkommen eigenen Weg einschlug? Während seine Eltern und Tante Hede bei Kaffee und Kuchen saßen, trank Holm eben ein kühles Pils. Ob es noch Chips dazu gab?

Gerne, sagte Holm. Doch Sabine unternahm keinen Versuch, ihm das Bier auch zu holen. Sie tippte weiter ungerührt an ihrem Computer, als würde ihre Frage die Selbstabholung mit einschließen.

Nachdem er noch einige Zeit gewartet hatte, vielleicht sprang sie ja in letzter Minute doch noch auf, ging er schließlich allein in die Küche.

Dort lehnte ein ausgewachsenes Fahrrad am Herd. Ob sie damit manchmal ins Wohnzimmer radelte? An Kochen war jedenfalls nicht zu denken. Auf dem Boden stand ein Werkzeugkasten, die rostige Fahrradkette lag daneben. Anscheinend reparierte sie in ihrer Freizeit Fahrräder. Auch sonst herrschte das gleiche Chaos wie im Wohnzimmer. Überall Töpfe und Teller, ungewaschene Gläser und Tassen. Neben der Mikrowelle stand ein Computerdrucker. Die Platzausnutzung lag bei neunundneunzig Prozent. Wenigstens der Kühlschrank war zugänglich. Außer Bier gab es Toastbrot, Tomaten, Margarine und eingeschweißte Wurstscheiben. Schon jetzt befürchtete Holm, hungrig zu werden.

Er öffnete die Bierflasche, und weil er nirgends saubere Gläser sah, mit Abwaschen durfte man gar nicht erst anfangen, wenn er auch nur ein einziges Glas abwusch, stand er demnächst nur noch an der Spüle, das kannte er schon, blieb ihm nichts anderes übrig, als aus der Flasche zu trinken.

Zurück auf dem Sofa, betrachtete er widerwillig die Flasche. Wohl war ihm nicht dabei. Aus der Bierflasche zu trinken war noch eine viel härtere Nummer als zur besten Kaffee- und Kuchenzeit überhaupt Bier zu sich zu nehmen. Aus der Bierflasche zu trinken hieß, der Welt im Geiste zuzuprosten.

Holm setzte die Flasche an und trank. Er konnte plötzlich gar nicht wieder aufhören damit, so sehr genoss er es, wie das kühle Bier aus der Flasche in seine Kehle rann. Die ganze Welt war auf einmal sein Kumpel, und er fühlte sich auf überraschende Weise mit ihr einverstanden.

Am späten Nachmittag verließ Sabine die Wohnung. Sie müsse noch ein paar Behördengänge machen, danach würde sie direkt in den Club gehen.

Beim Rausgehen gelang Holm ein kurzer Kuss auf ihre Wange, was sie mit einem strengen *NaNaNa!* kommentierte, dabei hob sie drohend ihren Zeigefinger, lächelte aber gleichzeitig freundlich, als hätte sie es nicht wirklich böse gemeint. Wie soll man da als Mann nicht verrückt werden?, dachte Holm.

In seinem Portemonnaie waren noch genau dreihundertsiebenundzwanzig Euro und vierundzwanzig Cent. Wenn er nicht schnell einen Ausweg fand und zu mehr Geld gelangte, wäre er bereits in wenigen Tagen pleite. Wie er es auch drehte und wendete, Holms einziger Ausweg befand sich nirgendwo anders als im Rudower Klettenweg.

Als er die Nummer von seinen Eltern wählte, er vertippte sich einige Male, was Holm in leichte Panik versetzte – wenn er die Nummer nun vergessen hatte? –, kamen ihm jedoch Zweifel, ob er seinen eigenen Weg so einfach fortsetzen konnte, wenn er das Geld seiner Eltern nahm. In diesem Augenblick wusste er, dass Elie doch recht gehabt hatte. Holm wollte nicht mehr nach Hause zurück, und er wollte sich auch nichts mehr schenken lassen.

Noch ehe das Rufzeichen zu hören war, legte er auf, ging zum Kühlschrank und öffnete eine weitere Flasche Bier.

Im Flur bemerkte Holm einen Schalenkoffer mit zahlreichen Länderaufklebern, darunter so illustre Ziele wie Italien, Kanada und Argentinien. Wieso hatte Sabine ihm nicht erzählt, dass sie große Teile der Welt schon kannte?

Auf dem Beistelltisch neben dem Sofa richtete Holm »seine« Wohnecke ein. Waschzeug, CD und Oberhemden. Mehr als diesen Tisch, der nicht größer war als ein Badehandtuch, brauchte er nicht. Dass ihm sein Kinderzimmer nicht mehr fehlte, war ein deutliches Zeichen, dass er erwachsen geworden war. Holm war jetzt in der Liebe zu einem anderen Menschen zuhause. Und das Chaos um ihn herum war Teil von Sabines Persönlichkeit. Wie die Zeitungen auf dem Boden lagen, wie das dreckige Geschirr auf dem Schreibtisch stand und das Fahrrad am Herd lehnte, war das genaue Abbild ihres Charakters. Hier durfte nichts bewegt oder aufgeräumt werden, um den Charakter nicht zu beschädigen.

Während Holm vom Wohnzimmer in die Küche spazierte und wieder zurück, freute er sich auf einmal, ein lebendiger Teil von Sabines persönlicher Unordnung zu sein.

Nach der »Tagesschau« ging Holm noch einmal nach draußen, um etwas zu essen. Er hatte nicht vorgehabt, zum Club zu gehen, aber sein Weg führte ihn zielstrebig auf die Oranienburger Straße, ohne dass er irgendetwas dagegen unternehmen konnte.

Schon von weitem sah er den bulligen jungen Mann, der grußlos aus Freddys Büro gekommen war. Breitbeinig und unbeweglich stand er da, als hätte man ihn einfach in den Boden gerammt. Ob sich überhaupt noch jemand in den Club traute, war fraglich.

Holm hatte die irrsinnige Idee, in den Club zu gehen und Freddy auf eine Flasche Champagner einzuladen.

Als er jedoch vor dem Türsteher stand und Anstalten machte, zehn Euro Eintrittsgeld zu entrichten, wies er ihn ohne Begründung ab. Holm fixierte ihn, ob er sich möglicherweise einen Scherz erlaubt hatte. Doch sein Gesicht ließ keinerlei Zweifel daran aufkommen, dass es ihm außerordentlich ernst damit war. Vermutlich konnte er nicht mal scherzen.

Schwer beleidigt überquerte Holm die Straße und kaufte sich bei dem Wurstbudenbesitzer eine Currywurst ohne Darm. Der Mann konnte es nicht fassen, dass Holm nun doch endlich zu ihm gekommen war. Wortlos reichte er ihm die Wurst durch die Luke und blickte Holm an, als käme er von einem anderen Stern. Holm bezahlte mit dem Zehn-Euro-Schein und überließ dem Mann den Rest als Trinkgeld. Es war nicht ganz auszuschließen, dass sich der Wurstbudenbesitzer später vor ein Auto warf.

In der Wohnung schaltete Holm noch eine Stunde durch die Fernsehkanäle, ehe er ausreichend müde war. Bevor er sich schlafen legte, bereitete er Sabine noch einen nächtlichen Willkommensgruß. Er malte ein großes Herz auf ein Blatt Papier und schrieb sorgfältig seinen und Sabines Namen darunter. Dann umwickelte er den Rosenstiel mit einem feuchten Taschentuch und drapierte Rose und Papier auf ihrem Kopfkissen.

Holm musste sehr tief geschlafen haben, denn als er am nächsten Morgen aufwachte, hörte er Sabine in der Küche arbeiten. Es war bereits halb elf. Holm war fast schon auf dem Weg in die Küche, als er feststellte, dass er seinen Schlafanzug anhatte. Dies war prinzipiell zwar nichts Ungewöhnliches, im Schlafanzug aber Sabine zu begrüßen, musste beim gegenwärtigen Stand ihrer Beziehung als kontraproduktiv bezeichnet werden. Ohne Begrüßung einfach ins Bad zu gehen und sich zu waschen, hätte Sabine jedoch als unhöflich empfinden können, und so blieb ihm nichts anderes übrig, als sich ungewaschen anzuziehen und die Haare mit Wasser aus der Pflanzengießkanne in die richtige Form zu bringen.

Sabine stand in einem weißen T-Shirt, das ihr knapp über die Hüfte reichte, am Herd und rührte in einem Topf, in dem sich aber kein Essen befand. Anscheinend färbte sie ein Bettlaken. Holm wollte sich gerade entschuldigend abwenden, als ihm Sabine ein lockeres Gut geschlafen? zurief und Holm so zwang, sie direkt anzusehen. Er versuchte, das T-Shirt gar nicht zu beachten.

Gut, sagte Holm. Es war ziemlich schwierig, nur ins Gesicht zu sehen, denn in den Augenwinkeln blieb das T-Shirt ständig präsent.

Musst du gehen?, fragte Sabine mit Blick auf seine Schuhe.

Wieso?, erwiderte Holm.

Guck dich doch mal an.

Ach so, sagte er, dass ist nur eine alte Angewohnheit von mir.

Sabine lächelte, während sie weiter den Topf bearbeitete. Du hast wirklich seltsame Angewohnheiten, sagte sie.

Ehe ich's vergesse, ergänzte sie rasch, in einen anderen Tonfall wechselnd, das mit der Rose war lieb gemeint, aber mein Kopfkissen war klitschenass. Das nächste Mal vielleicht in einer Vase?

Sie sah jetzt aus wie ein kleines Mädchen, und bei klitschenass konnte Holm plötzlich nicht mehr anders, als an ihrem T-Shirt hinunter bis zu den strammen Beinen zu sehen. In diesem Augenblick stellte er sich das T-Shirt »klitschenass« vor, wie es eng an ihrem Körper klebte und sich deutlich Brüste und Hintern darunter abzeichneten. Bei dieser Vorstellung wurde ihm ganz heiß, und er merkte erschrocken, wie sich unten etwas regte, das ihn sehr bald in eine peinliche Lage, womöglich sogar in Erklärungsnot bringen würde. Wie das dort zu verstehen sei, würde ihn Sabine hinsichtlich seiner ausgebeulten Hose vorwurfsvoll fragen. Und Holm hätte darauf keine vernünftige Antwort gewusst. Er konnte ihr ja nicht seine Fantasien erläutern. So etwas führte schnell zu einer Eskalation, und die musste in jedem Fall verhindert werden. Holm wollte die Sache anbahnen und auf sich zukommen lassen. Ein Abendessen bei Kerzenschein und gutem Wein, der sie langsam in die entsprechende Stimmung versetzte. Beunruhigend war, Holm befand sich schon jetzt in entsprechender Stimmung, und es hatte sich nicht das Geringste angebahnt. Noch beunruhigender war allerdings, dass Sabine längst mitbekommen hatte, wie Holm sie unentwegt anstarrte und sich dabei keineswegs nur auf ihr Gesicht konzentrierte. Und als wollte sie die Stimmung zusätzlich anheizen, rührte sie nun auch noch mit vollem Körpereinsatz im Topf. Das war unverantwortlich. Es war die reinste Provokation.

Willst du erst Kaffee trinken?, fragte Sabine und blickte ihn auf einmal ernst an.

Holm sah sie fragend an.

Ich meine, jetzt gleich oder später?, präzisierte sie, den Löffel beiseitelegend und sich, eine Hand in die Hüfte gestemmt, zu ihm wendend. Die Lage spitzte sich buchstäblich zu.

Jetzt gleich oder später was?, fragte Holm. Er ahnte etwas, schreckte innerlich aber davor zurück, es für sich auszusprechen.

Nun spiel mir doch nichts vor, sagte Sabine, sie wirkte leicht ungehalten, was Holm angesichts der schwierigen Situation durchaus verstand.

Ich sehe doch, dass du Druck hast.

Holm zuckte zusammen. Innerlich wie äußerlich zuckte er zusammen. Druck?, fragte er.

Na du willst mich doch, oder etwa nicht?

Verneinen war jetzt eigentlich kaum noch möglich. Sabine

hatte die Lage zwar im Prinzip richtig eingeschätzt, Holm hätte es aber doch gerne ein wenig romantischer gehabt. Schließlich war er kein verstopfter Gartenschlauch, den es zwanghaft danach drängte, Beete zu wässern.

Okay, sagte Holm.

Okay?, fragte Sabine.

Na ja, meinte er, Kaffee können wir auch später trinken.

Sabine grinste zufrieden. Dann komm mal mit, sagte sie und ging vor ins Schlafzimmer.

Auf dem Bett lag die Gummimaske der englischen Königin. Holm erschrak. Hatte Sabine hinter seinem Rücken im Rucksack gewühlt? Weshalb er die Maske überhaupt noch mitschleppte, war ihm selbst ein Rätsel.

Stehst du auf so was?, fragte Sabine, zur Maske deutend.

Holm verstand die Frage nicht gleich. Was sollte er darauf antworten? Dass er damit gerne älteren Damen auflauerte?

Hin und wieder kann es ganz lustig sein, sagte er schließlich. Holm dachte an Faschingspartys, auf die ihn aber noch nie jemand eingeladen hatte.

Hab ich vermutet, sagte Sabine schmunzelnd. Was es da zu vermuten gab, hätte Holm gerne gewusst, wollte das Thema aber lieber nicht weiter vertiefen.

Mit einer raschen Bewegung zog Sabine das T-Shirt über den Kopf und legte sich rücklings aufs Bett. Es ging alles erstaunlich flott.

Komm schon, sagte sie und klopfte mit der Hand neben sich. In diesem kumpelhaften Tonfall war es Holm jedoch nicht möglich, ihrer Aufforderung nachzukommen. Da konnte sie noch so oft klopfen. Außerdem entsprachen die Rahmenbedingungen nicht einmal annähernd seinen Vorstellungen vom ersten gemeinsamen sexuellen Kontakt. Erstens war es zu hell, zweitens gab es keine Gardinen und drittens, dies wog mit Abstand am schwersten, konnte man sie von der anderen

Hofseite problemlos beobachten. Rentner, Hausfrauen und arbeitslose Stasi-Mitarbeiter hatten von ihren Wohnungen aus eine hervorragende Sicht auf ihre in Kürze stattfindenden Intimitäten. Womöglich saßen sie gerade beim Frühstück, und während sie ihr Marmeladenbrötchen kauten und Schlagermusik hörten, sahen sie, wie Holm in Sabine eindrang. Es war einfach zu viel verlangt, sich vor frühstückendem Publikum auf eine so persönliche Sache zu konzentrieren.

Was ist jetzt?, fragte Sabine schon ein wenig ungeduldiger. Fast schien es, als wollte sie die Sache rasch hinter sich bringen. Hast du etwa Angst, dass uns jemand dabei beobachtet?

Es hörte sich nicht so an, als wäre ihr das irgendwie unangenehm. Hatte sie am Ende sogar ihren Spaß daran? Holm hatte nicht vor, sich unter den prüfenden Blicken eines Stasi-Majors zu entkleiden. Vielleicht würden noch Protokolle geführt.

Wenn es dir peinlich ist, meinte Sabine spöttisch grinsend, dann zieh dir doch einfach die Maske über.

Holm wollte empört protestieren, erkannte aber blitzschnell, dass dieser Vorschlag durchaus etwas Bestechendes hatte. Daran hatte er überhaupt nicht gedacht. Die Maske löste quasi sämtliche Probleme auf einen Schlag. Dann hätte selbst der Stasi-Major nichts Verwertbares mehr in der Hand. *Leider konnten wir das Objekt nicht identifizieren.*

Wenn es dich nicht stört, sagte Holm vorsichtig. Der Gedanke, dass Sabine der Anblick von Queen Elizabeth der Zweiten beeinträchtigen könnte, war ihm erst jetzt gekommen.

Keine Ahnung, sagte Sabine, ich hab es auch noch nie mit einer Maske gemacht.

Holm zog sich langsam aus. Stück für Stück, dabei immer das Fenster im Blick behaltend. Die Kleider legte er ordentlich über den Stuhl. Als er nur noch die Unterhose anhatte, stülpte er sich die Maske über. Dann entledigte er sich auch der Unterhose und tastete sich zum Bett.

Obwohl es unter der Maske schnell sehr heiß wurde und stark nach Gummi roch, machte Holm bereits nach kurzer Zeit eine erstaunliche Entdeckung: Sein Körper existierte vollkommen unabhängig von ihm. Denn ohne viel sehen zu können, fasste er Sabine mit geübtem Griff an die Brust. Und das war noch nicht alles. Auch seine zweite Hand hatte sich rasch eine Brust gegriffen und begann nun hektisch, sie zu massieren. Es war beachtlich, was er sich innerhalb weniger Minuten alles traute. Ihre Brüste reichten ihm bald nicht mehr aus, und er setzte sich rittlings über sie und führte seinen erigierten Penis sicher vor zu ihrem Mund. Er fühlte, wie sich ihre Lippen um ihn schlossen. Zunächst zaghaft vorstoßend, bewegte Holm sich immer schneller, stieß schließlich mit einer Heftigkeit zu, dass sich Sabine gegen seinen Brustkorb stemmte. Es war ihm jetzt völlig egal. Er griff ihre Haare und riss ihren Kopf vor und zurück. Er stützte sich mit beiden Händen an der Rückwand auf und ließ sein Becken kreisen, während Sabine gierig an ihm saugte und dabei animalisch grunzte, was ihn noch hemmungsloser machte. Holm war außer sich, er wusste nicht mehr, was er tat. Er drehte sich über ihr und hockte sich auf ihr Gesicht. Er küsste und leckte sich an ihrem Körper hinunter, drehte sich wieder und zwängte sich zwischen ihre Beine. Er nahm sich einfach, was er wollte. Und er wollte offensichtlich sehr viel. Die Minuten kamen ihm wie Stunden vor. Aber sein Körper zeigte keinerlei Ermüdungserscheinungen. Und während der Körper unter ihm laut stöhnte, hatte Holm plötzlich das Gesicht seiner Mutter vor Augen. Doch anstatt entsetzt zurückzuweichen, stieß er noch heftiger zu. Selbst als nun auch sein Vater und Tante Hede auftauchten, ließ er nicht ab. Mit letzter Kraft rang er Mutter, Vater und Tante nieder, und als es ihm endlich kam, löste sich ein erleichtertes Lächeln aus seinem Gesicht, und er sank erschöpft zur Seite.

Eine Zeitlang lag er da und atmete schwer durch die feuchte Maske. Holm dachte an nichts, er lächelte immer noch, es war das selige Lächeln des Siegers.

Wow, sagte Sabine nach einer Weile, das war ja total verrückt!

Holm rührte sich nicht, er lag mit ausgestreckten Armen neben ihr, nur sein Brustkorb bewegte sich. Erst einige Minuten später, fand er langsam wieder zu sich.

Endlich raffte er sich auf und setzte sich an die Bettkante. Dann zog er die Maske vom Gesicht und sah aus dem Fenster.

19.

Der Festsaal Kreuzberg befand sich an der Skalitzer Straße, keine hundert Meter vom U-Bahnhof Kottbusser Tor entfernt. Wie Holm nie verstanden hatte, dass Kottbusser Tor nicht Cottbusser Tor geschrieben wurde, hatte er auch nie verstanden, dass es Leute gab, die ihren Fuß nach Kreuzberg setzten oder dort sogar wohnten. Ausländer, Drogendealer und Krawallchaoten, so hieß jener Personenkreis, der diesen Bezirk für Holm ungenießbar machte. Er selbst war nur ein einziges Mal dort gewesen, bei der Beerdigung einer guten Freundin von Tante Hede auf dem Dreifaltigkeitsfriedhof an der Bergmannstraße. Dass Reinhard Mey im Tempodrom gastierte, einer Konzerthalle, die, er konnte es drehen und wenden, wie er wollte, ebenfalls in diesem Bezirk beheimatet war, gehörte zu den fragwürdigen Pointen, auf die Holm gerne verzichtet hätte.

Seit gut drei Stunden saß Holm nun fertig angezogen auf dem Sofa und las in einem Buch über *Frauenschicksale im 20. Jahrhundert.* Nach jedem Schicksal nahm er sich kurz den

Stadtplan vor und studierte die genaue Route zum Festsaal und von dort zum Tempodrom am Anhalter Bahnhof. Unter keinen Umständen wollte er unterwegs jemanden nach dem Weg fragen müssen.

Holm trug Sakko, Hemd und Jeans. Ursprünglich hatte er Reinhard Mey zu Ehren nur ein schwarzes T-Shirt tragen wollen, sich in Anbetracht der Hochzeit dann aber doch auf einen Kompromiss geeinigt.

Ob es da eigentlich auch was zu essen gebe?, rief Sabine aus dem Schlafzimmer herüber. Sabine saß seit ebenfalls drei Stunden im Schlafzimmer auf dem Bett, hörte Countrymusic und sortierte Papiere in diverse Ordner. Wie man bei Countrymusic auf dem Bett sitzen *und* Papiere einordnen konnte, war Holm unbegreiflich.

Er wisse es nicht, rief Holm zurück, er sei auch noch nie auf einer türkischen Hochzeit gewesen. Er wusste nicht mal, was Türken überhaupt so aßen. Geselchte Hammelhoden mit Reis und Fladenbrot?

Vielleicht sollten wir besser vorher etwas essen, rief er, ohne jedoch eine Antwort zu erhalten. Wahrscheinlich ist es sinnvoller, dachte er, man kommuniziert gleich per Telefon.

Seit kurzem hatte Holm den Kühlschrank in Eigenregie übernommen und mit verschiedenen Fertiggerichten bestückt. Denn Sabine kochte nicht. Bis auf ein Spiegelei hatte er Sabine in seiner Gegenwart noch nie etwas kochen sehen. Sie esse schließlich im Club, hatte sie ihm knapp mitgeteilt und damit deutlich gemacht, dass sie in seiner Gegenwart auch weiterhin nicht bereit war, etwas zu kochen.

Allerdings zeigte sie sich durchaus aufgeschlossen mitzuessen, wenn Holm wieder einmal ein Fertiggericht in der Mikrowelle in Arbeit hatte.

Als Sabine auch nach fünf Minuten immer noch nicht geantwortet hatte – entweder sie hatte ihn tatsächlich nicht gehört oder die Frage sofort vergessen –, ging er ins Schlafzimmer und wiederholte seinen Vorschlag.

Man könne doch unterwegs schnell was essen, sagte sie daraufhin beiläufig, während sie, umgeben von Papierbergen und Aktenordnern, erstaunlich konzentriert weiterarbeitete.

Unterwegs wollte Holm unter gar keinen Umständen etwas essen. Erst recht nicht, wenn *unterwegs* in Kreuzberg lag und wie ein türkischer Imbiss aussah. Man konnte schließlich nie wissen, was einem die Brüder ins Essen mischten. Weil Holm aber keine Lust hatte, sich bei dieser Cowboy-Musik auf langwierige Diskussionen einzulassen, stimmte er schließlich zu, auch wenn er innerlich beschlossen hatte, auf die Nahrungsaufnahme lieber ganz zu verzichten.

Sie nahmen die U-Bahn vom Alexanderplatz und fuhren Richtung Hermannstraße. Schon im Zug gab es den ersten Vorgeschmack auf Kreuzberger Verhältnisse. Verhüllte Frauen, verwahrloste Jugendliche und arabisch aussehende Männer mit Goldketten um den Hals. Dass es in der Stadt trotz dieser Leute, denen er allesamt Selbstmordattentate zutraute, immer noch verhältnismäßig ruhig zuging, war eigentlich ein Wunder.

Sabine schien es jedoch überhaupt nicht zu stören, dass sie von Station zu Station immer mehr zu Ausländern wurden.

Holm bemühte sich, sein zunehmendes Unbehagen durch eine lässige Sitzweise zu überspielen, indem er breitbeinig dasaß und seinen Arm über Sabines Schulter gehängt hatte. Es sollte zeigen, dass Holm als gebürtiger Deutscher berechtigt war, diesen Zug zu benutzen. Selbst ohne Fahrschein wäre er immer noch weitaus berechtigter, hier zu sitzen, als ein Ausländer ohne Fahrschein. Dieser Zug rollte nämlich, auch wenn er unter der Erde fuhr, über deutsches Staatsgebiet und damit innerhalb der bundesrepublikanischen Gesetzgebung. Nebenbei sollte es auch dem unbelehrbarsten Orientalen klarmachen, dass diese unverhüllte Frau namens Sabine seine Freundin war und dass er ihre Kopffreiheit zur Not gewaltsam verteidigen würde. Denn der dunkelhäutige Mann gegenüber mit seiner Sonnenbrille im Haar und der Gebetskette zwischen den Fingern – ob die Perlen wohl seine Frauen symbolisierten, die er immer wieder nachzählen musste? –, dieser finster und irgendwie bedrohlich blickende Mann hatte offensichtlich ein Auge auf Sabine geworfen. Holm war kurz davor aufzuspringen und dem Mann seine Meinung zu blasen. Glücklicherweise fuhren sie in diesem Moment in den U-Bahnhof Kottbusser Tor ein, sodass der Orientale noch einmal davonkam.

Auf der Straße schlug ihnen die harte Kreuzberger Gegenwart entgegen. Es war noch viel schlimmer, als Holm es sich vorgestellt hatte. Bagdad, dachte er sofort, als er die vielen heruntergekommenen Häuser sah, die verschmierten Wände, den Dreck auf den Straßen. Die Bevölkerung schien überwiegend muselmanischer Herkunft zu sein. Alte Männer mit grauen Mützen. Frauen in langen Gewändern, die wie Gespenster eilig vorüberhuschten, als müssten sie das Tageslicht meiden. Und junge Burschen, die, frech und selbstbewusst tänzelnd, ihre muskulösen Körper zur Schau trugen. Die wenigen Deutschen waren Penner oder Punks, die an den U-Bahn-Ausgängen herumlungerten und Geld erbettelten.

In seinem Sakko stach Holm natürlich sofort heraus und wurde auch gleich von einem schlaksigen Kerl – er trug Ringe in Nase, Mund und Ohren, vielleicht als Vorrat gedacht, falls ihm die Ringe an den Fingern mal verlorengingen – mit freundlichem Hundeblick um »ein paar Groschen« gebeten. Weil der Kerl Deutscher war und Holm Minderheiten gerne unterstützte, drückte er ihm fünf Euro in die Hand mit der Bitte, das Geld unter seinen Landsleuten aufzuteilen. Der Obdachlose lachte daraufhin nur wirr und versenkte den Schein in seiner Hosentasche.

Sie überquerten die Kreuzung, als Einzige bei Grün. In der Durchfahrt eines riesigen Häuserblocks, der die ganze Straße überspannte, entdeckte Sabine einen türkischen Imbiss, auf den sie sofort zusteuerte. Holm holte sie gerade noch rechtzeitig ein und betrat als Erster den Laden.

Was möchtest du essen?, fragte Holm, noch ehe er überhaupt einen Blick auf die Karte geworfen hatte.

Sabine zuckte mit den Schultern.

Hinter der Theke wartete ein kräftiger Türke im weißen T-Shirt, BERLIN stand in großen Buchstaben über die Brust geschrieben, was Holm gleich positiver stimmte.

Was können Sie denn heute empfehlen?, fragte Holm den Mann, auf dessen Gesicht keinerlei Regungen zu erkennen waren.

Döner, sagte er.

Heute ist Döner empfehlenswert, erklärte Holm zu Sabine gewandt.

Nein, sagte der Mann mit weiterhin ausdrucksloser Miene, ist im Angebot.

Nicht empfehlenswert, aber im Angebot, wiederholte Holm den Sachverhalt noch einmal für Sabine. Sie hatte sich noch immer nicht entscheiden, was angesichts des Angebots auch nicht weiter verwunderlich war. Erst jetzt erkannte Holm, dass etwa dreitausend Gerichte zur Auswahl standen, von denen ihm die meisten völlig unbekannt waren. Eine Currywurst war leider nicht darunter.

Was er denn persönlich empfehlen könne, fragte Holm interessiert, vielleicht taute der Mann ja doch noch auf.

Falafel, sagte er nur. Ein sichtbarer Fortschritt war das nicht.

Ob die zufällig auch im Angebot sei, fragte Holm vorsichtshalber nach.

Der Mann sah aus, als würde er jeden Augenblick explodieren.

Alles im Angebot, verstehst du? Ich empfehle persönlich alles, kommst du und sagst du mir, was du willst, und ich werde empfehlen.

Holm blickte zu Sabine.

Ist Falafel eigentlich vegetarisch?, fragte sie, ich bringe das immer wieder durcheinander.

Holm sah hilfesuchend zum Wirt, der in diesem entscheidenden Moment jedoch stumm blieb.

Kommt drauf an, sagte Holm schließlich nach kurzer Bedenkzeit, er fragte sich, ob er den Mann zurückduzen sollte, um das Verkaufsgespräch ein wenig persönlicher zu gestalten.

Auf was?, fragte Sabine.

Kannst du mir auf die Sprünge helfen, sagte Holm zum Wirt gewandt.

Falafel, half der Wirt, ist immer vegetarisch.

Da siehst du es!, sagte Holm lächelnd zu Sabine.

Innerlich schäumte er, in diesem Lokal war er jedenfalls zum ersten und zum letzten Mal. Da konnte noch so groß BERLIN auf dem T-Shirt stehen!

Während Sabine ein riesiges Fladenbrot mit Falafel, Salat und Soße aß, ging Holm vorneweg. Zurück zur Skalitzer Straße, Richtung Osten. Der Festsaal musste gleich um die Ecke liegen, doch jeden Meter, den sie weitergingen, sah es immer weniger festlich aus. Spielhallen, Wettbüros und dann plötzlich gar nichts mehr, barackenartige Gebäude, eine Autowerkstatt. Möglicherweise hatte er sich geirrt. Möglicherweise befand sich der Festsaal auf der anderen Straßenseite oder sogar in der Gegenrichtung. Jetzt rächte sich, dass er den Stadtplan zuhause gelassen hatte, um nicht für einen Touristen gehalten zu werden. Fragen konnte er niemanden, damit Sabine nicht glaubte, er habe die Orientierung verloren.

In dem Hof neben der Autowerkstatt, vor einem flachen, fensterlosen Gebäude, das wie eine Lagerhalle wirkte, entdeckte er auf einmal mehrere junge Männer, offenbar Türken. Sie sahen auffällig gepflegt aus und trugen schwarze Anzüge. Vor dem Gebäude brannten Fackeln. Über dem Hofeingang erkannte Holm jetzt auch ein Schild mit der Aufschrift »Festsaal«. Abrupt schwenkte er in den Hof.

Wir sind da, rief er zu Sabine, die gerade die letzten Reste ihres Brotes verdrückte.

Die Männer verstummten sofort, als sie die beiden kommen sahen. Holm wurde bewusst, dass er keine Einladungskarte hatte. Er hatte nichts in den Händen, um diesen Männern, die anscheinend den Zugang kontrollierten, zu beweisen, dass sie eingeladen waren. Es war eine Schnapsidee hierherzukommen. Und all das nur, um Sabine etwas bieten zu können. Anstatt sich in Ruhe auf das Reinhard-Mey-Konzert vorzubereiten, irrte er zwischen Spielhallen und Autowerkstätten umher und musste einer Gruppe dunkler Gestalten erklären, weshalb sie auch ohne Einladungskarte berechtigt waren, an dieser Hochzeit teilzunehmen, an der Holm im Grunde ja gar nicht teilnehmen wollte.

Hi!, rief er lässig zu den Männern, ein schlichtes Hallo hätte womöglich wie ein Affront gewirkt.

Auch hier nur ausdruckslose, fast abweisende Gesichter. Es war deutlich zu spüren, dass Deutsche nicht gerne gesehen waren. Groß diskutieren würden die sicher nicht.

Heute geschlossene Gesellschaft, sagte ein Mann, der wie der Obertürke aussah.

Völlig klar, entgegnete Holm eifrig, als würde er mit diesem Mann auch sonst grundsätzlich übereinstimmen, Erdal hat uns eingeladen.

Doch beim Stichwort *Erdal* lösten sich die Gesichtszüge des Obertürken.

Okay, sagte er und trat zur Seite.

Dass es nun doch so schnell ging, war etwas enttäuschend.

Der Saal war bereits voll, als sie eintraten. Er war überraschend groß und erstreckte sich über zwei Ebenen. Von *Festsaal* zu sprechen, kam Holm aber ein wenig übertrieben vor.

Weißgedeckte Zehnertische standen kreisförmig um die Tanzfläche in der Saalmitte. Gleich rechts am Eingang befand sich ein Bartresen.

Die Party schien schon seit längerem im Gang zu sein, an den Tischen saßen wild gestikulierende Gäste. Es sah aus, als hätte man sich in den Haaren. Überall wuselten Kinder herum, kleine Mädchen in drolligen Kleidchen. Die Jungs trugen Anzüge. Was Holm erstaunte: Die Frauen waren nicht verschleiert. Das Ganze wirkte ausgesprochen europäisch, als gönnte man sich wenigstens bei Hochzeiten die europäische Lebensweise, ehe man sich wieder in die eigene Kultur zurückzog. Nur die Musik, die aus großen Boxen herausleierte, war ein Zugeständnis an die türkische Herkunft, und die Tatsache, dass es keinen Alkohol gab.

Sabine war ein wenig irritiert von der türkischen Mehrheit. Und was machen wir jetzt?, wollte sie hilfesuchend wissen.

Das war eine gute Frage. Außer Erdal kannte er ja niemanden, und der war nirgends zu sehen. Weil sie den Beginn der Party offensichtlich verpasst hatten, war es nicht leicht, Anschluss zu finden. Und wo sollte man sich anschließen, wenn die meisten Tische besetzt waren?

Am besten, man suchte die Braut, dort würde dann auch der Bräutigam zu finden sein.

Wir mischen uns einfach unter die Leute, sagte Holm und ging etwas steif vorneweg.

An einem Tisch am Kopfende des Saales erkannte er eine Frau ganz in Weiß, das musste zweifellos die Braut sein. Tatsächlich saß Erdal in einem schwarzen Anzug gleich daneben. In seiner Brusttasche steckten Blumen. Wie einen die Ehe doch verändert, dachte Holm. Erdal sah nicht mehr aus wie ein Mann mit abgebrochener Ausbildung und wenig Hoffnung auf einen festen Arbeitsplatz, Erdal sah aus wie ein Mann, der es geschafft hatte.

Als Holm und Sabine über die Tanzfläche gingen, bemerkte sie auch Erdal, der sofort aufsprang und zu ihnen eilte.

Mein Freund!, rief er quer über die Tanzfläche und streckte die Arme aus. Es war fast ein wenig peinlich. So gut kannte man sich schließlich auch nicht. Während sie sich umarmten – im Saal wurde es hörbar leiser –, schlug ihm Erdal mehrmals fest auf den Rücken. Immer, wenn Holm meinte, nun ist es wohl das letzte Mal, kamen noch zwei Schläge hinterher. Holm hatte sich etwas unelegant an Erdals Rücken gekrallt. So viel Leidenschaft zwischen Männern war ihm unangenehm. Sabine küsste Erdal dagegen lediglich auf beide Wangen.

Gut, dass ihr da seid, meine Freunde, rief Erdal immer wieder. Ihr seid meine Ehrengäste! Ich zeig euch mal meine Frau.

An dem Tisch saßen überwiegend ältere Leute, vermutlich die Eltern und Großeltern des Brautpaares. Sie musterten die beiden deutschen Gäste kritisch, als fragten sie sich, was nun ausgerechnet Deutsche hier zu suchen hatten. Holm fragte sich unterdessen, ob Hitler auch die Türkei überfallen hatte und ob da womöglich Massaker verübt worden waren. »Die Blutnacht von Antalya« oder dergleichen. Es war nicht auszuschließen, dass man Holm das persönlich übelnahm.

Das ist Hüseyin, sagte Erdal stolz und zog seine Braut am Arm hoch, damit sie sich ordentlich vorstellte. Holm überlegte, was wohl Sabine sagen würde, wenn er sie auf diese Weise am Arm ziehen würde.

Hüseyin hatte ein auffallendes Kinn und wirkte nicht älter als vierzehn. Vielleicht war sie zwangsverheiratet worden. Als Kaufpreis hatte man dreißig Schafe und eine Kuh vereinbart. Für die jüngere Tochter hätte man zwei Kühe mehr verlangt.

Hüseyin reichte ihnen schüchtern die Hand. Sie wirkte nicht recht glücklich in ihrer Rolle als Braut. Ob sie sich ärgerte, dass es nur dreißig Schafe waren und nicht fünfzig?

Holm wünschte ihr viel Glück, worauf sie Erdal fragend ansah, der ihr die Glückwünsche ins Türkische übersetzte.

Und das ist Papa, sagte Erdal und wies auf einen Mann mit schrumpeligem Gesicht und roter Knollennase, sein graues Jackett war ihm zwei Nummern zu groß. Er wirkte verloren darin und blickte entsprechend hilflos auf. Als er Holm die Hand reichte, blieb er vorsichtshalber sitzen, damit er nicht aus dem Jackett fuhr. Erdals Mutter hingegen erhob sich feierlich und drückte Holm lächelnd die Hand. Offenbar hatte sie keine Weltkriegserfahrungen oder konnte sich zumindest nicht mehr an diese erinnern. Bei Schwiegerpapa und Schwiegermama noch einmal das Gleiche, während der Mann sitzen blieb – hier passte das Jackett allerdings –, stand die Frau auf, um ihn zu begrüßen. Für Holm war das eine völlig neue Erfahrung, dass der Mann sitzen bleiben durfte, und er sah es nicht ungern, wie er zugeben musste.

Einen Moment lang spielte Holm mit dem Gedanken, sich auch eine Vierzehnjährige aus der Türkei zuzulegen. Das Problem war: Woher nahm man die Schafe?

Die Großeltern wurden bei der Begrüßung ausgespart. Die eine Seite döste still vor sich hin, indes die andere Seite in einen unverständlichen Kleinkrieg verwickelt war.

Während Erdal seinen Verwandten etwas auf Türkisch erklärte und dabei auf die Gäste zeigte, hoffte Holm inständig, dass er ihnen nichts über den Stripteaseclub erzählte. Dann wäre man schnell fertig mit ihm. Ihre zunächst staunenden Blicke lösten sich jedoch bald in allgemeines Wohlwollen auf. Selbst die kritischen Väter hatten ihre Vorbehalte schnell aufgegeben, als sie merkten, dass von diesem Deutschen keine Bedrohung mehr ausging.

Ich habe ihnen gesagt, sagte Erdal zu Holm gewandt, nachdem er seine Ausführungen beendet hatte, dass du Chef bist von vielen Frauen.

Sabine fand das gar nicht komisch, sodass Holm nicht weiter darauf einging und das Gespräch rasch auf ein anderes Thema lenkte. Sind das alles Freunde von euch?, fragte er mit Blick in den Saal.

Erdal lachte laut auf. Freunde? Alles Verwandte, wie sagt man, Neffen, Nichten, nur ganz wenig Freunde!

Holm fragte sich besorgt, ob diese Verwandten auch alle hier lebten. Wo sie wohl die vielen Schafe herbekamen? Gab es im Umland Schafszuchten für unverheiratete Söhne?

Fühlt euch wie zu Hause, sagte Erdal. Setzt euch einfach irgendwo dazu und feiert mit uns. Es ist ein großer Tag, und ihr seid meine Ehrengäste, bekräftigte er noch einmal. Und ehe er den Satz beendet hatte, hatte er Holm wieder an sich gerissen und schlug ihm fest auf den Rücken. Diesmal klopfte Holm sogar zaghaft zurück. Er fühlte sich ausgesprochen männlich dabei.

Das seien ja ganz schöne Machos, meinte Sabine, während sie auf der Suche nach freien Plätzen waren. Es war gar nicht so leicht, sich *einfach irgendwo* dazuzusetzen. Die wenigen freien Plätze schienen nur vorübergehend verlassen zu sein, und wie der Türke reagierte, wenn man ihm einfach seinen Platz wegnahm, war überhaupt nicht absehbar.

Aus westlicher Sicht bekomme man diesen Eindruck, erklärte Holm, der zwei Plätze ins Visier genommen hatte, auf denen zwei Kinder unruhig herumhampelten, jeden Augenblick konnten sie aufspringen und fortlaufen, in der Türkei sei das aber völlig normal. Man dürfe die Welt nicht immer nur aus europäischer Sicht betrachten, andere Kulturen hätten eben eigene Traditionen, und die dürfe man nicht verurteilen, nur weil es einem nicht in den Kram passe.

Wie er das meine, fragte Sabine leicht ungehalten. Hier gehe es ja wohl mehr um Respekt, und ob es zur kulturellen Tradition gehöre, Frauen zu unterdrücken?

In diesem Moment lärmten die Kinder davon. Von Unterdrückung, erwiderte Holm, könne doch gar nicht die Rede sein, er strebte zügig auf die freien Plätze zu, hier funktioniere halt noch die Rollenverteilung. Ob sie vielleicht etwas dagegen habe, wenn sich Männer männlich verhielten?

Was daran männlich sei, Frauen schlecht zu behandeln?, fragte Sabine verärgert.

Er wollte gerade Platz nehmen, als die Kinder überraschend wieder zurückkehrten und sich, Holm rüde wegstoßend, auf die Stühle drängelten.

Holm blickte fassungslos in die Runde, doch niemand schien sich am Verhalten der Kinder zu stören. Nur weil sie Ausländer waren, hieß das noch lange nicht, dass man sie auf diese Weise behandeln durfte. Ob er sich bei der Mutter beschweren sollte?

Er habe nicht den Eindruck, sagte Holm, der nun auch langsam ärgerlich wurde – wenn sie nicht bald Sitzplätze ergatterten, würde man eben gehen –, er habe nicht den Eindruck, dass sich die Frauen gedemütigt fühlten.

Woher er das so genau wisse, fragte Sabine, und ob er schon eine gefragt habe?

Am Nachbartisch standen zwei alte Männer auf und wackelten langsam Richtung Bartresen. Solange sie unterwegs waren – und es sah nicht so aus, als würden sie bald zurückkommen, vielleicht irrten sie sogar orientierungslos durch den Saal und setzen sich schließlich an einen anderen Tisch –, könnte man sich vorübergehend dort hinsetzen.

Holm strebte zu den Stühlen, ehe ihm wieder irgendwelche Kinder zuvorkamen.

An dem Tisch saßen nur alte Männer, die das Hochzeitsfest

weitgehend stumm über sich ergehen ließen. Mitunter neigten sie ihre Köpfe zusammen und redeten zwei Sätze miteinander. Wahrscheinlich überlegten sie, wer von ihren zahlreichen Verwandten wohl diesmal geheiratet hatte.

Sabine war Holm nur widerwillig gefolgt, offenbar war es ihr unangenehm, sich an einen reinen Männertisch zu setzen. Dabei hatten die Männer sie noch nicht einmal bemerkt.

Neben Holm saß ein Herr mit buschigem Schnauzbart, der ratlos auf eine Plastikschale mit Oliven starrte. Es gab noch weitere Plastikschalen: mit Melonenstücken, Schafskäse und Sonnenblumenkernen. Wasser wurde ebenfalls aus Plastikbechern getrunken. Ob man Randale befürchtete?

Schafskäse, Melonen und Oliven, sagte Holm zu Sabine, das seien quasi die Grundnahrungsmittel des Türken.

Woher er so genau wisse, beharrte Sabine, dass sich die Frauen nicht gedemütigt fühlten?

Holm blickte nun ebenfalls ratlos zu den Oliven. Dann sagte er mit beachtlichem Schwung in der Stimme: Man sieht doch, dass die Frauen nicht unglücklich sind!

Daraufhin sagte Sabine erst mal gar nichts, was Holm veranlasste, einen Plastikteller mit Melonenstücken, Schafskäse und Oliven zu füllen. In diesem Augenblick erkannte der Schnauzbart, wer da neben ihm Platz genommen hatte, und meldete die Neuigkeit sofort seinem Sitznachbarn, der nun auch munter wurde und diese Nachricht wiederum an seinen Nebenmann weiterleitete, bis alle Blicke auf die westlichen Gäste, insbesondere aber auf Sabine gerichtet waren.

Holm kaute gerade auf einer Olive und versuchte, das Fruchtfleisch mittels Zähnen und Zunge vom Kern zu lösen. Er war sich nicht sicher, ob dies nur neugierige oder schon feindselige Blicke waren, eine Frau hatten sie in ihrem langen Leben wahrscheinlich noch nie an einem reinen Männertisch gesehen.

Um jetzt keinen Fehler zu machen, schluckte Holm die Olive ganz hinunter. Am Ende galt der Kern als die eigentliche Delikatesse.

Keiner der Männer sagte ein Wort, sie sahen stumm zu den beiden Fremden und verfolgten genauestens jede ihrer Regungen, als hätte sich eine seltene Tierart an ihren Tisch verirrt, die man zunächst einmal abwartend beobachtete.

Holm vermied hektische Bewegungen. Die Männer durften sich keinesfalls bedroht fühlen. Vorsichtig kratzte er sich am Kopf, um ihnen zu zeigen, dass von ihm nichts zu befürchten war.

Nachdem er weitere Oliven, auch auf die Gefahr hin, damit seine Gedärme zu verstopfen, vollständig hinuntergeschluckt hatte, entspannte sich die Lage ein wenig. Die Männer stießen sich belustigt in die Seiten und wechselten Worte, als säße hier zwar eine seltene, aber keinesfalls ernstzunehmende Tierart. Anscheinend gefiel ihnen das Schauspiel. Einige griffen zu den Sonnenblumenkernen, zerknackten sie genüsslich im Mund und spien die Reste nach der Seite aus. Und weil Holm das Gefühl hatte, ein starkes Zeichen für die deutsch-türkische Freundschaft setzen zu müssen, das weit über die üblichen Solidaritätsbekundungen hinausging, nahm er sich auch eine Handvoll Kerne, zerknackte sie mit den Zähnen, spuckte sie wieder aus, wobei der Großteil jedoch in seinem Mund kleben blieb.

Sabine sah ihn angeekelt an.

Der Türke knuspert gerne, erklärte Holm. Du solltest es auch mal probieren. Sabine hatte für diese kulturelle Eigenheit jedoch kein Verständnis. Anstatt knuspernd eine Brücke in das Reich der Kalifen und Muezzins zu schlagen, sagte sie so laut, dass es die Männer zweifellos hören konnten: Ich habe absolut keinen Hunger auf Vogelfutter.

Holm lachte übertrieben, als hätte sie einen gelungenen Witz gemacht, und rief dann zu den Männern gewandt: Frauen!, worauf die Männer allerdings nicht reagierten. In Europa, fuhr er fort, sind die Frauen manchmal sehr direkt, und wenn sie keinen Hunger haben, sagen sie es auch. Das muss man einfach mal so stehen lassen.

Holm warf sich eine neue Portion Kerne in den Mund. Hier durfte man unter keinen Umständen einfach aufhören, selbst wenn ihm der Magen von den vielen Oliven jetzt schon drückte. Denn nichts Geringeres stand auf dem Spiel als der freundschaftliche Dialog zwischen zwei Völkern.

In der Türkei, sagte er, sind Frauen ja viel dezenter, das kennt man dort praktisch nicht, dass sich Frauen so deutlich äußern. Das muss in Deutschland ein ziemlicher Schock für Sie sein, oder?

Die Männer sahen sich fragend an.

Die Türken sind in dieser Hinsicht, aber auch in anderer Hinsicht viel traditioneller, nicht wahr? Ich meine übrigens auch zu Recht. Wissen Sie – Holm nahm die ganze Schale und kippte den Inhalt in seinen Mund, irgendwie mochte er diese Männer –, ich denke, wir Europäer haben einfach nichts mehr, woran wir uns festhalten können, zum Beispiel die klassische Rollenverteilung zwischen Männern und Frauen. In Deutschland haben Frauen einfach keinen Respekt mehr vor uns Männern. Auf einmal verlangen sie, dass wir auch in der Küche stehen und Hausarbeiten erledigen. Als Nächstes müssen wir wahrscheinlich noch Kinder kriegen. Ich prophezeie Ihnen schon heute: Das wird nicht funktionieren! Der Mann ist kein Haustier, er muss raus in die Welt, er muss jagen und Beute machen. Aber so was darf man in diesem Land ja nicht mehr laut sagen.

Holm spuckte die Kerne zur Seite, dabei landete jedoch die Hälfte auf Jackett und Hose.

Und ich sage Ihnen noch etwas, er beugte sich weit über den

Tisch, während die Männer still vor sich hinkauten und seinen Ausführungen lauschten.

Im Grunde sind die Türken das stärkere Volk. Ich würde sogar behaupten, sie sind uns haushoch überlegen!

Holm machte eine kurze Kunstpause, um seinem Bekenntnis den angemessenen Applaus zu sichern, doch die Männer blickten ihn seltsam gleichgültig an, als würden sie die Sprengkraft dieses Satzes überhaupt nicht begreifen.

In Wahrheit sind wir es doch, fuhr er energisch fort, die zurückgeblieben sind. Wir haben keine Traditionen mehr und lassen alles zu aus lauter Angst, dass unsere Freiheit auch nur einen Zentimeter eingeschränkt werden könnte. Aber was ist das denn für eine Freiheit, die wir verteidigen?

Holm blickte in ratlose Gesichter.

Es ist eine Freiheit, in der nichts irgendeine Bedeutung hat. Wir verteidigen sozusagen einen bedeutungslosen Raum, so sieht es nämlich aus!

Holm war froh, dass er endlich mal so offen mit jemandem reden konnte. Wieso war er nicht schon viel früher hierhergekommen?

Und ich sage Ihnen noch etwas, rief er den verdutzten Männern zu. Die Türkei gehört in die Europäische Union. Die Türken sind ein Gewinn für unser schlaffes Europa. Wenn die Türken früher nicht halb Europa erobert hätten, gäbe es hier bis heute keinen Kaffee zu trinken. Und was wäre eine Schwarzwälder Kirschtorte ohne eine gute Tasse Kaffee? Sie wäre praktisch ungenießbar. Heute bringen Sie uns zwar keine Nahrungsmittel mehr, dafür aber etwas viel Wichtigeres: den Glauben. Ein Leben ohne Glauben ist nämlich genauso ungenießbar wie eine Schwarzwälder Kirschtorte ohne Kaffee.

Erschöpft sank Holm zurück auf seinen Stuhl. Eine Zeitlang herrschte Schweigen. Nur das Knacken der Körner war zu hören. Anscheinend brauchten sie eine Weile, um seine Gedankengänge zu verarbeiten. Der Orientale hat es eben nie eilig, dachte Holm. Eine Lebensauffassung, die ihm nicht ganz fremd war.

Auf einmal wandte sich der Schnauzbart zu Holm und sagte sehr langsam, man sah, dass ihm die Wortfindung Mühe bereitete: Wir Kurden, nix Türken. Dann starrte er wieder auf die Oliven.

Es sind Kurden, nicht Türken, leitete Holm diese Information gleich an Sabine weiter. Ob dies das Gesamtergebnis irgendwie beeinflusste, war so schnell nicht zu beantworten.

Doch Sabine hatte sich innerlich längst von der Diskussion verabschiedet und blickte in eine andere Richtung.

Wenig später kam Bewegung in die Gesellschaft. Die Musik drehte auf, eine Art orientalische Polonaise wurde gespielt. Angeführt vom Brautpaar und dessen Eltern, tanzten die Gäste, die Hände auf den Schultern, hintereinander her. Die meisten ließen sich nicht groß bitten und schlossen sich der immer länger werdenden Schlange an. Junge Frauen, danach die Freunde oder Ehemänner, schließlich sogar einige ältere Frauen.

Auch an Holms und Sabines Tisch machte sich leichte Unruhe breit. Die Männer erwachten aus ihrer Lethargie und begannen zaghaft zu klatschen. Der Schnauzbart stieß Holm immer wieder gegen den Arm und wies, erregt, aber unverständlich auf ihn einredend, zu dem tanzenden Halbkreis, der sich langsam, aber sicher vervollständigte.

Er meint wohl, dass wir tanzen sollen, sagte er zu Sabine, die seinen Vorschlag sofort heftig abwehrte. Die Vorstellung, gemeinsam mit türkischen Machos eine Polonaise zu tanzen, empfand sie offensichtlich als Zumutung. Allein zu tanzen kam aber nicht in Frage, zumal eine ältere und dennoch erstaunlich agile Frau das derzeitige Ende der Schlange bildete.

Womöglich erschrak sie zu Tode, wenn Holm plötzlich seine Hände auf ihre Schultern legte.

Doch der Schnauzbart ließ einfach nicht locker, sodass Holm schließlich keine andere Wahl hatte, als mitzutanzen, wenn er das zarte Pflänzchen der deutsch-türkischen Freundschaft nicht beschädigen wollte.

Und da Sabine sich weiterhin stur stellte – darauf würde er später noch einmal zu sprechen kommen –, stand Holm schließlich, begleitet von den Hochrufen der Männer, auf und bemühte sich, einen geeigneten Moment zu finden, um sich der Frau anzuschließen.

Das sah einfacher aus, als es war. Denn aus dem Stand heraus in den richtigen Rhythmus zu finden, gehörte nicht unbedingt zu Holms Stärken. Zweimal ließ er die Schlange an sich vorübertanzen, ehe er sich beim dritten Mal endlich einen Ruck gab und, zunächst etwas ungelenk mit erhobenen Armen, hinter der Frau herlief. Seine Hände schwebten nur wenige Zentimeter über ihrer Schulter, es sah aus, als würde er sie jeden Moment erwürgen. Solange er sie nicht berührte, solange würde Holm nicht mittanzen, sondern lediglich hinterherlaufen wie ein Geistesgestörter, der keine Ahnung hatte, was dies alles hier bedeutete. Auf Dauer war das natürlich keine Lösung. Aber wie sollte er eine Frau, die aus einem anderen Kulturkreis stammte, überhaupt anfassen, ohne dass sie in Panik verfiel?

Hilflos sah er zu seinem Tisch, wo die Männer immer noch begeistert klatschten. Selbst Sabine, der es sichtlich schwerfiel, hier überhaupt etwas Positives zu erkennen, fand zunehmend Gefallen an der Polonaise, bei der Holm inzwischen zweifellos die Hauptrolle spielte. Der ganze Saal wartete fieberhaft darauf, dass Holm die Frau endlich anfasste, die als Einzige nicht die geringste Ahnung hatte, wer da hinter ihr herlief.

In diesem Moment spürte er zwei Hände auf seinen Schultern. Und als hätte es nur dieser Berührung bedurft, senkte auch Holm seine Hände auf die Schultern der alten Frau. Zu seiner Verblüffung blickte sie sich nicht einmal um.

Obwohl er nicht wusste, wessen Hände sich da an seinen Schultern festklammerten, nach der Höhe des Atems zu urteilen, der von oben auf seinen Nacken blies, musste es sich um einen Mann handeln, taktete Holm sofort in den Rhythmus ein, als würde sich die Energie der Tanzenden automatisch auf seinen Körper übertragen. Holm fühlte plötzlich seinen Körper in der Gemeinschaft aufgehen. Holms Körper, der jahrzehntelang weitgehend still in einem Berliner Vorort geruht hatte, fand sich mit einem Mal zwischen Türken wieder, und es war ihm überhaupt nicht unangenehm. Von Runde zu Runde wurde Holm ausgelassener, hier und da wackelte er sogar mit dem Kopf. Felix Holm, der Mann aus Rudow, ließ sein Becken schwingen und die Pobacken erzittern.

Während sich die Schlange einen Weg zwischen den Tischen hindurchbahnte, hatte Holm auf einmal den Eindruck, unter Gleichgesinnten zu sein. Zum ersten Mal in seinem Leben fühlte er sich von einer Gemeinschaft akzeptiert. Dass diese Gemeinschaft aus lauter Türken bestand, war noch die geringste Überraschung.

Leider löste sich die Schlange wenig später auf, und die Leute kehrten an ihre Tische zurück.

Er hätte gar nicht gedacht, sagte Holm, als er schweißgebadet wieder neben Sabine Platz genommen hatte, dass ihm eine Hochzeit so viel Spaß machen könnte.

Sabine blickte ihn skeptisch an. Wie er das denn meine?

Was sie glaube, wie er es meinen könnte?, fragte er vieldeutig lächelnd. Er war selbst nicht hundertprozentig sicher, was er damit meinte. Holm fühlte sich auf einmal in der Stimmung, Fragen zu stellen, die er vorher nicht mal zu denken gewagt hätte.

Sabine zog eine Augenbraue hoch. Es war nie gut, wenn Sabine eine Augenbraue hochzog. Es war sogar ausgesprochen ungünstig.

Er solle doch bitte zur Sache kommen, sagte sie ernst, und nicht immer um den heißen Brei herumreden.

Nun war Holm mit seiner Augenbraue an der Reihe. Was sie ihm genau damit sagen wolle?, fragte er erstaunt.

Das könne er sich ja wohl selber zusammenreimen, meinte Sabine.

Holm überlegte einen Moment. Ihm wollte jedoch nichts Gereimtes dazu einfallen.

Jetzt rück schon raus mit der Sprache, sagte sie ungeduldig.

Holm machte ein geheimnisvolles Gesicht. Ob sie sich noch an seine Tante erinnern könne, fragte er, als sie von ihr als seiner Zukünftigen gesprochen habe?

Sabine fixierte ihn scharf. Das glaube sie jetzt aber nicht, sagte sie.

Doch, sagte Holm, er wolle nur wissen, ob sie sich prinzipiell vorstellen könne zu heiraten?

Sehr lange sagte Sabine gar nichts. Sie musterte ihn eindringlich, als wolle sie ihn noch einmal genau ansehen, ehe sie sich endgültig für ihn entschied. Im Grunde dauerte es aber schon viel zu lange, eine spontane Zustimmung war jetzt kaum noch zu erwarten. Womöglich spielte bei der Musterung auch sein Bekenntnis zur türkischen Kultur eine Rolle. Das hätte er besser nicht so deutlich gesagt.

Ja, sagte Sabine schließlich. Aber nicht dich!

Holm riss beide Augenbrauen hoch. Es war unfassbar. Was hatte er bloß falsch gemacht?

Nur weil sie mit ihm ins Bett gegangen sei, sagte sie, denke sie noch lange nicht ans Heiraten.

Holm fehlten die Worte. Hatte er ihr nicht gezeigt, was er für sie empfand? Bedeutete ihr der Besuch bei der Tante denn gar nichts? Musste er sie extra darüber aufklären, dass er noch keiner Frau so detailliert seine Lieblingshäuser am Kurfürstendamm erläutert hatte? Und die Sache mit der Rose auf ihrem Kopfkissen und dem gemalten Herzen. Konnte sie diese Hinweise einfach so übergehen? Hätte sie Holm nicht viel früher mitteilen können, dass er ihr zwar sympathisch war, für eine Hochzeit wohl aber eher nicht in Frage kam?

Es war empörend. Bedauerlicherweise war er nicht in der Lage, seine Empörung angemessen zu artikulieren. Er war zu überhaupt nichts mehr in der Lage. Wie erschlagen saß er auf seinem Stuhl und brachte keinen Ton heraus.

Außerdem, fügte Sabine hinzu, habe sie keine Lust, ihr Leben mit einem Blender zu verbringen. Schon früh habe sie gewusst, dass das alles nicht stimmen könne. In Wirklichkeit habe er nämlich gar kein Geld, jedenfalls nicht genug, um sich ein dickes Auto und eine Villa leisten zu können. Vermutlich habe er in seinem ganzen Leben noch nicht richtig gearbeitet und wisse nicht mal, was es bedeute, sich täglich sein eigenes Geld verdienen zu müssen. Ob sie da richtigliege?

In Holm regte sich leichter Widerstand. Dieser war allerdings viel zu schwach, um noch irgendetwas zu bewirken. Stattdessen fiel er immer weiter in sich zusammen. Holm hatte auf einmal das dringende Bedürfnis, sich in Staub zu verwandeln.

Die ganze Geschichte, sagte Sabine, sei von vorne bis hinten erstunken und erlogen, im Nachhinein ärgere sie sich sogar, dass sie mit ihm geschlafen habe, und ob denn überhaupt etwas echt an ihm sei?

In diesem Augenblick neigte sich der Schnauzbart zu Holm und fasste ihn feierlich an die Hand.

Du guter Mann, sagte er, du tanzen wie richtiger Kurde!

20.

Elie winkte ihm schon von Ferne mit der Eintrittskarte entgegen.

Ich dachte, Sie bringen Ihre Freundin mit, sagte er fast ein wenig enttäuscht. Er trug Anzug und Schlips, dazu weiße Turnschuhe, als hätte er im letzten Moment versucht, doch noch die Kurve zu einer lässigeren Erscheinung zu kriegen, was ihm offensichtlich missglückt war.

Sabine ist etwas dazwischengekommen, sagte Holm, er wollte das Thema nicht weiter vertiefen, damit seine Laune nicht noch schlechter wurde.

Ihr habt euch also getrennt, stellte Elie ohne den geringsten Zweifel fest. Holm sah ihn verblüfft an.

Seien Sie dankbar, meinte Elie, diese Frau hat Sie sowieso nicht geliebt.

Woher wissen Sie das?, fragte Holm, forschend zu Elie blickend.

Elie machte ein angestrengtes Gesicht, als betrachtete er es im Grunde als überflüssig, darauf zu antworten.

Jeder, der mit offenen Augen durch die Welt läuft, konnte das doch sehen!

Die entscheidende Frage lautete nur: Warum hatte Holm das nicht gesehen? Holm konnte sich diese Frage sofort selbst beantworten: weil Liebe offensichtlich wirklich blind machte. Allerdings musste man sich fragen, ob Liebe unter diesen Umständen die geeignete Voraussetzung für ein partnerschaftliches Zusammenleben war.

Und was machen wir jetzt mit der dritten Karte?, fragte Elie.

An die Karte hatte Holm überhaupt nicht mehr gedacht. Er war froh, dass ihn Elie wieder auf nützliche Gedanken brachte.

Holm zuckte mit den Schultern und blickte sich ratlos um. Der Platz vor dem Tempodrom war bereits eine Stunde vor Konzertbeginn voller Menschen, die nur darauf zu warten schienen, dass sich die Türen endlich öffneten. Einige trugen Pappschilder vor sich her, *Suche Karte*, andere liefen mit Büchern und Platten unterm Arm nervös auf und ab, vermutlich wollten sie sich später Autogramme holen. Auch Holm hatte seine CD dabei, blieb jedoch merkwürdig gelassen, als wäre die Tatsache, dass er wirklich ein Reinhard-Mey-Konzert besuchte, noch nicht in sein Hirn gedrungen.

Keine Ahnung, sagte er schließlich.

Verschenken Sie die Karte, forderte Elie.

Verschenken?, fragte Holm. Er hatte noch nie etwas an Fremde *verschenkt*. Einmal hätte er beinahe eine Opernkarte an jemanden *verkauft*. Holm war mit seiner Tante und Frau Gluck vor der Deutschen Oper zur »Zauberflöte« verabredet gewesen. Die Karten hatte er fünf Wochen vorher schriftlich bestellt. Wer jedoch nicht kam, war Frau Gluck. Und weil er die teure Karte nicht einfach verfallen lassen wollte, versuchte er, sie zehn Minuten vor Beginn der Vorstellung zu verkaufen. Zu diesem Zeitpunkt kamen allerdings nur noch zwei Personen dafür in Frage, eine üppige Dame mit ausladendem Dekolleté und einer Parfümwolke, in der man erstickte, wenn man sich länger als fünf Minuten im Dunstkreis der Dame bewegte, sowie ein älterer Herr mit Toupet und Goldkettchen am Handgelenk, der zweifellos vom anderen Ufer stammte. Vor die Wahl gestellt zu ersticken oder bei der Arie der Königin der Nacht am Schenkel begrapscht zu werden, hatte sich Holm vorsichtshalber für keine dieser Möglichkeiten entschieden und die Karte in kleinste Stücke zerrissen. Die Aussicht, neben einem Reinhard-Mey-Fan zu sitzen, der alle Lieder leise mitsummte, erfüllte Holm mit Schrecken.

Suchen Sie sich jemanden, sagte Elie, der Ihnen spontan sympathisch ist, und dem schenken Sie dann die Karte.

Spontan sympathisch?, fragte Holm. Es war schwer vorstellbar, dass es auf dieser Welt einen Menschen gab, der ihm spontan sympathisch war.

Der Zufall will es, sagte Holm, dass er schielt und streng riecht.

Es gibt keinen Zufall!, erklärte Elie. Sehen Sie sich doch einfach mal um.

Holm hatte nur noch wenig Verständnis für solche spontanen Gefühlsregungen. Dass er sich in eine Frau wie Sabine verliebt hatte, bewies doch nur, dass man mit dieser Einstellung nicht weit kam.

Weil die Türen aber immer noch verschlossen waren, blieb Holm nichts anderes übrig, als sich einfach mal umzusehen. In die engere Auswahl kamen eigentlich nur die mit einem *Suche Karte*-Pappschild, was die Entscheidung natürlich erheblich erschwerte. Denn schon unter den Kartenbesitzern, und das war die überwältigende Mehrheit, gab es niemanden, mit dem Holm einen ganzen Abend hätte zusammensitzen wollen. Im Grunde war es unfassbar: Holm stand inmitten von Menschen, die wie er Reinhard Mey verehrten, und mit keinem hatte er das Bedürfnis, auch nur ein Wort zu wechseln. Es waren vorwiegend ältere Semester, Menschen zwischen fünfzig und sechzig, Lehrer, Linke und Atomkraftgegner, einige trugen sogar Latzhosen, als wären sie in den siebziger Jahren stehengeblieben. Vermutlich organisierten sie bei der kleinsten Abweichung von ihrer Linie sofort Protestmärsche und Lichterketten. Allen gemeinsam war ihr lebenslanger Wunsch, wie Studenten auszusehen. Es musste befürchtet werden, dass sie auch die freie Liebe praktizierten.

Bei den Jüngeren sah es nicht besser aus. Vierzigjährige Söhne in Begleitung ihrer Mütter und hormongeplagte Einzelgänger, die dicken Frauen in viel zu engen Jeans hinterherstarrten. Mit diesen Leuten wollte Holm nichts zu tun haben, und er schämte sich jetzt sogar ein wenig, dass er ihre Vorliebe für Reinhard Mey teilte.

Und?, fragte Elie.

Holm sah verzweifelt in die Menge. Er konnte unmöglich sagen, dass ihm niemand auch nur annähernd sympathisch war. So viele unsympathische Menschen konnte es ja gar nicht geben. Außerdem wäre es unglaubwürdig, wenn sich zwischen all den Gleichgesinnten nicht wenigstens einer fände. Elie hätte womöglich an Holms Begeisterung für Reinhard Mey zu zweifeln begonnen.

In diesem Augenblick entdeckte Holm eine schwarzhaarige Frau, Mitte oder Ende vierzig, sie trug Strickjacke, Bluse und Jeans. Vor der Brust hielt sie ein weißes DIN-A4-Blatt, *1 Karte* stand dort in schlichter, viel zu dünner Schrift, die aus der Entfernung kaum zu entziffern war. Was ihm gleich gefiel, diese Frau forderte nicht auf einem professionell zugeschnittenen Pappschild mehrere Karten auf einmal, sie suchte auch nicht offensiv, indem sie hektisch durch die Menge lief und wahllos Leute ansprach, der Preis spiele keine Rolle. Nein, diese Frau hatte sich am Nachmittag ein einfaches Blatt Papier vorgenommen und mit schöner, aber eben viel zu dünner Schrift *1 Karte* daraufgeschrieben, obwohl sie keine große Hoffnung hatte, für das seit Wochen restlos ausverkaufte Konzert noch eine Karte zu bekommen. Diese Frau suchte nicht, sie hoffte auf eine einzige Karte, allerdings nicht um jeden Preis, denn sie hatte zwar eine ordentlich bezahlte Stelle in einem Büro, musste davon als allein erziehende Mutter einer kleinen Tochter aber sowohl ihre Wohnung als auch die Schule bezahlen. Große Sprünge waren da nicht drin, und wenn sie sich mal einen Restaurantbesuch oder ein Konzert leistete, musste eben an der Kleidung gespart werden.

Von dieser Frau mit ihrem schüchternen Blick und der etwas rundlichen Figur ging nicht die geringste Bedrohung aus. Holm war sofort angetan.

Haben Sie nun endlich jemanden gefunden?, bohrte Elie ungeduldig nach.

Holm deutete vorsichtig auf die schwarzhaarige Frau.

Die gefällt Ihnen?, fragte Elie verdutzt.

Ja, sagte Holm, sie sieht nett aus.

Etwas bieder, würde ich sagen, ich hätte eher auf die rassige Rothaarige dort hinten getippt. Elie zeigte zu einer Frau mit kurzem Rock und hochhackigen Schuhen. Auf einem Bogen in Plakatgröße stand in schwungvoller Goldschrift *Dringend Karte gesucht!* Womöglich stürmte sie später die Bühne.

Es ist Ihre Entscheidung, sagte Elie.

Ja, sagte Holm.

Dann gehen Sie schon hin, drängte Elie. Worauf warten Sie noch?

Ich weiß nicht, was ich sagen soll, sagte Holm.

Elie rollte mit den Augen. Sie wissen nicht, was Sie sagen sollen?

Holm nickte.

Wie wäre es damit: Guten Abend, mein Name ist Holm, ich möchte Ihnen gerne diese Karte schenken.

Einfach so?, fragte Holm.

Wie denn sonst?, erwiderte Elie.

Sie wird sich wundern, sagte Holm.

Sie wird sich wundern?

Ja, sagte Holm, sie wird sich fragen, warum ihr jemand eine Karte schenkt.

Na und?, fragte Elie.

Ich bin ein Mann, sagte Holm.

Umso besser!, ermutigte Elie.

Sie wird denken, dass ich was von ihr will, sagte Holm.

Wollen Sie was von ihr?, fragte Elie.

Holm sah ihn einen Augenblick nachdenklich an. Nein, sagte er dann.

Na also, sagte Elie, gehen Sie hin und bieten Sie ihr die Karte an.

Und wenn sie dafür bezahlen will?, fragte Holm.

Sie denken immer noch zu viel, entgegnete Elie besorgt.

Lieber nachdenken, sagte Holm, als das Nachsehen haben.

Wenn sie bezahlen will, sagte Elie, dann soll sie eben bezahlen.

Ich könnte ihr die Karte für den halben Preis überlassen.

Tun Sie das, forderte Elie, aber tun Sie irgendetwas!

Holm konzentrierte sich kurz auf die Frau, memorierte einige Stichworte und ging dann zügig zu ihr hin.

Als Holm sie von der Seite ansprach, blickte sie gerade in eine andere Richtung. Guten Abend, sagte er und stockte sofort, denn die Frau schien nicht gleich zu realisieren, dass ein Mann dicht neben ihr stand und sie begrüßt hatte. Zwischen so vielen Menschen konnte so eine Begrüßung auch schon mal untergehen, denn es wurde praktisch am laufenden Band jemand begrüßt. Je näher der Konzertbeginn rückte, desto mehr Begrüßungen waren ringsum zu hören. Eine Zeitlang stand Holm neben und zusehends hinter der Frau, weil sie sich langsam um die eigene Achse drehte. Entweder, dachte Holm, ich spreche lauter, oder ich warte, bis sie sich bei mir vorbeidreht. Im Grunde brauchte er nämlich nur stehenzubleiben und darauf zu warten, bis ihr Blick unweigerlich auf Holm fiel. Es war wie in einem Telecafé, das sich in einer Stunde um die eigene Achse dreht. Irgendwann musste man Holm einfach bemerken. Und das war ihm auch viel lieber so.

Zum Glück dauerte es keine Stunde, als die Frau Holm schließlich sah.

Hallo, sagte sie freundlich lächelnd, ohne sich darüber zu

wundern, was dieser Mann plötzlich so dicht hinter beziehungsweise nun vor ihr suchte.

Haben Sie vielleicht eine Karte zu verkaufen?

Holm starrte auf eine überraschend große, griechisch aussehende Nase. Er brauchte einen Moment, um von der Nase wieder abzukommen und ihre Frage zu beantworten.

Nein, sagte er plötzlich. Er wusste selber nicht, warum er das sagte.

Ach so, sagte die Frau. Sie suchen wohl auch!

Sie wirkte herzlich und überhaupt nicht misstrauisch, obwohl es in diesem Moment eine Menge Gründe gegeben hätte, misstrauisch zu sein. Trotz oder vielleicht sogar wegen ihrer großen Nase war sie ihm gleich sympathisch. Die Nase entspannte Holm sozusagen und machte ihn mutiger, auf sie zuzugehen.

Nein, sagte er, ich suche keine Karte, aber ich möchte Ihnen eine schenken.

Sie möchten mir eine Karte schenken? Das kommt überhaupt nicht in Frage, wehrte sie sein Angebot kategorisch ab. Sie haben doch auch dafür bezahlt! Wie viel kostet die Karte denn?

Holm zog die Karte aus seinem Jackett. Dreiundvierzig, sagte er.

Oh, sagte sie, dass sind ja achtzig Mark. Sie blickte nachdenklich zur Seite.

Ehrlich gesagt, das ist mir ein bisschen zu teuer. Sie blickte betroffen zu Holm, der aber auch nichts dafür konnte.

Wenn er vorher gewusst hätte, wie schwierig es wäre, eine Karte zu verschenken, hätte er die Finger davon gelassen. Es war jetzt aber zu spät, einen Rückzieher zu machen. Er *musste* die Karte verschenken, alles andere wäre einer Kapitulation gleichgekommen.

Offen gestanden, sagte Holm – er war sich noch nicht sicher, was er offen gestehen sollte –, offen gestanden, habe ich die Karte auch nicht selber bezahlt.

Mmm, machte die Frau.

Ursprünglich gehörte die Karte nämlich meiner Tante, fuhr er erstaunlich gelassen fort, dass Lügen so leicht war, wunderte ihn immer noch, dass heißt, sie gehört natürlich noch immer meiner Tante, aber meine Tante kann heute Abend leider nicht dabei sein.

Oh, sagte sie, ist sie krank geworden?

Holm dachte nach. Bis auf eine Erkältung war Tante Hede noch nie ernsthaft krank gewesen. Aber das konnte die Frau schließlich nicht wissen. Man brauchte ihr ja nicht unbedingt zu sagen, dass seine Tante die Gesundheit in Person war. Eigentlich konnte er sagen, was er wollte. Das betrübte Holm ein wenig, denn er wollte die Karte nicht unter falschen Voraussetzungen verschenken.

Ja, sagte er, sie hat sich die Nieren verkühlt.

Oje, sagte die Frau, damit soll man nicht spaßen.

Ja, sagte Holm, das ist wirklich nicht lustig.

Ist sie denn schon beim Arzt gewesen?

Holm fragte sich, ob sie den Namen des Arztes erwartete. Sie schien sich ernsthaft Sorgen zu machen.

Nein, sagte er vorsichtshalber.

Ich kenne einen guten Nierenspezialisten, sagte sie, wenn Sie wollen, schreibe ich Ihnen die Adresse auf.

Nicht nötig, erwiderte er sofort. Sie hat einen sehr guten Hausarzt. Holm betonte es ausdrücklich, um sicherzustellen, dass sie nicht weiter in ihn drang. Schließlich wollte er seine Karte loswerden und keine Gespräche über Nierenspezialisten führen.

Ich arbeite nämlich in einer Klinik, sagte sie.

Oh, machte Holm.

Ja, sagte sie, wenn man nicht rechtzeitig was unternimmt,

kann man bleibende Schäden davontragen. Und ich weiß, wovon ich spreche.

Aha, sagte Holm. Er ärgerte sich, dass er die Niere überhaupt erwähnt hatte.

Er konnte nur hoffen, dass die Tante nie erfuhr, wie haarscharf sie an einem Krankenhausaufenthalt vorbeigekommen war.

Jedenfalls, versuchte Holm das Thema wieder auf Reinhard Mey zu lenken, hat mich meine Tante gebeten, die Karte nur an einen echten Mey-Fan zu verschenken.

Mmm, machte die Frau wieder.

Sie sind doch ein echter Mey-Fan, oder? Holm forschte in ihren Augen, ob da irgendein fanatisches Funkeln zu erkennen war.

Na ja, sagte sie, es klang nicht unbedingt fanatisch, ich wollte mir Reinhard Mey schon seit längerem mal ansehen, weil ich seine Platten mag.

Holm horchte auf. Dass sie von Platten sprach und nicht von CDs, zeugte von jahrzehntelanger Beschäftigung. Sie war also nicht zufällig hier, weil sie gerade nichts Besseres zu tun hatte. Womöglich hatte sie auch den heimlichen Wunsch, den Mann mit der Nickelbrille einmal im Konzert zu erleben, sich aus diversen Gründen bisher jedoch nicht getraut, ihn zu verwirklichen.

Ich glaube, meine Tante wäre einverstanden, dass ich die Karte an Sie verschenke, sagte Holm.

Mmm, machte sie wieder und sah ihn abwartend an. Ihre Entscheidung musste unmittelbar bevorstehen, und es wäre ohne Frage eine endgültige Entscheidung.

Na gut, sagte sie, wenn ich Ihre Tante damit glücklich mache.

Holm gab ihr sofort die Karte, damit nichts mehr schiefgehen konnte.

Dann sehen wir uns ja gleich wieder, sagte er sichtbar erleichtert.

Ach so, sagte sie und machte eine abwehrende Handbewegung, als hätte sie ihn nicht gleich verstanden. Stimmt, wir sitzen ja zusammen.

Sie verabschiedeten sich.

Kurz darauf gingen die Türen auf, und die Menschen knäuelten sich an den Eingängen, als gäbe es nur eine begrenzte Platzkapazität. Eigentlich war es zum Fürchten, dass sich die Menschheit ständig wider besseres Wissen verhielt.

Holm und Elie warteten, bis sich die Lage etwas entspannt hatte.

Erst, als der Türsteher Holms Karte angerissen hatte und Holm ins Foyer eintreten durfte, wurde ihm schlagartig bewusst, dass ihn nur noch eine Dreiviertelstunde von jenem Ereignis trennte, auf das er sich einundzwanzig Jahre lang gefreut hatte. Einundzwanzig Jahre mussten vergehen, ehe er dem Mann mit der Nickelbrille persönlich begegnete. Und Holm war ihm schon jetzt näher als jemals zuvor. Hier, in dem schmucklos funktionalen Foyer, wo rein gar nichts auf den größten Liedermacher deutscher Zunge hindeutete, spürte er bereits seine Aura. Reinhard Mey war im Haus. Holm und Reinhard Mey befanden sich in *einem* Gebäude. Sie berührten denselben Boden. Sie atmeten die gleiche stickige Luft. Womöglich atmeten sie sogar dieselbe Luft. Holm atmete ein, was Reinhard Mey keine hundert Meter von hier entfernt einige Minuten zuvor ausgeatmet hatte. Er saß in seiner Künstlergarderobe und zupfte die ersten Akkorde auf seiner schwarzen Gitarre. Dabei summte er leise vor sich hin, um seine Stimme zu schonen. Nur an den entscheidenden Stellen fielen einzelne Worte, rhythmisierte Stichworte, die jedem Lied seinen unverwechselbaren Charakter gaben. Keine hundert Meter von Holm entfernt saß Reinhard Mey leibhaftig auf einem Stuhl und zupfte leise summend an seiner Gitarre. Ob er wohl ahnte, dass sein größter Fan vor wenigen Minuten das Foyer betreten hatte? Ob auch Holm eine spürbare Aura besaß, die bis in die Künstlergarderobe von Reinhard Mey reichte? Sollte Holm eine Aura besitzen, dann wäre sie sicher von den linken Lehrern und Atomkraftgegnern und den vierzigjährigen Söhnen in Begleitung ihrer Mütter derart verdünnt, dass Reinhard Mey lediglich Holms feuchte Hände wahrnehmen würde. Denn Holm wurde von Minute zu Minute nervöser und fragte sich besorgt, ob er dem nahenden Ereignis überhaupt gewachsen war. Holm befürchtete ernsthaft, in dem Moment, da Reinhard Mey die Bühne betreten würde, ohnmächtig zu werden.

Vor Schreck wurde er sofort müde. Immer dann, wenn Holm zu aufgeregt war, ermüdete er schlagartig, als brächte sich sein Geist vor den emotionalen Strapazen rechtzeitig in Sicherheit. Einmal, vor vielen Jahren, hatte Holm mit seinen Eltern, Tante Hede und ihrem damaligen Mann zusammen Silvester gefeiert. Kurz vor Mitternacht, die Stimmung war auf dem Höhepunkt und die Sektgläser bereits gefüllt, schlief Holm auf dem Sofa ein und war auch durch gutes Zureden und schließlich heftiges Rütteln nicht mehr aufzuwecken. Seitdem verbrachte Holm die Silvesterabende allein auf seinem Zimmer und ging spätestens um zweiundzwanzig Uhr ins Bett.

Dieses Schicksal drohte sich nun kurz vor dem Auftritt Reinhard Meys zu wiederholen. Ja, es war abzusehen, dass Holm schon bald eine Sitzecke aufsuchen musste, um nicht vor Aufregung umzukippen. Während er zunehmend schläfriger wurde, nahm er die Menschen nur noch als unbestimmte Masse wahr. Ihre Körper zerklumpten, und die Stimmen schlugen aggressiv gegen seine Ohren.

Es gab nur einen Ausweg: Holm musste etwas trinken. Er musste Cola und Kaffee trinken. Er musste so viel Cola und

Kaffee trinken, dass seine Müdigkeit keine Chance hatte, sich vollständig in ihm auszubreiten.

Elie war derweil in ein Gespräch mit der rassigen Rothaarigen vertieft, die es offensichtlich doch irgendwie geschafft hatte, eine Karte zu ergattern. Elie wirkte bemerkenswert gelassen, als würde er dauernd Konzerte besuchen. Er sah aus wie jemand, der in jeder Lebenslage seinen Mann stand, selbst wenn sie vollkommen neu für ihn war. Dagegen fühlte sich Holm immer nur in einer Lebenslage zuhause, ein plötzlicher Wechsel brachte ihn sofort aus dem Gleichgewicht.

Hinten rechts entdeckte Holm vor einem Getränkestand eine lange Schlange, der er sich anschloss. Während er langsam vorrückte, wurde er Zeuge einer Auseinandersetzung zwischen einem älteren Ehepaar, das sich darüber stritt, ob das erste Live-Doppelalbum nun 1971 oder 1972 erschienen war.

1972 habe ich mein Staatsexamen gemacht, sagte der Mann, er trug ein kariertes Hemd und hatte einen Vollbart, ich weiß genau, dass mir meine Eltern in diesem Jahr das Doppelalbum geschenkt haben. Das stimmt doch überhaupt nicht, erwiderte die Frau, sie trug das gleiche karierte Hemd, bis auf den Vollbart hatte sie sich auch sonst beinahe vollständig ihrem Mann angeglichen. Ich werde ja wohl wissen, entgegnete der Mann, dass mir meine Eltern dieses Album geschenkt haben. Es ist doch egal, sagte die Frau, wann du dein Staatsexamen gemacht hast, daraus kann man ja nicht automatisch auf das Erscheinungsjahr des Doppelalbums schließen. Natürlich kann man das, beharrte der Mann, weil ich mir hundertprozentig sicher bin. Vielleicht hast du dein Staatsexamen ja 1971 gemacht, sagte die Frau, in diesem Jahr ist das erste Live-Album nämlich rausgekommen. 1971, erklärte der Mann, war ich mit Anja zusammen und habe in Göttingen gewohnt! Du hattest 1971 noch eine Freundin?, fragte die Frau überrascht. Ja, sagte der Mann ein wenig verunsichert. Wieso fragst du?

Ich darf dich daran erinnern, sagte die Frau scharf, dass wir uns Ende 70 verlobt haben. Ende 70 schon?, fragte der Mann. Ich dachte Ende 71. Die Frau wandte sich daraufhin ab und sagte kein einziges Wort mehr.

Als Holm endlich an der Reihe war, bestellte er zunächst einen Becher Kaffee und ging zurück ans Ende der Schlange. Denn während er wartete, konnte er Zeit sparen und gleichzeitig in aller Ruhe den Kaffee trinken, ohne sich irgendwo dazusetzen zu müssen.

Als er erneut drankam, bestellte er drei Colas auf einmal. Einen Becher leerte er sofort am Stand, mit den zwei anderen schlenderte er eine Weile durchs Foyer, als würde er jemanden suchen, ehe er beide Becher in einem unbeobachteten Moment hintereinander wegtrank.

Leider schien diese Überdosis Koffein keine spürbare Wirkung auf seinen Gesamtzustand zu haben. In einer halben Stunde begann das Konzert, und Holms Lage hatte sich noch immer nicht wesentlich gebessert. Ganz im Gegenteil. Nach einer kaum erwähnenswerten Wachphase wurde er sogar noch schläfriger als vorher. Es war, als hätte er vierundzwanzig Stunden lang nicht geschlafen, mehr noch, als hätte er in vierundzwanzig Stunden keine einzige Minute gesessen.

Auf einmal wurde er jedoch hellwach: Holms Blick streifte ein WC-Hinweisschild, und sofort musste er an den Kaffee und die drei Becher Cola denken, die sich in diesen Minuten ihren dunklen Weg durch die Gedärme Richtung Blase bahnten. Vermutlich war es mehr Flüssigkeit, als seine Blase aufnehmen konnte. Wahrscheinlich war es weit mehr! Durch Holms Gedärme rollte eine Tsunami-Welle aus Kaffee und Cola, und es war schon jetzt abzusehen, dass seine Blase dem Druck der Welle nicht lange standhalten würde. So sicher, wie die Sonne jeden Morgen im Osten aufging, so sicher musste Holm jedes Mal eine Dreiviertelstunde nach Einnahme eines Getränks auf die Toilette gehen. In diesem besonderen Fall würde er allem Anschein nach sogar rennen müssen. Eine Dreiviertelstunde von halb acht an gerechnet, bedeutete aber zweifellos, dass die Welle voraussichtlich gegen Viertel nach acht, also mitten im ersten Lied, seine Blase erreichte. Es bedeutete, dass Holm aufspringen und sich durch die Reihen verärgerter Zuhörer schlagen musste. Letztlich bedeutete es, dass Holm gezwungen wäre, das Konzertereignis mehrerer Dutzend Menschen massiv zu stören.

Eine kleine Chance gab es, das drohende Desaster noch abzuwenden. Holm hatte herausgefunden, dass er den Durchlauf erheblich beschleunigen konnte, wenn er sich schneller bewegte. Auch abrupte Bewegungen waren in diesem Zusammenhang vorteilhaft. Ob dabei allerdings eine Viertelstunde herauszuholen war, war ungewiss, zumal es innerhalb des Foyers kaum Möglichkeiten gab, sich schnell oder abrupt zu bewegen.

Holm sah auf die Uhr. Reinhard Mey hatte seine Gitarre beiseitegelegt und ließ sich noch ein wenig das Gesicht tupfen, ehe er sich auf den Weg zur Bühne machte, wo ihn seine Frau Hella bereits erwartete.

Unterdessen musste Holm eine schwerwiegende Entscheidung treffen: Denn wenn er zehn Minuten nach Konzertbeginn den Saal schon wieder verließ, würde jeder automatisch denken, dass hier ein Mann nicht auf seine Kosten gekommen war. Dass dieser Mann in Wirklichkeit eine Tsunami-Welle erwartete, die schlimmstenfalls auch die Zuschauer in Mitleidenschaft ziehen würde, konnten sie natürlich nicht ahnen.

Holm blickte aus dem Fenster über die große Freifläche bis hin zur Ruine des Anhalter Bahnhofs. Wenn er nun einfach vor zur Ruine lief und wieder zurück? In einer Viertelstunde könnte er wieder im Foyer sein und hätte sogar noch genügend Zeit, auf die Toilette zu gehen. Elie, der weiterhin auf die Rothaarige einredete, wie man so lange mit einer fremden Person sprechen konnte, war Holm völlig schleierhaft, Elie würde es jedenfalls gar nicht bemerken, wenn er das Foyer für einige Minuten verließ.

Noch immer drängten Menschen ins Haus, sodass es einige Durchsetzungskraft brauchte, um sich in die Gegenrichtung zu bewegen. Die Leute hatten wenig Verständnis für jemanden, der um diese Uhrzeit noch hinauswollte.

Schließlich gelang es ihm, ins Freie zu kommen. Nun hieß es, keine Zeit mehr zu verlieren. Holm rannte sofort los. Unter den irritierten Blicken heranströmender Menschen rannte er hektisch mit den Armen rudernd zum Anhalter Bahnhof. Sein ganzes Gesicht schien auseinandergedrückt zu werden. Das Fleisch bebte unter den harten Schritten. Bald lief er so schnell, dass sein Körpergewicht kaum noch zu spüren war. Sein Körper war leicht wie eine Feder. Holm flog über den Platz, er hatte das Gefühl, jeden Moment abheben zu können. Wieso konnte man sich nicht immer so schwerelos durch die Welt bewegen? Vielleicht käme man ja auf leichtere Gedanken. Was er wohl denken würde, wenn er ein Vogel wäre?

Kurz vorm Anhalter Bahnhof ging ihm die Puste aus, und Holm musste stoppen. Schwer atmend sah er hinüber zum Tempodrom, das aussah wie ein riesiges Zirkuszelt.

Noch war nichts zu bemerken. Die Welle war immer noch in den Gedärmen unterwegs. Dass man bei seinem eigenen Körper ständig auf Vermutungen angewiesen war, war eine schwere Belastung. Es würde einiges erleichtern, wenn man genau wüsste, dass die Cola gerade die fünfte Dickdarmwindung passierte.

Nachdem er halbwegs zu Kräften gekommen war, rannte er in Zickzacklinien wieder zurück.

Als er das Tempodrom erreichte, war Holm schweißgebadet. Nach zehn Minuten intensivster »Bearbeitung« war nicht mehr zu leugnen, dass das Ergebnis weit hinter seinen Erwartungen zurückgeblieben war. Anstatt dringend zu *müssen*, herrschte Ebbe in seiner Blase. Anstatt auf die Toilette zu *rennen*, schlenderte er gemütlich zum Eingang.

Holm zeigte seine Eintrittskarte vor und wollte hineingehen, als ihn der Türsteher plötzlich rüde abwies. Die Karte sei ungültig, meinte er und positionierte sich breitbeinig. Holm sah ihn erschrocken an. Es war kurz vor acht, Reinhard Mey war inzwischen im Bühnenbereich angekommen und wurde von Hella zärtlich umarmt. Im Hintergrund hörte er das dumpfe Murmeln des Publikums. Dass Holm dort nicht mitmurmelte, konnte er leider nicht wissen, denn Holm stand immer noch vor dem Haupteingang und fragte sich, was er falsch gemacht hatte.

Er sei nur eben rausgegangen, sagte er, um etwas zu holen. Ob er ihm mal den Einlassbon zeigen könne, sagte der Mann, den bekomme nämlich jeder, der noch mal nach draußen wolle. Davon wisse er nichts, sagte Holm ehrlich bestürzt. Einen Einlassbon habe ihm niemand gegeben, schließlich sei er ja rausgegangen.

Der Mann schüttelte ernst den Kopf. Er benötige einen Einlassbon, sagte er, er habe seine Vorschriften.

Holm deutete auf seine Eintrittkarte. Die habe er ihm eben sogar persönlich angerissen! Ob er sich denn nicht mehr erinnern könne?

Der Türsteher blieb jedoch stur, nicht mal einen näheren Blick warf er auf die Karte, als interessierten ihn angerissene Karten *vor* dem Eingang grundsätzlich nicht.

Langsam wurde die Zeit knapp. Wenn nicht gleich etwas geschah, würde Reinhard Mey zweifellos auch ohne Holm beginnen.

Das mit dem Bon habe er wirklich nicht gewusst, flehte Holm, wenn er es gewusst hätte, hätte er sich selbstverständlich darum gekümmert.

Doch alles Flehen und Bitten half nichts. Der Mann ließ sich nicht erweichen. Nebenbei fertigte er sogar noch einige Besucher ab, die ihre unversehrten Eintrittskarten stolz präsentierten, während sie abschätzig auf den Mann mit der entwerteten Karte schauten, der sich mit offensichtlich unredlichen Methoden Zutritt zu verschaffen versuchte. Wahrscheinlich hatte er sie sogar geklaut!

Einen Augenblick überlegte er, dem Mann etwas vorzusingen, damit der nicht glaubte, er wäre ein gewöhnlicher Konzertgänger. »Die Zeit des Gauklers ist vorbei.« Doch für solche künstlerischen Darbietungen hatte der Türsteher vermutlich kein Ohr. Ohnehin sah er aus, als würde er Bumsmusik bevorzugen.

Weil Holm hier nicht weiterkam, rannte er zum Fenster und sah ins Foyer. Vielleicht entdeckte er Elie irgendwo. Tatsächlich lief Elie in diesem Moment gemeinsam mit der Rothaarigen zum Treppenaufgang. Doch selbst heftiges Winken und Klopfen brachte Elie nicht aus der Ruhe. Er hatte nur Augen für diese Frau. Dass er Holm seit über einer halben Stunde weder gesprochen noch gesehen hatte, beunruhigte ihn nicht im Geringsten.

Während sie die Stufen hinaufschritten, sah Holm ihnen verärgert nach. Darauf würde er später noch zu sprechen kommen. Immerhin war Holm es gewesen, der Elie zu dem Konzert eingeladen hatte.

Holm wollte sich gerade enttäuscht abwenden, als er überraschend die Frau mit der großen Nase erkannte. Sie kam aus der Toilette und ging nur wenige Meter an ihm vorbei, als ihr Blick beiläufig den am Fenster klebenden Holm streifte. Geistesgegenwärtig riss er die Karte hoch und zeigte zum Türsteher, in dem er gleichzeitig den Kopf schüttelte und mit den Schultern zuckte. Hier war er nun doch froh, dass er einen Körper mit so vielfältigen Ausdrucksmöglichkeiten hatte. Als Vogel wäre er aufgeschmissen gewesen.

Zu seiner Verblüffung schien ihn die Frau nicht nur sofort zu verstehen, sondern deutete ebenfalls geistesgegenwärtig zum Türsteher. Zwei Menschen, die in derselben Sekunde exakt dasselbe dachten – es war fast ein wenig unheimlich. Holm lief zum Eingang, wo ihn die Frau schon erwartete.

Mein Mann hat mir nur eben die Brille aus dem Wagen geholt, erklärte sie dem Türsteher freundlich, dem sein ernstes Gesicht zusehends entglitt, ohne Brille sehe ich nämlich nur meinen Mann, und deshalb gehe ich schließlich nicht ins Konzert. Daraufhin wich der Türsteher ohne Zögern zur Seite. Na, das ist natürlich was anderes, sagte er.

Nicht ein Vogel hätte Holm sein mögen, sondern eine Frau. Ein freundliches Wort, und man konnte sich lange Diskussionen ersparen.

Als sie die Treppe hochstiegen, bedankte er sich bei ihr. Ich heiße übrigens Felix Holm, sagte er.

Röschmann, sagte sie. Sylvia Röschmann.

Holm traute seinen Ohren nicht. Röschmann, dachte er, das klingt beinahe wie Rossmann. Hedwig Rossmann, seine Tante. Elie hatte recht, es gab keinen Zufall. So einen Zufall konnte es gar nicht geben!

Im Saal brannte zum Glück noch Licht. Sie standen ganz oben unter dem Dach. Die Ränge, die wie in einem Amphitheater angeordnet waren, waren dicht besetzt. Unten auf der Bühne erkannte er die schwarze Gitarre auf einem Gestell, erhellt nur von einem einzigen Strahler.

Ihre Plätze befanden sich gleich am Gang. Als Elie sie bemerkte, lächelte er. Zum ersten Mal sah ihn Holm lächeln, und das berührte ihn so, dass er seinen Ärger sofort vergaß.

Im Saal herrschte gespannte Ruhe. Alle warteten nur auf den Moment, da das Licht erlosch und Reinhard Mey die Bühne betrat.

Noch immer musste Holm nicht auf die Toilette. Eine Dreiviertelstunde nach Einnahme der Getränke verspürte er nicht das kleinste Bedürfnis. Und er war weder besonders müde noch besonders aufgeregt. Mit bemerkenswerter Gelassenheit saß Holm auf seinem Randplatz neben Sylvia Röschmann und blickte hinunter zur großen Bühne.

Vielleicht hatte Elie mit seinem Ratschlag am Ende gar nicht so falschgelegen: Betrachten Sie das Leben einfach als kurzen Aufenthalt in einer interessanten Gegend.

Der Roman

Das Leben geht weiter

hat Ihnen gefallen?

Dann lesen Sie hier weiter …

MATTHIAS KEIDTEL

Geht doch!

Ein Holm-Roman

Holm ist fast vierzig und lebt noch immer in seinem alten Kinderzimmer. Den Tag verbringt er damit, Schallplatten zu hören und zu Kaufhausjubiläen zu gehen. Beim 100. Geburtstag des KaDeWe kommt es jedoch zur Katastrophe. Während der Festrede zieht ein Mädchen eine Sektschale aus einer Gläserpyramide und bringt diese zum Einsturz. Holm steht zufällig neben der Kleinen, wird für ihren Vater gehalten und vom Sicherheitsdienst abgeführt. Zum Glück taucht die Mutter der Übeltäterin auf: Es ist Sylvia Röschmann, die Frau, die Holm vor einiger Zeit bei einem Reinhard-Mey-Konzert kennengelernt hat. Nach dem unverhofften Wiedersehen kommen die beiden sich langsam näher. Und plötzlich beginnt Holm sich zu verändern. Er hat auf einmal nicht nur eine Tochter, sondern findet sogar einen neuen Job. Als Altenunterhalter. Wird Holm am Ende gar erwachsen?

1

Holm stand früh auf an diesem Tag, denn das KaDeWe feierte seinen hundertsten Geburtstag. *Zum Tortenanschnitt mit dem Regierenden Bürgermeister. Eröffnen Sie mit uns die Jubiläumsfeierlichkeiten mit einem Stück aus der sechs Meter hohen Geburtstagstorte*, so war es seit Tagen in Zeitungen annonciert und an Litfaßsäulen im gesamten Stadtgebiet zu lesen gewesen.

Mit Sie war zweifellos auch Holm gemeint, ja Holm fühlte sich, seit er im Besitz einer Kundenkarte war, sogar persönlich verpflichtet, der Einladung zu folgen und pünktlich um elf Uhr im Foyer des Kaufhauses zu erscheinen. Natürlich in angemessener Garderobe, einer Hundertjährigen trat man schließlich nicht in salopper Alltagskleidung gegenüber. Außerdem durfte man ruhig erkennen lassen, dass man dazugehörte und nicht rein zufällig vorbeigekommen war. Vielleicht kam es sogar zu einer Begegnung mit dem Regierenden Bürgermeister höchstpersönlich.

Holm liebte die Welt der Waren. Er liebte Warenhäuser und ganz besonders liebte er das KaDeWe. Er mochte es, durch die Etagen zu streifen, sündhaft teure Kleider oder TV-Geräte zu berühren und sich von den Thementagen in der Feinschmeckeretage inspirieren zu lassen. Wurden zum Beispiel dänische Produkte angeboten, stellte sich Holm vor, wie er nach Dänemark reiste und die bekanntesten Sehenswürdigkeiten des Landes besuchte. Kopenhagen und die kleine Meerjungfrau. Legoland und die weiten Strände der Ostseeküste. Während er mit einem landestypischen Produkt in der Hand durch die sechste Etage schlenderte, war es für ihn, als würde er durch Dänemark reisen.

Vor gut sechs Wochen hatte er nämlich beschlossen, das Leben nur noch zu genießen. Analyse und Interpretation, kurz geistige Durchdringung, konnten ihn auf Dauer einfach nicht glücklich machen. Denn wenn man eine Sache geistig durchdrungen hatte, verlor sie schnell jenen Reiz, der die Welt überhaupt erst genießbar machte. Holm wollte gar nicht mehr so genau wissen, was die Welt im Innersten zusammenhielt, er wollte nicht wissen, aus welchen Substanzen die Welt bestand und wie das Leben entstanden war. Holm hatte sich fest vorgenommen, sich vom Leben nur noch bezaubern zu lassen.

Aus diesem Grund hatte Holm die tägliche Lektüre des *Tagesspiegel* aufgegeben und sich der *Morgenpost* zugewandt. Vom Intellektuellenblatt mit Anspruch zum Unterhaltungsblatt mit Niveau. Bunte Bilder statt grauer Trostlosigkeit. Holm hatte festgestellt, dass es sich viel angenehmer lebte, wenn man die Welt nicht verstand. Die Welt war wie eine große Wohnküche, in der man es sich gemütlich machen konnte.

Seit einem knappen halben Jahr lebte Holm wieder bei seinen Eltern im heimatlichen Rudow. Das jähe Ende seiner Karriere als Türsteher und der Rauswurf aus Sabines Wohnung hatten den Weg zurück in sein Kinderzimmer schließlich unumgänglich gemacht. Trotzdem war er gar nicht so unglücklich, denn die Reise in den Osten Berlins hatte ihm nicht nur einen Freund namens Elie beschert, sondern auch die Erfüllung eines langgehegten Traumes: den Besuch eines Reinhard-Mey-Konzerts. Dieses Konzert war zweifellos ein Höhepunkt seines Lebens gewesen. Der kleine Mann allein mit seiner Gitarre auf einer gewaltigen Bühne. Wie er das Publikum nur mit seiner Stimme und einigen Akkorden erobert hatte. Fast drei Stunden lang hatte Holm starr neben Sylvia Röschmann und Elie Glick gesessen und jeden Ton, jedes Wort und jede Geste gierig in sich aufgenommen. Am Ende waren ihm sogar die Tränen gekommen. Lange hatte er sich dagegen gewehrt. Die letzten zwanzig Minuten war er hauptsächlich damit beschäftigt gewesen, seine Tränen zu unterdrücken, und hatte dabei einige Lieder vollständig verpasst, weil er sich einige sehr ernste Gedanken überlegt hatte, die er, sobald es feucht wurde in seinen Augen, sofort und mit aller Entschiedenheit denken wollte. Zum Beispiel hatte er sich vorgestellt, nicht mehr in sein Elternhaus zurückkehren zu können, weil es zwischenzeitlich abgerissen worden war. Vor kurzem hatte sich noch ein anderer Gedanke zu diesem Horrorszenario hinzugesellt: sein vierzigster Geburtstag. In einem halben Jahr vollendete Holm das vierzigste Lebensjahr, was nichts anderes bedeutete, als dass sein Leben zur Hälfte bereits wieder vorbei war. Eben hatte er noch in der Schule gesessen, da wurde er auch schon vierzig!

Als Reinhard Mey dann aber sein unwiderruflich letztes Lied ankündigte und die ersten Takte von »Gute Nacht, Freunde« erklangen, war es um Holm geschehen, und die Tränen schossen ihm nur so übers Gesicht. Und nicht nur das, aus unerfindlichen Gründen drangen die Tränen auch in seine Nase und verstopften die Löcher derart, dass an eine gleichmäßige Atmung nicht mehr zu denken war. Es war sogar an fast überhaupt keine Atmung mehr zu denken, sodass Holm begann, durch den Mund zu atmen, um, in diesem Fall neben Sylvia Röschmann, nicht als Weichling dazusitzen. Allerdings ging etwas Beunruhigendes von einem Mann aus, der mit halbgeöffnetem Mund einem Konzert lauschte, als würde er den Inhalt der Texte nicht vollständig begreifen. Letztlich gab es nur eine Möglichkeit, die Tränen wieder aus seiner Nase herauszubekommen: Er musste einmal kurz hochziehen. Als er endlich nach langem Hin und Her am Anfang eines Refrains die Nase hochzog, bemerkte er, wie Sylvia Röschmann kurz den Kopf drehte, worauf sich Holm, einem plötzlichen Impuls folgend, ebenfalls zu ihr drehte und dabei feststellen musste, dass auch Sylvia Röschmann in Tränen aufgelöst war. Und als sie im selben Moment auch noch gemeinsam die Nase hochzogen, deutete sich eine emotionale Nähe an, die nach dem Konzert dazu führte, dass Frau Röschmann Holm ihre Visitenkarte mit der Bemerkung überreichte, man könne sich ja mal zu einer Tasse Kaffee treffen. Da Holm keine Visitenkarten besaß, blieb es bei dieser einseitigen Geste, und man verabschiedete sich. Erst später wurde ihm klar, dass Sylvia Röschmann, genauer Dr. Sylvia Röschmann, offenbar ein ernstes Interesse an Holm nicht nur als Reinhard-Mey-Fan hatte, sondern womöglich in erster Linie als Mann. Und es war nicht auszuschließen, dass es bei einer Tasse Kaffee nicht bleiben würde. Denn ein Mann, der weint, kann schließlich kein ganz schlechter Mann sein. Obwohl Holm sich schon fragte, ob ein in aller Öffentlichkeit weinender Mann noch als richtiger Mann bezeichnet werden konnte oder ob da Entwicklungen im Gange waren, die zu einer schleichenden Entmännlichung führten. Die entscheidende Frage lautete: Suchte Dr. Sylvia Röschmann eine männliche Freundin?

Allerdings hatte Holm erst mal genug von Frauen. Seitdem ihm Sabine unmissverständlich klargemacht hatte, dass sie ihn nicht liebte, du bist ein netter Kerl, Holm, aber deshalb werde ich dich sicher nicht heiraten, war er für neue Anläufe einfach noch nicht wieder bereit. Ob er überhaupt noch mal etwas in diese Richtung unternahm, blieb monatelang unentschieden. Denn Holm wollte sich nicht noch einmal einseitig in eine Frau verlieben. Solange er nicht hundertprozentig sicher war, dass die Frau mit denselben Gefühlen an den Start ging wie er, verzichtete er lieber ganz auf eine Beziehung. Bis dahin genoss er die sichere Liebe seiner Mutter. Sie liebte ihn, ohne dass Holm das Geringste dafür zu tun brauchte.

Ein wenig getrübt wurde diese Beziehung jedoch durch die Ankündigung seiner Eltern, sein Kinderzimmer in absehbarer Zeit in ein Gästezimmer umwandeln zu wollen. Dabei hatten seine Eltern gar keine Gäste, jedenfalls keine, die für eine Übernachtung infrage gekommen wären. Außer seinen Großeltern mütterlicherseits, die insgesamt zweimal aus ihrem niedersächsischen Wohnort Walsrode in den Rudower Klettenweg gereist waren und nun schon seit dreizehn beziehungsweise siebzehn Jahren tot waren, hatte noch nie jemand bei ihnen übernachtet. Und nun sollte auf einmal ein Gästezimmer her, als erwarteten seine Eltern in den kommenden Jahren einen nicht abreißenden Strom von Besuchern, die alle bei ihnen übernachten wollten. Holm wurde den Verdacht nicht los, dass seine Eltern das »Gästezimmer« nur als Vorwand nahmen, um ihren Sohn elegant aus ihrem Haus zu vertreiben.

Das endgültige Ende seiner Kindheit schien also nur noch eine Frage der Zeit zu sein, und während Holm immer noch damit beschäftigt war, seinen Platz im Leben zu finden, bereiteten sich seine Eltern bereits auf ein Leben ohne ihren Sohn vor.

Nachdem Holm eingesehen hatte, dass man mit Geldverdienen alleine nicht automatisch auch sinnvoll lebte, suchte er jetzt nach Tätigkeitsfeldern, die ihn seelisch ausfüllen und geistig befriedigen sollten. Mit anderen Worten, Holm suchte nach einer schlecht bezahlten Arbeit, die gesellschaftliche Anerkennung genoss. Solange er aber kein sinnvolles Leben führte, wollte er sich zumindest schon einmal geschichtlich verewigen. Es durfte nicht der geringste Zweifel aufkommen, dass Holm trotz allem gelebt hatte und Teil dieser Gesellschaft gewesen war. Ein kleiner Teil zwar, ein winziges Zahnrädchen im großen Getriebe des Lebens, aber eben doch ein Zahnrädchen, das dazu beigetragen hatte, dass die Welt nicht zum Stillstand kam. Wenige Monate vor seinem vierzigsten Geburtstag schien es langsam an der Zeit zu sein, die Welt darauf hinzuweisen, dass auch ein Mann namens Holm mit von der Partie war.

Aus diesem Grund nahm er seit einiger Zeit verstärkt am öffentlichen Leben seiner Heimatstadt teil. Holm ließ kaum eine Gelegenheit aus, Einkaufszentren, Museen und sogar Supermärkte mit einzuweihen. Wenn in der Zeitung die feierliche Eröffnung eines neuen Shoppingcenters angekündigt wurde, fuhr Holm pünktlich zu angegebener Uhrzeit dorthin, um sich von den zahlreich angereisten Lokalreportern fotografieren zu lassen. Manchmal gab er sogar Interviews und erklärte den verblüfften Journalisten, weshalb er das Shoppingcenter, das Museum oder den Supermarkt überaus gelungen fand und wiederkommen würde. Holm fand nämlich das meiste überaus gelungen, und bald tauchte er regelmäßig in Zeitungen und in der Abendschau auf als der Mann, der Berlin sein unverwechselbares Eröffnungsgesicht gab.

Die Zeitungsausschnitte klebte er in eigens dafür angeschaffte Fotoalben und notierte Ort, Datum und die jeweilige Wetterlage. So entstand im Laufe der Monate eine beachtliche Sammlung von Schnappschüssen, die Holms Leben in dieser Stadt auch für die nachfolgenden Generationen dokumentierte.

Seine Eltern nahmen Holms neues Projekt allerdings mit gemischten Gefühlen auf. Während sein Vater die ganze Geschichte für reinen Schwachsinn hielt, wie sollte es ihn beruflich in irgendeiner Weise weiterbringen, vor Supermärkten Interviews mit der Lokalpresse zu führen, glaubte seine Mutter darin einen künstlerisch wertvollen Ausdruck von Holms Persönlichkeit zu erkennen. Er solle damit ruhig bei Kunstgalerien vorstellig werden, meinte sie aufmunternd, womöglich stecke ja ein großer Künstler in ihm, unter keinen Umständen dürfe er sich jedoch unter Wert verkaufen, und ob sie ihn vorsichtshalber begleiten solle. Doch weder sein Vater noch seine Mutter verstanden, was er eigentlich damit bezweckte. Sie hatten einfach nicht die geringste Ahnung, dass ihr Sohn am Scheitelpunkt seines Lebens immer noch das Gefühl hatte, im Leben nicht vollständig integriert zu sein.

Mehr noch als die Neueröffnung von Einkaufszentren bot der hundertste Geburtstag seines Lieblingskaufhauses die Gelegenheit, sich in die Annalen der Stadtgeschichte unwiderruflich einzuschreiben. Ein Ereignis von beinahe nationaler Bedeutung stand an, und bald würde er nicht nur in der Lokalpresse, sondern vielleicht auch in den überregionalen Blättern auftauchen.

Holm kleidete sich wie zu einem Staatsempfang. Keine rote Pudelmütze, die er mitunter trug, um bei den Vertretern der Presse aufzufallen, Schlips und Anzug waren angesagt, und als ihn seine Eltern an diesem Morgen beim Frühstück sahen, reagierten sie verblüfft bis erschrocken. Was ihr Sohn denn nun diesmal wieder vorhabe. Man war ja schon einiges gewohnt und bis zu einem gewissen Grad sogar abgestumpft. Aber jetzt schien er eine neue Stufe seiner Entwicklung erreicht zu haben. Sein Vater, der Holm im Grunde längst aufgegeben hatte, flüchtete sich wie so oft in sarkastische Kommentare, um das menschliche Desaster in Gestalt seines Sohnes nicht zu nah an sich herankommen zu lassen. Ob er seine Pudelmütze nicht vergessen habe, sagte er kurz von seinem Frühstücksbrötchen aufblickend. Mutter dagegen schöpfte wie immer, wenn Holm noch vor dem Mittagessen unten auftauchte, ein wenig Hoffnung und wünschte ihm viel Erfolg bei seiner Arbeit. Dabei hielt sie die Daumen festgedrückt in die Höhe und machte ein derart entschlossenes Gesicht, als ginge es diesmal wirklich ums Ganze. Seine Mutter war schon eine irre Person.

Vor dem Haupteingang des KaDeWe hatte sich bereits um zehn Uhr eine beachtliche Menschenmenge versammelt, die am roten Teppich Spalier stand und auf das Eintreffen der Ehrengäste wartete. Leicht irritiert bemerkte Holm, dass sich niemand fein gemacht hatte für diesen großen Tag, an dem immerhin auch der Regierende Bürgermeister erwartet wurde. In seinem dunkelblauen Anzug fühlte sich Holm inmitten der jeanstragenden Bevölkerung plötzlich sehr fremd. Mit diesen Leuten wollte Holm den Tag jedenfalls nicht begehen. Als er ein wenig missmutig den roten Teppich betrachtete, kam ihm auf einmal eine großartige, wenn auch ziemlich waghalsige Idee. Wieso konnte er eigentlich nicht auch als Ehrengast über den roten Teppich schreiten? Hatte er sich nicht durch jahrelanges Einkaufen in diesem Kaufhaustempel längst dafür qualifiziert? War es nicht Holm, der trotz Wiedervereinigung am Standort West-Berlin festgehalten und sein Geld nicht in die neuen Konsummeilen in Ostberlin getragen hatte? Gebührte nicht auch ihm ein Platz auf dem roten Teppich und im Blitzlichtgewitter der internationalen Presse? Holm winkend in der *Süddeutschen Zeitung* unter der Rubrik »Vermischtes«. Und was seine Eltern wohl sagen würden, wenn sie ihren Sohn in der *Süddeutschen Zeitung* gleich hinter dem Regierenden Bürgermeister entdeckten? Unsere Erziehung war anscheinend doch nicht umsonst! Leider lasen seine Eltern die *Süddeutsche Zeitung* nicht, und angesichts der vielen Sicherheitsleute, die aufmerksam darauf achteten, dass niemand Unbefugtes die Absperrungen überwand, sah es zunächst auch nicht danach aus, als würde Holm jemals in der Rubrik »Vermischtes« der *Süddeutschen Zeitung* auftauchen.

Bislang hatte ihn keiner der Sicherheitsleute bemerkt. Holm kam demnach also weiter als Ehrengast infrage. Und solange er nicht zu den üblichen Zaungästen zählte, die überall warteten, wo es etwas umsonst gab, hatte er noch eine realistische Chance.

Neben dem Eingang war ein langes Büfett aufgebaut, darauf lange Reihen mit Sektgläsern, die jetzt mit wachsender Hektik von jungen Damen in feschen Kostümen aufgefüllt wurden. War dies ein Zeichen, dass es bald losging?

Holm dachte nach. Er dachte sehr lange nach. Und wie so oft, wenn er sehr lange nachdachte, entfernte er sich immer weiter von einer konkreten Lösung des Problems. Er kam vom Hundertsten ins Tausendste, vom Tausendsten ins Millionste und vergaß schließlich minutenlang, weshalb er überhaupt hier war.

Nachdem Holm endlich aufgehört hatte, nachzudenken, fiel ihm schlagartig die Lösung ein. Es war immer wieder erstaunlich, wie wenig man eigentlich zu denken brauchte, um im Leben voranzukommen. Holm müsste nur ein Taxi nehmen und vorfahren. Die Idee erschien ihm so einfach, dass auch die schlicht gestrickten Sicherheitsleute sofort davon überzeugt sein würden.

Augenblicklich ging Holm zurück zur Nürnberger Straße, wo gewöhnlich Taxis auf Kundschaft warteten. Er zog seinen Schlips noch einmal gerade, wischte sich die Schuppen von der Schulter und stieg in das erste Taxi. Der Fahrer hatte den neuen Kunden offensichtlich nicht bemerkt, denn ohne sich nach ihm umzudrehen, aß er weiter seelenruhig seinen Hamburger. Der Mann hatte langes, fettiges Haar, an den Händen trug er schwere Silberringe, die er notfalls auch als Waffe einsetzen konnte. Auf dem Nebensitz lag ein weiterer Hamburger, dazu eine große Tüte Pommes frites und eine Dose Cola. Im ganzen Taxi roch es nach Fett und Zigarettenrauch. Es war nicht auszuschließen, dass er sich erst nach Beendigung seines Frühstücks der Kundschaft widmete. Dann wäre es jedoch aller Wahrscheinlichkeit nach zu spät für den roten Teppich. Oder wartete der Mann nur darauf, dass sich Holm zu seinem Fahrtziel äußerte? Holm war nämlich noch nie alleine in einem Taxi gefahren. Zuletzt hatte er seine Tante Hedwig Rossmann auf eine Beerdigung begleitet. Dies war jetzt aber schon gute dreizehn Jahre her, und er konnte sich einfach nicht mehr erinnern, ob nun die Tante oder der Fahrer zuerst über das Fahrtziel gesprochen hatte. Er wollte keinesfalls aufdringlich wirken, zumal er den Fahrer auch noch bei seinem sicherlich wohlverdienten Frühstück störte.

Ganze vier Minuten saß Holm still hinter dem Fahrer, während der auch den zweiten Hamburger und die große Tüte Pommes frites vertilgte. Sollte nicht in absehbarer Zeit etwas passieren, beschloss Holm, würde er ohne ein Wort einfach wieder aussteigen. In diesem Augenblick, der Mann hatte das zerknüllte Pommespapier gerade aus dem Fenster geworfen, was eigentlich für eine grundsätzliche Diskussion über Umweltverschmutzung und die Verantwortung des Bürgers im öffentlichen Raum ausgereicht hätte, drehte er sich, kurz aufstoßend, zu Holm um.

Wohin soll es denn nun gehen?, fragte er beinahe schon unfreundlich drängend, als hätte er tatsächlich die ganze Zeit nur auf eine klare Ansage gewartet. Kein Wort zu der Umweltverschmutzung.

Kurzstrecke, sagte Holm, er versuchte locker zu wirken, was ihm angesichts der Schlagringe allerdings nicht leichtfiel.

Wenn du mir jetzt noch das Ziel verrätst, sagte der Fahrer in einem Ton, den Holm keinesfalls tolerieren wollte, sag ick dir, ob das 'ne Kurzstrecke wird oder nicht.

Kannte man sich eigentlich näher? War man sich schon mal irgendwo begegnet und hatte nach einem langen, intensiven Gespräch bei einem Glas Rotwein beschlossen, sich zu duzen? Holm war von einer solchen Begegnung nichts bekannt. Dass er von allen möglichen Leuten, die er noch nie gesehen hatte, dauernd geduzt wurde, gehörte zu seinen wunden Punkten. Holm wurde von den meisten ganz einfach unterschätzt. Man nahm ihn nicht ernst und glaubte ihn wie ein Kind behandeln zu dürfen.

Aber Holm war durchaus bereit, sein Ziel zu verraten. Und wenn der Mann erfuhr, wie kurz die Strecke war, würde er sicher schnell wieder von seinem hohen Ross heruntersteigen.

Holm ließ sich Zeit, rutschte sogar noch etwas tiefer in den Sitz und sagte dann völlig entspannt und ohne Häme in der Stimme: Zum KaDeWe bitte.

Der Fahrer schien seinen Ohren nicht recht zu trauen, jedenfalls wirkte er nicht gerade zufrieden mit dieser Antwort.

Zum KaDeWe?, fragte er vorsichtshalber noch einmal nach.

Holm nickte.

Willst du mich verarschen?

Das sei ja wohl eine Kurzstrecke, beharrte Holm, der es nicht fassen konnte, welche Vokabeln hier im Umlauf waren. Vielleicht sollte er sich beim Fahrgastverband beschweren oder gleich ein anderes Taxi nehmen, am besten mit einem ausländischen Fahrer. Der würde tun, was man sagte, schon um die Arbeitserlaubnis nicht zu verlieren.

Ich begleite dich gerne die zehn Meter zu Fuß, wenn du willst, sagte der Mann. Es war nicht ganz klar, ob er das ernst meinte.

Wie lang denn die Kurzstrecke in etwa sein müsse, damit er den Auftrag annehme, fragte Holm. Er war verblüfft, wie schnippisch er sein konnte.

Eine Kurzstrecke sind zwei Kilometer, belehrte ihn der Fahrer, aber die kommt für dich sowieso nicht infrage.

Wieso denn nicht?, fragte Holm.

Ganz einfach, sagte der Mann, weil der Kurzstreckentarif nur für Taxis gilt, die du heranwinkst. Capito?!

Holm blickte einen Moment ratlos aus dem Fenster.

Ich müsste Sie also heranwinken?, fragte er.

Richtig, sagte der Mann, aber für die paar Meter… Er schüttelte stumm den Kopf. Dann sah er Holm an, als hätte er eine Eingebung. Weißt du, was ich glaube?

Holm zog die Augenbrauen hoch. Er wusste es nicht. Er hatte nicht die geringste Ahnung, was dieser Mann dachte oder glaubte.

Ich glaube, du spinnst.

Holm rührte sich nicht. Er ärgerte sich, und gleichzeitig war er tief verletzt. Er ärgerte sich, weil er nicht sofort heftig darauf reagierte, und er war tief verletzt, weil er offenbar immer noch zu den Menschen gehörte, die man ohne weiteres beleidigen konnte. Holm war wieder der kleine Junge, den seine Mitschüler hänselten und zum Gespött der ganzen Klasse machten. Doch während er früher zu seiner Mutter rennen konnte, war er heute auf sich allein gestellt. Holm merkte auf einmal, dass er ganz allein auf der Welt war und dass es niemals wieder einen Menschen geben würde, zu dem er hinrennen und sich ausweinen konnte.

Okay, sagte Holm. Er war zwar allein, aber er war immerhin ein Mann. Okay, sagte er, als wäre er im Besitz von gewissen Informationen, die der Karriere des Taxifahrers erheblich schaden konnten.

Sie fahren mich jetzt einmal um den Block, und ich gebe Ihnen zehn Euro, wenn Sie mich vor dem KaDeWe absetzen.

Der Mann schüttelte erneut den Kopf. Du spinnst wirklich, sagte er, und während er sich herumdrehte und den Wagen startete: Die Leute sind heute komplett verrückt, ich schwöre es, komplett wahnsinnig!

Sie fuhren los. Doch trotz der versprochenen zehn Euro hatte der Taxifahrer keine Eile. Er fuhr so langsam, dass sie bald auch von Fahrradfahrern überholt wurden, die dem Mann einen Vogel zeigten, weil er den ganzen Verkehr behinderte. Es war nicht auszuschließen, dass er das extra machte.

Eine viertel Stunde später näherten sie sich im Schritttempo dem Haupteingang.

Und da soll ich dich wirklich absetzen?, fragte der Taxifahrer.

Holm drückte ihm die zehn Euro in die Hand. Ja, sagte Holm, du kannst mich am roten Teppich rauslassen. Er hatte den Widerstand inzwischen aufgegeben. In Zukunft würde er solche Typen gleich zurückduzen.

Tatsächlich hielten sie direkt vor dem roten Teppich. Erst als einer der Sicherheitsleute die Tür aufriss, merkte Holm, dass er auf der falschen Seite saß. Einen Augenblick befürchtete er, damit als Ehrengast disqualifiziert zu sein. Hinter dem Fahrer zu sitzen deutete an, dass man noch nicht sehr oft irgendwo vorgefahren war.

Umständlich quälte er sich über die Sitzbank zur geöffneten Tür, doch als er ausstieg, empfing ihn sofort ein freundliches Nicken. Holm nickte ernst zurück und schritt rasch über den Teppich zum Eingang, als wollte er sichergehen, nicht im letzten Moment doch noch zurückgepfiffen zu werden. Vielleicht war er ein bisschen zu schnell gelaufen, denn enttäuscht stellte er fest, dass er für die Weltpresse offenbar völlig uninteressant war. Nicht eine einzige Kameralinse war auf ihn gerichtet. Und auch als er abrupt stehen blieb und in die Menge sah, seinen Blick über die Köpfe der Zaungäste schweifen ließ, wie er es von den Prominenten aus dem Fernsehen kannte, blieben die Kameras stumm. Womöglich wurde er als Einzelperson gar nicht wahrgenommen. Wie er dort in der Mitte des roten Teppichs stand und sich ein wenig hilflos umschaute, wirkte er einfach nicht prominent genug. Holm war immer der Mann in der Menge. Er war der Mann, bei dem man ständig annahm, dass die eigentliche Hauptperson noch kommen musste.

Während er die Gesichter überflog, jedes einzelne schien sich zu fragen, wer dieser Mann in dem dunkelblauen Anzug war, einigen schien es sogar vollkommen unbegreiflich zu sein, dass jemand, den man weder aus dem Fernsehen noch aus der Klatschpresse kannte, überhaupt hier und dann noch so lange auf dem roten Teppich stehen durfte, während Holm also die

Gesichter überflog, erkannte er auf einmal seinen alten Lateinlehrer Heinrich Görtemaker. Heinrich Görtemaker war inzwischen wirklich alt geworden, und Holm fragte sich besorgt, ob sein Lateinlehrer dasselbe wohl auch über ihn dachte. Holm war nie ein guter Schüler gewesen, aber beim Lateinunterricht hatte er gänzlich versagt. Er hatte nie begriffen, wieso eine tote Sprache die menschliche Kommunikation erleichtern sollte. Dies hatte er Heinrich Görtemaker einmal sogar vor versammelter Klasse gesagt, worauf sein Lateinlehrer erklärte, dass er es mit dieser Einstellung im Leben nie zu etwas bringen würde. Doch Holm hatte es auch ohne die geringsten Lateinkenntnisse auf den roten Teppich geschafft, während sein Lateinlehrer in der zweiten Reihe stand und alt aussah.

Plötzlich kam Bewegung in die Menge. Hinter sich hörte er Türenschlagen und das gefräßige Klicken der Kameras. Als er sich umdrehte, sah er, wie der Regierende Bürgermeister, nach allen Seiten jovial grüßend, auf Holm zukam. Ja, es sah so aus, als steuerte der Regierende Bürgermeister direkt auf jenen Mann zu, den er offenbar für den Direktor des Hauses hielt. Holm stand zu einer Salzsäule erstarrt neben dem Eingang. Jeden Augenblick würde ihn das Stadtoberhaupt begrüßen und Holm stellvertretend für das hundertjährige Geburtstagskind beglückwünschen. Irgendetwas musste unternommen werden, denn spätestens in dem Moment, wo Holm die Hand des Regierenden ergriff, würde die ganze Geschichte auffliegen. Und was dann alles auf ihn zukam, wollte er sich gar nicht so genau ausmalen.

Doch es war zu spät, sich jetzt einfach abzuwenden. Er musste das Spiel, so gut es eben ging, mitspielen, wollte er seinen Landesvater nicht vor der nationalen Presse blamieren. Holm machte sich locker, er lächelte, drückte die Brust nach vorne, steh gerade, hörte er die Stimme seiner Mutter, und er stand gerade, kerzengerade sogar. Rasch wischte er noch seine feuchte Hand an der Hose ab und hielt sie griffbereit neben dem Bein. Er versuchte aufgeräumt auszusehen, so wie man eben aussah, wenn man es im Leben zu etwas gebracht hatte und stolz auf seine eigene Leistung war. Ein Gefühl, das ihm allerdings völlig fremd war.

In diesem Moment, Holm hob bereits seinen Arm und streckte die Hand zitternd vor, er wollte ihm ein Stück entgegenkommen, schritt der Regierende einen halben Meter an ihm vorbei und ergriff die Hand eines dicht neben ihm stehenden Mannes, den Holm erst in dem Moment bemerkte. Offenbar handelte es sich um den eigentlichen Direktor, und als sich beide umdrehten, damit die laut fordernde Presse endlich zu ihrem Recht kam, befand sich Holm, seinen Arm immer noch auf halb drei, plötzlich Schulter an Schulter mit dem Regierenden Bürgermeister und wurde von einem Dutzend Fotografen mindestens dreihundert Mal fotografiert. Auf einmal spürte Holm den Mantel der Geschichte. Er spürte, Teil eines historischen Ereignisses zu sein. Und wenn diese drei Männer längst unter der Erde ruhten, würde das Foto noch immer von diesem besonderen Augenblick künden. Was dieses Foto jedoch nicht erklärte, war, was dieser Mann in dem zerknitterten dunkelblauen Anzug und dem fragwürdig erhobenen Arm eigentlich neben einem sozialdemokratischen Stadtoberhaupt zu suchen hatte.

Während Holm hinter dem Direktor und dem Regierenden Bürgermeister in die Halle mit der siebenstöckigen Geburtstagstorte ging, fragte er sich, ob ihm seine neugewonnene Anerkennung irgendetwas brachte. Er fragte sich, ob es ihm auf dem beschwerlichen Weg ins Leben half, wenn er auf einem Foto an der Seite des Regierenden Bürgermeisters zu sehen war. Ob sich etwas spürbar geändert hatte, weil er über den roten Teppich gelaufen war.

Holm dachte an die Gattinnen der Bundespräsidenten, die ihre plötzliche Prominenz dazu nutzten, seltene Krankheiten ans Licht der Öffentlichkeit zu bringen und Geld für deren Erforschung und Bekämpfung zu sammeln. Vielleicht sollte sich auch Holm auf diesem wichtigen Feld betätigen. Möglicherweise gab es noch seltenere Krankheiten, Krankheiten, an denen bundesweit nur zehn oder zwanzig Personen erkrankt waren. Die könnte er dann besuchen und sie in ihrem Lebenswillen bestärken.

Um die gewaltige Geburtstagstorte, die Teig- und Sahnemassen türmten sich bis hoch unter die Decke, wuselten dutzende Bäcker mit weißen Bäckermützen und bereiteten die Ausgabe von je einem Stück Torte an die Geburtstagsgäste vor. Rote Kordeln schufen ein ausgeklügeltes Wegelabyrinth, um den Andrang in sichere Bahnen zu lenken. Auf einem langen Büfett waren Hunderte von Sektgläsern kunstvoll übereinandergestapelt. Junge Damen führten mechanisch Sektflaschen darüber hinweg, sodass sich die Gläser von einer Lage zur nächsten nach und nach füllten. Neben der Torte stand ein Kranwagen mit einem kleinen Lastkorb für maximal zwei Personen. Und dorthin strebten nun Direktor und Regierender Bürgermeister, um sich, in weiße Kittel gehüllt, an die Tortenspitze heben zu lassen.

Holm war derweil am Sektbüfett zurückgeblieben, um den bedeutenden Moment mit einem Glas Sekt angemessen zu würdigen. Leider war es inzwischen so voll geworden, dass ein angemessener Genuss gar nicht mehr möglich war. Die Leute drängelten sich vor zur Tortenausgabestelle, als wäre es die letzte Gelegenheit, dieses Jahr noch ein Stück Torte zu essen.

Wie immer, wenn Holm sich vorgenommen hatte, den Augenblick zu genießen, schien er ihn um wenige Sekunden zu verfehlen. Meist merkte er erst hinterher, dass er einen schönen Augenblick verpasst hatte, und weil er praktisch ständig mit schönen Augenblicken rechnete, wurde er so nervös, dass er sich nicht mehr richtig konzentrieren konnte.

Inzwischen waren die beiden Männer knapp unter der Hallendecke angekommen, und der Regierende Bürgermeister fing an, mit einem langen Messer im siebten Tortenstockwerk herumzustochern. Offensichtlich hatte er in dieser Höhe noch nie eine Torte angeschnitten. Der Direktor stand unterdessen mit einem Pappteller daneben und erläuterte dem staunenden, zunehmend aber ungeduldiger werdenden Publikum über ein Mikrofon den Fortschritt der Operation. Auch Holm, der inzwischen zwei Gläser Sekt getrunken hatte und die ersten Anzeichen eines Schwipses bemerkte, bekam vom dauernden Hochstarren einen steifen Nacken. Lange würde er sich das jedenfalls nicht mehr ansehen. Als er kurz nach unten blickte, sah er ein kleines Mädchen mit blondem Pferdeschwanz, wie sie interessiert die vielen übereinandergestapelten Gläser betrachtete. Fünf oder sechs Jahre alt mochte sie sein, so genau konnte man das bei so jungen Menschen nie sagen. Genauso wie Holm nie wusste, wann Kinder anfingen zu laufen und zu sprechen, ob sie etwa einen Fuß vor den anderen setzen konnten und dabei schon das eine oder andere Wort sagten. Er glaubte sich aber zu erinnern, dass laufende Kinder meist auch irgendetwas zu sagen hatten. Dass man erst sprechen konnte, wenn man auch lief, empfand er als ein pädagogisches Druckmittel, das er Mutter Natur übel nahm.

Leicht besorgt erkannte Holm, dass dieses Mädchen offensichtlich alleine war. Dabei sorgte er sich weniger um das Mädchen, irgendeine Mutter würde sich immer finden lassen, als um die vielen Sektgläser, die auf das Mädchen eine starke Anziehungskraft auszuüben schienen. Holm sorgte sich um den reibungslosen Ablauf des Festes, das jeden Augenblick seinen feierlichen Höhepunkt erreichte. Doch während der Regierende Bürgermeister unter starkem Blitzlichtgewitter das erste Stück Torte über den Abgrund auf den Pappteller des Direktors balancierte, konnte Holm seinen Blick nur noch schwer von diesem Mädchen abwenden. Was, wenn es nun plötzlich auf die Idee käme, ein Glas herauszuziehen und die gesamte Konstruktion damit zum Einsturz brachte? Nicht mehr Holm wäre dann neben dem Regierenden Bürgermeister in der *Süddeutschen Zeitung*« zu sehen gewesen, sondern nur noch das zerstörte Sektgläserbüfett. Das ganze Land würde sich über diese Blamage amüsieren. Holm fühlte sich persönlich gefordert, seine Stadt vor diesem Gläser-GAU zu bewahren.

Vorsichtig, jede hektische Bewegung vermeidend, näherte er sich dem Mädchen. Es durfte keinesfalls zu früh merken, dass Holm ihre Absichten durchschaut hatte. Aber wie sollte er sich überhaupt bemerkbar machen? Was sollte er zu dem Mädchen sagen? Wie sprach man eigentlich zu fünf- oder sechsjährigen Menschen, die entschlossen waren, den Festakt zum hundertjährigen Bestehen des bekanntesten deutschen Kaufhauses durch die gezielte Entwendung eines Sektglases nachhaltig zu stören? Wie sprach man zu potenziellen Attentätern, die der deutschen Sprache vermutlich nur sehr beschränkt mächtig waren? Bot man ihnen ein Stück Torte aus der Hand des Regierenden Bürgermeisters an?

In diesem Moment, Holm wollte gerade mit dem Tortenvorschlag an sie herantreten, passierte es. Ohne Vorwarnung griff das Mädchen in die untere Reihe und zog blitzschnell ein Sektglas heraus. Zunächst rührte sich gar nichts, sekundenlang verharrte die Konstruktion im Zustand des Gleichgewichts, als würde sie diese dramatische Wende einfach nicht wahrhaben wollen. Für einen kurzen Moment schien es wirklich so auszusehen, als wären die Gesetze der Schwerkraft auf einmal ungültig. Holm und das Mädchen starrten gebannt auf die Lücke, da kippte das erste Glas, und wie in einem Strudel zog es die anderen Gläser klirrend und splitternd mit in die Tiefe.

Augenblicklich verstummte das Gerede, und auch die Kommentare des Direktors blieben mit einem Mal aus. Erschrocken und irgendwie ratlos, was nun genau passiert war, blickte man um sich, und als das Mädchen nach kurzem Zögern anfing zu weinen, richteten sich alle Blicke zuerst auf sie, und weil Holm zufällig daneben stand, sehr rasch auch auf ihn. Die ganze Halle einschließlich des Regierenden Bürgermeisters und des Direktors schien plötzlich vorwurfsvoll zu dem Mann im dunkelblauen Anzug zu blicken, als wäre er für dieses Desaster mitverantwortlich, weil er seiner Aufsichtspflicht nicht sorgfältig genug nachgekommen war. Dabei fühlte sich Holm nicht verpflichtet, fremde Personen zu beaufsichtigen, auch dann nicht, wenn sie deutlich unter achtzehn Jahre alt waren. Er wollte nicht für etwas zur Verantwortung gezogen werden, was ihn von Natur aus überhaupt nichts anging. Holm hatte lediglich den gut gemeinten Versuch unternommen, die Katastrophe im letzten Moment zu verhindern.

Ob das seine Tochter sei, wurde er kurz darauf von einem streng dreinblickenden Herrn im schwarzen Anzug gefragt. Ihm hing eine Nudel am Ohr, anscheinend gehörte er zum Sicherheitspersonal.

Holm schüttelte sofort energisch den Kopf und sah mit größtmöglicher Empörung auf die kleine Unruhestifterin herab, als könne er den Vorfall selbst noch gar nicht richtig begreifen. Unglücklicherweise suchte das weinende Mädchen in diesem Moment Holms Nähe, sodass er eine Beziehung nicht mehr vollständig leugnen konnte. Es fehlte eigentlich nur noch, dass sie sich an ihn drückte, womöglich ihr tränenverschmiertes Gesicht an seinem Anzug abwischte.

Und er kenne das Mädchen wirklich nicht, fragte der Sicherheitsbeamte sicherheitshalber noch einmal nach.

Das Mädchen sah hilflos zu Holm, und nun streckte es sogar seine Arme nach ihm aus.

Nein, wiederholte er, er habe dieses Kind zuvor noch nie gesehen.

– LESEPROBE –

Aha, machte der Mann, und seinem Gesichtsausdruck nach zu urteilen war es kein sehr überzeugtes Aha. Holm war außerordentlich beunruhigt.

Würden Sie bitte mal mitkommen, erklärte er freundlich, aber bestimmt. Es klang fast so, als wäre Holm auf frischer Tat bei einem Diebstahl erwischt worden. Die anderen Leute schienen das ganz ähnlich zu sehen. Sie verfolgten ihn mit kopfschüttelnder Häme.

Zwar hatte der Mann nur Holm gebeten, ihm zu folgen, doch als er sich umdrehte, sah er, dass auch das Mädchen hinter ihnen herlief. Dass ihm wildfremde Kinder auf einmal nachliefen, war Holm vollkommen unverständlich, hatte er sich in seinem bisherigen Leben doch keineswegs kinderfreundlich gezeigt. Doch ebenso, wie er eine unerklärliche Wirkung auf Hunde besaß, die er beinahe noch weniger mochte, schienen ihn auch Kinder irgendwie sympathisch zu finden.

Beim Durchqueren der Halle erkannte Holm seinen Lateinlehrer Heinrich Görtemaker. Er nickte ernst, als fühlte er sich in seiner alten Prophezeiung bestätigt.

Sie wurden in einen nüchternen Raum geführt, an den Wänden hingen Baupläne und Fotos der Umbauarbeiten im Haus, und setzten sich an einen langen Tisch. Das Mädchen natürlich direkt neben Holm, was seine Lage zusätzlich erschwerte. Er beschloss, das Kind einfach zu ignorieren.

Sie kennen das Kind also nicht, fragte der Mann mit einem ironischen Unterton, den Holm in diesem Zusammenhang nicht verstand. Ob es doch besser wäre, es zu kennen?

Nein, antwortete er schließlich nach einer kurzen Pause.

Und du, fragte der Mann das Mädchen übertrieben freundlich, hast du diesen Mann schon mal gesehen?

Holm war sofort klar, dass er versuchte, das Mädchen auf seine Seite zu ziehen, um ihm belastende Aussagen zu entlocken. Wieso er dasselbe nicht bei Holm versuchte, war im Grunde nicht nachzuvollziehen. Denn Holm hätte das Kind ohne weiteres schwer belasten können.

Inzwischen hatte es aufgehört zu weinen, kämpfte aber immer noch mit den Nachwirkungen. Ein kaum beschreibbarer Rotz hing ihm unter der Nase, und Holm entfernte vorsichtshalber seinen Arm von der Armlehne, damit es nicht auf dumme Gedanken kam. Wider Erwarten schüttelte das Mädchen heftig den Kopf und zog den Rotz durch die Nase.

Holm lächelte zufrieden.

Bist du denn ganz alleine hier?, fragte der Mann mit gespieltem Erstaunen, als halte er diese Möglichkeit tatsächlich nicht für gänzlich abwegig. Offenbar glaubte er dem Mädchen nicht und versuchte auf diese provozierende Weise an mögliche Drahtzieher zu kommen. Holm erkannte jetzt glasklar, dass er ihn als Hauptdrahtzieher verdächtigte. Nervös wartete er, wie sie darauf reagierte.

Doch das Mädchen schüttelte erneut den Kopf.

Triumphierend sah Holm zu dem Mann.

Hast du denn gar keine Mutter?, fragte er auf einmal sehr ernst, dabei blickte er kurz zu Holm, als würde er ihn insgeheim für diesen skandalösen Zustand verantwortlich machen. Glaubte er vielleicht, Holm habe das Kind entführt und mit Süßigkeiten und falschen Versprechungen hörig gemacht? Hielt er ihn am Ende gar für pädophil?

Es war empörend. Es war so empörend, dass er kurz davor war, aufzuspringen und den Raum zu verlassen. Aus irgendeinem Grund blieb er aber wie erstarrt sitzen, als hätte ihn die Empörung jeglicher Körperbeherrschung beraubt.

Das Mädchen sah Holm mit glasigem Blick ein wenig verwundert an. Offenbar bemerkte es jetzt erst, dass Holm gar nicht seine Mutter war. Immerhin das konnte hier mit einiger Sicherheit festgestellt werden.

Während es langsam wieder zu sich zu kommen schien, wie es sich danach verhielt, war noch völlig ungewiss, stand der Mann auf und verließ mit dem knappen Hinweis, gleich wiederzukommen, den Raum.

Holm und das Mädchen saßen wortlos Seite an Seite und starrten auf die Baupläne an der Wand. Er hoffte inständig, dass das Mädchen nicht gerade jetzt zu sich kam und womöglich laut anfing, nach seiner Mutter zu schreien. Es ist ein Fehler gewesen, hierherzukommen, dachte Holm. Man blieb besser im Bett liegen und wartete stumm darauf, von der Erdoberfläche wieder zu verschwinden.

Holm bewegte sich nicht. Man bewegte sich besser gar nicht, um alles nicht noch schlimmer zu machen. Nichts tun, dachte er, damit sie später nicht behaupten kann, ich habe sie unsittlich berührt. Vielleicht zogen sie eine Psychologin zu Rate, unter deren Aufsicht das Kind diese Situation nachmalen musste. Spätestens bei der Interpretation kämen dann die unglaublichsten Dinge ans Licht.

Wer bist du eigentlich?

Holm meinte, plötzlich etwas gehört zu haben. Hatte das Kind etwa zu ihm gesprochen? Er starrte weiter an die Wand und tat, als hätte er nichts gehört.

Hallo du!, sagte das Kind. Kannst du denn nicht sprechen?

Auf einmal spürte er ein leichtes Zupfen an seinem Ärmel. Holm rührte sich noch immer nicht. Hier durften jetzt keine Fehler gemacht werden.

Wurden sie eigentlich beobachtet? Gab es in einem der Baupläne ein Guckloch, hinter dem diese Psychologin mit Schwerpunkt Kindesmissbrauch stand und überprüfte, ob dieser Mann in ihr Fachgebiet fiel oder nicht? Womöglich hatte sie sich bereits ein Urteil gebildet. Machte sich ein Mann, der sich hartnäckig weigerte, harmlose Kinderfragen zu beantworten, nicht automatisch verdächtig?

Wie heißt du denn?, fragte das Mädchen, weiter an seinem Ärmel zupfend.

Felix, sagte Holm schließlich nachgebend. Dabei achtete er jedoch darauf, kalt und unnahbar zu wirken, damit es später nicht hieß, er habe sich anbiedern wollen.

Ich heiße Zarah, sagte das Mädchen. Und was machst du hier?

Jetzt nur die Ruhe bewahren, dachte Holm, schließlich hatte sie von ganz alleine ihren Vornamen genannt. Daraus konnte ihm selbst die Psychologin noch keinen Strick drehen.

Am besten war es, sachlich zu antworten, um jegliche Interpretationsmöglichkeit zu vereiteln.

Ich warte, sagte Holm. Das war eindeutig und bot keinerlei Angriffsfläche.

Und worauf wartest du? Das Mädchen begann ihre Knie gegen den Tisch zu stemmen und mit dem Stuhl zu kippeln. Anscheinend machte ihr diese Fragerei zunehmend Spaß. Besorgt beobachtete Holm, wie sie mit dem Stuhl halb in der Luft hing. Wenn sie jetzt umkippt, dachte er, werden sie mich verantwortlich machen. Aber was sollte er tun? Schließlich konnte er sie ja nicht zwingen, die Kippelei zu beenden. Und was würde die Psychologin hinter dem Guckloch dazu sagen, wenn er ein fremdes Kind einfach maßregelte?

Er musste sie irgendwie ablenken.

Ich warte darauf, dass ich gehen kann, sagte er, ohne sich von der Wand abzuwenden. Und du?

Einen Augenblick verharrte sie in der Schwebe. Sie schien intensiv darüber nachzudenken, was sie hier gerade machte. Vielleicht fiel ihr in diesem Zusammenhang auch wieder ein, dass sie sich mit einem wildfremden Mann alleine in einem Raum befand. Und sollte sie sich einen Rest kindlicher Ängste bewahrt haben, würde ihr spätestens jetzt klarwerden, dass sie ihre Mutter bereits eine geraume Zeit nicht gesehen hatte.

Ich warte auch, sagte das Mädchen jedoch völlig unbesorgt und kippelte weiter mit dem Stuhl.

Wenn sie umfällt, beschloss Holm, dem das Guckloch samt Psychologin auf einmal egal war, werde ich sie jedenfalls nicht wieder aufheben. Man konnte den Kindern die Erkenntnis leider nicht ersparen, dass das Leben kein Karussell war.

Und worauf wartest du?, fragte Holm.

Das Mädchen hörte erneut auf zu kippeln und sah eine Weile nachdenklich in die Luft. Dann wandte sie sich zu Holm und sagte entschlossen: Ich warte darauf, dass ich gehen kann.

Holm atmete sehr ruhig ein und sehr ruhig wieder aus. Langsam glaubte er, dass sich das Kind über ihn lustig machte. Es hatte den Ernst der Lage nicht nur nicht erkannt, es nahm die ganze Sache auch noch auf die leichte Schulter und ärgerte Menschen, die kurz davorstanden, eine Strafanzeige zu bekommen. Womöglich durfte er für Monate nicht mehr ins KaDeWe.

Nun war endgültig Schluss mit dem Fragespiel. Holm hatte keine Lust mehr, seine wertvolle Zeit mit unerzogenen Kindern zu verbringen, die jeden Respekt vor Erwachsenen vermissen ließen. Seinetwegen konnte das Mädchen ruhig vom Stuhl fallen und sich den Arm brechen. Ihn würde das ab sofort nichts mehr angehen.

Und wohin gehen wir dann?, fragte es nach einer kurzen Bedenkpause. Es schien auf einmal erkannt zu haben, dass man auch ein Ziel benötigte, wenn man vorhatte, wegzugehen. Holm würde sich dazu jetzt aber nicht mehr äußern. Und wohin er ging, war ganz allein seine Angelegenheit.

Hatte es eben nicht von wir gesprochen? Es war unfassbar! Plante dieses kleine freche Zopfmädchen etwa mit ihm durchzubrennen?

Holm starrte auf die Baupläne. Sollte es tatsächlich eine Psychologin geben, müsste ihr spätestens in diesem Augenblick klarwerden, dass von Holm keine perversen Übergriffe zu befürchten waren. Hier musste einmal deutlich gesagt werden, dass nicht nur Männer fragwürdige Absichten hegten, sondern ebenso gut konnten auch Frauen, in diesem Fall sogar äußerst junge Frauen, unschuldige Herren in zweifelhafte Abenteuer stürzen. Nicht nur die Frau, auch der Mann war ein Opfer, nur durfte man das leider nicht offen aussprechen.

Wir gehen nirgendwo hin, kleines Frollein, sagte Holm, was er jedoch sofort wieder bereute, denn auf diesen Augenblick schien das Mädchen nur gewartet zu haben.

Was ist ein kleines Frollein? Sie rutschte vom Stuhl und stellte sich dicht neben Holm.

Holm trat der Schweiß auf die Stirn. Wenn der Sicherheitsbeamte in diesem Augenblick zur Tür hereinkam, war alles verloren. Er bemühte sich, jede Berührung zu vermeiden, was allerdings kaum noch zu verhindern war, denn das Mädchen fasste ihn plötzlich an die Krawatte.

Ein Frollein, antwortete Holm, den Rücken fest gegen die Lehne gepresst, ist ein unerzogenes Kind wie du.

Dieser schwerwiegende Vorwurf schien das Mädchen jedoch überhaupt nicht zu treffen. Unbeirrt zog es an seiner Krawatte, als hätte es dergleichen noch nie gesehen.

Wozu ist das gut?, fragte es abrupt das Thema wechselnd und blickte Holm ratlos an. Holm hatte auch keine Ahnung, wozu eine Krawatte gut war. Solche Fragen stellte man sich am besten gar nicht erst, sonst kam man am Ende zu dem Ergebnis, dass das Leben im Grunde zu gar nichts gut war.

Holm hatte auf einmal den bösen Verdacht, dass dieses Kind womöglich keinen Vater hatte. Deshalb kannte es auch keine Krawatte. Nun wurde ihm einiges klar. Es fehlte die strenge Hand eines Mannes, der das Kind auf den richtigen Weg brachte. Stattdessen störte es Geburtstagsfeiern und vergriff sich an fremden Krawatten.

Hast du denn gar keinen Vater?, fragte Holm.

In diesem Moment ließ das Mädchen von ihm ab und schüttelte traurig den Kopf. Nein.

Vor ihm stand eine menschliche Tragödie. Offenbar lebte das Kind in zerrütteten Familienverhältnissen, den Vater hatte es nie gesehen, und die Mutter lag zuhause im Bett und trank. War ihr Griff zum Sektglas vielleicht ein heimlicher Protest gegen den Alkoholismus ihrer Mutter?

Und deine Mama?, fragte Holm, hast du denn auch keine Mama? Er wollte dieser Tragödie sofort auf den Grund gehen, um dem Sicherheitsdienst später einige harte Fakten präsentieren zu können, die seine Unschuld an der Zerstörung der Gläser zweifelsfrei bestätigten.

Doch, sagte das Mädchen und nickte.

Aber deine Mama kümmert sich nicht sehr um dich, oder?

Jetzt hatte er sie. Gleich würde die Wahrheit ans Licht kommen. Es war zu hoffen, dass die Psychologin hinter dem Guckloch nicht gerade auf der Toilette war.

Und du?, fragte das Mädchen. Hast du eine Mama?

Holm sah es einen Moment verwirrt an. Natürlich, sagte er dann.

Haben auch alte Leute eine Mama?

Anscheinend hält es mich für steinalt, dachte er. Es war nicht zu leugnen, dass sich Holm inzwischen in einem Alter befand, in dem Eltern nicht mehr selbstverständlich waren.

Jeder hat eine Mama, sagte er, auch alte Menschen, solange sie nicht zu alt sind.

Und ab wann sind Menschen zu alt?

Plötzlich ging die Tür auf, und der Mann von der Sicherheit kehrte zurück.

So, sagte er entschlossen zu Holm blickend, wir haben ihre Mutter gefunden.

Holm fuhr zusammen. Einen Moment glaubte er, sie hätten seine Mutter gefunden, bis ihm klar wurde, dass nicht seine eigene Mutter, sondern die Mutter des Mädchens gemeint war.

Erleichtert sah er auf. Das werde nun auch langsam Zeit, erklärte Holm und blickte beleidigt zur Wand. Dabei trommelte er nervös auf die Tischplatte, als habe er noch wichtige Termine zu erledigen. Und wenn er einen dieser Termine verpasste, würde er sich die Mutter vorknöpfen und ihr ein paar Takte über Kindererziehung erzählen. Dass es nämlich nicht genügte, ein Kind in die Welt zu setzen, man musste es auch begleiten, notfalls bis ins Erwachsenenleben hinein, sonst würde aus ihm gar nichts werden.

Kurz darauf ging wieder die Tür auf. Holm wollte sich gerade in Szene setzen, als er sah, wer da zur Tür hereinkam. Niemand anderes als Dr. Sylvia Röschmann, die Frau, der er seine Reinhard-Mey-Karte verkauft hatte. Es war unfassbar, welche Überraschungen das Leben manchmal bereithielt. Und es war eigentlich kaum zu glauben, dass nicht doch irgendjemand dahintersteckte.

Sylvia Röschmann wirkte aufgelöst, ihr Gesicht war vor Aufregung stark gerötet. Als sie ihre Tochter sah, die ihre Mutter freudig und ohne ein Zeichen von Schuld begrüßte, überschüttete sie sie mit heftigen Vorwürfen. Was sie sich bloß dabei gedacht habe, sie so zu erschrecken. Ein unmögliches Verhalten sei das, und wie sie überhaupt auf die Idee gekommen sei.

Holm war ganz ihrer Meinung. Allerdings fragte er sich, wo die Mutter im entscheidenden Moment gewesen war.

Zarah, die den Wutausbruch ihrer Mutter nicht zu begreifen schien, fing sofort an zu weinen, wobei sie sich auf Holms Knie setzte und ihn damit quasi zum Mitschuldigen machte. Erst in diesem Augenblick erkannte ihn Sylvia Röschmann.

Sie?!, rief sie, und es klang fast, als könne sie es nicht glauben, dass er mit ihrer Tochter unter einer Decke steckte.

Nein, rief Holm, instinktiv jede Mittäterschaft von sich weisend, während er gleichzeitig versuchte, Zarah auf möglichst dezente Weise wieder loszuwerden, was ihm jedoch nicht gelang. Denn Zarah stemmte sich mit ganzer Kraft dagegen, was alles nur noch schlimmer machte.

Glücklicherweise meldete sich in diesem Moment der Sicherheitsbeamte zu Wort und erläuterte der aufgebrachten und angesichts der heiklen Situation zunehmend auch empörten Mutter den genauen Tathergang.

Daraufhin beruhigte sich Sylvia Röschmann ein wenig. Es tue ihr leid, meinte sie, dass Zarah ihm solche Probleme bereitet habe. Sie hätte ihn gerne unter anderen Umständen wiedergesehen, aber auch als sorgende Mutter könne man seine Augen eben nicht überall haben.

Es reicht schon, dachte Holm, dem auf einmal ganz flau im Magen war, wenn sie ihre Augen auf ihre Tochter richtet. Die ganze Aufregung bekam ihm einfach nicht. Einen Moment befürchtete er sogar, ohnmächtig zu werden.

Nachdem sich die Situation entspannt hatte und alle Fragen des Versicherungsschutzes geklärt waren, durften sie das Haus über einen Nebenausgang verlassen.

Auf der Straße wandte sich Sylvia Röschmann zu Holm.

Ich weiß gar nicht, wie ich das wiedergutmachen kann.

Holm zuckte mit den Schultern. Er wusste es auch nicht. Der Tag war für ihn in jedem Fall gelaufen.

Darf ich Sie zu einer Tasse Kaffee einladen?, fragte sie. Nach dem Konzert haben wir uns ja schnell aus den Augen verloren, vielleicht können wir uns ein bisschen darüber unterhalten. Ich bin Ihnen heute noch so dankbar für die Karte, fügte sie mit einem warmen Lächeln hinzu.

Holm sah sie irritiert an. Das Konzert lag Monate zurück, alles Wesentliche hatte er bereits mit seiner Mutter besprochen, und Kaffee trank er üblicherweise nur zum Frühstück, außer es war Nachmittag und es gab ein Stück Kuchen dazu.

Leider hab ich gerade überhaupt keine Zeit, sagte er und blickte auf seine Uhr. Der ganze Tag war dermaßen verdorben, dass er sich auf eine lockere Plauderei nicht mehr konzentrieren konnte.

Das ist aber schade, sagte sie sichtlich betrübt. Vielleicht ein anderes Mal?

Sie überreichte ihre Visitenkarte, die er bereits kannte, aus irgendeinem Grund aber verloren oder weggeworfen hatte.

Ich würde Sie wirklich gerne wiedersehen, bekräftigte Sylvia Röschmann noch einmal ihren offenbar seit dem Konzert anhaltenden Wunsch nach einer Aussprache.

Ja, sagte Holm, vielleicht ein anderes Mal. Er steckte die Visitenkarte in seine Jacketttasche.

Und wohin gehen wir dann?, fragte Zarah plötzlich. Sie warf Holm einen neugierigen Blick zu und zupfte ihn ungeduldig am Ärmel.